Laila Lalami · Die Anderen

LAILA LALAMI

DIE ANDEREN

ROMAN

Aus dem Amerikanischen
von Michaela Grabinger

KEIN & ABER

Für A. und S.

1. Auflage März 2021
2. Auflage März 2021

Der Auszug aus dem Gedicht von Pablo Neruda
auf Seite 424 folgt der Übersetzung von Fritz Rudolf Fries,
aus: Pablo Neruda, *Cien Sonetos de Amor* © 1959 by Pablo Neruda
and Heirs of Fundación Pablo Neruda

Die Originalausgabe erschien 2019 unter dem Titel
The Other Americans bei Pantheon Books, New York

Deutsche Erstausgabe

Cover: Maurice Ettlin
Satz: Ulrike Groeger
Druck und Bindung: CPI books GmbH, Leck
ISBN 978-3-0369-5833-0
Auch als eBook erhältlich

www.keinundaber.ch

Nora

Mein Vater wurde in einer Frühlingsnacht vor vier Jahren getötet, während ich in der Ecknische eines kurz zuvor eröffneten Bistros in Oakland saß. Wann immer ich an jenen Augenblick denke, sehe ich diese beiden miteinander völlig unvereinbaren Bilder vor mir: mein Vater nach Luft ringend auf dem rissigen Asphalt und ich beim Champagnertrinken mit meiner Mitbewohnerin Margo. Wir feierten, weil die Jerome Foundation Margo ein Stipendium gewährt hatte, damit sie ein neues Kammermusikstück komponieren konnte. Es war für sie bereits die zweite große finanzielle Zuwendung in diesem Jahr. Wir hatten Miesmuscheln bestellt, teilten uns ein Hauptgericht und ließen es ziemlich spät werden. Als der Kellner uns zu einer Mousse au Chocolat als Dessert zu überreden versuchte, klingelte mein Handy.

An alles Folgende habe ich keine deutliche Erinnerung. Offenbar teilte ich Margo die Nachricht mit. Offenbar zahlten wir, zogen unsere Mäntel an und legten die fünf Häuserblocks zwischen dem Bistro und unserer Wohnung zu Fuß zurück. Irgendwie muss ich es geschafft haben, eine Reisetasche zu packen. Die Fahrt nach Hause auf dem Freeway 5 und das neblige Dunkel, das die

Mandel- und Orangenplantagen verhüllte, sind mir dagegen ebenso klar in Erinnerung geblieben wie die ständig wechselnden Erklärungen, die ich mir auf dieser Fahrt zusammenträumte: Vielleicht hatte die Polizei die Leiche falsch identifiziert oder das Krankenhaus die Patientenakte meines Vaters mit einer anderen verwechselt. Obwohl das weit hergeholt war, klammerte ich mich daran. Trotz des Scheinwerferlichts konnte ich nicht mehr als sechs Meter weit sehen, doch im Morgengrauen lichtete sich der Nebel, und als ich die Mojave erreichte, war die Sonne aufgegangen und der Himmel strahlend blau.

Beim Betreten meines Elternhauses war nur das Klappern meiner Absätze auf dem Travertinboden zu hören. Auf dem Tischchen beim Eingang lagen ein *Reader's Digest*, ein gelbes Kunststoffarmband, an dem mehrere Schlüssel hingen, und eine Sonnenbrille, der ein Glas fehlte. Eine der gerahmten Fotografien an der Dielenwand hing schief. Meine Mutter saß auf dem Wohnzimmersofa und starrte das schnurlose Telefon in ihrer Hand an, als hätte sie verlernt, es zu bedienen. Ich rief »Mom?«, aber sie blickte nicht auf. Als könnte sie mich nicht hören. Sie trug noch das weiße T-Shirt und den schwarzen Gi vom Karatetraining am Abend zuvor. Auf dem Polsterhocker lag ihre achtlos hingeworfene Trainingsjacke. Der Drache am Rückenteil leuchtete knallrot.

Damals kam es mir vor, als lebte mein Vater noch – wegen der halb leeren Marlboro-Packung auf dem Fensterbrett, der abgenutzten Pantoffeln unter dem Couchtisch und der Nagespuren am Kugelschreiber, der aus dem Kreuzworträtselbuch herauslugte. Jeden Moment würde er, nach Kaffee und Hamburgern riechend, hereinkommen und sagen: Du glaubst gar nicht, was mir ein Gast heute erzählt hat! Dann würde er mich neben dem Sessel stehen sehen und rufen: Nora! Seit wann bist du da? Seine Augen würden vor Freude strahlen, seine Bartstoppeln würden mich kitzeln, wenn er mich auf beide Wangen küsste, und ich würde erwidern: Gerade erst angekommen.

Doch niemand erschien in der Tür, und der Schmerz fuhr mir wie eine Faust in den Magen. »Ich verstehe das nicht«, sagte ich und meinte damit, dass ich es nicht fassen konnte. Fassungslosigkeit war das einzige konstante Gefühl gewesen, seit ich die Nachricht erhalten hatte. »Ich habe doch gestern noch mit ihm telefoniert.«

Endlich regte sich meine Mutter und wandte mir ihr Gesicht zu. Ihre Augen waren rot gerändert, ihre Lippen rissig. »Du hast mit ihm telefoniert?«, fragte sie überrascht. »Was hat er gesagt?«

In der Diele klapperte die Abdeckung am Briefschlitz, und mit dumpfem Knall landete die Post auf dem Boden. Die Katze in ihrem Weidenkorb hob kurz den Kopf; dann schlief sie weiter.

»Was hat er gesagt?«, fragte meine Mutter noch einmal.

»Nichts. Er wollte nur ein bisschen plaudern, aber ich musste in den Unterricht zurück und wollte mir vorher noch einen Kaffee holen. Ich habe ihm gesagt, dass ich zurückrufe.« Meine Hand flog an meinen Mund. Ich hatte die Chance verpasst, noch ein Mal mit ihm zu reden, noch ein Mal seine fürsorgliche Stimme zu hören – nur wegen eines bitteren Kaffees im Pappbecher, hastig hinuntergestürzt, bevor ich wieder vor eine Prepschool-Klasse treten musste, die sich gelangweilt durch die *Odyssee* quälte.

Auf der Straße raste ein Motorrad vorbei und brachte die Fensterscheiben zum Zittern. Nervös öffnete ich den

Verschluss meiner Armbanduhr und ließ ihn wieder einrasten. Die düstere Stille kehrte zurück. »Was hat Dad denn so spät im Restaurant gemacht?«, fragte ich. »Normalerweise schließt doch Marty ab.«

»Er wollte noch die neuen Glühbirnen eindrehen. Marty durfte nach Hause gehen.«

Und dann? Dann musste er abgeschlossen haben und losgegangen sein. Vielleicht hatte er mit seinen Schlüsseln gespielt, so wie immer, wenn er in Gedanken versunken war. Oder eine Textnachricht auf dem Handy hatte ihn abgelenkt. Das Auto, das ihn über den Haufen fuhr, hatte er jedenfalls erst bemerkt, als es zu spät war. Hatte er gelitten? Hatte er um Hilfe gerufen? Wie lange hatte er auf dem Asphalt gelegen, bis sein Atem schwächer wurde? Plötzlich fiel mir die Party bei unseren Nachbarn ein, als ich vier war. Sie hatten ihren Garten umgestaltet und prahlten vor meinen Eltern mit der neuen Grillstelle und der neuen Sitzlandschaft. Meine Schwester hatte keine Lust, sich mit mir abzugeben, sie wollte lieber mit den älteren Kindern spielen. Ich jagte zwei Libellen hinterher, und als ich eine mit der Hand zu fangen versuchte, fiel ich in den Pool. Das Wasser war eiskalt und schmeckte nach Mandeln. Es zog mich mit solcher Kraft nach unten, dass ich meinen letzten Atemzug kommen sah. Es dauerte nur eine Sekunde, bis mir mein Vater nachsprang, doch in dieser einen Sekunde erstarrten meine Arme und Beine, meine Brust brannte, und mein Herz blieb fast stehen. Diesen Schmerz empfand ich jetzt wieder. »Irgendwas stimmt da nicht«, sagte ich nach einer Weile. »Da geht Dad ein einziges Mal als Letzter und wird überfahren und getötet?«

Ich bemerkte zu spät, dass ich etwas Falsches gesagt hatte. Meine Mutter begann zu weinen. Das heftige, haltlose Schluchzen trieb ihr das Blut ins Gesicht und ließ ihre Schultern beben. Ich ging durchs Wohnzimmer, räumte den eingerollten Gebetsteppich aus dem Weg, setzte mich zu ihr und hielt sie so fest, dass ich ihre Zuckungen spürte. Alles an der Situation fühlte sich falsch an – dass ich an einem Werktag im Frühling in diesem Haus war, dass ich meine Schuhe anbehalten hatte, sogar dass ich meine weinende Mutter tröstete. Bei uns war mein Vater der Tröster. Immer wenn mir etwas zugestoßen war, ging ich als Erstes zu ihm – ob als Achtjährige mit meinen aufgeschürften Knien oder, wie erst im Monat zuvor, weil ich wieder einmal einen Kompositionswettbewerb verloren hatte.

Meine Mutter schnäuzte sich mit einem zerknitterten Taschentuch. »Als ich von deiner Schwester zurückgekommen bin, war mir schon klar, dass etwas nicht stimmt. Ich habe ihr Karate-Aufnäher für die Kinder gebracht, und sie hat mich gefragt, ob ich zum Abendessen bleibe. Danach kam ich nach Hause, und er war nicht da.«

Auf dem Sessel, in dem mein Vater immer saß, war noch der Abdruck seines Körpers zu sehen. Als wäre er nur kurz ins Nebenzimmer gegangen.

»Was hat die Polizei gesagt?«, fragte ich. »Gibt es irgendwelche Hinweise?«

»Nein. Die Frau von der Polizei hat mir nur eine Menge Fragen gestellt. Ob er Geldprobleme hatte, ob er Drogen genommen, gespielt oder Feinde gehabt hat. Solche Sachen. Ich habe Nein gesagt.«

Die Fragen verwunderten mich, weil sie so anders waren als das, was mir durch den Kopf ging: Wer hatte am Steuer des Wagens gesessen, wie war mein Vater angefahren worden und warum die Fahrerflucht? Ich blickte aus dem Fenster und sah, wie sich zwei Amseln nacheinander auf die Stromleitung setzten. Der Nachbar von gegenüber ließ die Luft aus dem riesigen Osterhasen, der wochenlang in seinem Vorgarten gestanden und Dreck angesetzt hatte. Während unter den Schuhen des Mannes die weißen Löffel in sich zusammenfielen, starrte mich das Tier mit grotesk verzerrten Augen an. Der Wind peitschte die Fahne am Mast, und die Sonne brannte gnadenlos.

Jeremy

Ich hatte damals Schlafprobleme und ging immer schon um fünf Uhr morgens ins Fitnesscenter, gleich wenn es öffnete. Meine Ärztin meinte, regelmäßige Bewegung würde helfen, aber auch heiße Bäder, lichtundurchlässige Vorhänge, Lesen, Kamillentee. Also nahm ich ausgiebige Bäder, las vor dem Schlafengehen und schüttete Kamillentee in mich hinein. Trotzdem lag ich meistens wach und lauschte dem in der Stille tickenden Wecker. Wenn du jetzt einschläfst, sagte ich mir, bekommst du immerhin noch vier Stunden Schlaf oder drei oder zwei. Als könnte man sich mit Vernunft zum Einschlafen bringen. Kurz vor fünf stand ich dann immer auf und fuhr zu Desert Fitness.

An jenem Morgen hatte ich bereits das Cardio-Training hinter mir und machte gerade meine Crunches, als Fierro reinkam. Weil im Studio kaum etwas los war, freute ich mich über ein bisschen Gesellschaft, obwohl Fierro kein anderes Thema kannte als seine Ex. Mary und er hatten sich kurz zuvor getrennt, was er allerdings nicht recht wahrhaben wollte. Weil er so viel laberte, verzählte ich mich und musste zwei Mal abbrechen und neu anfangen, bevor ich mir sicher war, meine Trainingseinheit vollständig absolviert zu haben. Fünfzig Standard, fünfzig Reverse, fünfzig Double und fünfzig Bicycle Crunches. Obwohl mein Dienst erst in zwanzig Minuten begann, ließ ich die Bizeps Curls vorsichtshalber aus und ging gleich zum Bankdrücken über. Beim Gewichtstemmen vertrage ich keine Hektik. Nachdem ich hundert Kilo aufgepackt und mich hingelegt hatte, kam Fierro und legte, ohne mich zu fragen, noch mal zwei Fünf-Kilo-Scheiben drauf.

»Was soll das?«, fragte ich.

»Alter, wenn du's nicht ordentlich machst, brauchst du's überhaupt nicht zu machen.« Er stellte sich hinter die Bank, um mich gut im Blick zu haben. Lauerte geradezu. Er trug ein T-Shirt mit dem Aufdruck *One Shot, One Kill.* Die Ärmel hochgeschoben, damit man seine Muskeln gut sah.

»Und ordentlich heißt, so wie du es machst, ja?«

Er neigte mir sein linkes Ohr zu, das gute. »Was?«

»Vergiss es.« Entweder stritt ich mich jetzt mit Fierro, oder ich fing mit den Gewichten an und kam pünktlich zur Arbeit.

»Gestern Abend hab ich rausgefunden, dass Mary die Zündkerzen im Mustang nicht gewechselt hat, obwohl ich es ihr mindestens drei Mal gesagt hab. Die ruiniert mir noch den Wagen. Alter, wenn du nicht mehr kannst, leg 'ne Pause ein.«

Ich pumpte weiter, obwohl mir der Schweiß auf der Stirn stand. Die Genugtuung wollte ich Fierro nicht geben. Seit unserer gemeinsamen Zeit bei den Marines konkurrierten wir miteinander. Als eine Blondine im schwarzen Gymnastikanzug reinkam, verfolgte Fierro sie reflexartig mit den Augen, bis sie in der Umkleide verschwunden war, und sog laut die Luft ein. »Ich hab Mary gesagt, dass ich die Scheidungspapiere erst unterschreibe, wenn sie mir die Schlüssel gibt.« Es klang, als wäre er stolz darauf, dass er sich endlich gegen sie wehrte.

»Aber es ist doch ihr Wagen«, erwiderte ich. Nach unserer Rückkehr aus dem Irak war ich ein paarmal in dem Mustang mitgefahren. Ich hatte immer hinten gesessen und Whiskey aus dem Flachmann getrunken, während Mary uns in irgendeine Bar oder einen Klub brachte, in den wir wollten. Wenn sie abbog oder die Spur wechselte, geriet der kleine versilberte Engel am Rückspiegel ins Schwingen. Als sie einmal von einem Junggesellinnenabschied in Vegas erzählte, an dem sie mit Kolleginnen von der Arbeit teilgenommen hatte, unterbrach Fierro sie und behauptete, sie hätte ihm davon nie was gesagt. Das war eine ihrer ersten Auseinandersetzungen gewesen, und dann stritten sie einfach weiter, sogar heute noch, nach der Trennung.

»*Ihr* Wagen? Und wer hat die Anzahlung gemacht? Wer hat die mickrigen Radkappen gegen Chromfelgen ausgetauscht? Wer hat erst diesen Sommer Redline-Reifen aufgezogen?« Er deutete mit dem Daumen, der nach einem Bruch vor vielen Jahren ziemlich schief war, auf seine Brust. »Ich. Ich.« Dann hielt er beide Hände über die Hantelstange. »Mach 'ne Pause, Gorecki.«

»Brauch ich nicht.« Für eine Pause blieb keine Zeit. Verspätetes Erscheinen bei der Arbeit hätte mir einen Anschiss von Vasco eingebracht, der in letzter Zeit nur darauf wartete, dass ich einen Fehler beging. Dann konnte er sagen, er müsste noch mal einen Blick auf den Dienstplan werfen und warum ich nicht eine andere Schicht übernähme. Keine Ahnung, warum mich der Kerl so hasste. Schweigend machte ich die letzten Wiederholungen. Dann setzte ich mich auf und verschnaufte. Mein Hemd war völlig durchgeschwitzt und klebte an der Brust.

»Du hast mir doch erzählt, dass sie einen Neuen hat«, sagte ich.

»Was? Mann, warum muss die Musik hier drin immer so laut sein?«

»Du hast mir erzählt, dass Mary einen Neuen hat.«

»Ja, stimmt.«

»Dann kommt sie nicht zurück. Unterschreib endlich die verdammten Scheidungspapiere.«

»Fuck, ich denk nicht mal dran. Sie glaubt, sie kann lustig weitermachen und die Vergangenheit ausradieren, als wär nie was gewesen. Als wär *ich* nie gewesen. Aber da irrt sie sich.« Er packte noch mal zehn Kilo auf jede Seite, legte sich hin und führte in gleichmäßigem Rhythmus und ruhig atmend seine Reps aus.

Ich wischte mir mit dem Handtuch übers Gesicht und sah ihm eine Weile zu. Seit der Trennung von Mary verbrachte er wesentlich mehr Zeit im Gym als davor. Manchmal trainierte er sogar zwei Mal täglich. »Übrigens, meine Schwester macht eine Grillparty«, sagte ich. »Kommst du mit?«

»Klar, wenn das für sie okay ist.«

»Natürlich ist das okay. Allein habe ich keine Lust. Du würdest mir einen Gefallen tun.«

»Gut. Wann?«

»Übermorgen.«

Zehn Minuten später ratterte mein Jeep durch die Morgenstille. Die aufgehende Sonne färbte den Himmel rostrot, und auf dem Highway 62 ließ ich das Fenster runter, um den letzten Rest kalte Morgenluft zu spüren. Wie aufblitzende Augen gingen die Lichter der Diners und Coffee Shops an. In der Dienststelle wechselte ich in meine Uniform und eilte zum Besprechungsraum, nur um festzustellen, dass ich der Letzte war und der Sergeant mit dem Briefing bereits begonnen hatte. Ich setzte mich und vermied jeden Blickkontakt mit Vasco, während er mit monotoner Stimme die restlichen Berichte der vergangenen Nacht herunterleierte.

»Messerangriff in der Shadow Morning Road 5500. Der Tatverdächtige war wütend, weil seine Mutter zu einem Mann ziehen wollte, den sie erst seit Kurzem kennt, zog das Messer und versetzte dem Freund der Mutter drei Stiche in den Arm. Hundeangriff in der Bermuda Avenue 3200. Der Besitzer ließ seinen Pitbull trotz wiederholter Ermahnungen unangeleint im Garten herumlaufen, das Tier sprang über den Zaun und attackierte das Nachbarskind. Tödlicher Verkehrsunfall mit Fahrerflucht auf Höhe der Kreuzung 8300 Chemehuevi und Highway 62. Über den Wagen ist bisher nichts bekannt. Nächtliche Schmierereien an der Highschool, schon zum zweiten Mal in dieser Woche. So, das wärs.« Während er die Unterlagen in einem Ordner verstaute, wanderte sein Blick über die anwesenden Deputys. »Noch was. Die Bowden-Sache wird im Netz rauf und runter diskutiert. Da sehen die Leute ein zehnsekündiges Handyvideo und glauben, sie wüssten genau, was passiert ist. Darauf achtet ihr gar nicht. Wir sind nicht dazu da, uns von irgendwelchen Onlinekommentaren beeinflussen zu lassen. Konzentriert euch auf euren Job.«

Vasco hatte es offenbar eilig, denn er verließ den Besprechungsraum, ohne mein verspätetes Erscheinen zu kommentieren. Muss ein Glückstag sein, dachte ich. In meiner Schicht war dann auch wenig los. Eine Beschwerde wegen Lärmbelästigung, eine Überprüfung eines geparkten Fahrzeugs, ein vorzeitig beendeter Notruf, der sich als Versehen entpuppte, und Marci Jamison, die einen weiteren Versuch startete, ihr Ativan und Percocet als gestohlen zu melden, um an ein neues Rezept zu kommen. Als ich abends meine Uniform auszog, ging ich in Gedanken alles durch, was noch zu erledigen war. Ich musste einiges für Ethnologie lesen, einen historischen Aufsatz für die Abschlussprüfung durcharbeiten und meine Englisch-Seminararbeit per E-Mail abgeben. Auf dem Weg zum Ausgang kam ich am Whiteboard mit den laufenden Fällen vorbei. Ein Name auf der Tafel ließ mich abrupt stehen bleiben. Guerraoui.

Efraín

Ich habe gesehen, wie es passiert ist. Ziemlich dumm, denn das hat mir nur Probleme bereitet. Und noch dümmer, dass ich es Marisela erzählt habe. Ich war in dieser Nacht mit dem Rad auf dem Highway 62 unterwegs und fuhr von der Arbeit nach Hause, als mir plötzlich die Kette raussprang. In Arizona hatten wir noch ein Auto, einen Toyota Corolla, für achthundertfünfundsiebzig Dollar einem Platzanweiser von unserer Kirche abgekauft, aber der ging kaputt, kurz nachdem wir hierhergezogen waren, und wir hatten kein Geld für die Reparatur oder gar für einen neuen. Da waren mal eben so achthundertfünfundsiebzig Dollar weg. Manchmal beschwert sich Marisela, es würde uns immer schlechter gehen, obwohl die Leute doch in dieses Land kommen, damit sie es besser haben. Ich tue mein Möglichstes, sage ich dann, mehr geht nicht. Dass wir besser dran wären, wenn wir nicht ihre beiden Schwestern in Torreón unterstützen müssten, sage ich nicht. Und das Fahrrad ist gar nicht so schlecht – ich habe es kostenlos von Enrique gekriegt und komme damit so gut wie überallhin. Nur die Kette ist ein Problem.

Folgendes geschah in jener Nacht: Ich musste anhalten, weil die Kette rausgesprungen war. Ich schob das Rad auf den Gehweg gleich bei der Kreuzung Chemehuevi Way und Highway 62, und stellte es auf den Sattel. Eine Kette aufziehen ist zwar kinderleicht, aber es war dunkel; außerdem bin ich weitsichtig und konnte kaum etwas sehen. Weil ich meine Brille weder für meinen Tagesjob als Teppichreiniger noch für meinen Abendjob in der Motelwäscherei brauche, habe ich sie praktisch nie dabei. Ich kniete mich also hin und zog die Kette nach Gefühl auf, immer schön ein Glied nach dem anderen. Das dauerte seine Zeit, und als ich fertig war, hatte ich schmutzige Hände. Damit kein Öl an die Hose kam, richtete ich mich vorsichtig auf und spreizte dabei die Arme ab, als würde ich im Dunkeln nach etwas greifen. In diesem Moment hörte ich, wie ein Auto ziemlich schnell auf die Kreuzung zufuhr, und gleich danach einen dumpfen Knall. *Bums.* Als ich aufblickte, bog der Wagen schon in die Seitenstraße ein, und der alte Mann war von der Motorhaube gerollt und mit dem Gesicht nach unten im Rinnstein gelandet. Und der Wagen blieb nicht mal stehen, sondern düste einfach weiter, als wäre er nur über eine Dose oder eine Plastikflasche gefahren.

»Du musst die Polizei anrufen«, sagte Marisela.

Ich ging zur Küchenspüle und drückte mir einen Tropfen Spülmittel auf die Hand, um die Schmiere wegzuschrubben. »Hast du vergessen, was mit Araceli passiert ist?«, fragte ich. Araceli wohnte in Tucson ein paar Häuser weiter in unserer Straße. Eine kräftige Frau mit Lockenmähne und einer gackernden Lache. Sie meldete der Polizei, dass ihr Nachbar seine Frau schlug, und als sie ihre Zeugenaussage machen sollte, kam heraus, dass sie keine Papiere hatte. Bevor sie auch nur kapierte, was überhaupt los war, stand die Einwanderungsbehörde auf der Matte.

In Kalifornien geht es zwar angeblich anders zu als in Arizona, hier gelten andere Gesetze, heißt es, aber warum das Risiko auf sich nehmen?

»Du bist einfach weggefahren?«, fragte Marisela, eine Hand an der Wange. Im hellen Licht der Küchenlampe wirkten die Sommersprossen auf ihrem Nasenrücken dunkler als sonst. Auch nach zwölf Jahren Ehe machen mich diese Sommersprossen immer noch an. Ich konnte sie nicht belügen. Ich senkte den Blick und schrubbte weiter. Sie kam näher und fragte noch mal, mit empörter Stimme: »Du hast ihn einfach da liegen gelassen?«

Nein, so konnte man es nicht sagen. Ich hatte mein Handy aus der Tasche geholt – die ganze Tastatur bekam Schmiere ab –, doch dann fiel mir ein, dass man meinen Anruf zurückverfolgen konnte. Deshalb sah ich mich um und versuchte zu entscheiden, wo ich um Hilfe bitten könnte. Da stand ein Diner mit einem hellen Neonschild, aber innen war alles dunkel, nur der Schriftzug GESCHLOSSEN blinkte rot und blau. Aber die Bowlingbahn daneben war noch geöffnet. Ich hatte mich gerade auf den Weg dahin gemacht, als plötzlich eine Joggerin auf die Kreuzung zulief, eine Frau in Shorts, mit blondem Pferdeschwanz und aufgesetzten Kopfhörern. Sie konnte zwar nichts gehört haben, würde aber gleich den Highway auf Höhe Chemehuevi überqueren, den Mann auf der anderen Straßenseite entdecken und die Polizei rufen. Deshalb stieg ich auf mein Rad und fuhr nach Hause. »Du hast ihm also nicht geholfen?«, sagte Marisela.

»Was hätte ich schon tun können?«, sagte ich, während ich meine Hände mit einem Stück Küchenpapier abtrocknete. Unter den Fingernägeln steckte immer noch Schmiere. Ich ging ins Schlafzimmer und zog die Arbeitskleidung aus – ganz leise, um die Kinder nicht zu wecken, die im Bett unter dem Fenster schliefen. Elena war damals acht und Daniel sechs. Amerikanische Staatsbürger, alle beide, nur um das klarzustellen. Alles, was ich tat, machte ich für sie. Oder alles, was ich nicht tat, besser gesagt.

Ich nahm mir ein frisches Handtuch vom Stapel auf dem Bett und ging duschen. Das Wasser war warm, und ich schloss die Augen, aber sofort sah ich wieder den alten Mann mit dem Gesicht im Rinnstein vor mir. Ein Knie lag seltsam verdreht unter dem anderen, und ein Arm steckte unter der Brust, als wollte sich der Mann darauf stützen. Jetzt, mit geschlossenen Augen, sah ich neue Einzelheiten. Dinge, die ich im ersten Schock nicht wahrgenommen hatte. An dem Strommast hinter dem Mann hing auf Augenhöhe ein gelber Werbezettel. Und ungefähr eineinhalb Meter darunter leuchtete das weiße Haar des Mannes, dessen hellgrünes Hemd sich vom grauen Asphalt abhob.

Ich öffnete die Augen unter dem Wasserstrahl. Nein, sagte ich mir, ich habe keinen Unfall gesehen. In Wirklichkeit hatte ich gesehen, wie ein Mann auf den Boden fiel und ein weißes Auto in die Nacht hineinfuhr, und nicht mal bei der Farbe war ich mir sicher. Vielleicht weiß, vielleicht silberfarben. Aber die Marke oder das Modell – keine Ahnung. Und das Kennzeichen hatte ich mir auch nicht gemerkt. Was hätte ich denn tun sollen? Das Einzige, was ich gesehen hatte, war ein Mann, der auf den Boden gefallen war.

Nora

Ich duschte, wischte über den beschlagenen Spiegel und registrierte im feuchten Glas, dass ich anders aussah. Abwartend. Ich konnte nicht glauben, dass das Leben ohne meinen Vater weitergehen würde, dass am nächsten Morgen die Sonne wieder aufgehen, meine Mutter am Küchentisch sitzen, die Katze ihr Futter fressen, die Nachbarin mit ihrem Rollator die Straße hinuntergehen würde. Das letzte Mal war ich an Thanksgiving zu Hause gewesen, und obwohl das nur fünf Monate zurücklag, konnte ich mich kaum an den Besuch erinnern. Nach dem Festtagsessen hatten wir ein, zwei Partien irgendeines Brettspiels gespielt, wir waren ins Cinema 6 gegangen, und mein Vater und ich hatten eine Wanderung im Joshua Tree Nationalpark gemacht, doch ansonsten ist mir nichts Besonderes in Erinnerung geblieben. Vier ganz normale Tage.

Das Anziehen dauerte lange. Ich streifte mir ein Kleid über, legte mir einen Gürtel um und band mir die Uhr ans Handgelenk, aber weil bei jedem Gegenstand die Gedanken zu wandern begannen, bevor ich zuknöpfen, festschnallen oder schließen konnte, waren meine Haare fast trocken, als ich das Schlafzimmer verließ und in die

Küche ging. Plötzlich flog die Haustür auf, und Salma, Tareq und die Zwillinge stürmten herein. Die Erwachsenen trugen Einkaufstüten, die beiden Achtjährigen umklammerten ihre Tablets. »Tante Nora!«, rief Zaid, lief zu mir und umarmte mich, während Aida wortlos die Arme um meine Taille schlang und mich fest drückte.

Ich hielt die beiden und staunte wieder einmal darüber, wie groß sie seit dem letzten Mal geworden waren. Und es gab weitere kleine Veränderungen: Die Psoriasisflecken an Aidas Ellbogen hatten sich ausgedehnt, und an Zaids Handrücken klebte ein Captain-America-Tattoo. Als mein Vater und ich den Kindern einmal an einem warmen Frühlingstag beim Planschen im aufblasbaren Pool zugesehen hatten, fragte er mich: Was liegt einem mehr am Herzen als ein Kind? Ich dachte kurz nach, dann gab ich auf und fragte: Was? Ein Enkelkind, sagte mein Vater. Jetzt würde er seine Enkelkinder nie wieder sehen, nie wieder mit Zaid ein Lego-Raumschiff bauen oder Aida beibringen, wie man Kreuzworträtsel löste.

»Seit wann bist du hier?«, fragte meine Schwester, während sie die Einkaufstüten auf den Boden stellte.

»Seit heute früh«, antwortete ich.

Weil Salma so unglaublich blass war und ihr getupftes T-Shirt und die schwarze Hose viel zu weit wirkten, dachte ich schon, sie wäre krank. Doch der Gedanke verflog, als sie näher kam. Kaum hatten wir uns in die Arme geschlossen, begann sie zu weinen, und ich tröstete sie, so wie ich kurz zuvor meine Mutter getröstet hatte. Salmas Mann stand abwartend daneben. Als ihm klarwurde, dass sich die Sache in die Länge ziehen würde, bat er die Zwillinge, ins Wohnzimmer zu gehen, und holte eine Schachtel Kleenex aus dem Gästebad.

»Tut mir leid, dass ich es dir texten musste«, sagte Salma, »aber du bist einfach nicht rangegangen.«

»Ich war essen. Ich habe weder das Handy klingeln hören noch deine Nachricht gesehen. Ich habe es von Mom erfahren.«

»Hast du an den Kaffee gedacht?«, fragte meine Mutter von der Wohnzimmertür her. Ihre Augen waren winzig klein und ihre Wangen hellrot geädert.

»Ja, Mama«, sagte Salma.

Ich nahm eine der Papiertüten und folgte meiner Mutter und meiner Schwester in die Küche. An der Wand über dem Gewürzregal hing ein gerahmtes Bild, das ich in der zweiten Klasse gebastelt hatte, ein Baum aus schwarzen Bohnen. Jeder Ast war mit einem Namen beschriftet. Daddy, Mommy, Salma, Nora. Ich war der Ast unten rechts. Am Edelstahlkühlschrank hingen fünf, sechs Zeichnungen von Salmas Zwillingen und ein magnetischer Whiteboard-Kalender ohne einen einzigen Termin. Tareq nahm ein Blatt Papier und einen schwarzen Filzstift aus dem kleinen Schreibtisch am Fenster, der als Ablage für Rechnungen und Zeitschriften diente.

»Was schreibst du?«, fragte Salma.

»Ein Schild für den Diner.« Er hielt das Blatt in die Höhe, auf dem in Großbuchstaben WEGEN EINES TODESFALLS IN DER FAMLIE GESCHLOSSEN stand. »Das kleben wir an die Tür.«

»Da fehlt ein *I*«, sagte ich.

Er drehte das Blatt um und sagte achselzuckend: »Egal. Ist ja nur ein Schild.«

»Es ist nicht egal. Dad würde das stören. In solchen Dingen war er pingelig.« Ich blickte zu meiner Schwester. »Weißt du noch, wie er damals alle Speisekarten neu drucken ließ, weil er im Steak Special einen Druckfehler entdeckt hatte? Die Kunden würden es bemerken und ihn für einen Idioten halten, hat er gesagt.«

»Ja, ich erinnere mich.«

Tareq quetschte ein kaum sichtbares *I* zwischen das *M* und das *L*. »So, fertig«, sagte er, nahm die Restaurantschlüssel und ging durch die Küchentür hinaus. An die Arbeitsfläche gelehnt, betrachtete ich meine Mutter, die gerade Kaffeepulver in die Maschine füllte und den Inhalt jedes Löffels sorgsam glatt strich, bevor sie ihn hineinkippte. Sie ging so umsichtig und präzise vor, als hinge von dieser Arbeit sehr viel ab.

»Ich habe nachgedacht«, sagte ich. »Der Polizei zufolge hat man ihn im Rinnstein des Chemehuevi Way gefunden. Demnach musste der Fahrer extra an den Straßenrand ausscheren, um ihn zu erwischen.«

»Deshalb gehen sie ja davon aus, dass der Fahrer betrunken war«, sagte Salma. Sie hatte, beabsichtigt oder nicht, oft einen belehrenden Ton, wenn sie mit mir sprach. Diesmal fiel es ihr offenbar selbst auf, denn sie fügte rasch hinzu: »Oder es war ein Marine. Die rasen immer zum Standort in Twentynine Palms, um pünktlich da zu sein. Wenn die spät dran sind, fahren sie wie die Irren.«

Meine Mutter ließ den Deckel der Kaffeemaschine zuschnappen und begann mit dem Rücken zu mir, die Papiertüten in Rechtecke zu falten und auf der Arbeitsfläche zu stapeln. Für mich war das ein Signal, nicht mehr über den Unfall zu sprechen. Sie hatte mir alles, was sie wusste, längst gesagt.

Den restlichen Nachmittag über arbeiteten wir schweigend. Wir nahmen die Tassen und Untertassen für den Kaffee und die kleinen blauen Gläser für den Tee aus der

Vitrine, wuschen Minzeblätter und packten die Snacks aus, die Salma gekauft hatte. Wenn das Telefon klingelte, hob einer von uns ab und beschrieb den Weg zum Haus. Nach einer Weile kam Tareq vom Restaurant zurück, legte die Schlüssel auf die Arbeitsfläche und fragte: »Wer macht jetzt die Buchführung?«

Ich hob den Blick von den Servietten, die ich gerade faltete. »Welche Buchführung?«

»Wer kümmert sich um die Gehaltsabrechnungen und die Bezahlung der Lieferanten? Wenn der Diner geschlossen ist, gerät alles in Rückstand.«

»Dir geht es in dieser Situation ernsthaft ums Geld?«

»Nora«, sagte Salma vorwurfsvoll.

»Was denn? Du hast ihn doch gehört.«

»Er stellt durchaus vernünftige Fragen. Nicht jeder kann es sich leisten, den Kopf in den Wolken zu tragen wie du.«

Den Kopf in den Wolken tragen. Die Redewendung zog sich wie ein roter Faden durch mein Leben. Begonnen hatte es, als ich neun oder zehn war und mich so in meine Bücher vertiefte, dass ich den Ruf zum Abendessen nicht mitbekam. »Du trägst den Kopf in den Wolken«, sagte meine Mutter dann, aber meistens klang es liebevoll. Als ich einige Jahre später nach der Schule im Diner mithalf, wurde die Bemerkung allerdings zum harschen Tadel: »Du hast dem Gast falsch herausgegeben, du trägst den Kopf in den Wolken.« Und als ich mich wieder ein paar Jahre später gegen das Medizinstudium entschieden hatte, wurde aus dem Tadel eine Anklage: »Du ruinierst dir dein Leben, *benti.* Du trägst den Kopf in den Wolken!«

Den Kopf in den Wolken zu tragen, war meine Art, mit dem Leben klarzukommen. Das war mir früh bewusst geworden – schon an meinem ersten Tag in der Yucca Mesa Elementary, als Mrs Nielsen fröhlich die Liste mit den Namen der Kinder vorlas, es aber nicht fertigbrachte, »Nora Zhor Guerraoui« auszusprechen. Für den Mittelnamen nahm sie zwei Mal Anlauf, stockte und blickte missbilligend auf die Ansammlung von Konsonanten. Die anderen Kinder, vereint im Staunen über das Wort, an dem die Lehrerin gescheitert war, wurden ganz still. Mrs Nielsen schob ihre Lesebrille an die Nasenspitze und schielte zu mir herüber. »Ein sehr ungewöhnlicher Name. Woher kommst du?«

In der Pause schwärmten die Kinder aus und fanden in Grüppchen wieder zusammen – die Soldatenkinder, die Pastorenkinder, die Kinder aus der Wohnwagensiedlung, die Hippiekinder –, Gruppen, in denen ich keinen Einzigen kannte und kein Einziger mich. Ich hielt mich hinter der blauen Mauer neben den Schaukeln und sah aus der Ferne zu. In der Cafeteria aß ich den Zalouk, den mir meine Mutter in einer Pausendose mitgegeben hatte, während die anderen Schülerinnen am Tisch miteinander tuschelten. Plötzlich wandte sich Brittany Cutler an mich, ein hübsches blondes Mädchen mit Zopffrisur und strahlendem Lächeln, und fragte: »Was isst du da eigentlich?«

Unendlich dankbar für die Gelegenheit, schließlich doch noch mit jemandem reden zu können, blickte ich auf und antwortete: »Aubergine.«

»Sieht aus wie Kacka.«

Die anderen Mädchen kicherten, und den ganzen restlichen Schultag hindurch war ich für sie die Kacka-Esserin. Irgendwann sollten wir uns alle im Kreis um Mrs Nielsen setzen, weil sie uns aus *Rapunzel* vorlesen wollte, aber niemand mochte neben mir sitzen. Dann spielte Mrs

Nielsen »Twinkle, Twinkle, Little Star« auf dem Xylofon und fragte, ob wir wüssten, welches Lied das sei, und ich sagte: »Das ist das lila und grüne Lied.« Mrs Nielsen erwiderte: »Nein, Nora, der Stern funkelt, der ist nicht lila oder grün. Du musst die Farben lernen!« Ich traute mich nicht, ihr zu sagen, dass ich nun mal diese Farben sah, wenn ich die Melodie hörte. Als mein Vater mich abholte, lief ich ihm entgegen und warf mich in seine Arme, als wäre er mein Retter. Er trocknete meine Tränen, brachte mich nach Hause und erlaubte mir, vor dem Abendessen Oreos zu naschen.

Doch in die Schule musste ich am nächsten Tag trotzdem. Ich lernte das Alphabet, lernte das Treuegelöbnis und lernte, fiesen Mitschülern aus dem Weg zu gehen. Im Unterricht war ich still. Mittags saß ich allein am Tisch. Das Schweigen hüllte mich in Sicherheit, ließ mich jedoch einige Monate später im Stich, als Mrs Nielsen zu der Überzeugung gelangte, ich hätte eine Lernstörung. An einem sonnigen Maivormittag beorderte sie meine Mutter ins Klassenzimmer und bombardierte sie mit Begriffen wie »ausgeprägter Mutismus«, »soziale Angststörung« und »Oppositionsverhalten«. Meine Mutter verstand nur Bahnhof. Da erklärte Mrs Nielsen ihr im Flüsterton: »Mit Ihrer Tochter stimmt etwas nicht.« Ich saß auf einer gelben Matte in der Ecke, spielte, lauschte und wartete darauf, dass meine Mutter sagte: »Mit meiner Tochter ist alles in Ordnung.« Doch sie nickte nur sehr langsam, so als sähe sie die Sache ähnlich.

Als mein Vater abends nach Hause kam und erfuhr, was passiert war, bezeichnete er die Lehrerin als Idiotin. *Hmara* nannte er sie, »Esel« – ein Wort, mit dem er sonst nur Fernsehmoderatoren bedachte, mit denen er während der Acht-Uhr-Nachrichten stritt. Dann nahm er sich ein Bier aus dem Kühlschrank und ging die Rechnungen durch, die auf der Arbeitsfläche lagen. Ich starrte meine Mutter an, um ihre Reaktion nicht zu verpassen, die auch prompt erfolgte. »Ach, und du weißt mehr als die Lehrerin, ja?«

»Über meine Tochter weiß ich ganz sicher mehr.«

»Salma hatte in der Vorschule nie solche Probleme. Sie war immer die Beste.«

»Es gibt keine Probleme, Maryam.«

»Wenn sie nie den Mund aufmacht, muss sie das Jahr wiederholen, hat die Lehrerin gesagt.«

»Nein, muss sie nicht.« Er fuhr mir mit der Hand durchs Haar. »Nor-*eini*, versuch, im Unterricht etwas zu sagen, okay?«

Doch die durch meine Mutter übermittelte und verstärkte Drohung der Lehrerin ging mir nicht aus dem Kopf. Sprach ich nicht, würde ich das Jahr wiederholen müssen, und wiederholte ich, bliebe mir der tägliche Anblick von Brittany Cutler und ihrer Gefolgschaft erspart. Also wiederholte ich das Vorschuljahr und lernte noch einmal das Alphabet und den Treueschwur. Nur zählte zu meinen Mitschülerinnen diesmal Sonya Mukherjee, ebenso schweigsam und ebenso Außenseiterin wie ich. Als ich in die erste Klasse kam, hatte ich eine Freundin.

Anschluss an Gleichgesinnte, nämlich Musiknerds, fand ich aber erst in der Middleschool. Weil ich immer von Farben sprach, wenn es um Musik ging, hatte mich mein Vater im Sommer zwei Jahre zuvor zum Klavierunterricht bei Mrs Winslow angemeldet, einer Nachbarin, die an der University of Southern California Musik gelehrt und sich in der Wüste zur Ruhe gesetzt hatte. Sie gab meiner Sicht auf die Welt einen Namen: *Synästhesie*. Und mit dem Begriff kam die Erkenntnis, dass an mir nichts falsch war, dass ich diese Klangerfahrungen mit vielen anderen teilte, darunter auch viele Musiker und Musikerinnen. Beim Vorspielen für die Aufnahme in die Schulband trug ich Bachs Menuett in G-Dur vor und wurde sofort genommen, ebenso Sonya mit ihrer Flöte. Es gab noch einige andere talentierte Kinder – Lily, Jeremy, Manuel und Jamie –, Kinder, die nicht als Erstes »Was bist du?« fragten, sondern »Was spielst du?«. Über dem Lehrerpult hing ein Plakat mit der Aufschrift: HAST DU GESTERN GEÜBT? ÜBST DU HEUTE? WIRST DU MORGEN ÜBEN? Die strenge Disziplin und die langen Proben schweißten uns zusammen. Und viel reden musste ich auch nicht – ich musste nur spielen.

Einmal wurde die Jazzband zu einem Auftritt beim Sommerfestival in Palm Springs eingeladen. Ich trat aufs Podium, ging zum Klavier und tat, was mir mein Lehrer geraten hatte: Stell dir vor, du würdest nur für einen einzigen Menschen spielen, das nimmt dir die Nervosität. Ich sah meinen Vater an, der in der ersten Reihe mit seitlich geneigtem Kopf auf meinen Auftritt wartete, schloss die Augen und begann zu spielen. Während meine Finger über die Tasten glitten, hatte ich das Gefühl, mit meinen Bandkollegen zu sprechen. Ich rief Manuel am Schlagzeug etwas zu oder beantwortete Lilys Bass eine Frage. Das Gespräch zwischen uns wurde so intensiv, und ich vertiefte mich so sehr in unsere vielfarbige Unterhaltung, dass mich der einsetzende Applaus fast erschreckte. An diesem Abend war ich glücklich. Ich fühlte mich vollständig.

Das Gefühl, anders zu sein, verschwand trotzdem nie ganz. Ich hatte es besonders dann, wenn man mich fragte, welcher Kirche ich angehörte, wenn meine Mutter auf dem Schulparkplatz mit mir sprach oder wenn die Geschichtslehrerin eine Frage über den Nahen Osten stellte und sich alle Blicke erwartungsvoll auf mich richteten. Dass meine Eltern sich nicht verstanden und es zu Hause ständig Streit gab, machte die Sache nicht besser. Wann immer eine Tür zugeknallt oder ein Teller geschmissen wurde, sperrte ich mich in mein Zimmer ein und hörte Musik. Ich träumte vom Erwachsenwerden, vom College, von der Flucht aus der Wüste. »Warum trägst du nur ständig den Kopf in den Wolken?«, sagte meine Mutter.

Plötzlich roch ich den dampfenden Kaffee, spürte die steif gestärkte Serviette in meiner Hand, das Gewicht meines an der Arbeitsfläche lehnenden Körpers. »Ich trage den Kopf nicht in den Wolken«, sagte ich. »Ich glaube nur einfach nicht, dass das Thema Geld am heutigen Tag angebracht ist.«

»Wir reden hier nicht über Geld, sondern über Babas Restaurant, das ihm unglaublich am Herzen lag, wie du selbst eben erst betont hast«, entgegnete Salma.

»Das meine ich nicht.«

»Sondern?«

»Dass es gut wäre, wenn dein Mann ein bisschen mehr Feingefühl an den Tag legen würde.«

»Er wollte doch nur helfen.«

Die Türklingel ertönte, und ich zuckte zusammen. Salma ging öffnen. Ihre Armbänder klirrten dabei so regelmäßig, als würde sie bewusst einen Rhythmus einhalten. Während ich die letzten Servietten faltete, wuchs der Schmerz in meiner Brust. Ich war erst seit einem Tag hier, und schon wurde gestritten. Und ich verstand nicht, warum die Leute schon jetzt kamen. Nach der Beerdigung wäre genug Zeit gewesen. Ich konnte die Geschichte nicht mehr hören, die jedem neuen Besucher erzählt wurde – die Geschichte von der Lehrerin, die beim abendlichen Joggen meinen Vater bewusstlos auf der Straße gefunden hatte. Dass kurz darauf der Krankenwagen eintraf, doch zu spät, weil mein Vater schon tot war. Ich wollte nicht gefragt werden, wo ich war, als es passierte, oder wie ich die Nachricht erfahren hatte. Es ödete mich an, den Freundinnen meiner Schwester die Hand zu schütteln, ich hatte ihre gedämpften Stimmen satt. Nach einer Weile zog ich mich auf die Terrasse zurück.

Jeremy

Als ich vor ihrem Haus ankam, stand die Tür offen, und lautes Stimmengewirr drang nach draußen. Einige der Leute redeten in einer Sprache, die mir bekannt vorkam, ohne dass ich sie verstand. Vor dem Eingang sah ich mehrere Paar Schuhe und überlegte, ob ich meine auch ausziehen sollte. Aber was, wenn sie gar nicht da war? In der Diele hingen gerahmte Fotos, auch eins von unserer Highschooljazzband. Plötzlich wurde mir bewusst, dass ich noch nie bei ihr zu Hause gewesen war. Zehn Jahre hatte mein Bild an dieser Wand auf mich gewartet.

Im Wohnzimmer standen lauter Fremde in kleinen Gruppen herum und tranken Tee aus winzigen blauen Gläsern. Ihre Mutter saß auf dem Sofa und unterhielt sich konzentriert mit einem alten Mann, der ein schwarzes Jackett und eine weiße Gebetskappe trug. In der Küche klingelte das Telefon. Jemand rief nach einem Glas Wasser und einer Kopfschmerztablette. Es war laut und eng, und ich fühlte mich fehl am Platz. Mit einem Mal war ich mir nicht mehr sicher, ob es eine gute Idee gewesen war, direkt von der Dienststelle herzufahren. Dann sah ich sie auf der Terrasse.

Froh, von den Leuten wegzukommen, ging ich durch

die Glastür nach draußen. Es dämmerte schon, der blaue Himmel färbte sich schwarz. Am Holzzaun leuchteten die hellroten Blüten der Wildblumen wie die Glutreste eines sterbenden Feuers. Die Dielen knarzten unter meinen Schritten. Als ich ihren Namen rief, drehte sie den Kopf zu mir. Ihr schwarzes Haar umspielte ihre Schultern, und ihre Augen waren noch genauso dunkel, ihr Blick genauso direkt wie in meiner Erinnerung. Sie trug ein grünes Kleid mit einem schmalen Gürtel. Im gelben Licht, das aus dem Wohnzimmer auf die Terrasse fiel, wirkte ihre Haut golden. »Mein aufrichtiges Beileid.«

Sie sah mich schweigend an, und mir schoss der schreckliche Gedanke durch den Kopf, dass sie sich nicht an mich erinnern könnte. Doch dann kam sie, barfuß, mit leichten, leisen Schritten auf mich zu und umarmte mich. Herzlich, dachte ich später am Abend, als ich in der Badewanne saß. »Danke, dass du gekommen bist, Jeremy«, sagte sie. Während sie sich von mir löste, spähte sie ins Wohnzimmer, wo jemand aufgeschrien hatte und vom Chor der anderen Trauernden beruhigt wurde. Dann sah sie mich wieder an, diesmal fast verzweifelt. »Würdest du – kannst du ein bisschen bleiben?«

»Klar.« Ich setzte mich neben sie auf die Holzbank. Obwohl mir der Besuch so wichtig gewesen war, hatte ich mir nicht überlegt, was ich außer der Beileidsfloskel sagen könnte. Ich entschied mich für etwas Schlichtes. »Dein Vater war ein guter Mensch.«

»Danke.« Sie berührte mich leicht am Arm.

»Bei den Nachmittagsproben hat er uns oft zugehört. Dir. Das hat sonst kein Vater und keine Mutter getan.«

Sie schlug die Beine übereinander – ihre langen, braunen Beine. Die Zehennägel waren rot lackiert. Ich zwang mich, den Blick abzuwenden, klopfte auf meine Tasche, versuchte, mich zu erinnern, wie viele Zigaretten ich heute schon geraucht hatte. Weniger als fünf. Mein neues Tageslimit. »Darf ich rauchen?«

»Nur zu.«

Ich zündete mir eine Zigarette an und blies den Rauch weg von ihr, aber der Wind machte mir einen Strich durch die Rechnung. Seit einer Woche wehten heftige Santa Anas durchs Tal und brachten Hitze, Staub und die Rufe wilder Tiere aus den Bergen. Zwischen den Böen drang das Gemurmel aus dem Wohnzimmer auf die Terrasse.

»Wie hast du das mit meinem Dad erfahren?«, fragte sie.

»Eine Kollegin von mir bearbeitet den Fall.«

»Bist du Detective?«

»Deputy Sheriff. Scheint dich zu überraschen.«

»Ich dachte immer, du würdest mal Lehrer werden. Im Leistungskurs Englisch hast du die besten Aufsätze geschrieben.«

Allerdings hatte ich auch nur diesen einen Leistungskurs gehabt. In Wirklichkeit war ich nicht gut gewesen in der Highschool. Immer abgelenkt, sagten die Lehrer. Doch es war keine mangelnde Konzentration, sondern Erschöpfung. Nach der Schule arbeitete ich, kümmerte mich um meine Schwester und blieb fast jede Nacht auf, bis mein Vater nach Hause kam. Das Unterrichtsgefasel der Lehrer erschien mir weniger wichtig. Im Leistungskurs Englisch durften wir immerhin Romane lesen, und gelesen hatte ich schon immer gern. Ich zog an der Zigarette und versuchte, mich mit Noras Augen in einem Klassenzimmer voller Kinder zu sehen, schaffte es aber nicht. Ein anderer Weg als der, den mein Leben bereits eingeschlagen hatte, war für mich nicht mehr vorstellbar. »Man landet nicht immer da, wo man es erwartet hat«, sagte ich. »Und du?«

»Ich bin Musikerin. Komponistin.«

»*Das* finde ich plausibel.« Gab es etwas Selbstverständlicheres als Nora am Klavier? Sie war immer ein bisschen zu früh im Musikunterricht erschienen und immer ein bisschen später als die anderen gegangen. Hatte jedes Stück perfekt vom Blatt gespielt und warten müssen, bis wir anderen es hinbekamen. »Kann man deine Kompositionen irgendwo hören?«

»Nein, eigentlich nicht.« Sie zögerte. »Also, ich habe zwar ein paar Sachen aufgenommen und online gestellt, aber ich bekomme keine Plattenverträge oder Aufträge von Orchestern. Mein Geld verdiene ich als Vertretungslehrerin.«

Aus irgendeinem Grund hatte ich das Bedürfnis, die Enttäuschung zu lindern, die in ihrer Stimme mitschwang. »Das ändert sich bestimmt bald.«

Sie lachte leise. »Das glaubst auch nur du.«

Dann schwiegen wir lange, aber es war keine unangenehme Stille. Draußen, im Dunkeln sitzend, sahen wir alles, was drinnen im Haus vorging. Es fühlte sich so innig an, als würden wir etwas Geheimes oder sogar Verbotenes miteinander teilen. In der Küche stellte ihre Schwester einen frischen Kessel auf den Herd und sagte etwas zu den beiden Frauen, die an der Arbeitsfläche lehnten. Ein älteres Paar betrat das Wohnzimmer mit Glasschüsseln in den Händen, die mit Aluminiumfolie überspannt waren. Drei Mal klingelte das Telefon, bevor jemand hinging und abhob.

»Wartest du darauf, dass die sich endlich alle verziehen?«, fragte ich.

»Es war ein grauenhafter Tag. Ich halte das Gerede nicht mehr aus.«

»Wer sind diese Leute?«

»Der Mann neben meiner Mutter ist mein Onkel. Er hat einen Freund aus der Moschee in Los Angeles mitgebracht, der ihr mit dem Begräbnis helfen soll. Die zwei, die in der Küche Kaffee trinken, sind unsere Nachbarn. Und die anderen sind größtenteils Freundinnen meiner Schwester.«

In der Pinyon-Kiefer heulte eine Eule. Nora zog die Knie an die Brust und schlang die Arme darum. »Ich kann nicht weinen«, sagte sie.

»Konnte ich nach dem Tod meiner Mutter auch nicht. Zumindest nicht gleich.« Ich drückte die Zigarette aus.

»Kann ich eine von dir schnorren? Du bringst mich in Versuchung.«

Als ich ihr Feuer gab, sah ich an der Innenseite ihres Handgelenks einen tätowierten Spruch, konnte ihn aber nicht entziffern, weil es so dunkel war und ihre Hände so stark zitterten. »Es wird dich wahrscheinlich nicht trösten«, sagte ich, »aber Detective Coleman, die Kollegin, die den Fall bearbeitet, ist wirklich gut. Die findet den Dreckskerl, der das getan hat.«

»Uns hat sie jedenfalls nichts gesagt. Mein Dad wird ganz in der Nähe seines Restaurants überfahren, und sie findet keinen einzigen Hinweis auf den Täter.«

»Sie wird etwas finden. Das braucht seine Zeit.«

»Ich habe es kommen sehen.«

»Wie meinst du das?«

»Ich wusste, dass etwas Schreckliches passieren würde. Erinnerst du dich, wie nach dem 11. September das Lokal in Brand gesetzt wurde? Den Täter haben sie nie gefunden. Danach hat mein Dad eine riesige US-Flagge vor dem Diner aufgestellt, wie zum Beweis dafür, dass er zu den Guten gehörte. Ich habe ihm immer wieder gesagt, er soll verkaufen, aber er hat sich geweigert. Weiß der Himmel, warum er so gern hier gelebt hat.«

Sie führte eine Art Selbstgespräch, haderte mit der Vergangenheit, als könnte sie etwas daran ändern. Als ließe sich die Vergangenheit ändern. Genauso war es mir nach dem Tod meiner Mutter ergangen. Eines Spätnachmittags kam ich vom Baseballtraining nach Hause – noch voller Stolz, weil mein Coach meinen Swing gelobt hatte, noch erregt vom Anblick Maddie Clarkes, die mich im Minirock von der Tribüne aus angefeuert hatte, noch mit einem Grinsen im Gesicht wegen der Witze meiner Teamkameraden – und fand meine Mutter bewusstlos auf dem Boden in der Diele liegen. Der Träger ihrer Handtasche spannte sich quer über ihre Brust, die Post hielt sie noch fest in der Hand. Ich raste zum Telefon und versuchte, mich an den Erste-Hilfe-Unterricht zu erinnern, den ich zwei Jahre zuvor, in der Siebten, belegt hatte. Sollte ich nach dem Puls tasten? Sie anders lagern oder auf der Seite liegen lassen? Vorsichtig drehte ich sie auf den Rücken, klopfte ihr auf die Wangen, knöpfte den Kragen auf. Es gelang mir sogar, einen Puls zu fühlen, aber ich bekam sie nicht wach. Auch die Sanitäter, die wenig später eintrafen, schafften es nicht. Als mein Vater und meine Schwester im Hi-Desert Medical Center eintrafen, war sie bereits tot. Lungenembolie. Bis heute erinnere ich mich unfassbar deutlich, wie mein Vater in einem farblosen Krankenhausgang einem Arzt erklärt, dass es sich um einen Irrtum handeln muss, sie hätte doch nur ganz leicht gehustet.

Doch es war kein Irrtum. Sie war tot. War nicht mehr da, als ich am späten Abend in unser dunkles, leeres Haus zurückkehrte. Sie rief mich nicht vom Schlafzimmer aus, sagte nicht »Warum bist du noch auf? Geh jetzt schlafen, morgen ist Schule!«. Am nächsten Morgen stand sie nicht mit einer Tasse Kaffee in der Küche und blickte durchs Fenster auf den neuen Tag. Sie sagte nicht: »Hast du den Müll gestern rausgebracht? Irgendwas stinkt hier.« Sie verstrubbelte mir nicht das Haar und fragte, ob ich gut geschlafen hätte. Ich schlief überhaupt nicht, weder in der ersten Nacht noch in vielen, vielen folgenden. Ihre Abwesenheit wog zu schwer, als dass ich sie meinen Träumen überlassen konnte.

Meine Tanten Aurora und Estella kamen mit dem Auto aus El Monte, mein Onkel Paul mit dem Flugzeug aus Oregon, um am Begräbnis teilzunehmen. Sie kauften mir einen schwarzen Anzug, halfen mir, die Krawatte zu binden, und erzählten Geschichten, die ich noch nie gehört hatte. Ich erfuhr, dass meine Mutter einmal den zweiten Platz in einem Tanzwettbewerb beim Orange County Fair gewonnen hatte, dass sie während des Staatsexamens für das Lehramt unter einem Hautausschlag litt, auf der Geige jede noch so komplizierte Melodie nach Gehör spielen konnte und, als Ashley erst drei Monate alt war, allein nach Sorona zu einer Cousine fuhr, die sich in Schwierigkeiten befand. Die Geschichten sollten mich trösten, doch sie quälten mich nur. Ich sehnte mich danach, dass die Leute endlich gingen. Als sie es schließlich taten, war das Haus wieder leer, und ich wünschte mir, sie wären geblieben. In der Schule brachte ich überhaupt nichts mehr auf die Reihe. Die Mitglieder der Jazzband überreichten mir eine von allen unterschriebene Beileidskarte, doch wenn sie sich über das von mir verpasste Frühlingskonzert unterhielten, fühlte ich mich ausgeschlossen. Einige Jungs aus dem Baseballteam erklärten, es tue ihnen sehr leid, mieden mich jedoch in der Mittagspause, als wäre meine Trauer ansteckend. Und wenn ich nach Hause kam, saß mein Vater im Dunkeln, trank und starrte vor sich hin. Die Stille war so dicht, so erbarmungslos, dass Ashley abends immer öfter bei den Johnsons aß, einer lauten, chaotischen Familie im übernächsten Haus.

»Genügen dir Cornflakes zum Abendessen, Dad?«, fragte ich.

»Ganz wie du meinst«, antwortete mein Vater.

Um die Stille im Wohnzimmer zu füllen, schaltete ich den Fernseher ein, bevor ich mich an die Hausaufgaben setzte. Die Geräuschkulisse war seltsam beruhigend, störte allerdings meine Konzentration. Immer wieder las ich dieselben drei, vier Zeilen im Schulbuch, während meine Gedanken zu vergangenen Tagen zurückkehrten, als meine Mutter noch gelebt hatte und gesund gewesen war. Nie wieder würde sie mir beim Baseballspielen zusehen – für die Aufnahme ins Team hatte ich wahnsinnig hart trainiert. Nie wieder würde sie mein Gitarrenspiel fachmännisch korrigieren, nie wieder so tun, als fände sie meine dummen Witze lustig. Mir wurde erst nach ihrem Tod bewusst, wie nah wir uns gestanden hatten.

Dann besuchte Ashley immer häufiger einen beliebten Bibelkreis, der jeden Dienstag und Donnerstag in der Kirche der Johnsons stattfand. Wenn sie zurückkam, strahlte sie etwas Sattes aus, das nicht allein vom Essen herrühren konnte, das es vor jeder Zusammenkunft gab. Meine Eltern waren zwar in die Kirche gegangen, hatten aber nicht jedes Gespräch mit Bibelzitaten gespickt, keine religiösen Broschüren unter den Nachbarn verteilt oder, wie die Johnsons, beim Thema Evolution die Augen verdreht. Inzwischen verließ mein Vater sonntags nicht mal mehr das Haus.

»Dad, soll ich Makkaroni mit Käse machen?«, fragte ich.

»Ganz wie du meinst.«

Weil ich nun immer früh nach Hause ging, um mich ums Abendessen zu kümmern, fehlte ich zu oft beim Training und wurde zu Beginn der zehnten Klasse aus dem Baseballteam geworfen. Als al-Qaida im September Flugzeuge in die Türme des World Trade Centers steuerte, richtete sich mein Vater in seinem Sessel auf und sah sich zum ersten Mal aufmerksam etwas im Fernsehen an. Ab da dröhnte Fox News so laut durchs Haus, dass ich mich nur noch in mein Zimmer verkroch – vorgeblich um Hausaufgaben zu machen, in Wahrheit aber vor allem zum Lesen oder Gitarrespielen. Meine Noten wurden schlechter.

Meine Kochkünste dafür umso besser. Fast jeden Abend stand Punkt sieben ein Hauptgericht mit Beilage auf dem Tisch. Mein Vater aß alles, was ihm vorgesetzt wurde. Ashley dagegen hatte es immer eilig, zu den Johnsons zurückzukehren, und leerte ihren Teller so gut wie nie. Das übernahm ich dann für sie, weshalb ich stark zulegte, und zwar hauptsächlich an den falschen Stellen. In der Schule glaubte ich ständig, alle würden auf die Brüste starren, die sich unter meinem T-Shirt abzeichneten. Grüßte ich Maddie Clarke, brummte sie angewidert zurück. Nur wenige Monate zuvor hatte ich die anderen Jungs um einen ganzen Kopf überragt; jetzt war ich auf eine Art sichtbar, die mir kurioserweise das Gefühl gab, unsichtbar zu sein. Die Tage verschwammen in ihrem immer gleichen mechanischen Ablauf: aufstehen, zur Schule gehen, nach Hause gehen, Abendessen machen, schlafen, von vorn beginnen.

Vor dem Tod meiner Mutter war mein Studienwunsch Logopädie gewesen. Ich hatte als Kind unter einer Artikulationsstörung gelitten, eine monatelange Therapie machen müssen und nie vergessen, wie gut die Überwindung dieser Störung für mein Selbstbewusstsein gewesen war. Und da meine Mutter Englisch als Fremdsprache unterrichtet hatte, fand ich es passend, ebenfalls einen Beruf zu ergreifen, in dem ich Kindern helfen konnte. Doch als ich im Dezember meines letzten Highschooljahrs eine schriftliche Zusage für einen Studienplatz an der staatlichen Universität bekam, war meine Begeisterung bereits abgeflaut. Ich war mir nicht mehr sicher, ob Logopädie überhaupt das Richtige für mich wäre.

»Dad, was meinst du? Wie soll ich mich entscheiden?«, fragte ich.

»Das überlasse ich ganz dir.«

Es fiel mir schwer zu akzeptieren, dass ich meine eigene Mutter, mein eigener Vater geworden war. Ich kaufte ein, kochte, erledigte die Wäsche. Als Ashley ihre erste Periode bekam, ging ich mit ihr Tampons kaufen. Weil mein Vater mittlerweile oft knapp bei Kasse war, nahm ich einen Teilzeitjob in der Eisdiele an. Trotzdem reichte es nie, sodass ich jeden Monat entscheiden musste, welche Rechnung ich bezahlte und welche nicht. Aber dieses eine Mal wollte ich unbedingt, dass mein Vater mir eine Richtung vorgab, mit mir sprach, mir half, meine Zukunft zu planen. Und wenn er das schon nicht schaffte, sollte er zumindest auftauchen, einfach auftauchen. Vor jedem Konzert der Jazzband der Yucca Valley High School heftete ich einen Flyer an den Kühlschrank, auf dem das Datum und der Veranstaltungsort mit Leuchtstift markiert waren. Während ich mit meiner Gitarre die Bühne betrat, ließ ich in der Hoffnung, meinen Vater zu sehen, den Blick über die hinteren Sitzreihen wandern. Doch im Gegensatz zu Noras Vater kam meiner nie. Noch jetzt erinnerte ich mich an den heftigen Neid, der mich beim Anblick des ganz vorn sitzenden Mr Guerraoui überkam. In seinen Augen lag Stolz – etwas, das ich von meinem Vater nicht kannte.

Ich sah zu Nora hinüber. An ihrer Zigarette hing ein langes Stück Asche.

»Vorsicht, du verbrennst dich noch.«

Sie betrachtete die Zigarette, als hätte sie das Ding noch nie gesehen. Durch die leichte Armbewegung fiel die Asche ab und verteilte sich auf ihrem Handrücken. Nora wischte sie weg und richtete den Blick wieder aufs Wohnzimmer. Mittlerweile waren außer ein paar wenigen Leuten alle gegangen. Nora stand auf. »Noch mal vielen Dank, dass du gekommen bist, Jeremy«, sagte sie. Dann führte sie mich durchs Haus und brachte mich zur Tür.

Diesmal blieb ich nicht vor dem Foto in der Diele stehen.

Maryam

Um wach zu bleiben, schaltete ich das Radio ein und suchte die Sendung von Claudia Corbett auf KDGL, die normalerweise mittags läuft und die ich mir anhöre, während ich Kartoffeln schäle oder Petersilie hacke. Aber weil die Sendung so beliebt ist, wird sie abends um zehn wiederholt. Damals rief eine junge Frau an und erzählte, sie hätte erst vor einem halben Jahr geheiratet, doch ihr Mann und sie würden ständig streiten. Er wollte nach Portland ziehen und Naturfotograf werden, sie in Salt Lake City bleiben und weiter bei einer Versicherung arbeiten, und keiner gab nach. »Jetzt hören Sie mal gut zu«, sagte Claudia streng, wie sie es manchmal tut, wenn ein Anrufer ins Schwafeln kommt und nicht einsehen will, was klar auf der Hand liegt. »Kein Mensch hat je behauptet, dass die Ehe ein Kinderspiel ist. Die Ehe ist harte Arbeit.«

Als wir vor fünfunddreißig Jahren nach Amerika gezogen sind, hat mich vieles erstaunt. Waffenläden gleich neben Friseursalons, ineinander verwickelte Schnellstraßen, Leute, die anklopfen und über Jesus reden wollen, zwanzig verschiedene Milchsorten im Supermarkt, Schilder, auf denen DENKEN SIE NICHT MAL IM TRAUM

DARAN, HIER ZU PARKEN steht. Einmal habe ich Driss so ein Schild gezeigt und gesagt: Hier gibt es sogar Schilder, die einem verbieten, bestimmte Sachen zu denken! Über die Talkshows habe ich mich auch gewundert, weil die Amerikaner im Fernsehen so gern Geständnisse machen. Männer sprachen über ihre Affären oder ihre Alkohol- oder Spielsucht, Frauen über ihr Gewicht, über Schönheitsoperationen oder uneheliche Kinder. Sogar Teenager kamen zu Wort – meistens ging es darum, wie schrecklich ihre Eltern waren. Und alle redeten so, als wäre es das Normalste der Welt. Ich konnte gar nicht genug davon kriegen. Der Fernseher stand auf dem Vorratsschrank ganz hinten im Donut-Shop, und während ich Geschirr spülte oder den Boden wischte, sah ich mir *Sally* oder *Donahue* an, die nachmittags liefen, wenn im Laden nichts los war. Mein Bruder hatte mir den Tipp gegeben, mein Englisch mit Fernsehgucken zu verbessern, und ich lernte wirklich viele neue Wörter, zum Beispiel *Vaterschaftstest, künstliche Befruchtung* und *AIDS-Epidemie*. Mit der Aussprache hatte ich allerdings Schwierigkeiten. Ich sagte »tree«, wenn ich »three« meinte, oder »adder«, wenn ich »other« sagen wollte. Da musste ich viel üben. In Casablanca hatte ich meine beiden Schwestern, meine drei Onkel und acht Cousinen und Cousins, aber hier in Kalifornien nur meinen Bruder, und der wohnte zweihundert Kilometer weit weg. Wie weit das war, merkte ich erst, als wir ihn nicht mehr jeden Tag besuchten, sondern nur noch ein Mal im Monat, wenn überhaupt. Das war für mich das Schwierigste am Leben in Amerika, so weit weg zu sein. Ich fühlte mich wie ein Waisenkind.

Eines Tages fuhren wir in den Supermarkt, zu Stater Brothers am Highway 62. Damals lebten wir schon seit neun Monaten in der Mojave, aber es war unser erster Winter. Weil wir die Kälte nicht gewohnt waren, packte ich Salma in einen grünen Wollmantel, den ich ihr vor der Fahrt zum Supermarkt in einem Spendenshop gekauft hatte. Sie saß im Einkaufswagen – auch so etwas Amerikanisches. Das erlaubte ich ihr, weil sie so gern im Wagen durch den Supermarkt geschoben wurde und weil ich nichts Schlimmes dabei fand. Als ich die Coupons durchsah, die wir aus der Zeitung ausgeschnitten hatten, stieß ich auf einen Rabatt für eine Dose Hunt's gehackte Tomaten, doch genau diese Marke konnte ich im Regal nicht finden. »Die haben sie ganz bestimmt«, sagte Driss. So war er. Immer zuversichtlich, auch bei unwichtigen Kleinigkeiten. Während er nach der Dose suchte, wartete ich und fröstelte in meiner Jeansjacke. Doch als eine Frau ihren Einkaufswagen an uns vorbeischob, roch ich plötzlich Rosenwasser und war sofort wieder bei meinen Schwestern in Casablanca, wo wir uns Lockenwickler in die Haare drehten und verschiedene Lippenstifte ausprobierten und uns die Haare genauso toupierten wie Shadia, deren Foto wir in den Spiegelrahmen gesteckt hatten. Das Radio lief, und wir warteten, dass sie die Bee Gees spielten. Später kamen unsere Freundinnen, und wir sahen uns einen ägyptischen Film mit Rushdy Abaza an.

Ich weiß nicht, warum, aber ich folgte der Frau durch den Gang zu den Kühlregalen. Sie nahm Milch, Butter, Eier und Saft, so viel, dass es für eine große Familie reichte. Dann ging sie zu einem Eckregal und holte sich eine von den neuen *E.T.*-Pausenbrotdosen, auf denen der Alien und der kleine Junge die Finger aneinanderlegen und die Fingerspitzen leuchten. Ihre langen Haare waren fast genauso braun wie meine, nur dass sie einen Mittelscheitel trug, und in ihrem Mantel waren diese riesigen Schulterpolster, die damals in Mode kamen. Sie bog dann in einen anderen Gang ab und blieb unschlüssig vor den ungefähr zwanzig verschiedenen Mehlsorten stehen. Als ich »Hallo« sagte, drehte sie sich um, zog die Augenbrauen hoch und lächelte unsicher. Ich wollte ihr sagen, dass ich Maryam hieß, und sie nach ihrem Namen fragen. Wohnen Sie hier in der Nähe? Was machen Sie? Haben Sie Kinder? Ich habe eine Tochter, sie ist drei. Darf ich Sie irgendwann zum Tee einladen? Wollen Sie einen Kuchen backen? Ich habe da ein tolles Rezept. Aber Star Flour sollten Sie nicht nehmen, das eignet sich nicht für Kuchen. Doch ich brachte kein Wort heraus, weil mein Herz so raste.

»Ja?«, sagte sie. »Kann ich Ihnen helfen?«

»Das ist kein gutes Mehl«, sagte ich.

»Was?«

Mit der Zeit lernte ich, mir alles erst im Kopf vorzusagen, bevor ich es aussprach, so wie in der Schule, wenn wir Gedichte von al-Khansa oder al-Mutanabbi vortrugen und keine einzige Silbe und Endung auslassen durften, doch an diesem Tag fühlte ich mich von der fremden Sprache verraten. »Das ist kein gutes Mehl«, sagte ich.

Sie senkte den Blick. »Ich verstehe nicht.«

»Es ist zu grob.«

»Was wollen Sie von mir?«

Erst als ich so dicht vor ihr stand, sah ich, dass sie wie meine jüngste Schwester an der Oberlippe einen Schönheitsfleck hatte. Das erstaunte mich so, dass ich sie noch mehr anstarrte. Und weil ich sie so verwirrt hatte und es nicht noch schlimmer machen wollte, deutete ich auf das Mehl und rieb mir lächelnd den Bauch, damit sie verstand, was ich sagen wollte. Da schüttelte sie lachend den Kopf, sodass ich ihre schiefen, vom Kaffee gelb verfärbten Zähne sah, legte sich eine Backmischung in den Wagen und ging. Ich begann zu weinen. Kurz darauf fand mich Driss, in Tränen aufgelöst neben den Kuchenglasuren. »Was ist passiert?«, fragte er und nahm meine Hand. Ich wusste nicht, wie ich erklären sollte, dass gar nichts passiert war und doch so viel. Salma starrte mich aus dem Einkaufswagen an, und ich trocknete mir schnell das Gesicht. Ich wollte sie nicht beunruhigen – vor allem nicht, als sie mir die Hunt's-Dose wie eine Trophäe hinhielt. Der Trostpreis. »Wo ist der Coupon?«, fragte Driss.

Ich hatte ihn nicht mehr. Er war mir wohl aus der Hand gefallen, als ich der Frau durch den Supermarkt folgte. Auch als ich alles noch einmal absuchte, fand ich den kleinen Umschlag nicht, in dem wir unsere Coupons aufbewahrten. Woche für Woche hatten wir sie ausgeschnitten und gesammelt. Driss war sauer, weil wir nun mehr bezahlen mussten, und schimpfte in der Schlange vor der Kasse mit mir. Wir hatten unser Lokal gerade erst eröffnet und mussten sorgsam mit dem Geld umgehen. In diesen ersten Jahren haben wir hart gearbeitet, sehr hart. Vielleicht hätten wir auch an unserer Ehe arbeiten sollen, so wie es Claudia Corbett gesagt hatte. Während ich sie damals im Auto hörte, dachte ich, wir sollten es noch einmal versuchen. Wir sollten nicht wegen jeder Kleinigkeit streiten, sondern lernen, uns selbst und vor allem die Fehler des anderen zu verzeihen. Doch als ich ins Haus ging, war Driss nicht da. Normalerweise saß er in seinem Sessel und löste Kreuzworträtsel – mit dieser Methode verbesserte *er* sein Englisch. Er war richtig besessen davon, alle Antworten zu finden, und sah meist gar nicht auf, wenn ich an ihm vorbei zur Küche ging. Aber an jenem Abend war der Sessel wie gesagt leer, und weil er nicht abhob, als ich ihn anrief, wählte ich Salmas Nummer. Da war es zwanzig vor zehn. Das weiß ich noch, weil ich auf die Uhr an der Mikrowelle starrte, während ich mit Salma sprach und sie mir sagte, ich sollte mir keine Sorgen machen, vielleicht wäre irgendwas mit dem Auto, oder sein Handy wäre ausgeschaltet. Eine Stunde später kam die Polizei.

Nora

Im Schlaf verlor ich mich an eine Welt, in der mein Vater noch lebte. Wir saßen zusammen in einem hellen Raum, und in der Luft lag der Geruch des Wermutzweigs, mit dem er seinen Pfefferminztee würzte. Er war mit einem Kreuzworträtsel beschäftigt, nagte an der Kugelschreiberkappe und dachte über ein Lösungswort nach. Fünf Buchstaben, Nora. Der Vater aller Dinge, der König aller Dinge. Hast du eine Idee? Krieg, sagte ich, ohne den Blick vom Klavier zu heben. Ah! Danke, Nor-*eini*! Als ich die Augen aufschlug, schlossen sich die Wände meines Zimmers um mich, bestürmten mich mit ihrem grellen Weiß. Wie ein unangenehm schwerer Mantel lastete etwas auf meinen Schultern. Das Aufwachen war der schwierigste Teil des Tages, weil mir dann wieder einfiel, dass er tot war.

Ich drehte mich auf die Seite und rollte mich zusammen. Von der Wand über der Kommode blickte mir auf einem Foto der Jazzband, aufgenommen vor dem Konzert im vorletzten Schuljahr, mein jüngeres Abbild entgegen. Schwarzes Kleid, strenger Dutt, der Mund ungeduldig gespitzt. Ich war so wild darauf gewesen, endlich von zu Hause auszuziehen – und was hätte ich jetzt dafür gegeben, noch einen Tag mehr hier mit ihm zu verbringen. Ich schloss die Augen wieder und hoffte, in den Traum zurückzufinden, doch es ging nicht. Ich war hellwach. Nach dem Ankleiden legte ich etwas von Coltrane auf, setzte mich aufs Bett und schrieb eine Mail an den Direktor der Bay Prep – der Schule, in der ich damals eine Englischlehrerin im Mutterschaftsurlaub vertrat. Ich hatte Oakland sofort nach der Unfallnachricht verlassen und erklärte dem Direktor nun, was geschehen war. Außerdem sprach ich die Hoffnung aus, bald wieder für ihn arbeiten zu können, aber ich wusste, dass ich den Job los war und es schwer sein würde, wieder einen genauso sicheren zu finden. Plötzlich drangen aus der Diele Stimmen herauf.

Als ich eine Weile später das Wohnzimmer betrat, saß Detective Coleman auf dem Ledersofa. Sie hatte die Knöchel gekreuzt und einen Schnellhefter auf dem Schoß. Die langen Wimpern ihrer dunklen Augen ragten wie Kiefernnadeln hervor. Über die rechte Braue zog sich eine feine Narbe. Meine Mutter hielt ihr ein gerahmtes Foto hin und erklärte: »Das war 1980, vor unserem Umzug nach Kalifornien.«

»Hallo«, sagte ich. Detective Coleman stand auf und gab mir die Hand.

Kaum saß sie wieder, sprach meine Mutter weiter. »Das ist mein Mann Driss, und das bin ich. Zwischen uns steht unsere Tochter Salma. Sie war damals zwei. Und das hier – Nora, wie heißt das Wort für den Turm, der die Schiffe warnt?«

»Leuchtturm.«

»Genau. Das hinter uns, das ist der Leuchtturm von Casablanca.«

»Sie sind aus Marokko hierhergezogen, Mrs Guerraoui?«, fragte Coleman.

»Ja, 1981. Aber das ist eine lange Geschichte.«

»Möchten Sie etwas trinken, Detective?«, fragte ich.

»Kaffee, wenn es welchen gibt. Aber bitte nicht extra für mich machen!«

Ich ging in die Küche, schüttete den restlichen Kaffee weg und machte frischen. Die Geschichte über die alte Heimat hatte mein Vater im Laufe der Jahre so oft erzählt, dass ich es nicht ertrug, sie noch einmal zu hören. »Es war ein Samstag«, so begann er immer. »Der Samstag vor der Woche, in der die Abschlussprüfungen stattfanden.« Ich glaube, die Geschichte gefiel ihm deshalb so gut, weil sie genau dem amerikanischen Traum entsprach: Einwanderer überquert den Atlantik, wird Unternehmer, hat Erfolg.

Er erzählte die Geschichte immer wieder, nur um sich vor Augen zu führen, wie gut alles für ihn gelaufen war. Das änderte sich an einem Septembermorgen, zumindest für mich. Ich hatte den Rauch als Erste gerochen, während ich auf der Suche nach einem werbefreien Sender am Autoradio drehte. Neben mir trommelte mein Vater mit den Fingern aufs Lenkrad und wartete auf das grüne Ampellicht. »Stell NPR ein«, sagte er, aber ich hatte die Nachrichten satt. Gerade deshalb wollte ich ihn an diesem Samstagmorgen unbedingt in die Arbeit begleiten – weil ich die Nachrichten nicht mehr hören konnte. Schließlich wählte ich einen Klassiksender, lehnte mich zurück und tauchte in die Farben ein. Da roch ich den Rauch. Hinter der Abzweigung auf den Highway 62 stieg in der Ferne eine graue Wolke empor. Ich dachte sofort an ein brennendes Auto oder einen Propantank. Erst beim Näherkommen wurde mir klar, dass der Rauch aus dem Restaurant kam.

Als wir in den Kickapoo Trail einbogen, sahen wir, dass Aladdin Donuts wie ein Heuhaufen brannte. In einer einzigen Bewegung sprang mein Vater aus dem Kombi und zog sein Handy aus der Tasche. In diesem Moment rannte Mr Melendez vom gegenüberliegenden 7-Eleven auf uns zu. »Ich habe schon die Feuerwehr verständigt«, rief er und erzählte, dass er beim Auswechseln der Kassenrolle quietschende Reifen gehört, sich aber nichts weiter gedacht hatte. Dann war der Gestank in den Laden gedrungen, eine Mischung aus Benzin, Asche, schmelzendem Plastik und karamellisierendem Sirup. Noch heute, Jahre später, kommt die Erinnerung an den Brand schon beim leichtesten Anflug von Rauch in mir hoch, selbst wenn er von einem Grillfest am Strand stammt. Mein Vater und ich sahen zu, wie die Flammen am Ladenschild züngelten, bis die Glasabdeckung zersprang. Das aus der Ferne näher kommende Sirenengeheul mündete in dröhnenden Motorenlärm, als die Feuerwehr den Parkplatz erreichte. Unter dem Spritzwasser, das aus den Schläuchen schoss, färbte sich der Rauch schmutzig weiß. Meine Augen tränten, und in meinen Nasenlöchern brannte es.

Ein Feuerwehrmann des San Bernardino County Fire Department entdeckte die Ursache des Feuers – einen Ziegelstein, eingewickelt in einen mit Brandbeschleuniger getränkten Lappen. »Brandstiftung«, sagte sein Vorgesetzter.

»Ich weiß«, erwiderte mein Vater. So etwas habe er schon bei den Protesten 1981 in Casablanca gesehen. Fassungslos schüttelte er den Kopf. In diesem Moment musste ihm bewusst geworden sein, dass er um seiner Sicherheit willen zehntausend Kilometer von zu Hause fortgezogen war, nur um zu erleben, dass es für ihn auch hier keine Sicherheit gab.

Bei unserer Rückkehr ins Haus saß meine Mutter genauso auf dem Sofa wie um sechs Uhr morgens bei unserer Abfahrt – einen Fuß unter dem anderen Bein und den Blick auf den Bildschirm gerichtet, wo CNN in Endlosschleife die brennenden Twin Towers zeigte. »Was ist?«, fragte sie, während sie aufstand.

Mein Vater erzählte es ihr.

Ich ging in mein Zimmer und zog das T-Shirt und die Jeans aus, die grauenhaft stanken. Auch nach dem Duschen rochen meine Haare noch nach Ruß. Und im Wohnzimmer lief der Soundtrack meines Lebens – das Gekeife meiner Eltern.

»Wir müssen zurück«, sagte meine Mutter.

»Wohin?«

»Nach Hause. Casa.«

»Wir können nicht zurück, Maryam.«

»Und wie wir können!« Marokko habe sich verändert, behauptete sie, es sei jetzt alles anders dort. Mein Vater glaubte das nicht. Außerdem hatte er sich an die Mojave gewöhnt. Ein Leben in einer Großstadt wie Casablanca war für ihn unvorstellbar geworden.

»Dann ziehen wir nach Marrakesch. Da hat es dir immer gefallen.«

»Und was ist mit Nora? Sie geht noch zur Schule. Nein, wir können nicht weg von hier.«

Obwohl ich wieder im Wohnzimmer war, stritten sie weiter und sprachen über mich, als wäre ich nicht da. Der Streit zog sich tagelang hin. Und je mehr sie stritten, umso mehr vertiefte sich meine Mutter in ihren Koran. In ihm fand sie nach den Anschlägen Trost und las jeden Morgen darin, um sich nach den neuesten Tragödien in den Nachrichten zu beruhigen. Oft zitierte sie beim Abendessen aus dem heiligen Buch, und keiner von uns konnte auch nur hoffen, das Arabische jemals so perfekt auszusprechen wie sie. Obendrein begann sie wieder zu beten, was meinen Vater sehr überraschte, weil sie nie besonders religiös gewesen war, doch er gewöhnte sich daran. Als er jedoch eines Abends von der Arbeit nach Hause kam und alle Bierflaschen im Müll fand, ging er ins Bett, ohne ein Wort mit ihr gesprochen zu haben.

Damit begann eine achtmonatige Phase, die ich insgeheim als Kalten Krieg bezeichnete. Jeden Morgen nahm meine Mutter das Bier aus dem Kühlschrank, schüttete es in den Ausguss und warf die Flaschen in den Müll, und jeden Abend brachte mein Vater einen neuen Sechserpack mit. Als er einen eigenen Kühlschrank in die Garage stellte, stopfte sie das Gerät mit Fleisch und Gemüse voll. Er beschwerte sich darüber, im eigenen Haus nicht mehr frei zu sein; sie behauptete, sich darin nicht mehr sicher zu fühlen. Er ging häufiger aus; sie begann mit Karate.

Der Streit legte sich erst, als die Versicherung gezahlt und mein Vater mit dem Geld einen alten Diner gekauft hatte. The Pantry. Amerikanischer ging es nicht. »Du wirst sehen, jetzt wird alles gut«, versprach er meiner Mutter. Der Kalte Krieg endete, und in unser Haus kehrte ein wackliger Friede ein. Doch der fast ein Jahr andauernde Konflikt hatte zur Folge, dass ich in diesem Haus nicht mehr leben konnte. Das endlose Gezänk meiner Eltern hatte es mir unmöglich gemacht, und in meiner Vorstellung wurde das College zum sicheren Hafen. Ich wollte nur noch weg.

Als ich mit dem Kaffeetablett zurückkam, stand das Foto wieder auf dem Kaminsims, eingezwängt zwischen einem farbigen Hochzeitsbild von Salma und Tareq und gerahmten Handabdrücken der Zwillinge. Meine Mutter hatte in der Zwischenzeit ein anderes Porträt meines Vaters aus dem Rahmen genommen und vor Coleman auf den Couchtisch gelegt. »Haben Sie Kinder, Detective?«, fragte sie.

»Ja, einen Jungen. Er heißt Miles.«

»Salma ist Zahnärztin. Sie kann sehr gut mit Kindern.«

Ich schenkte Detective Coleman Kaffee ein. »Miles nach Miles Davis?«

»Nein, nach Miles Aiken. Mein Mann ist Basketballfan.«

Coleman trank einen Schluck und öffnete ihr Notizbuch erst, nachdem ich mich gesetzt hatte. »Mrs Guerraoui, die Obduktion hat ergeben, dass Ihr Mann Opfer eines Autounfalls mit anschließender Fahrerflucht geworden ist. Seine multiplen Verletzungen stammen sowohl vom unmittelbaren Aufprall an der rechten Körperseite als auch vom darauffolgenden Sturz auf die Straße: Hüftfraktur, fünf Rippenbrüche, Lungenriss, Hirnblutung. Er wollte den Highway offenbar auf Höhe des Chemehuevi Way überqueren, um zu seinem geparkten Wagen zu gelangen, und wurde von einem Pkw oder Lastwagen erfasst, der in östlicher Richtung auf dem Highway fuhr, sodass Ihr Mann an die Nordseite des Chemehuevi Way zurückgeschleudert wurde. Dem Gerichtsmediziner zufolge muss er sofort tot gewesen sein. Als Todeszeitpunkt wird 21:30 Uhr am 28. April angegeben.«

Die Szene, die ich mir vorgestellt hatte und bei jeder Erwähnung des Unfalls unweigerlich vor mir sah, wurde jetzt klarer. Doch die neuen Details vergrößerten nur meinen Schmerz. Ich hatte weder gewusst, dass er mit dem Kopf aufgekommen, noch, dass ein Lungenflügel gerissen war. Wie lange hatte das Sterben gedauert? Hatte er die Zeit an jedem Atemzug gemessen, während er auf Hilfe wartete? Mich durchfuhr ein ganz neuer, so heftiger Schmerz, dass ich am liebsten geschrien hätte.

Coleman schwieg. Wahrscheinlich wollte sie uns die Möglichkeit geben, die Neuigkeiten zu verarbeiten. Die Katze am anderen Ende des Sofas hob die Nase in die Luft, entdeckte einen Geruch und verließ das Zimmer, um ihm nachzugehen.

»Ya latif«, flüsterte meine Mutter. *»Ya latif.«*

»Ich muss Sie noch darüber informieren, dass jetzt normalerweise die Highway Patrol übernehmen würde«, sagte Coleman. »Aber weil ich schon seit drei Tagen in dem Fall ermittle, haben uns die Kollegen gebeten, der Sache nachzugehen.«

Meine Mutter sah mich an. Sie wirkte erleichtert, weil sie nun nicht wieder mit jemand völlig Fremdem sprechen musste. Als Coleman ein weiteres Blatt aus dem Hefter nahm, sah ich ihre bis aufs Fleisch abgekauten Nägel. Mit dieser Angewohnheit hatte ich die ganze Grundschule hindurch gekämpft und war sie erst in der Middleschool losgeworden. Jetzt schmeckte ich wieder den medizinischen Nagellack, mit dem ich es mir abgewöhnt hatte. Ein intensiver, bitterer Geschmack, der lange anhielt.

»Außerdem habe ich hier den vorläufigen Bericht der Spurensicherung«, sagte Coleman.

Ich schöpfte Hoffnung. Aus Fernsehsendungen wusste ich, dass sich an jedem Tatort, bei jeder Obduktion, in jedem Laborbericht Spuren fanden. Ich wartete darauf, dass

Coleman Fingerabdrücke, DNA-Spuren, Sohlenprofile, eine achtlos aus dem Fenster geworfene Kippe, eine Reifenspur auf dem Asphalt, ein mit der Pinzette aus dem Rinnstein gefischtes einzelnes Haar erwähnen würde. Stattdessen sprach sie von Autolack. »Die Spurensicherung hat an der Kleidung des Opfers mikroskopisch kleine Lackpartikel gefunden, die wahrscheinlich vom Unfallfahrzeug stammen. Weiße Partikel, wie es im Moment aussieht.«

»Ist das eine weitverbreitete Autofarbe?«, fragte ich.

»Ja, leider. Und zwar bei allen Modellen.«

»Sie suchen also die Nadel im Heuhaufen.«

Colemans Miene entspannte sich. »Das würde ich nicht sagen. Wir müssen auf den abschließenden Laborbericht warten. Durch die Untersuchung der Partikel können die Kriminaltechniker die Farbe bestätigen und vielleicht mehr über die Herkunft des Lacks herausfinden.«

»Und wie steht es mit Zeugen? Vielleicht hat ja irgendwer etwas gesehen.«

»Nein, Ms Guerraoui. Wir haben alle Wohnhäuser und Betriebe in Tatortnähe abgeklappert, aber niemanden gefunden, der etwas gesehen hat. Ich werde weitersuchen und im *Hi-Desert Star* einen Aufruf zur Mithilfe inserieren. Dafür brauche ich das Bild hier.« Sie tippte mit der Fingerspitze auf das Foto, das meine Mutter auf den Tisch gelegt hatte.

Jeremy Gorecki hatte nur Gutes über Detective Coleman gesagt, und sie wirkte tatsächlich sehr freundlich und war netterweise sogar zu uns nach Hause gekommen, nachdem ich die Polizei telefonisch um Informationen gebeten hatte. Allerdings hatte ich nicht den Eindruck, dass die Ermittlungen Fortschritte machten. Drei Tage waren vergangen, in denen der Mörder sein Fahrzeug versteckt, umlackiert oder entsorgt haben konnte, und wahrscheinlich hatte er das alles längst getan. Bei dem Gedanken überrollte mich der Schmerz wie eine große Welle, sodass ich eine Zeit lang kein Wort herausbrachte. Das Ganze erschien mir vollkommen sinnlos. Mein Vater war schon einigen Katastrophen entronnen – die Proteste in Casablanca hatten ihn nach Kalifornien getrieben, die Brandstiftung hatte ihm den Kauf eines Diners ermöglicht. Doch diesmal hatte ihn das Unglück eingeholt.

Coleman klappte ihr Notizbuch zu und steckte den Kugelschreiber in die Brusttasche. »Danke für das Foto.«

Meine Mutter griff nach der Kaffeekanne. »Möchten Sie noch eine Tasse?«

»Nein danke, Mrs Guerraoui, ich muss weiter.«

»Soll ich Sie morgen noch einmal anrufen?«, fragte ich.

»Können Sie gern tun. Aber wenn es Neuigkeiten gibt, melde ich mich sowieso.«

Ich begleitete sie zur Tür und sah zu, wie sie mit ihrem Streifenwagen rückwärts aus unserer Zufahrt fuhr. Der böige Wind wirbelte Staub und Erde über die Straße, und das ferne Gebell eines Kojoten steigerte sich zum Geheul.

Driss

Es war ein Samstag. Der Samstag vor der Woche, in der die Abschlussprüfungen stattfanden. Weil ich eine Pause von Kant und Schopenhauer brauchte, traf ich mich mit meinem Freund Brahim auf einen Kaffee in einer kleinen Konditorei im Zentrum von Casablanca, nicht weit entfernt vom Park der Arabischen Liga. Ich hatte Brahim ein paar Jahre zuvor bei einer Party kennengelernt, mit der die neue Ausgabe der Zeitschrift *Lamalif* gefeiert wurde, in der jeder von uns beiden ein Gedicht untergebracht hatte. Meines war grauenhaft, das kann ich inzwischen ehrlich zugeben, aber seines zeigte ein gewisses Potenzial. Er veröffentlichte danach weitere und spielte mit dem Gedanken, einen ganzen Band herauszubringen. Für mich dagegen war die Lyrik nur ein Hobby, ich konzentrierte mich auf völlig andere Dinge: Maryam und ich hatten eine kleine Tochter, und eine Anstellung als Lehrer bekam ich nur mit einem Uniabschluss.

Worüber Brahim und ich sprachen, weiß ich kaum mehr. Es war ein ganz normaler Tag, obwohl damals gar nichts normal war – der Westsaharakonflikt schleppte sich ins sechste Jahr, die Preise für Mehl und Öl waren in katastrophale Höhen gestiegen, und die Gewerkschaften riefen zum Generalstreik auf. In jenem Frühling verging kaum ein Tag, an dem nicht irgendwer eine Demonstration gegen die Regierung organisierte. Aber dass wir damals nicht über Politik sprachen, weiß ich noch, denn wir steckten mitten in den Prüfungsvorbereitungen und bangten darum, gleich im ersten Versuch zu bestehen, damit wir den restlichen Sommer freihätten. Wir mochten unseren Kaffee beide schwarz und tranken nach jedem Schluck etwas Wasser. Vor dem Café verabschiedeten wir uns und gingen unserer Wege. Erst da bemerkte ich, dass es schon halb zwei war und ich zu spät zum Mittagessen kommen würde, was Maryam hasste. In der Rue Gouraud rief mir eine alte Frau aus ihrer Wohnung im dritten Stock etwas zu. »Was treibst du auf der Straße, Sohn?«, rief sie, während sie die Fensterläden schloss. »Geh nach Hause, da drüben braut sich etwas zusammen!«

»Wo?«

Sie deutete in Richtung Boulevard Hassan I. Weil ich ihr nicht recht glaubte, schlich ich mich ins nächste Gebäude und stieg zum Dach hinauf, um einen besseren Überblick zu bekommen. Umgeben von Fernsehantennen, sah ich Armeepanzer in einer langen Kolonne auf eine große Demonstrantenmenge zufahren, die sich an der Kreuzung versammelt hatte. In der Ferne standen schwarze Rauchwolken am Himmel. Mich befiel eine schreckliche, sehr vertraute Angst. Wie sollte ich jetzt nach Hause kommen? Vielleicht, indem ich zum Park der Arabischen Liga zurückging, überlegte ich, und dort in einen Bus stieg oder ein Taxi nahm. Während ich das Dach entlangschritt, um nachzusehen, ob die Rue d'Algier noch sicher war, entdeckte ich unten einen Jeep mit roten und grünen

Streifen, der mit laufendem Motor auf dem Gehweg stand. Plötzlich startete er mit hohem Tempo und fuhr zwei halbwüchsige Jungen an, die vom Boulevard weggerannt waren. Dann riss der Fahrer das Steuer herum und erwischte ein junges, vielleicht fünfzehn, sechzehn Jahre altes Mädchen. Vom anderen Ende der Straße her kam ein Polizeiauto, fuhr dicht an das Mädchen heran und schnitt ihm vor einer Apotheke mit halbmondförmigem Neonschild den Weg ab. Sofort sprang ein Polizist aus dem Jeep und prügelte mit einem Schlagstock auf die am Boden liegende Kleine ein. Um ihren Kopf bildete sich ein Heiligenschein aus Blut.

Das wars, dachte ich, jetzt ist das Regime am Ende. Wie sollte es überleben, wenn es auf offener Straße die eigenen Kinder ermordete? Noch während sich der Gedanke formte, bemerkte mich einer der Polizisten, legte an und zielte nach oben. Selbst vom Dach des vierstöckigen Hauses aus sah ich den auf mich gerichteten schwarzen Lauf. Ich ging in die Knie und erkannte nur an ihrem Zischen, dass mich eine Kugel verfehlt hatte. Mit dem Rücken zur Wand wartete ich auf das Dröhnen der Stiefel im Treppenhaus. Ich wartete den ganzen Nachmittag. Ich wartete, als es schon dunkel wurde. Noch immer waren Polizeisirenen zu hören, quietschende Reifen, splitterndes Glas, schreiende Menschen, der Wind in den Palmen.

Mit der Morgendämmerung trat eine seltsame Stille ein. Ich stieg die Treppe hinunter, durchquerte den menschenleeren Eingangsbereich und ging auf der Straße mit den eingeschlagenen Schaufenstern an der blutüberströmten Leiche unter dem flackernden Neonschild vorbei. Als ich zu Hause ankam, war Maryam außer sich vor Sorge. Sie hatte die ganze Nacht kein Auge zugetan, immer nur nach Schritten gelauscht, ständig in Angst, es könnten nicht meine sein, ohne zu wissen, ob ich tot oder am Leben war, aber auch ohne den Mut, zur Polizei zu gehen. Wäre ich verhaftet worden, hätte ihre Nachfrage alles noch schlimmer gemacht. Und hätte man mich nicht verhaftet, wäre ihre Bitte um Auskunft als Beweis für meine Teilnahme an den Protesten gewertet worden. »Sie haben mich nicht verhaftet«, sagte ich, nahm ihre Hand und versuchte, sie, so gut ich konnte, zu beruhigen. »Mir ist nichts geschehen.«

Doch als ich ihr von dem Polizisten mit dem Gewehr erzählte, geriet sie in Panik.

»Ist dir auch bestimmt niemand gefolgt?« Sie richtete den Blick zur Tür.

»Nein, ich glaube nicht«, sagte ich.

Dennoch blieb die Angst, und am Nachmittag erfuhren wir von Brahims Schwester, dass er verhaftet worden war und an einem unbekannten Ort festgehalten wurde. Auch mehrere andere befreundete Kommilitonen hatten sie mitgenommen, und es war nur eine Frage der Zeit, dass man sie zwingen würde, die Namen ihrer angeblichen Komplizen preiszugeben. In ihrer Erleichterung darüber, dass mir dieses Schicksal erspart geblieben war, schwor sich Maryam, eine solche Tortur nie wieder mitzumachen. Ihr älterer Bruder wohnte in Culver City und hatte einmal angeboten, uns Visa für die Vereinigten Staaten zu bezahlen.

Sie wollte weg.

Einige Monate später landeten wir am Los Angeles International Airport – mitten in der Wirtschaftsflaute, in der sich der Golden State damals befand. Nach dem Abbruch ihres Studiums hatte meine Frau als Sprechstundenhilfe in einer Arztpraxis in Casablanca gearbeitet, doch hier in Kalifornien wurde damals niemand eingestellt, am allerwenigsten eine eben erst immigrierte Frau mit schlechter englischer Aussprache. Und ich war ein Philosophiestudent ohne Abschluss, der kluge Reden über Sartre und Lévinas schwingen konnte, mehr nicht. Aber ich stammte aus einer alten Bäckerfamilie – mein Vater und mein Großvater hatten ihr Leben lang einen Gemeinschaftsofen betrieben –, und als mir Maryams Bruder von einem Donut-Shop in der Mojave erzählte, der zum Verkauf stand, schlug ich Maryam vor, den Laden zu kaufen.

»Du?« Sie konnte es nicht fassen, dass der Philosophiestudent, der stets so leidenschaftlich gegen das Elend der Arbeiter unter dem Joch der Kapitalisten gewettert hatte, plötzlich ein eigenes Unternehmen eröffnen wollte. Ich erklärte ihr, dass wir außer dem Futon, auf dem wir seit unserer Ankunft schliefen, nichts zu verlieren hätten. Davon abgesehen, war nicht ich derjenige gewesen, der unbedingt hatte auswandern wollen. Irgendetwas musste geschehen.

Vor unserem Abflug in Casablanca hatte ich mein Auto, Maryams Schmuck und unser ganzes Hab und Gut verkauft, insgesamt jedoch nur ein paar Tausend Dollar dafür bekommen. Den Rest liehen wir uns von ihrem Bruder und steckten alles in den Laden, dem wir den Namen Aladdin Donuts gaben. Ich strich die Wände, reparierte wackelige Stühle und montierte neue Lampen. Weil ich mir einiges von der Angebotstafel über der Theke nicht zutraute – Apfelkrapfen, Zimtschnecken, Plundergebäck –, beschloss ich, nur Donuts und Kaffee zu verkaufen. Donuts unterschieden sich kaum von unseren *sfenj*, und nach einigem Experimentieren wurde der Teig so geschmeidig, wie ich ihn seit meiner Kindheit gewohnt war.

Im ersten Jahr schliefen Maryam und ich auf einer Luftmatratze im Abstellraum, zwischen uns Salma. Ich backte und kassierte, Maryam putzte und erledigte die Buchführung. Mit jedem Penny, der nicht für Rechnungen oder Ware draufging, zahlten wir ihrem Bruder das geliehene Geld zurück. Freitags verteilten wir in Seniorenzentren, Polizeirevieren, Schulen und auf Baustellen Kostproben in pinkfarbenen Schachteln mit dem Logo unseres Ladens. Die Leute, die meine spezielle Honigglasur probiert hatten, schwärmten ihren Freunden davon vor, und nach und nach warf der Laden Gewinn ab. Endlich konnten wir eine richtige Wohnung beziehen und nach drei Jahren ein Haus. Nora wurde geboren. Maryam hörte im Laden auf und kümmerte sich um die Mädchen. So kamen wir in dieses Land.

Efraín

Marisela war wach geblieben und wartete am Küchentisch auf mich, vor sich eine aufgeschlagene Zeitung. Ich dachte, es wäre *La Prensa*, weil sie die manchmal im Kasa Market kauft, aber als ich mich mit meinem Teller und meiner Limonade zu ihr setzte, sah ich, dass es der *Hi-Desert Star* war. Ich hielt den Blick auf mein Essen gerichtet, wollte einfach meine *torta de carnitas* genießen. Die hatte ich mir nach dem anstrengenden Tag wirklich verdient. Enrique und ich hatten uns eine Stunde lang verfahren, als wir das Zweifamilienhaus in Landers suchten, das wir putzen sollten, und als wir es endlich fanden, war die Dame des Hauses wütend auf uns. Während wir die Teppiche schamponierten, folgte sie uns durch alle Zimmer und zwang uns, bestimmte schmutzige Stellen mehrmals zu behandeln, obwohl die Flecken alt waren und nicht mehr entfernt werden konnten. Dann wollte sie uns auch noch mit einem Coupon bezahlen, und Enrique musste ihr drei Mal erklären, dass es Coupons für Robs Teppichreinigung waren, wir aber für Rons Polster-Dampfreinigung arbeiteten. Dadurch gerieten wir mit den folgenden Aufträgen in Verzug, und als wir den Transporter abends zurückgaben, beschimpfte Ron uns als dumme, faule Taugenichtse. Ich wollte nur noch meine Ruhe.

Meine Frau schob die Zeitung zu mir hin.

»Ich lese kein Englisch«, sagte ich gereizt, obwohl ich es in Wirklichkeit einigermaßen lesen kann, jedenfalls so gut, dass ich es schaffe, ein Bewerbungsformular auszufüllen oder die Anschläge am Schwarzen Brett im Supermarkt zu entziffern. HAUS ZU VERMIETEN, AUTO ZU VERKAUFEN, HAUSMEISTER GESUCHT.

»Da steht was über den Unfall«, sagte sie und tippte mit dem Zeigefinger auf den Artikel, um meine Neugier zu wecken. Sie hat vor ein paar Jahren, vor der Geburt der Kinder, einen Englischkurs gemacht, und seit die Kinder in der Schule sind, geht sie mit ihnen samstags in die Bibliothek und sitzt daneben, während sie lesen. Deshalb wird sie immer besser. Wenn im Badezimmer etwas tropft oder wir mit der Miete im Rückstand sind, ist sie es, die mit dem Vermieter redet, nicht ich. »Die Polizei bittet alle um Hilfe. Schau, da steht es!«

»Ich habe meine Lesebrille nicht da«, sagte ich.

Marisela zog sie aus ihrer Schürzentasche und legte sie vor mich auf den Tisch. Sie arbeitete damals in einem Seniorenheim, badete und pflegte Menschen, die nicht mehr wussten, wie man das machte. Der Job hatte sie verändert. Sie war noch in den kleinsten Kleinigkeiten herzergreifend geduldig geworden.

»Später.« Ich schob die Lesebrille zur Seite und biss in meine *torta*, aber irgendwie schmeckte sie nicht. Obwohl sie in Alufolie warm gehalten worden war, hatte der *bolillo* die Soße aufgesogen, und das Fleisch war trocken geworden. Dieser Tag frustrierte mich ohne Ende. »Was steht denn da?«, fragte ich.

»Sie suchen Zeugen.«

Ich hatte ihr schon tausend Mal gesagt, dass ich kein Zeuge war. Ich hatte den Unfall selbst nicht gesehen, sondern nur den Mann, als er fiel, und das war nicht dasselbe. Ich klappte den *bolillo* auf, schob die Zwiebeln und Chilis beiseite und stieß mit dem Messer ins Fleisch. »Ist das Schwein?«, fragte ich.

»Angeblich kommt das Opfer aus Yucca Valley.«

»Du weißt, dass ich kein Rindfleisch in *tortas* mag. Mit Rindfleisch schmeckt es einfach nicht, wie es soll.«

»Einundsechzig war er. Ein Vater und Großvater.«

Das sagte sie nur, damit ich mir den Artikel ansah, und schließlich setzte ich die Lesebrille auf. Das Foto zeigte einen alten Mann mit breiter Stirn und weißen Locken. Er saß entspannt in einem Sessel und lächelte jemandem zu, den man nicht sah. Auf seinem Schoß lagen ein Pappteller, eine zerknüllte Serviette und ein zur Hälfte gegessenes Stück Schokokuchen. Ein Foto, wie man es vielleicht an Weihnachten aufnimmt oder bei einem Geburtstagsfest, wenn das Haus voller Verwandter und Freunde ist und alle Spaß haben und tanzen. Darunter stand Driss Guerraoui. Ich weiß noch, dass ich den Namen seltsam fand. »Woher kommt er?«, fragte ich.

Marisela beugte sich vor und las den Artikel noch einmal. »Steht nicht da.«

Amerikaner war er jedenfalls nicht. Also ein Einwanderer, so wie ich. Und Guerraoui klang wie Guerrero, aber es war kein spanischer Name. Ich klappte das Brot mit dem Messer zu. »Das ist kein Schweinefleisch«, sagte ich.

»Doch. Aber ich habe das Fett weggemacht«, sagte Marisela.

Das war auch so eine Veränderung, die sie seit ihrem

Job im Seniorenheim eingeführt hatte. Wir sollten »gesund« essen. Keine *chicharrones* mehr beim Fernsehen, kein Eis mehr nach dem Abendessen, nur noch einen Löffel Zucker im Morgenkaffee. Wenn sie jetzt auch noch das Fett von meinen *carnitas* wegnahm, schnitt sie mir alle Freude aus dem Leben.

»Noch ein bisschen Soße?«, fragte sie und tätschelte meine Hand. »Ein bisschen ist noch da.«

Sie trug den Teller zur Arbeitsfläche und brachte ihn kurz darauf zurück. Beim nächsten Bissen war das Fleisch saftig, aber es schmeckte noch immer nicht gut. So vieles hängt von Kleinigkeiten ab. Wäre ich morgens an der Straßengabelung links abgebogen, wären Enrique und ich nicht zu spät zur ersten Kundin gekommen. Dann wäre die Hausherrin nicht so sauer gewesen, wir wären in der Zeit geblieben, und der Chef hätte uns nicht Faulenzer genannt. Aber ich saß am Steuer, und Enrique las die Karte, so machten wir es immer. Als er auf die Straßenschilder blickte und »Hier links« sagte, fuhr ich nach links. Noch so eine Kleinigkeit: Wenn ich im Motel die Spätschicht am Samstag statt die am Sonntag genommen hätte, wäre ich in der Unfallnacht nicht auf dem Highway gewesen und hätte den Mann nie gesehen, diesen Guerraoui. Nicht einmal seinen Namen hätte ich je erfahren.

»Sie suchen Leute, die den Wagen gesehen haben, der einfach davongefahren ist«, sagte Marisela.

»Wie oft noch: Ich habe ihn nicht gesehen!«

»Du hast gesagt, dass er weiß war.«

»Ich habe gesagt, er könnte weiß gewesen sein, aber ich bin mir nicht sicher. Und nicht mal, wenn ich sicher wäre, würde ich mit der Polizei reden. Das Risiko ist viel zu groß.«

Wenn ich angenommen hatte, meine Frau würde nach diesem Satz Ruhe geben, lag ich falsch.

»Hier steht, dass man sich anonym melden kann, *amor*«, sagte sie und schob die Zeitung wieder näher zu mir. »Das ist die Nummer der Hotline.«

Ich hätte ihr nie von dem Unfall erzählen sollen.

Jeremy

Am nächsten Tag musste ich gegen Ende meiner Schicht wieder mal wegen einer Meth-Festnahme ins Joshua-Tree-Gefängnis. Diesmal handelte es sich um eine Frau mittleren Alters, deren Nachbar die Polizei gerufen hatte, weil sie auf dem Dach seines Schuppens saß. Während die Formalitäten erledigt wurden, holte ich mir Wasser aus dem Vorratsraum, in dem sich bis unter die Decke Dosenbohnen, Milchpulver, Reis und Nudeln stapelten. Die Lampen warfen ein flackerndes Licht auf den grauen Betonboden, und außer einer Metalltür, die irgendwo im Gang geschlossen wurde, war nichts zu hören. Im Gefängnis fühlte ich mich immer unwohl, egal, wie oft ich hinkam. Ich warf den Pappbecher in den Müllbehälter und eilte zurück in den Aufnahmebereich, wo Stratton bereits den nächsten Verdächtigen erfasste. Es war Fierro.

Ich ging ins Büro und rief »Lomeli!«

»Ja?«

»Warum ist der Kerl hier?«

»Bedrohung und Sachbeschädigung.« Lomeli rückte seine Lesebrille zurecht, blickte auf das Formular und fuhr mit dem Finger die Liste entlang, bis er die richtige Zeile gefunden hatte. »Hat den Wagen seiner Ex-Frau zertrümmert, ein Mustang Coupé. Die Scheiben eingeworfen, mit einem Baseballschläger auf die Karosserie eingedroschen und die Reifen aufgeschlitzt.«

»Oh Mann …«

»Muss ziemlich heftig gewesen sein«, sagte Lomeli, warf einen Blick über die Theke und stieß einen Pfiff aus, von dem ich nicht sagen konnte, ob er Bewunderung oder Missfallen ausdrücken sollte. Lomeli war selbst drei Mal geschieden, was ich nie mit den Liebesromanen aus der Yucca Valley Library in Einklang bringen konnte, die sich auf seinem Schreibtisch stapelten. »Kennst du den Typen?«, fragte er.

»Wir waren gemeinsam im Irak.«

Lomeli schaute mich erstaunt an.

Obwohl ich nicht der einzige Veteran in der Dienststelle war – Stratton hatte einen Einsatz im Golfkrieg hinter sich, Villegas einen in Bosnien, und einer unserer Disponenten war nach Hurrikan Katrina in New Orleans gewesen –, gehörte ich irgendwie nicht richtig dazu. Ich ging nach der Arbeit nie etwas mit ihnen trinken, reagierte nicht auf ihre Kettenmails, fand Vascos Witze nicht lustig. Und jetzt hatte man einen Kumpel von mir festgenommen. Erst am Tag zuvor hatte ich Fierro bei der Grillparty meiner Schwester gesehen. Da schien mit ihm alles in Ordnung zu sein, er plauderte mit den anderen Gästen, spielte mit den Kindern, flirtete mit einer Kollegin von Ashley, einer hübschen Rothaarigen mit Sommersprossen und Schmollmund. Als wir gingen, grinste er übers ganze Gesicht und riss einen Witz nach dem anderen. Und jetzt das.

»Er kommt nach West Valley«, sagte Lomeli nach einer kurzen Pause.

»Kannst du ihn nicht hierbehalten?«

»Hab keinen Platz.«

Ich drehte mich um und lief durch den Gang zum Aufnahmetresen, wo Stratton Fierros Fingerabdrücke nahm. Neben dem Münztelefon hing eine Liste mit Namen von Kautionsagenten, darunter lagen Schachteln mit blauen Latexhandschuhen. An der Wand gegenüber war ein Schild angeschraubt: FALLS SIE SCHWANGER SIND UND EINEN ABBRUCH ERWÄGEN, MELDEN SIE SICH IN DER KRANKENSTATION.

»Nehmen Sie irgendwelche Medikamente?«, fragte Stratton, während er Fierro ein feuchtes Reinigungstuch für die tintenverschmierten Finger gab.

»Gegen was?«

»Diabetes, Herzprobleme, was weiß ich. Medikamente, die Sie unbedingt brauchen.«

»Nein, Sir.« Fierros Haar fiel ihm in fettigen Strähnen ins Gesicht. Er wischte sie weg wie ein Taucher, der endlich an die Oberfläche kommt und nach Luft schnappen kann. In diesem Moment trafen sich unsere Blicke. »Hey«, sagte er und grinste mich an.

»Was soll der Scheiß, Mann?«

»Die macht ein Riesentrara wegen gar nichts.«

»Wegen gar nichts? Du hältst das für gar nichts?«

»Kennst du den Burschen, Gorecki?«, fragte Stratton.

»Manchmal würde ich ihn lieber nicht kennen.«

»Es ist mein Wagen. *Mein* Wagen. Wo steht geschrieben, dass ich den nicht kaputt machen darf?« Es klang wie eine unumstößliche Wahrheit, die auch alle anderen bald als solche erkennen würden. Wie anders er jetzt war als der Mann – der Junge, genauer gesagt –, den ich damals im Boot Camp kennengelernt hatte. Marine Corps

Recruit Depot San Diego. Nach unserer Ankunft mit dem Bus, noch schlaftrunken und voller Ruhmesträume, beförderte uns die Stimme des Ausbilders in den neuen Tag. Von jetzt an, sagte er, kommt aus eurem Mund nur noch Ja, Sir und Nein, Sir. Verstanden?

Wir stellten uns in einer Reihe auf und erhielten unsere Anweisungen. Füße im Fünfundvierzig-Grad-Winkel! Augen geradeaus! Das Einheitliche Gesetzbuch der Militärgerichtsbarkeit lesen! Während wir zum Gebäude marschierten, riss mir eine Bö die Unterlagen aus der Hand, und ich lief ihnen hinterher. Ein Blatt Papier war auf Fierros Brust gelandet. Er griff danach und gab es mir zurück. Wie ein durchgeknallter Hahn brüllte uns der Ausbilder an, sofort in die Reihe zurückzukehren. Schon wieder zwei dermaßen unterbelichtete Trottel – womit habe er das verdient? Was zum Teufel habe er verbrochen? Wie solle er jemals Marines aus uns machen?

Ich war so sehr an Schweigen und Nichtbeachtung gewöhnt, dass mich seine Stimme wie ein Stich durchfuhr. Am liebsten wäre ich zum Bus gelaufen und in das Haus im Valley View Drive mit seiner erdrückenden, aber verlässlichen Gleichgültigkeit zurückgekehrt. Fierro dagegen richtete seinen wütenden Blick auf irgendetwas in der Ferne und nahm das Geschrei hin. Als wir in dieser ersten Nacht in unseren Betten lagen – Betten, die wir immer wieder machen mussten, bis wir es in knapp einer Minute schafften –, verspürte ich den Drang, mich für den Ärger mit dem Ausbilder zu entschuldigen, aber Fierro meinte schulterzuckend, das sei er von seinem Vater gewohnt. Als wir herausgefunden hatten, dass wir aus nur dreißig Kilometer voneinander entfernten Kleinstädten in der Mojave stammten, genügte das, um mit der Bedingungslosigkeit zweier Achtzehnjähriger fern von daheim Freundschaft zu schließen. Selbst wenn es besonders hart wurde, wenn uns die Ausbilder ihre Uniformhüte ins Gesicht rammten oder uns Schlampen, Schwuchteln und Schwanzlutscher nannten, ertrug Fierro die Übergriffe, ohne zu murren. Aber das war vor Camp Taqaddum, vor Ramadi.

Bei unserer Rückkehr aus dem Krieg fast fünf Jahre später war von seiner Zurückhaltung nichts mehr übrig. Er war geschwätzig geworden, ein Faxenmacher und Angeber. Bei einem Treffen im Joshua Tree Salon ein paar Wochen nach unserer Heimkehr laberte er ohne Punkt und Komma. Als wir danach in die kalte Januarnacht hinaustraten, lag schon Schnee in der Luft, aber wir trugen noch die T-Shirts, in denen wir die Bar um zwei Uhr nachmittags betreten hatten, und obwohl mir nicht kalt war, zitterte ich so stark, dass ich die Autoschlüssel fallen ließ. Während ich sie auf den Knien suchte, blendeten mich plötzlich die Scheinwerfer eines Sheriffwagens. Nach meinem Alkoholtest verwickelte Fierro den Officer in ein Gespräch, erzählte, dass wir im Irak gewesen waren, und bat ihn, mich lediglich zu verwarnen, wenn ich versprach, mit dem Taxi nach Hause zu fahren. Ich hätte dem Mann dankbar sein sollen, als er einwilligte, aber ich war nur wütend, ohne zu wissen, warum. Irgendetwas an diesem Bullen mit dem schütteren Haar, dem mitleidigen Blick, dem Schmerbauch rief den Drang in mir hervor, ihm eine reinzuhauen. Ich konnte damals nicht ahnen, dass ich selbst einmal Polizist sein und Fierro im Knast landen würde.

Stratton brachte Fierro in die Zelle und schloss ab. Die Gitterstangen waren erst vor Kurzem in einem fröhlichen Blau lackiert worden. Ich lehnte mich daran und betrachtete ihn, ahnungslos, wie ich ihm helfen, ihn aus der Scheiße rausholen sollte, in die er sich selbst gebracht hatte. »Keine Angst, das hat sich bald geklärt«, sagte er grinsend. »Und in der Zwischenzeit lerne ich Deputy Gorecki zur Abwechslung ganz offiziell kennen.«

»Ja, schau dir alles genau an, Arschloch, und sorg dafür, dass ich dich hier nicht noch mal sehe.«

Nora

Dann war ich an der Reihe. Ich trat ins graue Licht des Aufbahrungsraums, die Augen bis zum letzten Moment gesenkt. Der Blick auf den Sarg würde den Tod meines Vaters real und unabänderlich machen und mich zwingen, ihn zu akzeptieren. Der Sarg war aus lasiertem Holz ohne Schmuckteile, der Körper mit einem weißen Leichentuch verhüllt. Sein Gesicht war bleich, die rechte Wange blutunterlaufen, der Mund fest geschlossen. »Was wolltest du mir sagen?«, flüsterte ich. Er hatte mich nur selten mitten an einem Wochentag angerufen, aber nicht selten genug, als dass es mich in Alarm versetzt hätte. Das Ausmaß meines Verlusts wurde mir erst nach und nach klar, während ich in dem stickigen Raum stand und sich die Mitarbeiter des Bestattungsinstituts hinter mir in gedämpftem Ton unterhielten. Mit schmerzender Brust verharrte ich neben dem Sarg, bis es Zeit war zu gehen.

Draußen blendete mich die grelle Sonne, und ich musste meine Augen mit der Hand abschirmen. Spatzen flatterten herbei und ließen sich im Eukalyptusbaum vor dem Parkplatz nieder. Ein Mann in einem braunen Anzug stand neben dem Leichenwagen, dessen Hecktür aufgerissen war wie das Maul einer hungrigen Bestie. Meine

Schwester und ihre Familie saßen schon in ihrem Escalade, aber meine Mutter wartete vor meinem Auto. Als ich den Schlüssel ins Zündschloss steckte, plärrte der Klassiksender los und durchdrang die Stille mit einem anschwellenden Geigenton. Ich schaltete das Radio aus.

In die abrupt eingetretene Ruhe hinein sagte meine Mutter: »Das ist alles nicht richtig.«

Für meine Mutter war nichts jemals richtig. Sie hatte mit ihrer Familie die Heimat verlassen und sehnte sich noch immer nach allem, was sie nicht hatte mitnehmen können. Sie vermisste ihr altes Haus, ihre Kindheitsfreundinnen, den abendlichen Gebetsruf. Egal, wie aufwendig sie kochte, immer fehlte irgendeine Zutat, oder das Ganze schmeckte einfach nicht, wie es sollte. Die Hochzeit meiner Schwester hatte sie in so schlimmes Heimweh gestürzt, dass sie unser Haus praktisch in einen Basar verwandelt hatte, vollgestopft mit Hennamustern, bestickten Gürteln, Messingtabletts und einer Sänfte für das Brautpaar. Sie hatte viele Traditionen zurücklassen müssen, und je mehr Zeit verstrich, umso wichtiger wurden sie ihr.

Sogar wenn es um den Tod ging. Der Ablauf der Bestattung erschien ihr falsch. Dass die Leiche meines Vaters erst nach vier Tagen freigegeben worden war, hatte sie entsetzt. Begrabt die Toten noch am Tag ihres Todes, sagte sie uns immer wieder, obwohl auch Salma und ich nichts ausrichten konnten; auch wir mussten auf das Obduktionsergebnis und die Erledigung der Formalitäten warten. Als wir an diesem Vormittag in der Leichenhalle eingetroffen waren, zeigte sich meine Mutter überrascht darüber, dass nur drei Angestellte auf uns gewartet hatten.

»Wie wäre es denn richtig?«, fragte ich.

»Es müsste gebetet werden, hier in der Moschee. Wir müssten ihn hineintragen und für ihn beten. Und dann müssten dein Onkel und Tareq den – wie nennt man es, wenn alle zum Friedhof gehen?«

»Den Leichenzug?«

»Ja. Dann müssten sie den Leichenzug anführen, und am nächsten Tag würden wir das Grab besuchen.« Sie warf mir einen so anklagenden Blick zu, als hätte ich mir diesen neuerlichen Affront gegen die Tradition ausgedacht. »Aber hier wird es nun mal anders gemacht.«

Plötzlich wurde mir bewusst, dass in meinem näheren Umfeld noch nie jemand gestorben war und dass mir jede Erfahrung mit dem Tod fehlte. Im Gegensatz zu meiner Mutter hatte ich keinen Vergleich. Noch vor ihrem zwanzigsten Lebensjahr hatte sie ihre Eltern und eine Tante verloren. Die Fotos standen auf ihrer Schlafzimmerkommode, umringt von Bildern der gesamten Familie in Casablanca. »Das tut mir leid, Mom.«

Mein Handy kündigte summend eine Textnachricht meiner Freundin Elise an. *Ich denke heute an dich.* Keine Freundin aus der Bay Area würde zum Begräbnis kommen. Elise musste unterrichten und konnte nicht weg, Anissa war auf einer Reportagereise in Texas und konnte nicht weg, und Margo nahm an einem Musikfestival in Pittsburgh teil und konnte nicht weg. Ich versuchte, die Enttäuschung, die mir immer wieder bitter aufstieß, hinunterzuschlucken. Wahrscheinlich begriff ich erst in diesem Moment, welche Klarheit der Tod schuf: Er brachte alle Menschen um mich zum Verschwinden. Wahrscheinlich aus Angst, mich in meiner Trauer zu stören oder etwas Falsches zu sagen, schickten sie mir kurze Beileidsbekundungen und fragten, was sie für mich tun könnten. Doch auf diese Frage wusste auch ich keine Antwort.

Als ich den Leichenwagen im Rückspiegel losfahren sah, bekam ich ein merkwürdig schlechtes Gewissen. Als hätte ich meinen Vater enttäuscht, weil mir das Einladen des Sargs entgangen war. »Sie hätten uns ein Zeichen geben sollen«, sagte ich, während ich langsam zurücksetzte und dem Escalade meiner Schwester folgte, der durch das Tor der Totenhalle des Islamischen Zentrums und auf die Freeway-Auffahrt Vermont Avenue fuhr. Es war die erste Woche im Mai. Die Knospen der Jacarandabäume waren aufgesprungen und hatten spärliche hellviolette Blüten hervorgebracht, die Gehwege waren von Händlern und Passanten bevölkert. Weil auf der rechten Spur der Auffahrt ein Lastwagen in ein Cabrio gefahren war, fädelten die nachfolgenden Autos langsam links ein. »Dein Vater hat Freeways gehasst«, sagte meine Mutter, während sie das Chaos betrachtete. »Als wir nach Kalifornien kamen, musste ich ihn überallhin fahren, und ich hatte ständig Angst vor einem Unfall.«

»Wollte er deshalb nie von der Wüste weg?«

»Er konnte L. A. nicht ausstehen. In L. A. fahren sie wie die Verrückten.«

»Ironischerweise«, sagte ich, »ist der Highway 62 drei Mal gefährlicher als jede normale Straße in Kalifornien, Mom. Aber das habe ich erst in dieser Woche erfahren. In L. A. oder wo auch immer wären wir sicherer gewesen als hier. Und wir hätten nicht unter diesen Hinterwäldlern leben müssen.«

»Aber er hat die Wüste geliebt. Als kleiner Junge war er jedes Frühjahr bei seiner Großmutter in Marrakesch, und wie gern er im Joshua Tree gewandert ist, weißt du ja selbst.«

»Der Nationalpark ist nicht Yucca Valley.«

»Gerade mal fünfzehn Kilometer weit weg.«

»Es könnten auch hundert sein.«

Wir waren am Kreuz East L. A. angelangt und mussten auf den Freeway 60 wechseln. Jetzt, kurz nach elf, herrschte kaum Verkehr, und die Autos überholten uns in solchem Tempo, dass sich meine Mutter am Griff über dem Beifahrerfenster festklammerte. Erneut vibrierte mein Handy. Ich fischte es aus dem Getränkehalter.

»Du sitzt am Steuer, Nora!«

»Ist ja gut.« Ich schielte kurz auf das Display – wieder sprach mir jemand sein Beileid aus – und legte das Handy zurück. Obwohl schon ein Monat vergangen war, seit Max mir gesagt hatte, er müsse herausfinden, was er wolle, krampfte sich mein Herz noch bei jeder eintreffenden Nachricht zusammen. Ich hätte so gern seine Stimme gehört, hätte ihn so gern sagen hören, dass er mich liebte, dass alles gut werden würde. Und wahrscheinlich hatte ich noch einen letzten Rest Hoffnung, er könnte sich für mich entscheiden und gegen seine Frau.

»Soll ich dir die Nachricht vorlesen?«

»Was? Ach so – ja, bitte.«

Meine Mutter griff nach dem Handy. »Von Andrea. *Es tut mir so leid, dass ich heute nicht dabei sein kann, aber …* Wo steht der Rest?«

»Du musst das Handy entsperren.«

»Wie ist das Passwort?«

»Egal, ich lese es später. Wir sind fast da.«

Ich folgte dem Wagen meiner Schwester auf das Gelände des Friedhofs Rose Hills Memorial und fuhr auf makellos gepflegten Wegen zur Sektion Cedar Crest Lawn. An den Eichen, die den Parkplatz säumten, sprossen die neuen Blätter. Der dahinter liegende Rasen und die Ebene, zu der er sanft abfiel, waren trotz der Dürre, die monatelang im ganzen Bundesstaat geherrscht hatte, saftig grün. »Es ist so riesig«, flüsterte meine Mutter, während ihr Blick über den scheinbar grenzenlosen Friedhof wanderte. Plötzlich legte sie die Hände vors Gesicht und begann zu weinen. Ich griff über die Mittelkonsole und tätschelte ihr Knie. Ich selbst war schon immer nah am Wasser gebaut gewesen und schon in Tränen ausgebrochen, wenn ich *Unsere kleine Farm* guckte oder Umm Kulthum hörte. Auch jetzt hatte ich einen Kloß im Hals und spürte einen starken Schmerz in der Brust, doch meine Augen blieben merkwürdig trocken. Was war los mit mir? Warum konnte ich nicht trauern wie der Rest der Familie?

Ich blieb bei meiner Mutter, bis sie bereit war auszusteigen. Tareq und Salma warteten schon, er im schwarzen Anzug, sie in einer blauen Bluse und einem knöchellangen Rock. Die Zwillinge trugen formelle Sachen, in die Salma sie sonst nur steckte, wenn eine Schulaufführung anstand. Meine Mutter war dagegen von Kopf bis Fuß in Witwenweiß gekleidet, die Farbe der Abwesenheit, die Farbe der Trauer. Auf dem schmalen Pfad zum Grab durchschnitt der Klang unserer Schritte die tiefe Stille dieses Friedhofsteils. Ein Gärtner, der Unkraut gejätet hatte, hielt inne und starrte uns an.

»Hast du an das Kopftuch gedacht?«, fragte mich Salma.

»Ja, natürlich.« Ich kramte in meiner Handtasche, konnte das Kopftuch aber nicht finden. »Ich habe es wohl im Auto vergessen. Ich gehe schnell zurück.«

Sie zog ein blaues Kopftuch aus ihrer Tasche.

»Du hast zwei dabei?«, fragte ich.

»Ja, für alle Fälle.«

An der Grabstelle wartete eine kleine Menschengruppe – meine Tante und mein Onkel aus Culver City, zwei Cousinen, Freunde von Salma und Tareq und drei, vier Leute, die ich nicht kannte. Daneben wartete ein klaffendes Loch im Boden. Als der Sarg kam, wandte sich der Imam nach Osten, legte die Hände an die Ohren und rief die Gläubigen zum Gebet. Gott ist groß, sang er. Gott ist groß. Tareq, mein Onkel und die anderen Männer traten nach vorn, während ich mit meiner Mutter, meiner Schwester und allen anderen Frauen hinten stehen bleiben musste.

Im Namen Gottes, des Gnädigen und Barmherzigen, rezitierte der Imam. Beim Vortrag der Fatiha erreichte sein schöner Bariton fast das eingestrichene f, einen türkisen Ton. Der rituelle Text, früher vertraut wie ein Schlaflied, ging mir nicht leicht von den Lippen; die letzten Gebete hatte ich mit sechzehn beim Gottesdienst zum Opferfest gesprochen. Auf der Heimfahrt war es damals wieder mal zu einem Streit zwischen meinen Eltern gekommen.

Der Anblick eines im langen Gewand über ihm betenden Geistlichen hätte meinen Vater kaum berührt. Doch Rose Hills hätte ihm gefallen. Überall standen Trauerweiden, die Luft war frisch und klar, und der Boden unter meinen Füßen federte weich. Hüttensänger jagten einander über den Rasen. Ein guter Ort, um eine Weile zu rasten. Die Stimme des Imams brachte mich in die Gegenwart zurück. Er trug ein Gebet für den Propheten vor, danach eines für den Toten und eines für die Lebenden.

Dann senkte sich der Sarg in die Erde, und mein Vater war fort.

Driss

Folgendes geschah. Das Opferfest Eid fand in jenem Jahr Mitte Dezember statt, und Maryam wollte, dass die ganze Familie morgens den Gottesdienst in der Moschee von Riverside besuchte. Nimm meinetwegen die Mädchen mit, sagte ich, aber warum soll ich hinfahren? Ich bin Atheist. Sie mag es nicht, wenn ich dieses Wort in den Mund nehme, vor allem wenn ihr Bruder aus Los Angeles zu Besuch ist, aber es ist nun einmal die Wahrheit. Manchmal entschuldigt sie sich dann bei ihm, draußen auf unserer Zufahrt, sagt, ich würde es nicht so meinen und wollte ihn nur provozieren. Dabei meine ich es selbstverständlich so und nicht anders. Ich gebe nicht vor, jemand zu sein, der ich nicht bin. Trotzdem ließ ich mich damals breitschlagen – weil Maryam darauf bestand und Salma über die Weihnachtsferien aus dem College gekommen war und ich alle glücklich sehen wollte.

Obwohl der Gottesdienst zum Opferfest um sieben Uhr morgens begann, gab es schon um halb sieben kaum mehr eine Parkmöglichkeit, und ich bekam schlechte Laune, weil ich mehrere Runden drehen musste, bis ich eine Lücke fand. Von unseren Töchtern gefolgt, ging Maryam voraus, während ich hinterherzockelte, um meine Zigarette möglichst fertig zu rauchen, bevor wir die Moschee betraten. Am Eingang stand ein hübscher Junge, vielleicht zehn oder elf, mit einem orangen Eimer, auf dem SPENDEN FÜR DAS EID-FEST stand. Eine Zwangsabgabe ist keine Spende, hätte ich am liebsten zu ihm gesagt; das eine ist eine Steuer, das andere eine freiwillige Zuwendung. Aber niemand außer mir störte sich daran. Alle standen sie in der Schlange, um ihr Geld abzuliefern. Maryam hatte den Scheck schon zu Hause vorbereitet und in einen Umschlag gesteckt. Als sie ihn in den Eimer warf, rief der Junge Nora zu: »Bedeck deine Beine, Schwester, du bist ungehörig gekleidet!«

Ungehörig! Ich glaubte, mich verhört zu haben. Wusste das Bürschchen überhaupt, was dieses Wort bedeutet? Ich freute mich, als Nora verdutzt lächelnd fragte: »Was hast du gesagt?«

»Du sollst deine Beine bedecken, Schwester!«

»Für wen hältst du dich, Kleiner?«

»Für deinen Glaubensbruder«, erwiderte der Junge todernst und nickte einer Frau zu, die einen neuen Fünfzig-Dollar-Schein in den Eimer geworfen hatte. Festlich gekleidete Leute gingen an uns vorbei – die Männer in Anzügen, Kandoras oder Daschikis, die Frauen in wogenden Gewändern, Schalwar Kamizes oder bunten Tuniken. Meine Tochter trug einen schwarzen Rock, der die Knie bedeckte, was den Möchtegern-Imam allerdings nicht zufriedenstellte. Es herrschte enormes Gedränge, und auf dem Parkplatz wurde nervös gehupt. Ein alter Mann, der die Moschee betreten wollte, ging ungeduldig hinter uns auf und ab.

»Wir kommen zu spät«, sagte Maryam und zog unsere Töchter Richtung Frauenempore.

Obwohl meine Zigarette zu Ende geraucht war, blieb ich stehen und beobachtete den Jungen. Er hatte lockiges Haar, eine kleine Nase und sandfarbene Haut. Wären da nicht seine grünen Augen gewesen, hätte er für meinen Sohn durchgehen können. Aus seiner Miene sprach ein Selbstbewusstsein, das mir nicht geheuer war. »Wie heißt du?«, fragte ich ihn.

»Kasim.«

»Und wie alt bist du?«

»Elf.«

Wie ich gedacht hatte. So jung und schon so von sich überzeugt. Genauso war ich früher selbst gewesen. In der *msid* hatte ich den Koran vorgetragen, meine Knie auf den Strohmatten unserer Moschee gehärtet und nicht nur während des Ramadan gefastet, sondern zusätzlich mehrere Tage im Schawwal und im Schaban. Ich hatte diese Rituale als eine Wohltat empfunden. Sie besagten, dass die Welt so war, wie sie war, weil es die Sünde gab, ganz gleich, ob sie sich verführerisch oder abstoßend präsentierte, und dass ich nichts weiter tun musste, als ihr zu widerstehen. In meinen Augen war der Glaube von geradezu mathematischer Eleganz: Wenn du an Gott glaubst und seine Gebote befolgst, wirst du belohnt; glaubst und gehorchst du nicht, wirst du bestraft. Doch eines Tages erzählte uns Herr Fathi, der Religionslehrer in der Mittelstufe, von den sieben Abteilungen der Hölle. Von den Feuerströmen und den Brunnen, aus denen Blut und Eiter flossen, hatte ich schon gehört, aber an diesem Tag ging es darum, dass die Sünder auch dann keine Ruhe finden würden, wenn ihre Körper verbrannt waren – ihre Haut wuchs nach, um erneut zu verbrennen. Ich dachte an Herrn Nguyen mit seiner Brandnarbe am linken Arm, die Folge einer Auseinandersetzung mit französischen Kolonisten während des Kriegs in seinem Land. Wie alle in meiner Klasse liebte auch ich Herrn Nguyen, weil Algebra bei ihm das reinste Kinderspiel war, was für mich einem Wunder gleichkam. Deshalb fragte ich Herrn Fathi, ob auch sein Freund Herr Nguyen mit den anderen Ungläubigen in der Hölle brennen werde, und erhielt als Antwort nur eine Kopfnuss und den Befehl, den Unterricht nie wieder zu stören. Damals – ich war nur ein paar Jahre älter als dieser Kasim – hatten meine Zweifel begonnen und waren im Laufe der Jahre gewachsen, bis es eines Tages nichts anderes mehr gab.

»Kennt dein Glaube keine größeren Probleme als die Beine meiner Tochter?«, fragte ich den Jungen.

Kasim sah mich so traurig an, als hätte ich in der Erziehung meiner Tochter versagt und ihn damit persönlich enttäuscht. Dann wandte er sich zum Gehen, denn drinnen erklang der letzte Gebetsruf. Doch ich ließ nicht locker. Ich packte ihn am Handgelenk und sagte: »Antworte mir!« Er wollte aber nicht mit mir streiten, und weil mein Griff vielleicht ein bisschen zu fest war, begann er zu wimmern.

Plötzlich tauchte ein alter Mann vor mir auf, den ich bisher nicht bemerkt hatte – der Imam. Sein Haar war dunkel, sein Bart sorgfältig gestutzt, und er hatte die gleichen grünen Augen wie Kasim. Unvermittelt begann er, aus dem Koran zu zitieren. (»Und sag zu den gläubigen Frauen, sie sollen ihren Schmuck nicht offen zeigen, außer dem, was sonst sichtbar ist.«) Ich konterte. (»Sag den gläubigen Männern, sie sollen ihre Blicke senken.«) Er behauptete, die Tradition verlange die Verhüllung der Frau, ich wandte ein, die Anweisung gelte nur für die

Frauen der Propheten. Er warnte vor Frauen, die Männer in der Moschee in Versuchung führten. Ich entgegnete spöttisch, was das für Männer seien, die sich so leicht vom Beten ablenken ließen. Nach einer Weile sagte er, wir könnten später weiterreden, jetzt müsse er hinein, schließlich habe er vorzubeten.

Ich zündete mir die nächste Zigarette an und wartete, bis Maryam mit den Mädchen herauskam. Auf der Heimfahrt erzählte ich meiner Frau, was passiert war, doch anstatt für mich Partei zu ergreifen, behauptete sie, ich hätte sie vor der gesamten Gemeinde blamiert. Ich war fassungslos. »Du kennst diese Leute nicht mal«, sagte ich, »während ich dein Mann bin!«

»Ich kenne Mrs Hammadi, aber du musstest dich ja unbedingt –«

»Gut, aber sonst kennst du niemanden.«

»– mit dem Imam streiten, als wüsstest du besser Bescheid als er!«

»Ich *weiß* besser Bescheid als er! Ich muss mir doch von diesem Mann nicht sagen lassen, was richtig und was falsch ist.«

»Ich habe von Anfang an gesagt, dass der Rock zu durchsichtig ist, schon als wir –«

»Oh nein, du wirst jetzt nicht Nora die Schuld zuschieben! *Du* wolltest uns unbedingt –«

»– losgefahren sind. Aber sie hört ja nie auf mich!«

»– in die Moschee zerren. Und wozu?«

Hinten setzte Nora ihre Kopfhörer auf und blickte aus dem Fenster. Meine Frau und ich stritten eine Zeit lang weiter, gruben alte Geschichten aus und warfen sie uns an den Kopf. Doch dann fuhr ich auf den Highway 62, und das Bild, das vor mir erschien, brachte mich zum

Schweigen. An diesem kalten, klaren Dezembertag lag Schnee auf den Gipfeln der Little San Bernardino Mountains. Das Tal breitete sich vor uns aus wie eine riesige Decke aus hohem Gras, Mesquitebäumen und Yuccas, die sich in der Morgensonne erwärmte. Die Straße hob und senkte sich, und nach einer Kurve erschienen vor uns die ersten Josuabäume. Wie schwer sich die Gläubigen den Weg in den Himmel machen, dachte ich, obwohl es doch all das schon hier auf Erden gibt.

Coleman

Ich erinnere mich gut an den Fall. Er war das erste von mir ermittelte Tötungsdelikt nach unserem Umzug aus Washington, D.C., im Frühjahr 2014. Ich stamme aus New York, wuchs aber in D.C. auf, wo ich zur Schule ging und fünfzehn Jahre lang arbeitete, weshalb mir der Ortswechsel schwerfiel. Für Miles war es noch problematischer. Ich sah es ihm an, wenn wir ihn beim Abendessen fragten, wie sein Tag war. Dann stocherte er mit der Gabel in den Kartoffeln herum, antwortete nur mit Ja und Nein oder auch nur mit einem Schulterzucken, verkroch sich schließlich in seinem Zimmer und spielte Videogames. Früher war er sehr anschmiegsam gewesen, ein richtiges Mamakind, aber jetzt verweigerte er den Gutenachtkuss. Mir war klar, dass es Kindern schwerfiel, von zu Hause wegzuziehen, trotzdem passierte es täglich tausend Mal. Verdammt, wie schafften das die anderen? Das hätte mich wirklich interessiert.

Dabei war die Idee, mitten in die Wüste zu ziehen, gar nicht von mir gekommen, sondern von Ray, dem man eine Stelle als Bezirksleiter von Enterprise in Palm Springs angeboten hatte. Er hatte schon so lange auf eine Beförderung gewartet und so viele andere mit weniger Erfahrung aufsteigen sehen, dass er sich die Chance einfach nicht entgehen lassen konnte. Die Sache brachte nur Vorteile für ihn: Er verdiente besser, wir konnten uns ein größeres Haus leisten, im Winter musste nicht mehr Schnee geschaufelt werden, und obendrein durfte er jetzt die Lakers anfeuern. Man hätte erwartet, dass er es in seiner leitenden Funktion etwas ruhiger angehen würde, aber er arbeitete sogar mehr als zuvor. Jeden Abend vertiefte er sich in seine Umsatzrechnungen und fuhr Spalte für Spalte mit dem Lineal ab, damit ihm nur ja keine Null und kein Komma entging. Ray war seit jeher ein Zahlenmensch; sie haben ihn nie enttäuscht, waren ihm nie ein Rätsel oder ein Problem. Manchmal führte er Selbstgespräche, während er die Posten durchging.

Und Miles hockte in seinem Zimmer und schmollte.

Deshalb tat mir meine Arbeit gut – was nicht heißen soll, dass sie angenehm war. Es ist nie angenehm, eine Familie trauern zu sehen. Andererseits hatte ich einige Erfahrung damit und konnte es innerlich von mir fernhalten. Ich konnte versuchen, den Fall zu lösen und der Familie einen gewissen Frieden zu ermöglichen, auch wenn ich anfangs nicht viel in der Hand hatte. Keine brauchbaren Reifenspuren, keine zurückgebliebenen Fahrzeugteile, keine Überwachungskameras in der Nähe der Kreuzung. Die einzige Zeugin war die Joggerin, die den Toten nach dem Aufprall entdeckt hatte. Die Obduktion erbrachte keine Hinweise auf Alkohol- oder Drogenkonsum. Das Opfer hatte weder Geldsorgen gehabt, noch war es spielsüchtig gewesen. Ein eher langweiliger Mensch, dachte ich – zumindest bis ich mir einige Textnachrichten auf seinem Handy durchlas. Aber auch die ergaben letztlich keine Spur. Ich setzte alle Hoffnung auf drei mikroskopisch kleine Lackpartikel an der Kleidung des Opfers. Das war alles. Mehr hatte ich nicht.

Also musste ich mit Murphy reden. An seiner Arbeit gab es prinzipiell nichts auszusetzen, aber seine Vorgehensweise behagte mir nicht. Er machte alles genau so, wie er es seit vierzig Jahren als Kriminaltechniker gewohnt war. Er hätte längst in den Ruhestand gehen können, stattdessen stand er Woche für Woche im Labor, immer im weißen Kittel mit eingesticktem Namen, wie ein echter Arzt. Und ich konnte nichts dagegen sagen, weil mir klar war, welche Reaktionen das beim Sergeant ausgelöst hätte – dass ich dem Druck nicht gewachsen wäre oder eine Extrawurst fordern würde. Ich war ein Neuling, Murphy galt als Urgestein.

Jedenfalls ging ich zu Murphy, um über die Lackpartikel zu reden. Sein Büro hatte ein riesiges Fenster und somit viel natürliches Licht für seine Kakteen. Beziehungsweise Cacti, wie er sie nannte. Die eingetopften Pflanzen standen an den beiden Enden eines Bords; dazwischen befand sich eine Stereoanlage, aus der leise klassische Musik drang. An der Wand gegenüber dem Fenster hingen gerahmte Kunstposter, und in einer Ecke hatte er sich eine kleine Kaffeestation mit Espressomaschine, Tassen und Servietten eingerichtet. Außerdem gab es eine Kochplatte, was in Sachen Brandschutz natürlich heikel war, aber Murphy ist, wie gesagt, seit vierzig Jahren dabei. Im Grunde erinnerte der Raum eher an ein Wohnzimmer als an ein Büro. Obwohl die Tür offen stand, klopfte ich kurz an und sagte: »Irgendwas Neues, Murphy?«

»Erica!«, rief er strahlend. Er nannte mich immer beim Vornamen, was mich jedes Mal kurz irritierte, weil ich es nicht gewohnt war.

»Irgendwas Neues wegen der Lackpartikel, die Sie nach San Bernardino geschickt haben?«

»Das dauert normalerweise ein paar Tage. Eine Tasse Kaffee?«

»Danke, ich habe gerade Kaffee getrunken. Könnten Sie vielleicht nachsehen, ob sie schon zurückgeschickt wurden?«

»Rot steht Ihnen ganz ausgezeichnet«, sagte er und warf einen Blick auf meine Brust. Augenblicklich bereute ich, meine Jacke am Schreibtisch gelassen zu haben.

»Würden Sie bitte nachsehen?«

»Wie war noch mal der Name?«

»Guerraoui. Unfall mit Fahrerflucht am 28. April.«

Endlich drehte er sich wieder zu seinem Computer und suchte nach dem Bericht. »Glück gehabt. Kam heute Morgen rein. Die Untersuchung mit dem FTIR hat ergeben, dass der Lack in Wirklichkeit silberfarben ist.«

»Silberfarben?«

»Silberfarben. Stammt offenbar von einem Fahrzeug der Marke Ford, Baujahr zwischen 1992 und 1998.«

»Und das Modell?«

»Taurus, Crown, Vic, Mustang, Explorer – suchen Sie sichs aus.« Er überreichte mir den Bericht, dessen Seiten aus dem surrenden Drucker auf seinem Schreibtisch geglitten waren. »Der Lack wurde bei so ziemlich allen Modellen verwendet.«

»Und das nennen Sie Glück gehabt?«

»Hätte schlimmer kommen können.«

Wie denn?, dachte ich. Tags zuvor hatte ich Sergeant Vasco um neuerliche Zeugenbefragungen gebeten, die er mit dem Hinweis ablehnte, dafür könne er im Moment keine Deputys abstellen. Wir sind hier nicht bei der

Großstadtpolizei, sagte er, wir haben nicht so viele Leute. Meinem Gefühl nach wollte er mich testen, um herauszufinden, ob ich den Fall ohne die Hilfe seiner Leute zum Abschluss bringen konnte, und komischerweise machten mich die in den Weg gelegten Steine nur noch entschlossener. Obwohl ich mit meiner Großstadterfahrung einem wie ihm wahrlich nichts beweisen musste, tat ich genau das.

»Möchten Sie wirklich keinen Kaffee?«, fragte Murphy. »Ich habe ganz frischen äthiopischen da.«

»Ist das Ihre Familie?« Ich drehte den Kopf zu einem gerahmten Foto hin, auf dem sich eine blonde Frau und ein Kind mit blauen Augen umarmten. Ich wollte Murphy ein bisschen beschämen, ihm klarmachen, dass ein über sechzigjähriger verheirateter Mann ein anderes Verhalten an den Tag legen sollte.

»Ja, das ist mein Sohn. Und meine Schwester. Seit meine Ex-Frau vor vier Jahren nach Seattle gezogen ist, hilft sie mir, den Jungen großzuziehen.«

Ach so. Ich schob die Hände in die Hosentaschen und rechnete rasch nach. »Er dürfte im gleichen Alter wie mein Sohn sein«, sagte ich, ohne mein Erstaunen durchklingen zu lassen.

»Wie alt ist Ihr Sohn?«

»Gerade dreizehn geworden. Siebte Klasse.«

»Welche Schule besucht er?«

»La Contenta. Und Ihrer?«

»Auch.« Er lächelte und blickte mir zum ersten Mal in die Augen. Er hatte volles, graumeliertes Haar, einen Tick zu lang, aber immerhin ordentlich hinter die Ohren gekämmt. »Vielleicht kennen sich die beiden sogar.«

»Das glaube ich nicht.« Miles hatte hier keine Freunde,

was einer der Gründe dafür war, dass er uns den Umzug so übelnahm. »Es ist eine sehr große Schule.«

»Stimmt. Mag Ihr Sohn Baseball? Wir spielen jeden Samstag im Stadtpark. Er kann jederzeit dazustoßen.«

»Aha«, sagte ich leicht verdattert. Ich hatte mich um Kontakt zu den Müttern in Miles' Schule bemüht und war zunächst freundlich aufgenommen worden. Doch als ich weder bereit war, bei der Klassenfahrt als Begleitperson mitzukommen, noch beim Bücherflohmarkt im Frühjahr mitzumachen oder mich mit Essensspenden am Wohltätigkeitspicknick zu beteiligen, hatte ihr Interesse merklich abgekühlt. Sie brachten solche Aktivitäten in ihrem Tagesablauf unter, weil einige von ihnen Vollzeitmütter waren und der Rest zumindest geregelte Arbeitszeiten hatte. Ich dagegen schaffte das mit meinem Job nicht. Auf meinen Vorschlag, Ray könnte das alles für mich übernehmen, hatten sie fassungslos reagiert. *Welcher Mann verkauft freiwillig Kuchen?* Offen sagten sie das natürlich nicht, sondern hielten den Kuchenverkauf einfach ab, ohne Ray zu informieren. »Danke, Murphy, ich gebe es an Miles weiter.«

»Gut. Und ich sage Ihnen Bescheid, falls wir noch etwas über den Lack erfahren sollten. Manchmal dauert es ein paar Tage, bis sie es auf ein bestimmtes Modell eingrenzen können.«

Nachdem ich Murphys Büro verlassen hatte, machte ich auf dem Weg zu meinem Schreibtisch absichtlich einen Umweg. Ich hatte keine Lust, dem Sergeant zu begegnen und nach neuen Hinweisen gefragt zu werden, ohne etwas Substanzielles vorweisen zu können. Schließlich hatte ich nur drei Farbpartikel, von denen sich eines in der Kriminaltechnik in San Bernardino bereits in Gas aufgelöst hatte – in nichts.

Jeremy

Vor dem hübschen kleinen Haus standen zwei Adirondackstühle, und vom Dach hing ein Windspiel. Um den Garten zog sich ein hölzerner Weidezaun. Fierro hatte es die Ranch genannt. Jetzt gehts zurück auf die Ranch, hatte er immer beim Bowlen gesagt, und zwar so, als täte es ihm leid, dass er schon wieder fortmusste, dabei blitzten seine Augen vor lauter Vorfreude – auf seine neue Frau und auf das gemeinsame neue Haus. In dem silberfarbenen Mustang Coupé, der völlig demoliert in der Zufahrt stand, spiegelte sich das Mondlicht. Dass der Name FIERRO vom Briefkasten abgerissen worden war, konnte noch nicht lange her sein, denn er war noch in geisterhaften grauen Umrissen zu lesen.

Auf der anderen Seite der Tür schob sich die Klappe des Spions zur Seite, und jemand spähte zögerlich hinaus. Dann wurde endlich geöffnet. »Was machst du hier?«, fragte Mary. Rote Augen unter rotem Haar. Sie trug ein weißes Tanktop, sodass man das Tattoo am Oberarm sehen konnte. *Death before dishonor.* Eine Überraschung für Fierro, als er mit seinem Bronze-Star-Orden nach Hause zurückkehrte. Er hatte es furchtbar gefunden und sie gefragt, warum sie ihre schöne Haut so zerstören musste.

»Alles in Ordnung mit dir?«

»Gar nichts ist in Ordnung«, erwiderte sie in schneidendem Ton.

»Entschuldige. War blöd von mir.«

»Er hat mir eine Scheißangst eingejagt, mein Auto kurz und klein geschlagen und noch dazu die ganze Zeit gelacht. Nicht mal diese eine Sache konnte mir das beschissene Arschloch lassen, nicht mal diese eine kleine Sache!«

Ich hatte sie noch nie fluchen hören. Sie war der Typ, der Mist und Scheibenkleister und zum Kuckuck sagte und immer rot wurde, wenn jemand fluchte. Das hatte Fierro so gut gefallen, dass er ihr am letzten Tag seines zweiten Heimaturlaubs einen Antrag machte. Warte, bis du wieder zurück bist, hatte Sergeant Fletcher zu ihm gesagt, als er von seiner Absicht erfuhr, mach nicht denselben Fehler wie ich. Aber Fierro hörte nicht auf ihn, er war einfach verrückt nach ihr. Sie war neunzehn, machte eine Ausbildung zur Kosmetikerin und träumte von einer Karriere als Maskenbildnerin in Hollywood. Die heirate ich, sagte er. Und heiratete sie.

»Es tut mir wirklich leid, Mary.« Ich wollte sie möglichst elegant dazu bringen, die Anzeige zurückzuziehen, und herausfinden, ob sie sich wegen des Autos mit einer Geldzahlung zufriedengeben würde, doch als ich ihren Arm berührte, zuckte sie ängstlich zurück. Ich erschrak und trat ebenfalls einen Schritt nach hinten. Unter ihrem Blick empfand ich solche Scham, als hätte Fierros Tat auf mich abgefärbt. Aber nur weil wir beide bei den Marines gekämpft hatten, hieß das nicht, dass wir gleich waren. Fierros Probleme hatten lange vor dem Krieg begonnen, und Mary war sich dessen bewusst. Trotzdem hinderte mich ihr Blick daran, ihr offen meine Meinung zu sagen.

»Wechsle die Schlösser aus, hörst du?«, riet ich ihr nach einer kurzen Pause.

»Ja, weiß ich. Vor einer Stunde war der Schlüsseldienst da.«

»Und schaff dir einen Hund an.«

»Ist das alles? Mehr Vorschläge hast du nicht? Wie wärs damit, dass du ihm sagst, er soll mich verdammt noch mal in Ruhe lassen? Das würdest du nämlich tun, wenn es dir wirklich darum gehen würde, mir zu helfen – ihn mir vom Leib halten!«

»Das habe ich ihm schon gesagt, Mary, aber er hört nicht auf mich.« Ihre Wut kochte wieder hoch, und ich erkannte, wie falsch es gewesen war, herzukommen, um die Lage zu beruhigen. Ich machte alles nur schlimmer.

Eine trockene Bö fegte über die Straße, und von einem Fenster des Mustangs fiel ein Stück Glas ab und zerbarst auf der Zufahrt. Nach einem kurzen Blick dorthin richtete Mary ihre grünen Augen wieder auf mich. »Hätte mir jemand vor fünf Jahren gesagt, dass du mal derjenige mit einem festen Job und Collegestudium sein würdest, ich hätte es nicht geglaubt.«

Ich auch nicht, hätte ich am liebsten erwidert. Vor fünf Jahren war Fierro als Security im Indianer-Casino in Morongo untergekommen, während ich mich mit den Dachdeckerjobs durchschlagen musste, die ich hin und wieder ergatterte. Vor fünf Jahren hatte ich mich bei Fierros und Marys Hochzeit total besoffen und in den Brunnen mit den Rosenblütenblättern gekotzt. Vor fünf Jahren wusste ich nicht, wie die Brautjungfer hieß, neben der ich am nächsten Tag in dem billigen Hotel aufwachte und deren zerzaustes, mit funkelnden Spangen und Glitzerzeug gespicktes blondes Haar auf meiner Brust lag. Ein Jahr, vielleicht sogar eineinhalb Jahre hatte ich verschwendet, weil ich mich treiben ließ und das Loch in mir zu füllen versuchte, das meiner Ansicht nach der Krieg gerissen hatte – bis mir klar wurde, dass ich dasselbe Loch schon mit meinem Beitritt zu den Marines zu füllen versucht hatte. Ich wohnte damals mit meiner Schwester zusammen, die mir ständig sagte, ich solle in die Kirche gehen und nicht mehr so viel trinken. Versprich es mir, flehte sie mich an, versprich es! Zur Hälfte hatte ich mein Versprechen gehalten. Ein paar Wochen später sah ich auf der Heimfahrt von einem Dachdeckerjob eine Reklametafel, die für die Polizeischule in San Bernardino warb.

Vielleicht würde auch Fierro eines Tages das Gefühl verlieren, nirgends dazuzugehören. Aber er musste an sich arbeiten. »Er kann sich ändern«, sagte ich.

»Ja, klar. Viel Glück, wenn du das wirklich glaubst. Ich habs versucht. Aber damit ist es vorbei.«

Sie schloss die Tür.

Nora

Die Cafeteria der Yucca Mesa Elementary war mir als riesig in Erinnerung geblieben, doch an diesem Abend wirkte sie klein und eng, was natürlich täuschte. Nicht sie hatte sich verändert, sondern ich mich. Die ordentlich in zehn, zwölf Reihen aufgestellten Klappstühle waren erst zur Hälfte besetzt, den Rest hatten die Leute mit Pullis und Schals reserviert. Im Mittelgang montierte ein alter Mann mit Dodgers-Kappe seine Kamera auf ein Stativ. Ich folgte meiner Mutter zur ersten Reihe, wo Salma allein saß und in ihr Handy starrte. Wir begrüßten uns mit Wangenküssen. »Wo ist Tareq?«, fragte meine Mutter.

»Eine Zahnbehandlung. Notfall.«

»Wie schade, dass er die Aufführung verpasst«, sagte ich.

»So ist das nun mal, wenn man eine eigene Praxis hat«, erwiderte Salma kühl.

Ich blätterte im Programmheft, auf dem in Goldbuchstaben *Sleeping Beauty* stand. Das Vorwort der Direktorin, die Sponsorenliste und den Spendenaufruf für die Aufführung im nächsten Jahr übersprang ich und suchte die Zwillinge unter den Darstellernamen. Aida und Zaid spielten Nachtwächter. »Haben sie Text?«, fragte ich.

»Nein.«

»Warum nicht?«

Salma zuckte mit den Schultern.

»Ich freue mich trotzdem darauf«, sagte ich. »Ich sehe die beiden heute zum ersten Mal in einer Schulaufführung.« Hinter dem Vorhang jaulte ein Mikrofon, das gerade angeschlossen wurde. Die Klimaanlage setzte aus und sprang sofort wieder an. Als ich hier Schülerin gewesen war, hatte es statt einer Klimaanlage nur einen mühsam vor sich hin surrenden Deckenventilator gegeben, und während ich hinter der Bühne auf mein Stichwort wartete, schwitzte ich in dem schweren, von Mrs Fleming geschneiderten Kostüm und kratzte mich an den Stellen, an denen der billige Stoff meine Haut berührte. Obwohl ich jedes Jahr die gleiche Rolle bekam, trat ich gern auf, weil mir das Theaterspielen dem Lesen einigermaßen ähnlich erschien. Aber Bücher waren natürlich besser. In Büchern konnte ich mehr als die stumme Statistin sein; in Büchern war ich die Heldin. »Es ist schon zehn nach sechs«, sagte ich mit Blick auf meine Uhr.

»Hast du noch einen anderen Termin?«, fragte meine Schwester scharf.

In dieser gereizten Stimmung war sie, seit uns der Anwalt das Testament meines Vaters per Kurier geschickt hatte. Es war schon viele Jahre zuvor verfasst worden, und alle wussten, was es enthielt: die in Juristenkauderwelsch niedergeschriebene Anweisung, das Hab und Gut meines Vaters zwischen der Witwe und den Kindern aufzuteilen. Mit der Lebensversicherungspolice über zweihundertfünfzigtausend Dollar hatten wir dagegen ebenso wenig gerechnet wie damit, dass deren einzige Begünstigte ich war.

Das Stimmengewirr in der Cafeteria schwoll an. Ein Handy klingelte, dann noch eines. In den hinteren Reihen schrammten Stühle über den Boden. »Ich verstehe das nicht«, sagte Salma. »Was habe ich ihm denn getan?«

»Gar nichts«, erwiderte meine Mutter. »Es ist nicht deine Schuld.«

»Meine auch nicht«, sagte ich, den Blick auf meine Mutter gerichtet, die ihn jedoch nicht erwiderte, sondern stur zu meiner Schwester hinsah.

»Weißt du schon, was du damit machst?«, fragte mich Salma.

»Womit?«

»Womit wohl? Mit dem Geld, das er dir hinterlassen hat.«

»Seit wann ist dir Geld so wichtig? Oder höre ich da Tareq reden?«

»Es geht nicht ums Geld.«

»Sondern?«

Das Licht erlosch, im Publikum wurde es ruhig. Salma wandte mir ihr Gesicht zu. »Ich bin hiergeblieben. Ich habe das Zahnmedizinstudium durchgezogen. Ich habe mich um ihn gekümmert, als sein grauer Star operiert wurde. Ich habe alles getan, was er wollte, während du dich« – sie warf die Hände in die Luft – »auf irgendwelchen *Musikfestivals* herumgetrieben hast. Und dann vererbt er alles dir, obwohl du es nicht mal schaffst, einer geregelten Arbeit nachzugehen!«

Die Beschimpfung hallte mir noch in den Ohren, als sich eine alte Frau hinter uns auffällig räusperte. »Willst du das allen Ernstes hier besprechen?«, fragte ich in gedämpftem Ton.

»Mir doch egal, wo das besprochen wird!«

»Er hat mir schließlich nicht alles hinterlassen. Das Lokal bleibt Mom und dir.«

»Wie rücksichtsvoll von ihm, uns das nicht auch zu nehmen.«

Als ich auf der Suche nach Unterstützung oder wenigstens Mitgefühl zu meiner Mutter blickte, legte sie ihre Hand auf Salmas Knie, als wollte sie meine Schwester um Verzeihung bitten. »Dein Vater hat mir nie gesagt, dass er sein Testament geändert hat. Wenn ich es gewusst hätte, wäre ich eingeschritten.«

»Aber er hat es nun mal gemacht«, sagte Salma. »Nora war doch schon immer sein Liebling.«

Ihre Stimme bebte vor Wut und Verbitterung. Warum glaubte sie, unser Vater hätte sie benachteiligt? Hatte er ihr nicht dieselben Bücher vorgelesen? War er nicht mit ihr durch dieselben Parks spaziert und hatte dieselben Brettspiele mit ihr gespielt? Hatte er sie nicht jeden Sonntagmorgen nach Palm Springs gefahren und zwei Stunden später wieder nach Hause gebracht, als sie sich im letzten Highschooljahr in einem Kurs auf den SAT-Test für die Uni vorbereitete? Hatte er ihr nicht das Zahnmedizinstudium finanziert? Ihre Hochzeit in Orange County bezahlt? Auf ihre Zwillinge aufgepasst, wenn sie zu einer Konferenz musste? Hatte er sie weniger geliebt als mich? »Ich habe ihn nicht darum gebeten«, sagte ich, während das Klavierspiel einsetzte.

Die Frau in der Reihe hinter uns beugte sich zu uns. »Psst!«

»Na und?«, sagte Salma. »Soll ich jetzt Mitleid mit dir haben? Und warum musst du immer Tareq in alles hineinziehen?«

»Wie oft soll ich es noch sagen – ich habe von dem Testament nichts gewusst! Warum bist du so wütend auf mich? Und Tareq ist eben ständig –«

Ich spürte eine kalte Hand auf meiner Schulter und erschrak. »Entweder sind Sie jetzt still, oder Sie gehen raus!«, sagte die Frau, die mit ihrem Seitenzopf und den dunklen Augen wie eine gealterte Version meiner Vorschullehrerin Mrs Nielsen aussah. »Nehmen Sie Ihre Hand weg«, erwiderte ich.

Der Vorhang teilte sich, und auf der Bühne bewunderte das Königspaar die kleine Prinzessin in der Wiege. Der anklagende Ton meiner Schwester hatte mich so getroffen, dass ich mich nur mit Mühe auf das Stück konzentrieren konnte. Die schlecht geschneiderten Kostüme und die völlig überschminkten Kinder machten die Sache nicht besser. Eine der drei Feen musste niesen, während sie Aurora ihre Gabe verlieh, sodass der grüne Flitter überallhin flog, nur nicht auf die Wiege. Wenigstens ging es fix voran. Innerhalb von fünfundvierzig Minuten erfolgte die Verfluchung, stach sich die Prinzessin an der Spindel, wurde verzaubert und in das schöne Gemach gebracht. Dann erschienen Aida und Zaid als Nachtwächter, die tief schliefen, während sich der Prinz an ihnen vorbei zu Auroras Zimmer vorkämpfte. Kuss, Aufhebung des Fluchs – das Publikum begann, wie wild zu klatschen.

Kaum hatte sich der Vorhang geschlossen, wandte ich mich wieder zu meiner Schwester, die jedoch aufstand, ohne mich zu beachten, und sich einen Weg nach draußen bahnte. Was sie wollte, war klar: Ich sollte alles rückgängig machen. Doch selbst wenn mir das möglich gewesen wäre, hätte es an der Entscheidung meines Vaters ebenso wenig geändert wie daran, was sie über uns beide aussagte: Dads Ansicht nach würde Salma auch ohne seine Hilfe zurechtkommen – ich dagegen nicht. Salma sah das vollkommen anders, für sie war es der Beweis, dass sie ihm weniger am Herzen gelegen hatte als ich. Draußen war der Himmel orangerot verhangen und die Luft hitzeschwer. Salma stand bei den Schaukeln. Aus ihrem Blick sprach ein Neid, der mich sprachlos machte.

Niemals hätte ich einem so souveränen Menschen wie meiner Schwester Neid zugetraut, doch er war unübersehbar. Entstanden war er allerdings schon viel früher. Salma, die am staatlichen College in San Bernardino und anschließend, wegen ihrer schlechten Ergebnisse in der Eignungsprüfung zum Medizinstudium, an der Loma Linda School of Dentistry Zahnmedizin studiert hatte, war mit ihrer Hochschule vollauf zufrieden gewesen – bis zu dem Tag, an dem der Brief mit meiner Zusage von Stanford kam. Tagelang sprach sie kein Wort, während meine Mutter über nichts anderes mehr redete. Sie erzählte es ihrem Bruder und seiner Familie, ihren neuen Freundinnen aus der Moschee und den Nachbarinnen. Alles, was ich sagte oder tat, war in ihren Augen plötzlich brillant. Es war eine vollkommen neue Erfahrung für mich, Anerkennung von ihr zu erfahren, und vielleicht entschloss ich mich nur deshalb für das vormedizinische Collegestudium. Als ich drei Jahre später zu Hause anrief, um meinen Eltern mitzuteilen, dass ich nun doch nicht Medizin studieren, sondern mich für ein Musikstudium am Mills College bewerben würde, reagierte meine Mutter entsetzt, meine Schwester hämisch. Meine Mutter konnte es nicht fassen, dass die jahrelange Beschäftigung mit Mathematik, Biologie und Chemie in Kammermusik und Jazzensembles enden sollte. »Mach das nicht«, warnte sie mich. »Du ruinierst dir dein Leben.«

»Beruhig dich, Mom. Du tust gerade so, als wäre ich schwanger geworden.«

»Schwanger! Was soll das heißen? Was hast du im College gemacht?«

»Nichts, Mom. Aber hier geht es um ein Studium und nicht um eine lebenslange Freiheitsstrafe.«

»Du trägst den Kopf in den Wolken!«

Salma hatte sich gerade mit Tareq Darwish verlobt, einem Studienfreund, dessen Eltern in den Siebzigerjahren aus Syrien eingewandert waren. Die Tatsache, dass Tareq und meine Schwester eine zahnärztliche Gemeinschaftspraxis eröffnen wollten, hielt mir meine Mutter damals und an jedem Tag, der folgte, vor Augen; als vorbildliches Verhalten eines Kindes, dem zuliebe die Eltern *alles aufgegeben hatten.* Als ich Salma anrief und darum bat, unsere Mutter zur Vernunft zu bringen, lachte sie nur. »Augenblick – Musik? Ist das dein Ernst? Mannomann, Nora!«

Nur mein Vater hatte mehr als Hohn und Spott für mich übrig. Er hörte sich meine Musik an und schickte mir trotz der Einwände meiner Mutter hin und wieder Schecks über kleinere Summen. Das Geld, das er jetzt für mich auf die Seite gelegt hatte, ließ den Neid meiner Schwester aufflammen wie einen quälenden Hautausschlag. Sie konnte mich kaum ansehen, während wir zwischen den plappernden Leuten standen. Ich muss zurück nach Oakland, dachte ich. Ich bin schon lange genug hier. Ich muss mein Stück zu Ende komponieren, mich mit Freunden treffen, in mein eigenes Leben in der Bay Area zurückkehren. In diesem Moment liefen die Zwillinge über den Schulhof auf uns zu. »Hat es dir gefallen, Tante Nora?«, fragte Aida.

»Es war ganz toll. Ich habe noch nie eine so hervorragende Palastwache gesehen. High five!«

»Und ich?«, fragte Zaid.

»Keiner kann sich so gut schlafend stellen wie du. Noch mal High five!«

Die Kinder standen zwischen ihrer Mutter und ihrer Großmutter und strahlten eine Freude aus, wie ich sie seit meiner Ankunft zu Hause nicht erlebt hatte. Ich bot an, ein paar Fotos zu machen. Beim Blick durch den Sucher fiel mir auf, dass Aidas Haar dunkler geworden war und im Farbton meinem mehr ähnelte als früher. Gerade als ich meine Beobachtung mitteilen wollte, nahm Salma die beiden an die Hand und erklärte, sie müssten jetzt los. »Gute Nacht«, sagte sie steif und führte die Zwillinge zum Wagen.

Auf der Heimfahrt im Prius sagte meine Mutter zum gefühlt zehnten Mal an diesem Tag, sie habe von der Lebensversicherung nichts gewusst. »Keine Ahnung, wann er sie abgeschlossen hat. Er muss die Beiträge vom Geschäftskonto bezahlt haben.«

»Gibst du mir auch die Schuld daran, Mom?«

»Ich gebe dir keine Schuld. Ich mache mir Sorgen um dich. Um deine Zukunft.«

Sie klang so resigniert, als wäre ich die Bürde ihres Lebens. So war es immer, wenn ich nach Hause kam. Nach ein paar friedlichen Stunden endete die spannungsfreie Phase, und die Kommentare setzten ein – Variationen über das Thema, wie enttäuscht sie von mir war. Warum suchst du dir keinen besseren Job? Warum beginnst du kein Jurastudium? Warum ziehst du nicht hierher zurück, wenn du schon nicht Jura studierst und keinen besseren Job findest? Habe ich dir erzählt, dass Mrs Hammadis Tochter heiratet? Behältst du das zum Abendessen an? Weiß steht dir nämlich nicht, in Weiß wirkst du noch dunkler. Hast du dir das Video angesehen, das Tareq auf YouTube hochgeladen hat? Kaum zu glauben – schon dreihundertdreizehn Leute haben sich seine Eröffnungsrede bei der Tagung der Vereinigung für parodontale Medizin angesehen! Und das ganz große Thema, das im Laufe der Jahre immer häufiger aufkam, lautete: Wann heiratest du endlich?

Da nur eine bedingungslose Kapitulation meine Mutter zufriedengestellt hätte, wehrte ich mich mit unangenehmen Gegenfragen. Warum hast du nach deiner Heirat das College abgebrochen? Warum bist du mit uns mitten in die Wüste gezogen? Warum um alles in der Welt hast du George W. Bush gewählt? Warum bezeichnest du ein drei Wochen altes Embryo als Baby? Du kennst doch den Unterschied – immerhin wolltest du Ärztin werden. Ja, du hast mir schon drei Mal von Mrs Hammadis Tochter erzählt. Hat sie drei Mal geheiratet? Hast du dir meinen Klavierabend im Botanischen Garten in San Francisco angesehen? Der ist auch auf YouTube. Und wie oft soll ich dir noch sagen, dass ich nicht heiraten will?

Diese Schlachten endeten nie mit einem klaren Sieg. Bestenfalls erfolgte eine Rückkehr zum Status quo, üblicherweise kurz vor meiner Abreise. Nun hatte das Testament meines Vaters eine neue Front zwischen meiner Mutter und mir eröffnet, und diesmal war auch noch Salma in die Feindseligkeiten verstrickt. Doch ich fühlte mich zu schwach zum Kämpfen. Ich hielt es nicht einen Tag länger zu Hause aus. Bevor ich an diesem Abend schlafen ging, tankte ich meinen Wagen voll, packte meine Tasche und steckte den Laptop in die Hülle. Mein Entschluss, früh am nächsten Morgen nach Oakland zurückzufahren, stand fest.

Als es dann jedoch so weit war, erschien mir die Aussicht, bald wieder in meiner Wohnung zu sein, als ebenso schrecklich. Die Rückkehr in mein dortiges Leben wäre das Zeichen dafür gewesen, dass ich den Tod meines Vaters abgehakt und überwunden hatte, und das hatte ich nicht. Deshalb bat ich meine Mutter um den Schlüssel für das Häuschen im Joshua Tree Nationalpark. Wobei »Häuschen« etwas zu nobel klang. Es stand zwar auf einem Grundstück von etwa viertausend Quadratmetern, war im Prinzip aber nur eine einfache, von einem Siedler in den Vierzigerjahren errichtete Hütte mit Schrägdach, die einen einzigen Raum mit großen Fenstern umfasste. Eines Tages hatte mein Vater auf dem Rückweg vom Nationalpark das ZU VERKAUFEN-Schild am Straßenrand gesehen und telefonisch ein Angebot abgegeben – ohne Rücksprache mit meiner Mutter. Fünfundzwanzigtausend Dollar – ein Schnäppchen sei das, meinte er, eine fantastische Investition, während sie es als Drecksloch und Geldverschwendung bezeichnete. Er verkündete, er werde das Häuschen renovieren und vermieten; sie prophezeite, kein einziger Tourist werde dort wohnen wollen. Wann immer meine Eltern miteinander sprachen, stritten sie, und durch das Häuschen erhielt der Disput neue Nahrung. Widerwillig gab mir meine Mutter den Schlüssel und versuchte gleichzeitig, mir die Fahrt dorthin auszureden. Das Häuschen sei zu klein, der Kühler funktioniere nicht richtig, tagsüber werde es viel zu heiß sein und nachts viel zu kalt. Außerdem gebe es hin und wieder Kojoten.

Mir war das alles egal. Ich wollte lediglich ein paar Tage dort verbringen, versicherte ich. Auf der Fahrt dachte ich an meinen Vater, der täglich auf diesem Abschnitt des Highway 62 gefahren war. Vorbei an seiner Stammtankstelle, an dem Antiquariat, in dem er sich mit Taschenbüchern versorgt, an dem Spirituosenladen, wo er sein Bier gekauft hatte. Schon jetzt ging das Leben ohne ihn weiter.

Am Ziel angekommen, stellte ich fest, dass sich die Eingangstür nicht öffnen ließ. Der Schlüssel blieb stecken, und nur mit großer Mühe gelang es mir, ihn wieder herauszuziehen. Ich ging zum Wagen zurück und suchte im Handschuhfach nach einem Bleistift, weil mir ein Trick meines Vaters eingefallen war. Mit dem Stift bemalte ich die Schlüsselzähne, bis sie vollständig mit Grafit bedeckt waren. Beim zweiten Versuch ging die Tür knarrend auf. Der süßlich riechende Staub, der mir entgegenwirbelte, brachte mich sofort zum Niesen.

Das Häuschen war spärlich möbliert. Unter dem Fenster stand ein graues Sofa mit fleckigen, fusseligen Kissen. Es gab eine kleine Küche mit zwei Hockern an einer Art Frühstückstheke, und einen Resopaltisch, dessen eines Bein wackelte. Ein Steinkamin trennte den Wohnbereich vom Doppelbett. Das Bad war der einzige abgetrennte Raum. Ich öffnete die Tür in der Küche und trat in den Garten hinaus, in dem mehrere Yuccas, ein Josuabaum und zwei schmutzverkrustete Stühle standen, mit Steinen beschwert, damit der Wüstenwind sie nicht umwehte. Da und dort lag Werkzeug herum, aber so wie der Garten aussah, hatte es mein Vater kein einziges Mal verwendet.

Ich ging durch das Häuschen zurück zur Vorderveranda, wo der Verdunstungskühler hing. Eine Turteltaube hatte sich darauf ihr Nest gebaut und drehte mir herausfordernd den Kopf zu. Einige Sekunden lang sahen wir uns an. Dann hob ich abwehrend die Hände und sagte:

»Schon gut, kleine Mama, wir teilen ihn uns.« Ich schob meine Hand langsam hinter das Metallgehäuse und drehte das Wasserventil auf. Die Taube ließ mich dabei nicht aus dem Blick. Schweißgebadet machte ich einen Schritt zurück und ging ins Haus.

Ich hätte gern Detective Coleman angerufen und nach Neuigkeiten gefragt, doch es war noch zu früh, und ich begann stattdessen, sauber zu machen. Ich schrubbte die Spülbecken, putzte die Fenster, fegte die Böden. Das Abstauben des Bücherregals dauerte ziemlich lange, weil ich mich auf den Boden setzte und jedes Taschenbuch durchblätterte. Spionageromane, Krimis, Thriller. Hatte mein Vater all die Wochenenden, an denen er angeblich renovierte, mit der Lektüre dieser Bücher verbracht oder sie für die Touristen gekauft?

Als ich mittags fertig war, fühlte ich mich erschöpft und legte mich in meinen Kleidern hin. Ich träumte wieder von meinem Vater. Wir waren in einem Bahnhof voller eiliger Reisender, die ihre Trolleys hinter sich herzogen. Von allen Seiten ertönte das Rattern der Rollen, sodass ich meinen Vater kaum hörte, obwohl er direkt neben mir stand. Beeil dich, Nor-*eini*, beeil dich, sonst kommen wir zu spät! Auf dem Weg zu unserem Bahnsteig sah ich, dass wir gar nicht in einem Bahnhof waren, sondern in einem Hafen. Das kobaltblaue Meer erstreckte sich endlos vor unseren Augen. Wir zwängten uns mit dem Gepäck in ein kleines Boot, und mein Vater begann zu paddeln. Er machte es perfekt, während ich nicht zurechtkam. In diese Richtung, Nora, sagte er. Schau, so musst du das Paddel halten. Doch der Holzgriff glitt mir immer wieder aus den Händen.

Schweißnass wachte ich auf. Die Kleider klebten mir

am Körper, und alles roch nach Putzmittel. Nach dem Duschen warf ich einen Blick auf die Uhr. Endlich war es Zeit, Detective Coleman anzurufen. »Wir ermitteln noch«, sagte sie. Es gebe zweihunderteinundfünfzig silberfarbene Fords in der Stadt, deshalb werde es eine Weile dauern, bis sie herausgefunden hätten, welcher der Unfallwagen sei – immer vorausgesetzt, der Wagen gehörte einem Einheimischen, keinem Touristen.

»Haben sich Zeugen gemeldet?«

»Nein, kein einziger bisher.«

Ich versuchte, die neuerliche Enttäuschung abzuwehren, doch sie traf mich trotzdem. Morgen rufe ich Coleman wieder an, dachte ich. Vielleicht gibt es ja morgen Neuigkeiten.

Maryam

Noch lange nach dem Tod meines Mannes fühlte ich mich wie in einem dichten Nebel, der nicht nur meinen weiteren Weg verhüllte, sondern es mir auch unmöglich machte, das zu sehen, was um mich herum vorging – das, was meine Töchter organisierten, und zwar leider ohne es mir mitzuteilen. Wenn ich doch einmal etwas sagte, dann nur, um Dingen zuzustimmen, die ohnehin bereits in die Wege geleitet waren. Trotzdem zwang ich mich an jenem Donnerstagabend, aus dem Nebel hinauszutreten, zog frische Sachen an und besuchte die Schulaufführung. Ich tat es meinen Enkelkindern zuliebe, die damals erst acht Jahre alt waren. Sie wussten nicht viel vom Leben und deshalb so gut wie nichts vom Tod. Als ich die Cafeteria betrat, erwartete ich einen ganz normalen Abend im Kreis der Familie. Aber mein Schwiegersohn war wegen eines Notfalls in der Praxis nicht gekommen, und dann stritten sich meine Töchter wegen des Testaments. Sie konnten nicht einmal warten, bis wir wieder zu Hause waren, sondern schrien sich vor allen anderen an und überhörten meine Bitte, leiser zu sein. Irgendwann gab ich auf, legte die Hände in den Schoß, schloss die Augen und sagte wieder und wieder die Sure an-Nas auf. Kaum war der Vorhang aufgegangen und das Königspaar auf der Bühne erschienen, begann ich vor lauter Erleichterung, wie eine Verrückte zu klatschen.

Als junge Frau begeisterten mich neue Freundinnen, neue Orte, neue Ideen, doch der Zauber nutzte sich mit der Zeit ab, und ich sah die Dinge, wie sie waren. Andere Menschen waren einfach anders – meine Freundin Karima Ait-Yaacoub zum Beispiel war nicht nur die Stimme der Studentenbewegung an der Universität von Casablanca, sondern auch deren Gesicht, das man nach ihrer Verhaftung auf allen Plakaten sah. Sie wurde schon früh festgenommen, 1979, wenn ich nicht irre, und ins Derb Moulay Cherif gebracht, von dem Sie vielleicht gehört haben. Das war ein berühmtes Gefängnis, falls Gefängnisse berühmt sein können. Vielleicht gibt es für diese Art von Berühmtheit ein besseres Wort. Ihr Mann musste sie gerichtlich und außergerichtlich verteidigen, bis er selbst verhaftet wurde, weil er Protestflugblätter verbreitet hatte. Die Kinder der beiden mussten die Schule verlassen und wurden zu ihrer Großmutter nach Midelt geschickt. Ein solches Leben wollte ich für Driss und mich nicht.

Nach der Verhaftung unseres Freundes Brahim sagte ich zu Driss, wir sollten nach Kalifornien ziehen, doch er war dagegen. Er hielt an seinen marxistischen Überzeugungen fest und erkannte nicht, wie dumm es war, die eigene Zukunft in die Hände anderer zu legen. Ich bin nicht stolz auf das, was ich dann tat, aber mir blieb keine Wahl. Denn wie hätte ich ihn sonst davon überzeugen sollen, dass er seine Familie in größte Gefahr brachte und wir das Land sofort verlassen mussten? Als er am nächsten Tag von der Arbeit nach Hause kam, ging ich ihm sofort entgegen, wischte meine Hände an der Schürze ab und sagte: »Der Moqaddam war da.«

»Was wollte er?«

»Unten auf der Straße ist ein Auto aufgebrochen worden, hat er gesagt, und wir sollen aufpassen, wo wir den Renault abends parken. Aber nachdem ich mich bedankt hatte und schon die Tür schließen wollte, hat er mich plötzlich nach dir ausgefragt. Wie es dir geht, wollte er wissen, ob du die Prüfungen abgelegt hast und was du jetzt machen willst.«

»Er muss doch wissen, dass die Prüfungen abgesagt wurden«, erwiderte Driss skeptisch, zog eine Casa Sport aus der Packung und sah mich beunruhigt an. »Glaubst du, er will mich melden?«

»Warum sollte er sonst kommen und mir solche Fragen stellen?«

Driss setzte sich auf den Balkon, rauchte und dachte nach, bis der Muezzin zum Abendgebet rief, die Straßenlaternen angingen und die Nachbarinnen ihre Kinder nach Hause befahlen.

Meine Familie zusammenzuhalten, das war immer mein größter Wunsch gewesen. Und nach der Ankunft in diesem Land waren wir ja wirklich jahrelang zusammen, weil Driss und ich achtzehn Stunden täglich gemeinsam im Donut-Shop arbeiteten und uns dadurch sehr nahekamen. Manchmal konnten wir sogar die Gedanken des anderen lesen oder einen Satz zu Ende bringen, den der andere begonnen hatte. Abends erzählten wir Salma Geschichten, bis sie einschlief, und dann übten wir Sätze aus dem Englischbuch, riefen meinen Bruder an, schrieben meiner Schwester Briefe und tratschten über die Kunden. Doch während Nora in meinem Bauch wuchs, bekam ich eine Schwangerschaftsvergiftung, wahrscheinlich wegen meines hohen Blutdrucks. Driss sagte immer, der käme davon, dass ich zu salzig esse, aber er ist natürlich auch erblich bedingt, denn meine Mutter litt auch daran. Der Arzt verordnete Bettruhe bis zum Ende der Schwangerschaft. Stellen Sie sich das mal vor – keine Hausarbeit, keine Spaziergänge, keine Möglichkeit, Salma zur Schule zu bringen, nicht die geringste Bewegung.

Ich erinnere mich gut daran, wie lang und einsam dieses halbe Jahr für mich war – den ganzen Tag ans Zimmer gefesselt, wie in einer Gefängniszelle. Denn ich bin ein aktiver Mensch, der lieber etwas unternimmt, als im Bett zu liegen und zu stricken oder zu schlafen. Nicht einmal meine Nachmittagstalkshows konnte ich gucken, weil es in meinen Augen ständig blitzte und Fernsehen alles noch schlimmer machte. Jeden Abend wartete ich, dass mein Mann von der Arbeit kam. »Sprich mit mir, Driss«, sagte ich. »Erzähl mir von deinem Tag.«

Doch nachdem er den ganzen Tag gearbeitet und dann noch zu Hause gekocht und geputzt hatte, wollte er nur seine Ruhe. Abend für Abend setzte er sich in seinen Sessel, schloss die Augen und sagte: »Ich bin zu müde zum Reden.«

Nach der Entbindung dachte ich, dass alles wieder werden würde wie zuvor. Aber Nora schrie pausenlos, und nie aus den üblichen Gründen – sie hatte keine Koliken, war nicht hungrig, und ihre Windel war nicht nass. Sie schlief oder spielte in ihrem Bettchen, und plötzlich begann sie zu brüllen. Ich fand nie heraus, was sie hatte. Irgendwann hörte ich auf, im Laden mitzuarbeiten. Ich bereue es nicht, dass ich seitdem zu Hause blieb – wie auch? Meine Kinder sind das Licht meines Lebens. Doch nach all den Opfern, die ich gebracht hatte, dachte ich zumindest, dass sich meine Töchter nahestehen würden. Bis ich zu meinem Erstaunen begriff, dass jede in ihrer eigenen Welt lebte.

Vielleicht lag es am Altersunterschied. Als Nora groß genug für Puppen und Spielzeugautos war, interessierte sich Salma längst für Cluedo und Monopoly. Oder es hing mit ihren Persönlichkeiten zusammen. Nora hörte gern allein in ihrem Zimmer Musik, während Salma ständig mit den Freundinnen aus dem Volleyballteam zusammensteckte. Sie sehen nicht einmal aus wie Schwestern, weil Salma hellhäutig ist wie ihr Vater und Nora dunkel wie ich. Im Grunde war ich die meiste Zeit völlig allein. Mein Mann war bei der Arbeit, die eine Tochter im Training und die andere mit ihrer Musik beschäftigt. Unsere Familie war wie ein Teeservice aus dem Spendenladen – immer fehlte ein Teil.

Zum Glück kam Nora zurück, als Driss gestorben war. Allein hätte ich es nicht ausgehalten im Haus. Ich überließ ihr all die kleinen Erledigungen – sie überwies die Bestattungskosten, holte den Anzug ab, den ihr Vater eine Woche vor dem Unfall in die Reinigung gegeben hatte, fuhr sein Auto von dort, wo er geparkt hatte, nach Hause zurück. Zwischendurch ging sie immer wieder einmal in unser Schlafzimmer und strich mit den Fingern über die Haarbürste ihres Vaters, öffnete den Kleiderschrank und roch an den Ärmeln seiner Jacken oder nahm sogar eine vom Haken und zog sie an. So fand ich sie einen Tag vor der Schulaufführung – sie saß in einer Jacke ihres Vaters auf dem Bett und starrte zu Boden. »Nora«, sagte ich, aber sie hörte mich nicht. Erst als ich sie an der Schulter berührte, bemerkte sie, dass ich neben ihr stand.

Sie sah so verloren aus, und sie war ja auch wirklich verloren. Wahrscheinlich hatte ihr Vater ihr deshalb etwas Geld hinterlassen – weil sie den Kopf schon immer in den Wolken trug und um ihr einen Neuanfang zu ermöglichen, diesmal vielleicht mit einem besseren Beruf. Allerdings regte sich ihre Schwester natürlich darüber auf, und es kam zu dem schlimmen Streit bei der Schulaufführung. Dass sie so stritten – nicht wie Schwestern, sondern wie Fremde –, traf mich mitten ins Herz. Und ich ließ mich langsam wieder in den Nebel hineingleiten, zu dem Ort, an dem Driss und ich noch jung, noch zusammen und wir vier noch eine Familie waren.

Efraín

Elena spielte eine gute Fee und freute sich wahnsinnig, weil sie eine blonde Perücke tragen durfte. Ich sah es ihr an, als sie sich im Spiegel über der Kommode mit leicht geneigtem Kopf zulächelte. Mit gerade einmal acht Jahren ahmte sie schon die Frauen im Fernsehen nach. Kaum hatte Marisela ihr die Perücke festgesteckt, kippelte Elena mit dem Stuhl nach vorn und griff nach den Ohrclips aus Plastik, die zwischen dem Eau de Cologne und meiner Schmerzsalbe auf der Kommode lagen. »Warum trägst du eine Perücke?«, fragte ich vom Bett aus. Elena hatte glänzendes schwarzes Haar, das über den halben Rücken hinabfiel. Meiner Meinung nach war es perfekt für die Rolle. »Kann eine gute Fee nicht schwarzhaarig sein?«

»Feen sind blond, Papá«, erwiderte sie.

»Stimmt das?«, fragte ich Marisela. Ich hatte *Sleeping Beauty* irgendwann im Fernsehen gesehen, wusste aber nur noch, dass die Prinzessin in einen hundertjährigen Schlummer fällt. Damals bekam ich so wenig Schlaf, dass ich am liebsten selbst so lange geschlafen hätte.

»Eigentlich tragen Feen Hüte«, erklärte Marisela, »aber die Lehrerin hatte nicht genug, deshalb haben wir die Perücke von ihr bekommen.« Sie strich Elenas rosaroten

Umhang an der Schulter glatt und fragte mich: »Bist du fertig?«

»Ja.« Ich nahm Daniel an die Hand und folgte Marisela und Elena aus der Wohnung. Bis zur Schule geht man ungefähr fünfzehn Minuten, und diese Viertelstunde kann unangenehm sein, wenn der Wüstenwind pfeift, aber an jenem Nachmittag wehte nur eine leichte, kühlende Brise. Plötzlich fiel der ganze Überdruss, die ganze Gereiztheit von mir ab, und ich empfand nur noch Freude, weil ich mit meiner Familie zusammen war. Elena hatte ihren einzigen Satz so oft geübt, dass wir ihn alle auswendig kannten – »Kleines Prinzesschen, meine Gabe sei das Geschenk der Schönheit.« –, und sie unterstrich ihn mit einer schwungvollen Bewegung des Zauberstabs. Das gefiel ihr am besten an der Rolle, dass sie den Zauberstab schwingen durfte.

Die Aufführung fand in der Schulcafeteria statt. Als wir saßen, blätterte ich im Programmheft und suchte die gute Fee mit der blonden Perücke, und obwohl auf der Darstellerliste an die zwölf Namen standen, fand ich sie sofort: Elena Aceves Mendez. Das machte mich ein bisschen stolz, denn ich hatte meinen Nachnamen noch nie gedruckt gesehen, außer auf meinen Ausweispapieren. Ich weiß noch, dass ich es Marisela zeigte.

»Wir müssen das Programmheft aufheben«, sagte sie lächelnd.

Daniel zupfte mich am Ärmel und fragte, wann die Vorstellung endlich beginnen würde. Der Junge saß einfach nie still. Während Marisela ihn mit einem Fadenspiel abzulenken versuchte, las ich weiter im Programm und stieß auf den Namen, den ich unbedingt vergessen wollte. Er stand sogar zwei Mal auf der Darstellerliste, als wollte er meine Schande verdoppeln. Aida Guerraoui Darwish und Zaid Guerraoui Darwish. Kaum hatte ich das Heft zugeklappt, ging plötzlich alles schief. Die Vorstellung begann verspätet, zwei Frauen in der ersten Reihe stritten laut, und als meine Tochter den Zauberstab schwingen und der Prinzessin die Gabe überreichen sollte, musste sie niesen und ließ den Stab fallen. Der Abend, auf den ich mich die ganze Woche gefreut hatte, weil ich mir davon Vergnügen oder zumindest Ablenkung versprach, wurde zur reinen Hölle. Ich saß in der dunklen Cafeteria und musste den Gedanken ertragen, dass die Familie Guerraoui ganz in der Nähe war und auf den Auftritt ihrer Kinder wartete, die zwei Nachtwächter spielten.

Alles Zufall, sagte ich mir – die Stadt ist klein, es gibt nur zwei Grundschulen, und eine von beiden müssen die Enkel des alten Mannes ja besuchen –, aber es half nicht. Man hatte mir mein bisschen Ruhe und Frieden gestohlen, und dieses Gefühl brachte mich komischerweise auf Alonso, den Sohn der Schwester meiner Mutter. Er war nur einen Tag älter als ich, sodass wir eher wie Brüder als wie Cousins waren. Wir sahen sogar aus wie Brüder, hatten die gleichen verträumten Augen, den gleichen spitzen Haaransatz und das gleiche breite Gesicht mit einer kleinen Nase. Mit dreizehn verließen Alonso und ich eines Tages zur üblichen Zeit die Schule, aber anstatt mit mir nach Hause zu gehen, machte er sich auf den Weg zu einem Freund von uns, dessen Eltern er beim Umzug helfen wollte. Weil das länger dauerte als geplant, musste er abends in einer Gegend, die er nicht kannte, allein auf den letzten Bus warten. Plötzlich standen zwei Straßenkinder vor ihm und forderten sein Geld. Als Alonso lachte und es ihnen nicht geben wollte, zogen sie ein Springmesser, schlitzten seine linke Wange auf und schnitten ihm das linke Ohr ab. Danach war er wie verwandelt. Seine Gutmütigkeit verschwand, und er suhlte sich in Selbstmitleid. Ganz gleich, ob man ihm von einem Mädchen erzählte, das man erobern wollte, von einem angestrebten Job oder einer erträumten Reise, sofort listete Alonso auf, was dabei alles schiefgehen könnte. Und wenn wir allein waren, starrte er auf mein linkes Ohr, als würde er mich darum beneiden.

Genauso fühlte ich mich jetzt. Ich beneidete alle Leute in der Cafeteria, weil sie den Unfall auf dem Highway 62 nicht gesehen hatten. Am meisten beneidete ich sie um ihre Ahnungslosigkeit, ihre Unschuld, ihren Seelenfrieden, denn ich selbst hatte das alles für immer verloren. Als wir nach der Aufführung nach Hause gingen, ließ ich das Programmheft auf dem Stuhl liegen. Es fiel mir nicht leicht, aber ich tat es. Ich durfte nicht riskieren, dass Marisela den Namen des alten Mannes las und mir zum hundertsten Mal sagte, ich solle das einzig Richtige tun. Sie verstand einfach nicht, dass ich das einzig Richtige längst tat – das einzig Richtige für uns.

Jeremy

Ich fuhr auf den Parkplatz des West Valley Detention Centers und blieb bei laufendem Motor in meinem Jeep sitzen. Im Café auf der anderen Straßenseite brannten die Glühbirnen, wie gefangen hinter den Gitterfenstern. Zwei Leute kamen heraus, unterhielten sich kurz auf dem Gehweg und gingen in entgegengesetzte Richtungen davon. Noch konnte ich umkehren. Noch konnte ich Fierro im Knast schmoren lassen, damit er seine Lektion lernte. Niemand würde mir das jemals vorwerfen. Gleichzeitig hatte ich das ungute Gefühl, die Sache nur hinauszuzögern. Im Grunde wusste ich bereits, dass ich gleich den Motor abstellen, reingehen und die Formulare ausfüllen würde.

Eine Stunde später kam Fierro aus dem Zellentrakt. Er war bleich und hatte dunkle Ringe unter den Augen, aber denselben stechenden Blick wie immer. Weil so viel los war, hatte man ihn erst am Tag zuvor, nach insgesamt vier Nächten in West Valley, zum Haftrichter gebracht, der die Höhe der Kaution bestimmte. Fierro unterschrieb ein Formular und bekam einen Ziplockbeutel mit seinen Schlüsseln und seiner Geldbörse. Er wirkte nicht erstaunt, als er mich sah. Ohne mir auch nur die Hand zu geben, lief er an mir vorbei durch die Tür und blieb draußen eine Weile stehen, um sich zurechtzufinden. Es war später Nachmittag. Im Eukalyptusbaum jagten sich Vögel von Ast zu Ast, und vom Lokal gegenüber waberte der Geruch von Kaffee und Fleisch herüber. »Nix wie weg hier«, sagte er. Erst im Jeep entspannte er sich ein bisschen. »Danke, dass du die Kaution für mich hinterlegt hast.«

Obwohl gerade die Verkehrsmeldungen liefen, drehte ich das Radio auf lautlos, damit er mich auch ja hörte. »Gern geschehen. Aber jetzt kommt das Kleingedruckte.«

»Und zwar?«

»Du wirst eine Therapie machen.«

Fierro, der sich gerade den Gurt umlegte, hielt mitten in der Bewegung inne. »Ganz bestimmt nicht, vergiss es.«

»Ganz bestimmt nicht?«

»Mit der Veteranenbehörde will ich nichts mehr zu schaffen haben.« Er ließ die Schlosszunge einrasten. »Fünf Monate habe ich auf mein neues Hörgerät gewartet, und funktionieren tuts immer noch nicht.«

»Die Therapie wird nicht von der Veteranenbehörde angeboten, sondern von der Kommune. Eine Selbsthilfegruppe für Menschen, die Probleme mit Aggressivität haben. Stratton hat mir davon erzählt. Ein Freund von ihm leitet das Ganze.«

»Ich soll bei einem Scheißamateur in Therapie gehen?«

»Er ist kein Amateur, du Arschloch. Der Mann hat einen Masterabschluss. Der weiß, was er tut, und soll richtig gut sein. Wenn es sein muss, komme ich sogar mit.«

»Ich setze mich nicht mit einem Haufen Loser zusammen, die nur rumjammern, wie schlecht es ihnen geht. Können wir hier endlich abhauen?«

Ich ließ den Motor an und fuhr langsam vom Parkplatz

auf die Straße. An der ersten Ampel zog ich eine Marlboro aus meiner Packung. Die dritte Zigarette an diesem Tag. Vielleicht auch schon die vierte. Aber ich machte Fortschritte. Schlimmer, als das Trinken aufzugeben, konnte es nicht sein, und damit hatte ich nie wieder angefangen. Ich tat einen tiefen Zug und genoss die Kippe gerade deshalb, weil es für mich an diesem Tag keine mehr geben würde. Fierro ließ das Beifahrerfenster hinunter, damit der Rauch abziehen konnte, und sagte: »Das Zeug bringt dich noch um.«

»Alle Menschen müssen sterben.«

»Alle Menschen müssen dienen«, erwiderte er grinsend und fügte nach einer kurzen Pause hinzu: »Ernsthaft, wie kannst du dir das ganze Gift in den Körper jagen? Kapier ich nicht.«

»Dr. Fierros Gesundheitstipps. Was hast du noch auf Lager?«

»Nichts.« Er schniefte. »Doch – halt dich fern von durchgeknallten Weibern.«

Ich nahm die Abzweigung auf die Interstate 10. »Sie stellt wahrscheinlich einen Antrag auf Kontaktverbot.«

»Wer? Mary? Ich hatte nicht vor, sie zu besuchen.«

»Das will ich hoffen, Mann. Du lässt sie gefälligst in Ruhe. Und zwar diesmal für immer.«

»Hab die Scheidungspapiere schon unterschrieben.«

»Wirklich?«

»Warum sollte ich lügen? Hab ich gleich gemacht, nachdem ich das verdammte Auto zertrümmert habe.«

»Na gut. Übrigens findet die erste Sitzung am Donnerstag statt.«

»Ich soll ernsthaft zu dieser Selbsthilfekacke gehen?«

»Ja. Du brauchst Hilfe.«

»Alter, du hast echt denselben Nörgelton drauf wie Mary.«

»Tja, hättest du mal auf sie gehört …«

Die restliche Fahrt über schwieg er. Als wir die Windräder passierten, verkniff er sich sogar seinen Standardwitz. Frage: Wie denken Windräder über erneuerbare Energien? Antwort: Sie drehen durch! Vor seinem Mietshaus klappte er die Sonnenblende mit dem Spiegel nach unten und strich sein fettiges Haar glatt. Im Camp Taqaddum hatte er sich immer vor dem kleinen Spiegel in der Dusche ein Bandana um den Kopf gebunden, das bis zu den Augenbrauen reichte und verhindern sollte, dass ihm auf unseren Patrouillengängen der Schweiß übers Gesicht strömte. Obwohl wir viele davon gemeinsam absolviert und auf einem einen Kameraden verloren hatten, erwischte es uns nicht auf einem Patrouillengang, sondern als wir nur eine Woche vor Ende unseres letzten Einsatzes Begleitschutz leisteten. Wir sollten einen irakischen Minister namens Dr. Jaber zu einer Besprechung im Westen von Ramadi bringen. Der Mann war für den Wiederaufbau des Stromnetzes zuständig, das während der Invasion zerstört worden war, hatte aber auch nach acht Monaten keine Einigung mit amerikanischen Bauunternehmern erzielt. An diesem Maitag stand das Thermometer schon vormittags bei fünfunddreißig Grad, was allerdings keinen in unserer Einheit störte. Wir konnten es kaum erwarten, unsere letzten Schichten hinter uns zu bringen, und unterhielten uns, während wir auf den Minister warteten, fast ausschließlich über unsere Pläne nach der Rückkehr. In Bars gehen, Mädchen daten, in einem Pool schwimmen. Vergiss es, sagte Hec. Ich ziehe irgendwohin, wo es regnet und wo ich niemanden sehen muss.

Nach der Besprechung fuhren wir Dr. Jaber auf der Route Michigan zurück. Die Sonne färbte die Straße grellweiß. Ich saß am Geschützturm und blinzelte trotz meiner Ray-Ban gegen die Helligkeit an. Plötzlich näherte sich ein quietschender Holzkarren mit lachenden Kindern, und dann flog ich einfach mal so drei Meter hoch in die Luft. Das Gewehr wurde mir aus den Händen gerissen, und ein Granatsplitter bohrte sich in meinen Rücken. Um mich herum wurde es schwarz. Meine nächste Erinnerung war der Geschmack von Straßenstaub und Fierros ohrenbetäubendes Gebrüll. *Ich hab dich, Gorecki, ich hab dich.* Er nahm mich huckepack und trug mich aus dem Graben, in dem ich gelandet war. Erst nach dem Aufwachen in der Klinik erfuhr ich von seinem zerfetzten Trommelfell.

Er klappte die Sonnenblende zurück. »Lust auf einen Drink?«

»Heute nicht.«

»Stinke ich so schlimm?«

»Eine Dusche würde tatsächlich nicht schaden, aber darum gehts nicht. Ich bin müde.«

»Okay. Noch mal danke, Alter.«

Ich fuhr vom Parkplatz und machte mich auf den Heimweg. Die Last, die ich auf mir spürte, würde mich die ganze Nacht nicht schlafen lassen, das wusste ich. Vielleicht sollte ich ein bisschen wandern gehen. Mich auspowern, den Kopf freikriegen. Anstatt in meine Straße einzubiegen, blieb ich auf dem Highway und fuhr Richtung Nationalpark. Als ich an einer roten Ampel stand, sah ich, wie Nora ins McLean's reinging.

Nora

Ich war ins Häuschen gezogen, um den Auseinandersetzungen mit meiner Mutter und meiner Schwester zu entfliehen, doch dann erwies sich das Häuschen selbst als Problem: Es war dort so still, dass ich meinen eigenen Herzschlag zu hören glaubte. Weil ich die Wüste nicht gewohnt war – nicht mehr gewohnt war, besser gesagt –, stieg ich irgendwann in mein Auto und machte mich auf die Suche nach einer Bar. Im McLean's, in dem ich noch nie gewesen war, herrschte erstaunlicherweise schon um sechs Uhr abends reger Betrieb. Ich setzte mich an die Theke. Mehrere Touristen in Wandermontur und mit breitkrempigen Hüten beugten sich über eine einzige Speisekarte und diskutierten, ob sie normale oder Knoblauch-Pommes bestellen sollten. Drei Sitze weiter rubbelte ein Mann in einem blauen Overall mit einem Hausschlüssel auf einem Lotterielos herum. An der gegenüberliegenden Thekenseite unterhielten sich einige bärtige Männer leise beim Bier. Der Barmann mixte Cocktails, ohne den Blick zu heben, obwohl ich versuchte, ihn auf mich aufmerksam zu machen.

»Nora«, rief jemand hinter mir.

Als ich mich auf meinem Hocker herumdrehte, glitt mir die Handtasche vom Schoß, und der ganze Inhalt purzelte auf den Boden – Schlüssel, Pfefferspray, Kleingeld, ein Lippenstift, von dem ich nicht mehr gewusst hatte, dass ich ihn überhaupt noch besaß, ein Pillendöschen aus Email und mein Handy. Mitten in dem ganzen Durcheinander stand Jeremy Gorecki, murmelte verlegen eine Entschuldigung und begann, die Sachen aufzuheben. »Ich wollte dich nicht erschrecken.«

»Kein Problem.« Ich nahm die Tasche, die er mir reichte, und zog den Reißverschluss zu. »Was machst du hier?«

»Ich möchte was essen. Setzen wir uns an einen Tisch?«

»Ich trinke nur was. Falls man mir etwas gibt.« Ich warf einen Blick Richtung Barmann, der gerade einem der alten Männer gegenüber ein frisches Bier hinstellte und mich geflissentlich übersah. »Also gut.«

Ich stieg vom Hocker herunter und folgte Jeremy an einen Tisch am Fenster. In T-Shirt und Jeans wirkte er jünger als in dem Button-down-Hemd und der Anzughose, die er getragen hatte, als er zu uns nach Hause kam. Mir fiel ein, dass er tatsächlich ein Jahr jünger war als ich, weil ich ein Jahr länger in die Vorschule gegangen war. Als er die Kellnerin, eine vollbusige blonde Frau in Tanktop und schwarzen Jeans, zu sich winkte, kam sie sofort und zog schon im Gehen den Bestellblock unter der Schürze hervor. »Was darfs sein, mein Lieber?«, sagte sie mit ausgeprägter Raucherstimme. Jeremy machte eine fragende Handbewegung zu mir hin.

»Einen Gin Tonic, bitte«, sagte ich.

»Gern. Etwas zu essen?«

»Nein danke.«

»Für mich den Burger, medium, mit Pommes«, sagte Jeremy. »Und ein Glas Wasser.«

»Kommt sofort.«

Sie ging. Ich nahm meine Tasche von der Schulter und hängte sie über die Lehne.

»Wie geht es dir?«, fragte er mich.

Obwohl mir meine Mitbewohnerin und meine Freundinnen die Frage wiederholt gestellt hatten, wusste ich noch immer keine Antwort darauf. Es kam mir vor, als stünde mein Leben seit dem Tod meines Vaters still, als wäre ich in ein und demselben Moment und an ein und demselben Ort gefangen. »Schlecht«, sagte ich.

»Das tut mir sehr leid, Nora. Ich weiß, wie sehr einen so etwas mitnimmt.«

Seine Stimme klang so mitfühlend, dass es in meinen Augen zu brennen begann und ich schon glaubte, endlich kämen die Tränen. Doch das Gefühl verflog. Das Kinn auf den Handrücken gestützt, sah ich eine Zeit lang aus dem Fenster in den pfirsichfarbenen Himmel über dem Highway, auf dem hin und wieder ein Auto vorbeifuhr. Ein Lieferwagen hielt auf der Mittelspur, und der Fahrer stieg aus, um ein Paket abzuliefern. Komisch, um diese Uhrzeit. »Er hat mir einen Haufen Geld hinterlassen«, sagte ich, während ich mich Jeremy zuwandte. »Kaum zu glauben, was? Ausgerechnet mir, der Versagerin.«

»Du bist keine Versagerin.«

»Woher willst du das wissen?«

»Versager erkenne ich auf den ersten Blick, das kannst du mir glauben.«

Die Kellnerin kam zurück. »Ihr Gin Tonic«, sagte sie zu mir, »und der Hamburger für dich«, zu Jeremy. »Ketchup und Senf stehen auf dem Tisch. Kann ich sonst noch was bringen?«

»Nein, das ist alles«, sagte Jeremy.

»Hast du keine Lust auf ein Bier zum Burger?«, fragte ich.

Er drückte Ketchup auf den Tellerrand. »Ich trinke keinen Alkohol.«

»Gar keinen?«

»Nein.« Nach kurzem Zögern fügte er hinzu: »Ich hatte massive Schlafprobleme und habe angefangen zu trinken. Erst nach fünf, sechs Drinks war an Schlafen zu denken, und nach einer Weile reichten auch die nicht mehr. Das fand ich nicht gut, deshalb habe ich aufgehört.«

»Und die Schlafprobleme sind weg?«

»Nein. Mal ist es besser, mal schlechter.«

Ich stocherte mit dem schwarzen Strohhalm zwischen den Eiswürfeln herum und trank einen großen Schluck, ohne Jeremy aus den Augen zu lassen. Er saß sehr gerade da und aß schnell, obwohl er nicht den Eindruck machte, in Eile zu sein. Wirklich seltsam, im McLean's auf ihn zu stoßen. Zehn Jahre hatte ich kein einziges Mal an ihn gedacht, und nun war ich ihm zwei Mal in einer Woche begegnet. Auch das hing mit dem Tod zusammen, der alte Muster und selbst Banalitäten wie diese durcheinanderwirbelte. Der Lieferwagen war inzwischen verschwunden und hatte den Blick auf die Ladenzeile gegenüber freigegeben. Eine Frau schloss ihr Nagelstudio ab, überprüfte noch einmal mit beiden Händen die Schlösser und ging zu ihrem Wagen. Ich deutete auf das Studio. »War da nicht früher die Eisdiele?«

»Das ganze Gebäude ist vor ein paar Jahren abgerissen und ein neues gebaut worden.«

»Sonya Mukherjee und ich sind immer nach der Spanischstunde hingegangen.« Sonya und ich hatten in der Highschool kaum Freundinnen gehabt. In der Jazzband waren wir die einzigen Mädchen, unsere Nachnamen wurden von den Lehrern immer zum Anfangsbuchstaben verkürzt, und die Feste, die wir feierten, standen nicht im Schulkalender. Im Weihnachtsspiel bekamen wir trotz unseres Einwands, wir seien doch Mädchen, immer die Rollen der Weisen aus dem Morgenland, mit wallenden Tüchern, die unsere langen Haare verdeckten, und zeltartigen Gewändern, um unsere wachsenden Brüste und breiter werdenden Hüften zu kaschieren. Meist wurden wir beide für Muslimas gehalten. Sonya musste oft klarstellen, dass sie eine Hindu war. Nachdem im September unseres zweiten Highschooljahrs zwei Flugzeuge ins World Trade Center gesteuert worden waren, zählte dieser Unterschied seltsamerweise plötzlich weniger statt mehr. Wir wurden beide mit denselben Schimpfwörtern bedacht. Kameltreiber, Taliban. Wahlweise Kameltreiber-Taliban. Im Spanischunterricht waren wir wenigstens braune Kinder unter anderen braunen Kindern und genossen die Anonymität umso mehr, je seltener sie wurde. Nach einer Stunde Verbkonjugation – *yo me voy, me fui, me iba, me iría, me iré* – holten wir uns oft ein Eis.

»Ja, das weiß ich noch«, sagte er.

»Du hattest auch Spanisch?«

»Nein, ich habe zwei Mal pro Woche in der Eisdiele gejobbt.«

»Stimmt. Entschuldige.« Plötzlich hatte ich eine verschwommene und zugleich deutliche Erinnerung an Jeremy Gorecki, wie er in weißem Polohemd und roter Schürze an der Kasse stand und unsere Bestellung eintippte. Ich spürte, dass er bemerkte, wie heiß meine Wangen geworden waren. Schweigend dachte ich eine Weile an diese längst vergangene Zeit zurück. Was mochte aus Sonya geworden sein? Sie hatte es an die New York University geschafft und in den ersten Wochen begeisterte

E-Mails geschickt, doch der Kontakt war schon vor vielen Jahren versandet. Ich sollte mich mal auf die Suche nach ihr machen.

»Einmal habt ihr, Sonya und du, einen solchen Lachanfall gekriegt, dass der Löffelbehälter runterfiel. Die Dinger waren auf dem ganzen Boden verstreut.«

»Nur fürs Protokoll, Officer, es war der Becherspender, und wir wurden danach rausgeschmissen.«

»Na ja, was erwartest du.«

»*Du* hast nie Schwierigkeiten gemacht.«

»Stimmt nicht.«

»Und was hast du angestellt?«

»Kinderkram. Im Moment fällt mir kein Beispiel ein.«

»Weil es keins gibt«, sagte ich grinsend und dachte: O Gott, ich flirte mit ihm. Aber zumindest lenkte es mich ab von dem unerträglichen Verlust und dem ständigen Schmerz in mir. Obwohl sich sein Gesicht nicht sehr verändert hatte – dieselben blauen Augen, dieselbe markante Nase –, war es doch ein ganz neues Erwachsenengesicht mit den Spuren der vergangenen zehn Jahre. Die Kieferpartie wirkte energischer als früher – ein Eindruck, der durch die vorzeitig aufgetretenen Augenfalten ein bisschen gemildert wurde.

Ich trank mein Glas aus und bestellte mit einer Handbewegung ein zweites.

»Was steht da?«, fragte er mit Blick auf das Tattoo an meinem Handgelenk.

»›Eine aufschreiende Stimme.‹ Auf Latein.«

Er berührte die Innenseite meines Handgelenks. Dann drehte er meine Hand zum Licht, um besser lesen zu können. »Hat das irgendeine Bedeutung?«

»Im College bin ich mal bei einer Demo mitgegangen. Erinnerst du dich an das Gesetz, mit dem Immigranten ohne Papiere kriminalisiert werden sollten? 2006 war das.« Ich spürte, dass er etwas über die Demo oder das Gesetz sagen wollte, doch er verkniff es sich, ließ mein Handgelenk los und wartete auf das Ende der Geschichte. »Als die Polizei die Auflösung der Demo befahl, kam ich nicht mehr weg, wurde festgenommen und musste mit Kabelbindern gefesselt bis zum Abtransport auf dem Bordstein sitzen. Ich war bei meiner allerersten Demo verhaftet worden und konnte es nicht fassen. Plötzlich fiel mir ein, dass meine Eltern eine Kaution würden hinterlegen müssen, dass sie das Ganze deshalb erfahren würden und ich in Zukunft polizeibekannt wäre. Ich versuchte, mir einzureden, dass das nicht schlimm war, hatte aber in Wirklichkeit Angst. Eine Scheißangst, ehrlich gesagt. Während ich dahockte, fragte mich ein Polizist nach meinem Alter, und ich antwortete, neunzehn. Er fragte, auf welches College ich gehe, und ich antwortete, Stanford. Da schnitt er die Kabelbinder durch und sagte: ›Verzieh dich nach Hause, Kleine, und kümmere dich um deine eigenen Angelegenheiten.‹ Vor lauter Erleichterung habe ich vergessen, ihm zu sagen, dass genau das meine Angelegenheit war. Dass es hier um eine Angelegenheit aller Menschen ging.«

»Er wusste natürlich, dass du keine große Gefahr für die Gesellschaft warst. Und wahrscheinlich ging ihm sein Einsatz genauso gegen den Strich wie dir die Festnahme.«

Die Kellnerin brachte den zweiten Gin Tonic. Ich rührte ein bisschen darin herum und trank einen Schluck. Der Alkohol tat seine Wirkung; in meinem Bauch wurde es warm, und der Knoten zwischen meinen Schultern lockerte sich. Ich freute mich, Jeremy getroffen zu haben.

Gesellschaft war wesentlich besser, als allein zu trinken. »Und du? Bist du gern Polizist?«, fragte ich.

»Es gibt gute Tage und schlechte.«

»Spüre ich da eine gewisse Ernüchterung bei unserem Helden?«

»Du unterrichtest an einer Highschool, stimmts? Wahrscheinlich ist es bei der Polizei genauso wie bei dir im Unterricht. Manchmal kriegt man wahnsinnig viel zurück, und manchmal ist es einfach nur grässlich. Aber ich werde gut bezahlt und habe tolle Arbeitszeiten. Drei Tage Dienst, drei Tage Freizeit. Ich habe meine Schichten so gelegt, dass ich an den freien Tagen ins College gehen kann. Möchtest du was von meinen Pommes?« Er schob seinen Teller in die Tischmitte.

»Nein danke, ich habe keinen Hunger. In welches College?«

»Copper Canyon. Demnächst wechsle ich an die University of California.«

»Du warst doch an der California State?«

»Habe nach dem ersten Semester abgebrochen und mich exmatrikuliert.«

»Wie bitte?«

»Ich bin zu den Marines gegangen.«

»Wow.« Nach einer kurzen Pause fragte ich: »Wo warst du im Einsatz?«

»Im Irak.«

Ich hatte es schon merkwürdig genug gefunden, dass er Polizist war, doch dass er bei den Marines angeheuert hatte, fand ich total schräg. Plötzlich sah ich ihn mit ganz neuen Augen. Dieselben langen Finger, die früher zart über Gitarrensaiten gestrichen und einen Fis-Dur-Akkord hervorgebracht hatten, waren in einem anderen

Land – einem Land, das seinem Land nichts Böses getan hatte – benutzt worden, um ein Schnellfeuergewehr auf Menschen zu richten. Dasselbe Auge, mit dem er früher verschmitzt geblinzelt hatte, während er auf kleinen Zetteln Nachrichten durch die Klasse schickte, hatte in aller Ruhe Menschen durch ein Zielfernrohr beobachtet. Dieselbe Stimme, die so leise geworden war, als er seinen Dienst bei den Marines erwähnte, hatte über ein Headset oder ein Megafon Befehle gebrüllt. In unserem Wüstenstädtchen wehte auf vielen Häusern die Flagge der Marines, und an vielen Autos hingen gelbe Bänder. Der Supermarkt war mit Transparenten geschmückt, auf denen WIR BEGRÜSSEN UNSERE SOLDATEN stand. Die meisten Schülerinnen und Schüler in unserer Highschool hatten den Eignungstest der Marines gemacht, und dass Jeremy dort eingetreten war, hätte mich nicht überraschen dürfen. Trotzdem schaffte ich es nicht, die Erinnerungen an den stotternden Jungen in der Grundschule mit der Realität zusammenzubringen, dass er für den Staat tätig war. »Und warum?«, fragte ich.

»Ich wollte Logopädie studieren, aber an der California State hat es mir nicht gefallen, und ich war auch nicht gut. Ich habe mich vollkommen fremd gefühlt, überhaupt nicht zugehörig. Ich bin dort kein bisschen vorangekommen. Und wir führten damals Krieg. Meinem Gefühl nach war es genau das Richtige.«

»Dass wir im Irak einmarschiert sind?«

»Nein, das nicht«, erwiderte er hastig. »Aber ich wollte schon immer Soldat werden. Mein Großvater war Sanitäter im Zweiten Weltkrieg und mein Dad eine Zeit lang Reservist in der Army. Ich war achtzehn und wollte wie die beiden Teil von etwas Größerem sein.«

Wir schwiegen verlegen.

»Willst du wirklich keine Pommes?«, fragte er nach einer Weile.

»Nein, wirklich nicht, danke.«

Ich betastete den Anhänger an meinem Armband – das Geschenk meines Vaters zum Highschoolabschluss –, den ich am ersten Abend nach meiner Rückkehr aus der Schmuckschatulle in meinem Zimmer genommen hatte, einen Talisman in Form einer Hand. Plötzlich fühlte ich mich ausgelaugt und sehnte mich danach, allein zu sein, um mich abgeschieden und ungestört wieder meinem Schmerz widmen zu können. Mein Glas hatte sich beschlagen, und die schwarze Serviette darunter war vollgesogen. Am übernächsten Tisch zog eine ältere Frau einen roten Spitzenfächer aus der Tasche und verschaffte sich damit ein bisschen Kühlung. Ganz hinten füllte die Kellnerin Salzstreuer auf, während sie den Kopf zu dem Song bewegte, der gerade lief. Erst nachdem sie meinen beharrlichen Blick bemerkt hatte, brachte sie endlich die Rechnung.

»Das übernehme ich«, sagte Jeremy.

»Nein, nein.« Ich legte Geld auf den Tisch, und auch er zog einen Schein aus der Börse. Dann folgte er mir zur Tür. Draußen färbten die letzten Sonnenstrahlen die weißen Blüten der Yuccasträucher tieforange. Es war sehr still.

»Du kannst jetzt nicht mehr fahren, Nora.«

»Passt schon.« Ich ging über den Parkplatz auf mein Auto zu. Er blieb hinter mir.

»Ich bring dich nach Hause.«

»Nicht nötig. Es sind nur fünf, sechs Kilometer.«

»Nora.«

»Was?«

»Ich kann dich nicht ans Steuer lassen. Du bist ungefähr eins sechzig groß und wiegst um die fünfzig Kilo, richtig? Du hast in weniger als einer Stunde zwei Drinks konsumiert, ohne etwas zu essen.«

Die Deutlichkeit, mit der er es darlegte, gab mir das Gefühl, bloßgestellt zu werden, machte mich verletzlich. Ich wollte einfach nur wieder allein sein. Als ich in meinen Wagen stieg, hielt er mit einer Hand die Tür offen, und in mir machte sich eine nur allzu bekannte Angst breit. »Ich bin fit«, sagte ich mit leicht zittriger Stimme. »Wirklich.«

»Sei nicht bockig, Nora. Ich fahre dich, und morgen holst du dein Auto ab.«

Ich stieg aus dem Prius aus und folgte ihm, die Handtasche wie einen Schutzschild an die Brust gedrückt. Nachdem er seinen Jeep auf den Highway 62 gesteuert hatte und bereits in Richtung meines Elternhauses fuhr, bat ich ihn zu wenden und beschrieb den Weg zum Häuschen. »Du bleibst also noch hier in der Stadt?«, fragte er.

»Ja, erst mal schon«, antwortete ich, weil ich keine Lust hatte, ihm zu erklären, dass ich es bei meiner Mutter im Haus nicht aushielt und herausfinden wollte, was ich als Nächstes tun könnte.

Nach fünf Minuten Fahrt hielten wir vor dem Häuschen. Auf der Veranda saß meine Mutter. Na toll, dachte ich, echt toll, und steckte schlagartig meine gesamte Energie in die Anstrengung, nüchtern und munter zu wirken. »Danke fürs Bringen«, sagte ich und stieg aus, ohne Jeremys Erwiderung abzuwarten.

Meine Mutter erhob sich, die Hände an der Brust. »Was ist passiert?«

»Nichts. Die Batterie in meinem Schlüssel ist hinüber. Ich konnte die Tür nicht öffnen.«

»Ich habe dir ja gesagt, dass du dir keinen Hybrid kaufen sollst. Die sind nicht zuverlässig.«

»Gut, du hattest recht«, murmelte ich, um die Eskalation zu verhindern.

Drinnen roch es nach Pfefferminztee. Auf der Arbeitsfläche in der Küche standen Tupperware-Behälter mit diversen Gerichten – gegrillte Paprika, Hühnchen mit Karotten, Obstsalat. Die Erkenntnis, dass meine Mutter das Häuschen einfach betreten hatte, ernüchterte mich vollends. Ich deutete auf die Tupperware-Behälter und fragte: »Was ist das?«

»Hast du die Pannenhilfe angerufen?«

»Mache ich morgen.«

»Und wer war der Mann? Er kam mir irgendwie bekannt vor.«

»Was soll das alles, Mom?«

»Ich habe dir etwas zu essen gebracht.«

»Das war nicht nötig.« Als ich meine Handtasche aufs Sofa fallen ließ, bemerkte ich den Blumenschmuck auf dem Kaminsims. Meine Mutter hatte einige Jahre zuvor mit dem Basteln begonnen und arbeitete fast jeden Nachmittag an irgendeinem Projekt. Ihr neuestes Hobby waren Strohblumengestecke. Das Exemplar auf dem Kaminsims bestand aus rosaroten und weißen Rosen in Form eines Herzens. Eines Herzens! Am anderen Simsende standen drei schwarze Vasen, als sollten sie das Arrangement bewachen. »Das hätte wirklich nicht sein müssen, Mom. Ich komme allein zurecht. Außerdem bleibe ich sowieso nicht lange.«

»Aber es ist so leer hier. Findest du das Gesteck nicht schön?«

»Doch, es ist hübsch. Sehr hübsch sogar.«

»Warum willst du es dann nicht?«

»Ist eben nicht so mein Stil.«

»Deine Schwester ist ganz begeistert von dem Gesteck, das ich für sie gemacht habe.«

War ja klar.

Sie trat vor den Kaminsims und veränderte die Anordnung der Vasen und des Gestecks. Dann trat sie einen Schritt zurück, musterte das Ganze und fragte: »Besser so?«

Ich kapitulierte und ließ mich aufs Sofa fallen.

Jeremy

Auf der Fahrt zum Häuschen sprachen wir kaum, aber das Schweigen zwischen uns hatte sich verändert. Alles hatte sich verändert. Als sie ausgestiegen war, wendete ich ganz langsam und beobachtete sie beim Hineingehen. Es hatte gutgetan, mit ihr über früher zu reden, und sie hatte wunderschön ausgesehen, als im McLean's das letzte Tageslicht durchs Fenster auf sie fiel. Und wie warm ihr Blick war, bevor sie erfuhr, dass ich im Irak gekämpft hatte, bevor sie mitfahren musste und ihre Mutter auf der Veranda sah. Von nun an würde nichts mehr so sein wie zuvor.

Das gleiche Gefühl hatte ich zehn Jahre zuvor auf dem Schulausflug zum Dorothy Chandler Pavilion gehabt. Mr Mitchell wollte unsere Jazzband mit der Exkursion für die Darbietung von »Coconut Champagne« beim Konzert der Highschools unseres Distrikts belohnen. Ich freute mich vor allem deshalb darauf, weil ich endlich aus der Stadt herauskommen würde und mir der Unterricht erspart bliebe. Allerdings sollte die Fahrt einen Tag nach dem Geburtstag meiner Mutter, dem 13. März, stattfinden, und obwohl ihr Tod schon drei Jahre zurücklag, ging es mir an jedem 13. März noch immer beschissen. Mein Vater soff mittlerweile schon zum Frühstück. Obwohl ich bereits den Führerschein hatte, ließ er mich nie ans Steuer, wenn wir zum Friedhof fuhren und ihr Grab besuchten. Jedes Mal landete ich auf dem Beifahrersitz und behielt die Straße im Blick, während Ashley hinten an ihrem Nagellack herumkratzte. Danach gingen wir in das Taco-Lokal, das meine Mutter zum einzigen authentischen mexikanischen Restaurant in der ganzen Mojave erklärt hatte. Sobald wir wieder zu Hause waren, ließ mein Vater uns vor der Tür aussteigen und erklärte, er müsse noch in den Baumarkt fahren, weil er Stromkabel und Schalterabdeckungen brauche. »In einer Stunde bin ich zurück.« Doch nach einer Stunde war er immer noch nicht da. Auch nicht nach zwei oder fünf. Ich machte Abendessen, sah nach, ob Ashley ihre Hausaufgaben erledigt hatte, und sorgte dafür, dass sie um zehn im Bett lag. Um Mitternacht rief ich bei der Polizei an und danach im Krankenhaus, aber niemand hatte einen Mark Gorecki verhaftet oder in der Notaufnahme eingeliefert. Als um drei Uhr morgens endlich die Tür zwischen Küche und Garage geöffnet wurde, knipste ich meine Nachttischlampe aus, drehte das Gesicht zur Wand und versuchte einzuschlafen. Während ich an jenem Freitagmorgen im Musiksaal darauf wartete, dass Mr Mitchell die Anwesenheit überprüfte und die von den Eltern unterschriebenen Einverständniserklärungen entgegennahm, konzentrierte ich mich mit aller Kraft darauf, wach zu bleiben, zumindest bis ich im Bus saß.

»Fanning«, rief Mr Mitchell. »Gorecki. Guerraoui. Henderson. Lorenzo.«

Ich kramte in meinem Rucksack nach dem Zettel mit der gefälschten Unterschrift. Nicht nur meinen eigenen Schulkram unterzeichnete ich selbst, sondern auch den von Ashley. Erst auf dem Weg zum Lehrerpult fiel mir ein, dass ich die fünfzehn Dollar Unkostenbeitrag nicht dabeihatte, weil ich beim Frühstück zu wütend auf meinen Vater gewesen war, um ihn auch nur anzusehen, geschweige denn um etwas zu bitten. »Tut mir leid, Mr Mitchell, ich habe das Geld vergessen.«

Mr Mitchell schob irgendwelche Unterlagen auf dem Pult herum und meinte, er müsse sich jetzt etwas überlegen. Ich ging an meinen Platz zurück und versuchte, mir nicht anmerken zu lassen, wie peinlich ich die Sache fand. Jonathan Atkins wiederholte mehrmals feixend *Tut mir leid, Mr Mitchell, ich habe das Geld vergessen*, und weil ich die Augen kaum offen halten konnte, fiel mir keine schlagfertige Entgegnung ein. Außerdem konnte ich mich mit Atkins nicht anlegen, weil er im Ringerteam war und so muskulöse, kräftige Schultern hatte wie meine Actionfiguren, die noch immer in einer Kunststoffbox in der Garage lagen. Schweigend starrte ich auf meine Chuck Taylors, als sich Nora plötzlich über die Sitze zu mir hinüberbeugte und mir zuflüsterte: »Beachte den Typen gar nicht, der ist ein Idiot.« Ich hob den Blick, doch da zog sie schon den Reißverschluss an ihrem Rucksack zu. Es ging los.

Während die anderen Bandmitglieder die Bronzeskulptur der Friedenstaube vor dem Dorothy Chandler Pavilion bewunderten oder zwischen den hochschießenden und wieder in sich zusammenfallenden Brunnenfontänen spielten, machte ich mir erste Gedanken wegen des Mittagessens, denn auch dafür hatte ich kein Geld. Mein Magen erwies sich als hochgradig unsolidarisch und begann bereits zu knurren. Ich war völlig ausgehungert. Als sich die anderen aufmachten, um Essen zu holen, trottete ich hinterher und las die eingemeißelten Spendernamen auf den Granitplatten am Konzertgebäude. Ganz hinten stand eine riesige Magnolie und auf der anderen Straßenseite die neue Disney Hall. Ich blieb eine Weile stehen, und während ich mich fragte, wer diese Monstrosität entworfen haben mochte, rief plötzlich jemand meinen Namen.

»Willst du was abhaben?«, fragte Nora. Auf ihrem Tablett lagen zwei Sandwiches, daneben standen zwei Flaschen Limonade und zwei Stück Schokogebäck. Die Antwort kam von meinem Magen. Es war mir peinlich, aber sie tat so, als hätte sie nichts gehört. Wir hockten uns im Schneidersitz auf den Boden, und sie stellte das Tablett zwischen uns. Obwohl wir uns schon seit frühester Kindheit kannten, hatte ich sie nie richtig wahrgenommen. Erst jetzt betrachtete ich sie, schaute sie mir ganz genau an. Ihre dunklen Augen verrieten einen starken Willen. Sie hatte eine schön geschwungene Nase und ein freundliches Lächeln. »Magst du Frank Gehry?«, fragte sie und warf über die Schulter hinweg einen Blick auf die Disney Hall.

»Ist das der Architekt? Das Ding sieht aus, als wäre er auf einer Getränkedose rumgetrampelt. Das hätte ich auch hingekriegt. Dann hätte sich Disney Millionen gespart.«

Sie lachte. Der Klang ihres Lachens gefiel mir.

»Also, ich finde es toll«, sagte sie. »Es ist ganz anders als die anderen Gebäude hier. Das Guggenheim in Bilbao hat er auch entworfen. Das muss ich mir unbedingt irgendwann ansehen. Warst du schon mal in Spanien?«

»Ich war noch nie im Ausland. Einmal sind wir nach Mexiko gefahren, aber da war ich neun Monate alt oder so, das zählt nicht.« Ich nahm die zweite Hälfte von meinem Sandwich. »Ihr verreist wahrscheinlich oft, oder?«

»Nein. Als ich klein war, konnten wir nicht nach Marokko, weil mein Vater Angst hatte, verhaftet zu werden, und als wir später endlich hingeflogen sind, mussten wir von Haus zu Haus gehen und Verwandte besuchen. Museen oder Sehenswürdigkeiten haben wir überhaupt nicht besichtigt.« Sie stockte. »Aber die Gaukler auf dem Marktplatz in Marrakesch, die habe ich gesehen.«

Sie fragte mich nach den Büchern, die ich las, wollte wissen, welche Sendungen mir gefielen, und hörte wirklich zu, wenn ich antwortete. Wir hatten nicht denselben Geschmack. Ich liebte die *Simpsons*, die sie sich nie ansah. Ich verschlang *Harry Potter*, während sie nach dem zweiten Band aufgegeben hatte. Sie schwärmte von Zora Neale Hurston, von der ich nicht eine Zeile kannte. Nur auf Mark Twain und *Die Braut des Prinzen* konnten wir uns einigen – dazwischen gab es nichts. Wenn sie den Kopf schüttelte, verfingen sich ihre Ohrringe in ihren langen Haaren, und jedes Mal hätte ich am liebsten die Hand ausgestreckt und die Dinger befreit.

Dann kam Sonya Mukherjee und sagte, gleich würde die Matinee beginnen. »Los jetzt, Leute, die anderen sind schon drinnen!« Nora sprang auf die Beine und gab mir die Hand, um mir aufzuhelfen. Am Morgen war sie nur irgendein Mädchen gewesen; jetzt war sie das einzige. Noch wochenlang fühlte ich mich mit ihr verbunden. Ich hielt Ausschau nach ihrem Gesicht, wenn ich die Schule betrat, versuchte, ihr mit Witzen ein Lächeln zu entlocken, hoffte, ihren Körper zu streifen, wenn wir gemeinsam in einer Schlange standen. Ich wartete nur noch auf die erste Stunde, Englisch, und die fünfte, Musik – Anfang und Ende sich ewig hinziehender Tage –, doch es kam zu keinem gemeinsamen Augenblick mehr. Sie eilte ständig hierhin und dorthin, als könnte sie es nicht erwarten, die Stadt für immer zu verlassen.

Dann machten wir unseren Abschluss, und jeder ging seiner Wege. Der Name Guerraoui auf der Tafel mit den aktuellen Fällen in der Dienststelle war mir wie ein Brief erschienen, der in der Post verlorengegangen war und mich endlich doch noch erreicht hatte. Der Name hatte mich an ihre Herzlichkeit beim Schulausflug erinnert und zum Beileidsbesuch veranlasst. Aber heute Abend im McLean's war es völlig anders gewesen. Diesmal hatte *sie* mich ganz anders angesehen, und vielleicht kam zwischen uns gerade etwas in Gang. Doch kaum hatte ich den Krieg erwähnt, war sie wütend geworden, richtig selbstgerecht. Irgendwie rührte mich das. Zehn Jahre zuvor hatte niemand so mit mir darüber diskutiert. Als ich meinem Alten mitteilte, dass ich das College abbrechen und zu den Marines gehen würde, erhob er sich – schon um vier Uhr nachmittags besoffen – mühsam von seinem Stuhl, und als er endlich stand, schlug er mir mit der Hand auf die Schulter und erklärte, er sei stolz auf mich.

Anderson

Mittags, als ich gerade den Teppichboden vor den Bowlingbahnen saugte, kam die Frau von der Polizei. Früher hat das Saugen ein Angestellter erledigt, der auch die Müllbehälter leerte und die Toiletten putzte, aber den musste ich entlassen und erledigte es seitdem selbst. Manchmal nahm mir auch A.J. die Arbeit ab. Weil die kleine Frau im hellen Gegenlicht an der Eingangstür stand, konnte ich ihr Gesicht zuerst nicht sehen, nur ihren Umriss. Ich schaltete den Staubsauger mit dem Fuß aus und fragte, ob ich ihr helfen könnte. Dass sie nicht bowlen wollte, sah ich sofort. Sie trug einen sehr formell wirkenden Hosenanzug und hatte ein Notizbuch in der Hand. Als sie aus dem Licht heraustrat und eine Polizeimarke vom Gürtel zog, wurde mir klar, dass sie wegen des Unfalls mit dem Typ von nebenan gekommen war.

Ein schrecklicher Unfall. Der Highway müsste viel besser beleuchtet und mit viel mehr Ampeln bestückt sein. Hier draußen kann man kilometerweit fahren und sieht weder Laternenmasten noch Ampeln. Die meisten können sich nicht mehr daran erinnern, aber die Stelle, wo der Highway 62 die Old Woman Springs Road kreuzt, wurde früher Crash-Spot genannt, weil dort so viele Unfälle passierten, auch richtig grausige, mit abgetrennten Körperteilen mitten auf der Straße. Der Staat Kalifornien stellte ein Warnschild auf und legte eine Linksabbiegerspur an, und trotzdem ging es mit den Unfällen an dieser Kreuzung weiter, bis sie endlich eine Ampel installierten. Das war 1973, als ich meine Bowlingbahn eröffnete. Ist lange her.

Meine Frau hatte von ihrer Großmutter in Sacramento ein bisschen Geld geerbt, und wir überlegten, was wir damit machen sollten. Damals gab es in Kleinstädten wie unserer kaum etwas zu tun, und das brachte mich auf die Idee mit der Bowlingbahn. Wir haben eine Menge Schweiß hineingesteckt. Ich kaufte den Grund, suchte einen Architekten, besorgte die Genehmigungen, beauftragte ein Bauunternehmen, einfach alles. Sie hätten sehen sollen, wie viele Leute zur Eröffnungsfeier kamen! Die fand in der Woche vor Weihnachten statt, und Helen, meine Frau, stellte einen Drei-Meter-Baum mit elektrischen Kerzen in den Bowlingbereich, der duftete himmlisch. Bis heute denke ich an die Eröffnungsfeier, sobald ich einen Weihnachtsbaum rieche. Der *Hi-Desert Star* brachte sogar einen Bericht auf der Titelseite.

Helen war ein richtiges kleines Energiebündel, ständig auf der Suche nach Möglichkeiten, unseren Betrieb zu vergrößern. Sie erfand Themen für besondere Anlässe, handelte einen guten Werbedeal mit dem lokalen Radiosender aus, überredete Freunde von uns, die wir aus der Kirche kannten, zur Gründung einer Bowlingliga. Doch nach der Geburt von A.J. verlor sie das Interesse und wollte nur noch bei ihrem Baby sein. Auch als er in die Schule kam, wollte sie nicht wieder arbeiten. Sie hat ihn ständig von vorne bis hinten bedient. Ich habe sie gewarnt, habe ihr gesagt, dass sie ihn zu sehr verwöhnt, aber sie tat das ab und meinte, ich wäre zu streng. Erst als A. J. aufs College in Fullerton ging, stieg sie wieder ein.

Da gab es allerdings schon eine zweite Bowlingbahn am Highway, nur ein paar Kilometer entfernt, außerdem ein Kino, das Drive-in und viele Bars und Restaurants. Die Leute hatten viel mehr Möglichkeiten, sich freitagabends zu beschäftigen. Und Helen war nicht mehr dieselbe. Damals begann das Zittern auf der linken Körperseite. Ruhetremor nannten es die Ärzte. Trotzdem lebten wir nicht schlecht. Wir arbeiteten für uns, konnten uns nicht beklagen. Dann zog der Muslim nebenan ein – 2002, wenn ich nicht irre. Er hatte der alten Mrs Swenson ihre ziemlich schmuddelige Hotdog- und Burgerbude abgekauft und baute sie später zu einem richtigen Lokal aus. Der Unfall, bei dem er starb, war wirklich entsetzlich. Aber es ist, ehrlich gesagt, nur eine Frage der Zeit, bis es wieder passiert, weil der Zebrastreifen nachts so wahnsinnig dunkel ist. Wir bräuchten, wie gesagt, Straßenbeleuchtung und vielleicht sogar eine Ampel.

Die Frau von der Polizei kam auf mich zu und stellte sich als Detective Coleman vor. Eine Schwarze, ungefähr vierzig, mit ganz kurzem Haar, wie ein Mann. Mir ist schleierhaft, warum Frauen das tun, das ist doch nicht attraktiv. Jedenfalls ermittelte sie wegen der Fahrerflucht. Ich hörte sofort, dass sie nicht aus der Gegend stammte, brachte ihren Akzent aber nirgends unter. »Haben Sie am Sonntag gearbeitet, Mr Baker?«, fragte sie.

»Selbstverständlich«, sagte ich. »Wie jeden Sonntag.«

Nachdem sie sich meinen Namen in ihrem Büchlein notiert hatte, stellte sie mir alle möglichen Fragen, zum Beispiel, wann ich öffne und schließe und ob ich irgendetwas Ungewöhnliches oder Auffälliges bemerkt hätte, irgendetwas. Ich dachte kurz nach, während ich den Staubsauger aussteckte und das Kabel hinten fest um den Haken wickelte. Dann sagte ich: »Es war ein ganz normaler Abend.«

»Haben Sie Überwachungskameras?«

Ich hätte fast aufgelacht. »Wir sind hier nicht in Chicago, sondern in einer ruhigen Kleinstadt«, sagte ich. »So was brauchen wir hier nicht.«

»Also keine Kameras?«

»Nein.«

Sie schwieg, und ich spürte, dass sie enttäuscht war. »Was ist mit Ihren Gästen?«, fragte sie. »Könnte ich mit ihnen reden? Vielleicht hat ja irgendwer etwas gesehen.«

Der Unfall war an einem Sonntagabend geschehen. Sonntags ist bei uns meistens viel los, und montags haben wir geschlossen. Als sie mir alle diese Fragen jetzt, am Dienstagvormittag, stellte, konnte ich mich beim besten Willen nicht daran erinnern, wer da gewesen war. »Wissen Sie, ich behalte meine Gäste nicht ständig im Auge«, sagte ich.

»Könnte ich mir die Belege von Sonntagabend ansehen?«

Ich schob die Hände in die Taschen und spielte ein bisschen mit dem Kleingeld darin herum. »Ist das legal?«

»Wenn Sie es mir erlauben, ist es legal.«

Ich war zwar nicht überzeugt, aber sie hatte nett gefragt, und der Polizei helfe ich immer gern. Schließlich haben die Leute einen harten und manchmal richtig undankbaren Job. »Na gut«, sagte ich. »Warten Sie einen Moment.« Ich rollte den Staubsauger in den Abstellraum und ging nach hinten in mein Büro. Sie blieb mir dicht auf den Fersen. »Um welche Uhrzeit?«, fragte ich über die Schulter hinweg.

»Keine bestimmte. Alle Belege von Sonntagabend.«

Ich setzte mich an den Schreibtisch und ging die blaue

Plastikbox mit den Belegen durch. Ich bin nicht mehr der Jüngste und gerate schon vom Staubsaugen aus der Puste. Deshalb zog ich mein Taschentuch hervor und wischte mir den Schweiß von der Stirn, während ich suchte. Von Sonntagabend gab es eine ganze Menge Kassenbons, aber ich fand auch sechs, sieben Kreditkartenbelege, von denen die Frau Handyfotos machte. »An den Zebrastreifen gehört eine Ampel«, sagte ich.

»Hmm …«

»Richten Sie das Ihrem Chef aus.«

»Das fällt leider nicht in seinen Zuständigkeitsbereich.«

»Wie bitte?«

»Über so etwas entscheidet der Stadtrat.«

»Ich wollte es nur gesagt haben.«

Sie steckte ihr Handy in die Hosentasche zurück. »Und Ihre Angestellten?«

»Sie meinen Betty?« Betty hatte an der Kasse gesessen, aber wenn es nichts zu kassieren gab, spielte sie immer Solitär auf dem Handy. Sie hatte garantiert nichts gesehen. »Die fängt erst um drei an. Wenn sie da ist, können Sie sie gerne fragen.«

»Okay«, sagte Detective Coleman und gab mir ihre Karte. »Falls Ihnen noch etwas einfällt, rufen Sie mich bitte an, Mr Baker.«

Wir gingen gemeinsam an den Bahnen vorbei zum Eingang zurück. Die Beleuchtung von Bahn 3 flackerte. Ich würde schon wieder die Kabel überpüfen müssen, als hätte ich das in den vergangenen Wochen nicht schon mehrfach getan. Nachdem ich Detective Coleman die Tür aufgehalten hatte, blieb ich hinter der Glasscheibe stehen und blickte ihr nach. Weibliche Detectives hatte ich bis dahin nur im Fernsehen gesehen.

Nora

Die Turteltaube in ihrem Nest auf dem Kühler hatte mich an diesem Morgen mit ihrem Gurren früh geweckt. Vom Bett aus beobachtete ich, wie eine Spinne am Fenster hinaufkroch, hinter dem der blaue Himmel leuchtete. Sie bewegte sich ruhig, elegant, ohne Sorge um Zukunft oder Vergangenheit, das eine so unbedeutend wie das andere. Die Zeit verstrich – neun Tage waren es inzwischen –, doch ich fühlte mich so, als wäre mein Vater erst gestern gestorben. Muslime trauern vierzig Tage lang. Warum vierzig? Moses fastete vierzig Tage, bevor Gott auf dem Berg Sinai den Bund mit ihm schloss. Zwischen seiner Taufe und der Rückkehr nach Galiläa lebte Jesus vierzig Tage in der Wüste und widerstand der Versuchung. Vierzig Jahre war Mohammed alt, als er sich in die Höhle im Berg Hira zurückzog, wo ihm Gabriel erschien. Vierzig war eine kraftvolle Zahl, eine Zahl, die nach großer Bedrängnis innere Ruhe, nach schlechten Zeiten gute verhieß. Doch mein Schmerz würde nach vierzig Tagen nicht enden. Auch nach vierzig Wochen nicht oder überhaupt jemals. Von meinem Vater waren mir nur Erinnerungen geblieben, jede so zart wie ein Fähnchen Rauch.

Im vergangenen Frühling war er zu meinem Konzert im

Botanischen Garten gekommen, sein letzter Besuch. Er hatte einen Nadelstreifenanzug angezogen und eine Krawatte umgebunden und mir »Warte, Nor-*eini*!« zugerufen, während er sich in dem großen Spiegel in der Diele meiner Wohnung musterte. Ich war schon an der Tür, hatte mir den Ordner mit den Noten unter den Arm geklemmt und wollte gerade das Licht ausschalten. »Warte, Nor-*eini*!« Er zog seine Jacke aus, setzte sich auf die Klavierbank und bürstete seine Schuhe auf Hochglanz. An diesem Abend wollte er so gut wie möglich aussehen. Eigentlich wollte er immer so gut wie möglich aussehen, sobald er sich aus seiner Arbeitskleidung wagte, fast so, als wäre jeder Ausflug in die weite Welt – in die weiße Welt – eine Prüfung, die er wegen Nachlässigkeit auch einmal nicht bestehen könnte. Im Botanischen Garten bat er einen Passanten, uns vor der Tafel mit meinem Namen zu fotografieren. Wo war das Bild geblieben? In dem Schubfach unter meinem Schlafzimmerfenster? Oder in dem Schreibtisch, den ich mir mit Margo teilte? Ich musste es nach meiner Rückkehr unbedingt suchen. Und mich wieder an mein neues Stück setzen, damit es bis zum Einreichungstermin für die Herbststipendien fertig wurde.

Als das Telefon im Häuschen klingelte, erschrak ich. Es war ein altes Festnetzgerät mit einem penetranten, nervigen Ton. Ich hievte mich aus dem Bett und hielt den Hörer ans Ohr, während ich das Kabel zu entwirren versuchte. Nach kurzem Knacksen in der Leitung fragte ein Mann: »Kann ich mit Mr Gerrari sprechen?« Er hatte eine hohe, fast weiblich klingende Stimme und einen europäischen Akzent, den ich nicht einordnen konnte.

Eine Sekunde lang blieb mir das Herz stehen. »Guerraoui«, korrigierte ich.

»Entschuldigung, aber man kann den Namen auf der Bestellung kaum lesen, ich habe hier nur den Durchschlag. Ist Mr Guerraoui zu sprechen?«

»Nein. Er ist gestorben.«

Einen Moment lang herrschte beklemmendes Schweigen.

»Das – das tut mir sehr leid«, erwiderte der Mann. »Das wusste ich nicht. Ich habe die Handynummer angerufen, die er mir gegeben hat, aber da sprang immer die Mailbox an. Und bei dieser Nummer hier hat bis heute auch nie jemand abgehoben.«

»Er hat Ihnen nicht die Festnetznummer von seinem Haus gegeben?«

»Nein, nur die hier.« Er atmete noch ein Mal tief durch. »An wen wende ich mich denn jetzt wegen der Rechnung?«

»Wegen welcher Rechnung? Entschuldigung, wie lautet noch mal Ihr Name?«

»Die Rechnung für den Verlobungsring, den er im April bestellt hat. Ich bin Maurice von Maurice and Dana's Designs.«

Ich hatte Mühe, das Wort *Verlobungsring* in seiner Bedeutung zu begreifen. Es wirkte wie aus einer Sprache, die ich weder sprach noch verstand. Das Gefühl verflog auch dann nicht, als ich die Adresse des Juweliers notierte, nach Palm Springs fuhr und von Maurice hereingelassen wurde, nachdem ich geklingelt hatte. Ich klammerte mich an die Möglichkeit eines Missverständnisses; vielleicht hatte mein Vater »Jubiläumsring« gesagt, obwohl meine Mutter wegen ihrer Waschmittelallergie seit Jahren keine Ringe mehr trug. »Ich komme wegen des Rings«, stieß ich atemlos hervor.

Maurice nickte nachdenklich, und sein Blick wurde so trübe, als wollte er gemeinsam mit mir trauern. Er war geradezu winzig – seine Hüften reichten kaum bis zur

Glasabdeckung der Theke, die zwischen uns stand – und trug an beiden kleinen Fingern einen Goldring. Einem Ordner, der neben der Kasse lag, entnahm er eine Auftragsbestätigung und zeigte sie mir. »Und er hat diesen Ring persönlich bei Ihnen bestellt?«

»Ja. Er wusste genau, was er wollte. Etwas Elegantes, Zeitloses sollte es sein. Und weil ihm unser Angebot nicht gefiel, mussten wir den Ring eigens anfertigen lassen. Deshalb hat es so lange gedauert.«

Ich versuchte, mir vorzustellen, wie mein Vater genau an dieser Stelle gestanden und sich sämtliche Ringe im Laden angesehen hatte. Kein einziger war ihm gut genug gewesen für seine Geliebte, seine große Liebe, seine zukünftige Verlobte. Es konnte einfach nicht wahr sein. Ich hatte das Gefühl, Maurice spräche über einen ganz anderen Mann, einen Fremden. Denn wie konnte mein Vater so etwas tun? Wusste meine Mutter, dass er kurz davor gewesen war, sie zu verlassen? In den vergangenen Tagen hatte nichts darauf hingedeutet, dass sie über eine Affäre informiert war. »Für wen ist der Ring?«, fragte ich. »Kennen Sie den Namen der Frau?«

»Nein, leider nicht. Er war allein da. So eine Situation hatte ich noch nie.« Er musterte mich kurz; dann räusperte er sich. »Was nun die Rechnung betrifft – Ihr Vater hat sie zur Hälfte beglichen, die andere Hälfte wird bei Abholung fällig.« Er stellte die Schmuckschachtel vor mich hin. Ein einzelner Diamant, Prinzessschliff. Auf der Innenseite standen drei Wörter, drei kostbare Wörter in Kursivschrift. »Der Gesamtpreis beträgt dreitausendzweihundertfünfzig Dollar.«

»Das kann ich nicht zahlen. Tut mir leid, aber das kann ich nicht zahlen.«

»Ich kann den Ring nicht anderweitig verkaufen, er hat ja schon eine Gravur. Was soll ich jetzt machen?«

»Ich weiß es nicht.« Ich schob die Schachtel mit dem Ring über die Theke und verließ das Geschäft. Auf dem Parkplatz blieb ich kurz stehen und überlegte, ob der Anruf meines Vaters an seinem Todestag in Zusammenhang mit der Sache stand. Hatte er mir von seinem Vorhaben erzählen wollen? Von hinten näherten sich schnelle Schritte.

»Warten Sie, Miss!«, rief Maurice.

Ich stieg ein und fuhr los. Auf der Rückfahrt nach Yucca Valley grübelte ich über den Kalten Krieg meiner Eltern, über die langen Schweigephasen, die es immer wieder gegeben und die ich mit Frieden verwechselt hatte. In Wirklichkeit war die Kluft zwischen ihnen nur tiefer geworden. Mir fiel ein, dass das Wochenende am Lake Tahoe, zu dem Salma meine Eltern im vergangenen Oktober eingeladen hatte, von meinem Vater in letzter Minute abgesagt worden war, angeblich wegen zu viel Arbeit. Und an Thanksgiving war er mehrere Stunden verschwunden und nicht erreichbar gewesen. Sollten das Anzeichen einer Affäre gewesen sein, so hatte ich sie nicht bemerkt.

Wer war die Frau? Seit wann kannte er sie? War er mit ihr zum Häuschen gefahren? Hatte er in dem großen Bett mit ihr geschlafen? In demselben Bett, in dem ich keine zwei Stunden zuvor gelegen hatte? Alle meine Gewissheiten über ihn lösten sich auf. Ich konnte noch gar nicht in Worte fassen, was ich jetzt fühlte. Nur die Last seines Geheimnisses, die nun ich tragen musste, nahm ich in meiner Benommenheit wahr. Meiner Mutter durfte ich nichts sagen, denn das hätte ihre Trauer nur verstärkt. Und auch meiner Schwester konnte ich es nicht anvertrauen, weil sie meiner Mutter immer alles erzählte.

Driss

Ich weiß, wie das aussieht. Eine Frau, die meine Tochter sein könnte. Aber so billig oder plump war es nicht. Ich hatte sie nicht »aufgerissen«. Ich hatte ihr keine Versprechungen gemacht. Und Liebe auf den ersten Blick war es auch nicht gewesen. Kein Blitz, kein magischer Moment. Es geschah ganz allmählich, Tag für Tag. Sie erschien an einem Sonntagmorgen im Restaurant, setzte sich an die Theke und bestellte das Spezialfrühstück. Ich hielt sie für eine Wochenendtouristin, weil sie mit einem breitkrempigen Strohhut hereingekommen war, den sie dann an die Stuhllehne hängte. Doch als ich ihr das Rührei und die Kartoffelpuffer brachte, fragte sie mich, ob der Baumarkt ein Stück den Highway hinauf am Sonntag geöffnet hätte. Sie brauche Lack für ihre Bodendielen.

In der Woche darauf war sie wieder da. Wir kamen ins Gespräch, und ich erfuhr, dass sie in San Ysidro wohnte, ein paar Kilometer nördlich der mexikanischen Grenze, und bis vor Kurzem Barfrau gewesen war. Nach der schlimmen Trennung von einem Mann, den sie noch aus der Highschool kannte, hatte sie den Neuanfang gewagt, war in die Wüste gezogen und hatte einen Vintage-Laden eröffnet. Als Jugendliche hatte sie immer in Secondhandshops eingekauft und dabei einen Blick für schicke, günstige Kleidung entwickelt. »Ich sehe, was anderen Leuten entgeht«, sagte sie. An ihrem Leinenkleid, dem roten Halstüchlein und an der Uhr mit dem Lederarmband erkannte man, dass sie einen guten Geschmack besaß. Aber am meisten zog mich ihr ungekünsteltes Lächeln an.

Sie hatte einen Laden gleich bei den Antiquitätengeschäften am Highway 62 gemietet, an dem kurzen Abschnitt, wo alle Touristen und Jugendlichen auf dem Weg zu den Konzerten in Pioneertown haltmachten. Damals war sie noch dabei, das Ganze zu renovieren und die große Eröffnung vorzubereiten. Weil ich wusste, was es hieß, an einem neuen Ort ein Unternehmen zu starten, bot ich meine Hilfe an. Ich fuhr mit ihr hin, besichtigte die Räumlichkeiten, sagte ihr, welchen Handwerkern man vertrauen konnte und welchen nicht, wer pünktlich arbeitete und wer mit wüstentypischer Langsamkeit. Sie dachte über meine Ratschläge nach, nahm einige an, andere nicht, aber vor allem hörte sie mir immer aufmerksam zu. Ich hatte ganz vergessen, wie sich das anfühlt. Dass einem zugehört wird, meine ich. Sie hieß Beatrice.

Ich verlange nicht, dass Sie verstehen, was da geschah. Nur vorstellen sollen Sie es sich. Im Morgenlicht, das durch die Fenster strömte, standen wir im Laden und sprachen über die Tapete, die an manchen Stellen, vor allem an der Vorder- und Hintertür, fleckig war und sich bereits löste. Ich empfahl ihr einen Maler, weil es unendlich mühsam sein würde, alles herunterzureißen und die Wände neu zu streichen. Beatrice' Hand glitt über das Papier mit den rosaroten Ranken auf hellgrünem Grund. »Sie haben recht, die Tapete muss weg«, sagte sie. »Aber in der Nische hier lasse ich sie dran.« In dem kleinen Alkoven sei sie noch im Originalzustand und biete den perfekten Hintergrund für antiken Haar- und Modeschmuck. Ich schrieb den Namen des Malers auf die Rückseite meiner Visitenkarte. Als sie die Karte nahm, trafen sich unsere Blicke, und sie lächelte. Wenn ich zu verstehen versuche, was zwischen uns passiert ist, gehe ich immer zu diesem Moment zurück.

Ich bin jetzt einundsechzig und schon Großvater. Maryam und ich sind mehr als unser halbes Leben miteinander verheiratet, und ich habe immer geglaubt, wir würden auch die andere Hälfte gemeinsam verbringen. Vor allem in den letzten Jahren haben wir viel gestritten, aber das war nicht der Grund, weshalb wir uns auseinanderlebten. In Wahrheit waren wir schon immer, von Anfang an, sehr unterschiedlich. 1978 lernten wir uns bei einem Treffen des Studentenverbands in der Universität von Casablanca kennen. Ich war hingegangen, weil ich das Ende der staatlichen Korruption herbeisehnte, für bessere Schulen, gerechtere Löhne und so weiter kämpfen wollte, während Maryam dort nur eine Freundin suchte, die sich ein Lehrbuch von ihr ausgeliehen und nie zurückgegeben hatte. Ich war erfüllt von einem Optimismus, den sie wahrscheinlich nie geteilt hat. Maryam war eher pragmatisch veranlagt. Nach der Verhaftung von Brahim, Karima und vielen anderen wollte ich in Casablanca bleiben und weiterkämpfen, aber Maryam bestand darauf, hierher auszuwandern.

Wir mussten immer tun, was sie wollte. Zu Kompromissen war sie nicht bereit. Einmal gingen wir kurz nach unserer Hochzeit zum Stoffmarkt, weil wir Vorhänge brauchten. Unsere Erdgeschosswohnung in einem umgebauten Kolonialhaus war von Gewerbebauten umgeben, und wir bekamen nur wenig Sonne. Schließlich einigten wir uns auf durchsichtige Vorhänge, weil sie wenigstens das bisschen Licht hineingelassen, unsere Privatsphäre geschützt und wenig gekostet hätten. Der Ladenbesitzer zeigte uns einen Stoff nach dem anderen, während Maryam ihn mit Fragen bombardierte: Wie viel kostet dieser, wie viel jener, verlangen Sie allen Ernstes so viel dafür, haben Sie den da in einer anderen Farbe. Am Ende entschied sie sich für Damastvorhänge. »Aber die lassen kein Licht durch«, wandte ich ein.

»Dafür haben sie ein sehr schönes Muster«, entgegnete sie.

Ich versuchte, mir unser Wohnzimmer mit diesen Vorhängen vorzustellen, doch es gelang mir nicht. Am Wochenende machte ich es mir gern am Fenster gemütlich und las Zeitung; mit diesen Vorhängen würde ich mich auf den Balkon setzen oder in ein Café gehen müssen, wenn ich mich über das aktuelle Geschehen informieren wollte. »Etwas Gemustertes soll es sein?«, sagte ich und breitete Stoffproben auf der Ladentheke aus. »Dann nehmen wir diese Spitze, die hat ein Muster.«

»Spitze gefällt mir nicht.«

»Keine Spitze, auch gut. Dann eben einen Baumwollstoff, der lässt ein bisschen Licht durch.«

Weil ihr kein einziger der von mir vorgeschlagenen Stoffe gefiel, gab ich schließlich nach. Wir kauften den, der ihr zusagte, und gingen nach Hause. Ich holte die Leiter und mein Werkzeug. Bei jedem Loch, das ich bohrte, erklärte sie, die Stange gehöre ein Stückchen höher oder niedriger montiert. Als endlich alles angebracht war, hatten wir fünf Löcher in der Wand, und die Stange hing schief. Ich weiß nicht, warum ich noch so viele Jahre später an etwas so Banales denke. Vielleicht, weil ich zu verstehen versuche, was da passiert ist. Ich weiß nur eines: Das Leben ist kurz. Ohne es zu bemerken, hatte ich mir für den Weg von der Geburt bis zum Tod die falsche Gefährtin ausgesucht. Jetzt hatte ich die richtige gefunden und wollte sie nicht aufgeben.

Coleman

Als die Tochter des Opfers in der Dienststelle auftauchte, sah ich schon an ihrem Blick, dass es Neuigkeiten gab. Allerdings kam sie nur zögerlich darauf zu sprechen, und vielleicht war ich ein bisschen ungeduldig, aber hinter mir lag bereits ein ziemlich harter Morgen. Ich hatte herausgefunden, dass Miles in Mathe durchfallen würde, was mich wahnsinnig wütend machte, weil das in D.C. sein bestes Fach gewesen war. Jetzt hatte er zwei Mal die Note D bekommen. Obendrein hatten mich die Damen vom Elternbeirat gefragt, ob ich bereit wäre, *in Anbetracht meines Berufs* die Aufsicht des Siebtklässlerballs zu übernehmen, was ich verneinen musste, weil am fraglichen Abend eine Besprechung auf Distriktebene anstand. Wahrscheinlich hatte ich es mir nun endgültig mit ihnen verscherzt und würde nie in ihren Zirkel aufgenommen werden. Und zu allem Übel machte mir Vasco Druck wegen des Unfalls. Er hatte in Zusammenhang mit einem polizeilichen Übergriff im Frühjahr schlechte Presse bekommen und gierte nach erfreulichen Neuigkeiten. Kurzum, ich war mit einer ganzen Menge anderer Dinge beschäftigt, als mich Nora Guerraoui an diesem Vormittag sprechen wollte. Sie rutschte auf ihrem Stuhl herum, stürzte das Wasser, um das sie gebeten hatte, in einem Schluck hinunter und spielte andauernd mit dem Verschluss ihres Uhrenarmbands. Ich dachte an den Aktenstapel auf meinem Schreibtisch, an die silberfarbenen Fords, die noch überprüft und abgeglichen werden mussten. »Was kann ich für Sie tun, Ms Guerraoui?«

»Bitte nennen Sie mich Nora.«

»Was kann ich für Sie tun?«

Wieder dieses Gefummel am Uhrenarmband. Wieder verging Zeit. »Also, ich habe etwas in Erfahrung gebracht.«

»Schön.« Hoffentlich was Nützliches, dachte ich.

»Ich weiß aber nicht, ob es für den Fall wichtig ist.«

»Erzählen Sie einfach mal. Ob es wichtig ist, entscheiden wir später.«

»Mein Dad hatte eine Affäre.«

Ach, darum ging es.

»Sie wirken gar nicht überrascht.«

»So was kommt vor.«

»Haben Sie es gewusst?«

»Ja.«

»Woher?«

»Aus den Textnachrichten in seinem Handy.«

»Das Handy war nicht gesperrt?«

»Nein.«

»Ziemlich bescheuert.«

Liebe macht dumm, hätte ich fast gesagt. Ich hatte Menschen schon aus Liebe oder Lust – oder wie immer man es nennen wollte – die idiotischsten Dinge tun sehen.

»Wer ist die Frau?«

»Das kann ich Ihnen nicht sagen.«

»Warum nicht?«

»Aus Gründen der Sicherheit und des Datenschutzes. Ich darf die Seriosität der Ermittlungen nicht gefährden.« Jemand klopfte ans Fenster des Besprechungsraums. Als ich aufblickte, sah ich Murphy, der eine Flasche kalte Limonade in der Hand hielt. *Wollen Sie eine?*, fragte er lautlos. Ich schüttelte den Kopf, obwohl meine Kehle trocken war. Am Wochenende hatte ich Miles zu dem Baseballtreff im Stadtpark gefahren, von dem mir Murphy erzählt hatte. Er war mit seinem Sohn Brandon dort gewesen, und vielleicht hatte er ihn vorbereitet – jedenfalls ging Brandon sofort auf Miles zu und sprach ihn an. Miles war im vergangenen Jahr fast dreißig Zentimeter gewachsen und wirkte so unbeholfen, als käme sein Gehirn mit dieser Entwicklung nicht klar. Außerdem hatte er sich noch nicht an seine tiefer gewordene Stimme gewöhnt und war vielleicht deshalb immer so still. Trotzdem folgte er Brandon aufs Spielfeld, und je länger sie spielten, umso lockerer wurde er. Nach einer Weile setzte sich Murphy neben mich auf die Tribüne, und wir unterhielten uns ein bisschen. Mehr war da nicht. Wir plauderten miteinander. Trotzdem hatte ich ein komisches Gefühl, als ich ging. *Wirklich nicht?*, las ich von Murphys Lippen ab, während er auf der anderen Seite des Fensters die Flasche noch einmal hochhielt. Ich nickte. *Ja, wirklich nicht.*

»Hat die Frau etwas mit dem Unfall zu tun?«

»Nein«, antwortete ich. Die Frau – bemerkenswert jung und ungewöhnlich hübsch – besaß ein wasserdichtes Alibi. Sie hatte sich an jenem Abend bei Gartenarbeiten geschnitten und war zum Zeitpunkt des Unfalls in der Notaufnahme mit zwei Stichen genäht worden. Bei der Vernehmung hatte sie immer nur gesagt, wie sehr der alte

Mann sie geliebt habe, dass er seine Frau für sie verlassen wollte und sie geplant hatten, demnächst zusammenzuziehen. Ich konnte kein Motiv erkennen. Meiner Ansicht nach brachte sie uns keinen Schritt weiter.

»Bitte sagen Sie mir ihren Namen.«

»Das geht nicht.« Klar, dass sie versuchte, den Namen rauszufinden, und ich konnte es ihr nicht mal verübeln, aber die Sache durfte nicht aus dem Ruder geraten. »Nora«, sagte ich so sanft wie möglich, »was hätten Sie davon, wenn Sie wüssten, wie sie heißt? An dem, was geschehen ist, würde es nicht das Geringste ändern. Es ist besser, wenn Sie ihn nicht erfahren.«

»Besser für wen? Für mich jedenfalls nicht.«

»Es tut mir leid.«

»Wer ist sie?«

»Das kann ich Ihnen nicht sagen.«

»Wenn sie wirklich nichts damit zu tun hat, können Sie mir ihren Namen doch nennen!«

»Ich habe Ihnen bereits erklärt, warum das nicht geht.« Sie versuchte, einen Streit anzuzetteln, um mehr aus mir herauszubekommen, aber ich blieb stur. Ständig fummelte sie an ihrer Uhr herum. Musste ein nervöser Tic sein. »Und es gibt immer noch keine neuen Zeugen?«, fragte sie.

»Nein, bisher nicht.«

»Irgendwas ist da faul. Warum hat der Fahrer nicht angehalten und auf die Polizei gewartet, wenn es ein ganz normaler Unfall war? Warum hat niemand etwas gesehen?«

»Das versuche ich gerade herauszufinden.«

»Soll ich eine Belohnung aussetzen? Würde das etwas bringen?«

Manchmal brachte es etwas, manchmal verkomplizierte es alles. Leute, die sich eine Belohnung erhofften, wurden oft sehr kreativ, wenn es um Details ging. Andererseits würde es Wochen dauern, bis ich alle silberfarbenen Fords überprüft hätte, und eine Belohnung konnte die Sache wesentlich beschleunigen. Das war meine Chance, eine Wende herbeizuführen. »An welche Summe denken Sie?«, fragte ich.

»Wären fünfundzwanzigtausend Dollar genug?«

Ziemlich viel für eine Lehrerin, dachte ich. Zumindest hielt ich sie für eine Lehrerin. Ihre Mutter hatte nicht viel über Noras berufliche Tätigkeit erzählt, dafür umso mehr über die ihrer anderen Tochter, der Zahnärztin. Als Miles klein war, hatten Ray und ich uns ein zweites Kind gewünscht, was jedoch nicht klappte, weil wir uns beruflich so stark engagierten, und irgendwann waren wir ein bisschen zu alt dafür. Deshalb wusste ich nicht, wie es ist, zwei Kinder zu haben, und schon gar nicht zwei Töchter. Welche Dynamik da entsteht, meine ich. Vielleicht konnte die Mutter nicht anders, als auf die Zahnärztin mit der florierenden Praxis und den süßen Zwillingen stolzer zu sein. Aber die Jüngere rief mich jeden Tag an und fragte nach dem Stand der Dinge. Anfangs hatte mich das genervt, aber allmählich wurde ich warm mit ihr. Sie versuchte, mitzuhelfen. »Fünfundzwanzigtausend – das ist fantastisch«, sagte ich und musste trotz der Umstände lächeln. »Wir geben es über Zeitung und Radio bekannt und können vielleicht auch Plakate drucken.«

Nora

Obwohl sich alles in mir dagegen sträubte, hatte ich einem fremden Menschen Einzelheiten aus dem Leben meines Vaters mitgeteilt. Als Gegenleistung hatte ich auf Hinweise gehofft, die Licht in das dunkle Rätsel seiner Affäre bringen könnten – und sei es nur ein Name. Schließlich erzählen Namen immer eine Geschichte. Wenn sie, sagen wir mal, Fatima hieß, hatte mein Vater sie wahrscheinlich über marokkanische Freunde in Los Angeles kennengelernt. Hieß sie Jennifer, war sie so gut wie sicher Jahrzehnte jünger als er, und die Begegnung hatte in einer Bar oder im Fitnessstudio stattgefunden. Eine Guadalupe hätte er garantiert mit seinem hervorragenden Hochspanisch zu beeindrucken versucht. Doch ich konnte Coleman weder durch direkte noch durch indirekte Fragen auch nur ein einziges Wort entlocken.

Als ich die Dienststelle verließ, war es bereits früher Nachmittag. Von Osten her wehte ein trockener, heißer Wind, der mir die Haare ins Gesicht peitschte, sodass ich sie mit beiden Händen zusammenhalten musste, um meinen Weg über den Parkplatz zu finden. Die Luft schmeckte nach Staub. Ich stieg in mein Auto, startete den Motor und wartete darauf, dass die Klimaanlage zum Laufen kam. Weiter hinten auf dem Parkplatz standen zwei Deputy Sheriffs im Schatten einer Palme, rauchten und plauderten, ohne sich von Hitze und Wind stören zu lassen. Nachdem ich ihnen eine Weile zugesehen hatte, stieg ich wieder aus, ging in die Dienststelle zurück und fragte an der Pforte, ob ich mit Deputy Gorecki sprechen könne.

Die Frau strich sich die Fransen aus den Augen und sagte: »Wen soll ich melden?«

»Nora.«

»Nachname?«

»Guerraoui. G-u-e-r-r-a-o-u-i.«

Nach einem Moment sichtlicher Überforderung fasste sie sich wieder und wies mich an, Platz zu nehmen. Auf dem Fernseher im Eingangsbereich liefen bei abgestelltem Ton, aber zugeschalteten Untertiteln die Lokalnachrichten. Der Stadtrat war zusammengekommen, um über die Finanzierungsanträge für das nächste Jahr zu debattieren, der Yucca Trail würde den ganzen morgigen Tag wegen Reparaturarbeiten an den Stromleitungen abschnittsweise gesperrt sein, das Marine Corps plante eine Übung mit scharfer Munition im Johnson Valley. Dann kam Werbung. Ich wollte schon wieder gehen, als die Tür geöffnet wurde und Jeremy erschien. An seinem Mundwinkel klebte Senf. »Habe ich dich beim Mittagessen gestört?«, fragte ich.

»Kein Problem.« Er wischte sich mit dem Handrücken über den Mund. »Ist alles in Ordnung?«

Ich nickte, obwohl überhaupt nichts in Ordnung war. Er wirkte groß und imposant in seiner Uniform, und Pistole, Schlagstock, Pfefferspray, Taser und was sonst noch an seinem Gürtel hing, verstärkten diesen Eindruck. Es bewirkte, dass sich das, was ich sagen musste, wie ein

Geständnis anfühlte. »Ich wollte mich für neulich Abend im McLean's entschuldigen. Du hattest recht, es war dumm, dass ich selbst fahren wollte.«

»Schon gut.«

»Nein, nicht gut. Ich hätte einen Unfall bauen und jemanden verletzen können.«

»Du warst sehr verzweifelt.«

Das stimmte. Ich war noch immer sehr verzweifelt. Und meine Verzweiflung war sogar komplizierter geworden, seit ich wusste, dass mein Vater ein Doppelleben geführt und Wochen, Monate, womöglich Jahre hindurch gelogen, getrickst und betrogen hatte. Ihm hatte ich von allen Menschen auf der Welt am meisten vertraut, und nun wurde mir klar, dass ich ihn gar nicht richtig kannte. Wäre ich im Häuschen nur nie an das verfluchte Telefon gegangen, dachte ich. Hätte ich es doch einfach klingeln lassen. Mir war schwindelig vor Schmerz.

»Sollen wir uns Kaffee holen?«, fragte Jeremy und berührte mich leicht am Arm.

Am liebsten hätte ich ihm gleich an Ort und Stelle mein Herz ausgeschüttet, ihm erzählt, was ich herausgefunden und was ich frustrierenderweise noch nicht in Erfahrung gebracht hatte. Die Frau an der Pforte starrte auf irgendwelche Formulare, lauschte aber jedem Wort. Die Aufzugtür öffnete sich. Ein Mann mit einer Polizeimarke am Gürtel kam heraus und warf uns im Vorbeigehen einen Blick zu. Ich riss mich zusammen und sagte: »Danke, aber ich muss los.«

»Pass auf dich auf!«, rief er mir nach, während ich die Stufen zum Eingang hinunterging.

Obwohl der Wind noch stärker geworden war – er zerrte an den Autoscheiben und fegte Sand und Palmwedel über den Highway –, brauchte ich nur wenige Minuten bis zum Häuschen. Als ich eintrat, fiel mein erster Blick auf das große Bett. Wann hatte mein Vater die Affäre begonnen? Wie hatte er das meiner Mutter nach siebenunddreißig Jahren antun können? Zum ersten Mal betrachtete ich ihn nicht als den Vater, der mich jeden Donnerstag zum Klavierunterricht gebracht hatte, sondern als den Mann, der bei jeder sich bietenden Gelegenheit heimlich zum Häuschen gefahren war. Die Vorstellung, noch einmal auf der Matratze zu schlafen, auf der die Frau gelegen hatte, war ebenso unerträglich wie der Gedanke, das von ihr benutzte Bettzeug zu berühren. Ich drehte mich um und ging.

Diesmal fuhr ich ins Möbelgeschäft, kaufte eine neue Matratze und zahlte die Extragebühr, damit sie noch am selben Tag geliefert wurde. Dann holte ich mir bei Walmart neue Kissen, Bettbezüge und Handtücher. Ich war wie im Rausch – als ließen sich die Ruinen, die ich ausgegraben hatte, durch das Entfernen einiger Gegenstände abtragen. Doch kaum waren die Überreste der Affäre getilgt, saß ich allein da und hatte immer noch nicht vergessen, was ich nun über ihn wusste.

Ich holte meinen Laptop aus der Reisetasche und tat etwas, was mir bisher nicht mal im Traum eingefallen war: Ich googelte ihn. Sein Name erschien in Zusammenhang mit einem Brancheneintrag des Lokals, noch aus der Zeit, als er es gekauft hatte. In einem Artikel des *Hi-Desert Star* vom Winter 2010 wurde er kurz zitiert, nachdem ein Orkan eine Palme entwurzelt und auf dem Highway in der Nähe seines Restaurants diversen Unrat zurückgelassen hatte. Außerdem war er bei einer Website für Ahnenforschung registriert. Offenbar hatte er eine

Zeit lang die Geschichte seiner Familie recherchiert und von Casablanca bis zu einem Stamm in der Chaouia zurückverfolgt. Auch er hatte sich also durch seine Vergangenheit gegraben.

Ich sah aber nicht nur das Leben meines Vaters in einem neuen Licht, sondern auch mein eigenes. In meinem ersten Jahr in Stanford hatte ich mich einem Jazzensemble angeschlossen, das sich im Keller einer etwa zwei Kilometer außerhalb des Campus gelegenen Kirche traf. Einmal stießen der Trompeter und ich nach der Probe zufällig auf Beckett Burke, einen Freund von ihm. Er war ein großer, schlaksiger Bursche im dritten Studienjahr, hatte braune Locken und ein nettes Lächeln. Beckett, Absolvent der Harvard-Westlake School, verbrachte seine Weihnachtsferien immer in der Schweiz und Spring Break in Costa Rica und wollte bei einer Organisation anheuern, die in Uganda Verhütungsmittel und Schutzimpfungen für Kinder anbot. Allein die Namen dieser Länder – die Beckett ganz beiläufig erwähnte, während er die Speisekarte des peruanischen Lokals las, in das er mich bei unserem ersten Date ausgeführt hatte – raubten mir fast den Atem. Als er mich ein paar Wochen später in seiner Wohnung entjungferte, störte mich der hastige, alles andere als schöne Sex nicht – genauer gesagt, hatte ich damals noch keine Ahnung, dass er mich stören sollte. Becketts Interesse schmeichelte mir, und ich war stolz, auf Partys neben ihm zu stehen und sozusagen osmotisch an seiner natürlichen Coolness teilhaben zu können. Mit einer Hand an meinem Rücken stellte er mich als »die wundervolle Nora Guerraoui« vor, und obwohl er das *R* übertrieben rollte, entzückte es mich jedes Mal, meinen Namen aus seinem Mund zu hören. Was um alles in der Welt fand ein so kultivierter Typ an mir – ein Typ, der bereits wusste, was er einmal machen wollte, nämlich Hilfsprojekte in Entwicklungsländern leiten?

Weil ich auf diese Frage keine zufriedenstellende Antwort fand, begann ich, mein Leben nach ihm auszurichten. Beckett hatte etwas gegen Lyrik – also ging ich nicht mehr zu den Poetry Slams, die sich zu meinem wöchentlichen Highlight entwickelt hatten, sondern begleitete ihn in das Arthouse-Kino mit den hippen neuen Filmen. Sonntagmorgens las er gern beim Kaffee ausgiebig in der *New York Times* – prompt legte ich mir ein eigenes Abo zu. Sonntagnachmittags konnte ich ihn hin und wieder mühsam zu einer Wanderung überreden, die jedes Mal kurz ausfiel, weil er sich pausenlos über das Wetter beschwerte. Immer war es entweder zu heiß, zu kalt oder zu regnerisch; wahlweise störten ihn die vielen Mücken. Als er damit begann, Verabredungen mit mir abzusagen oder erst in letzter Minute zu vereinbaren, schob ich es auf seinen vollen Terminkalender. Wenn er vergaß, mich anzurufen, gab ich mir selbst die Schuld, weil ich so langweilig war. Erst als ich ihn mit Margarita Semprevivo auf der Arboretum Avenue sah – den Arm um ihre Wespentaille geschlungen –, begriff ich, dass er zu der »wundervollen Rita« gewechselt war.

Das war weiß Gott nichts Ungewöhnliches – Menschen trennen sich ständig aus allen möglichen Gründen. Doch der Betrug hatte mein Vertrauen so nachhaltig beschädigt, dass ich erst fünfzehn Monate später wieder eine Beziehung einging. Sameer Hanim war völlig anders als Beckett, soweit man das in Stanford sein konnte. Er stammte aus einer Kleinstadt in Ohio, hatte eine naturwissenschaftlich ausgerichtete Schule besucht und den

Zulassungstest mit Spitzenergebnissen bestanden, wusste jedoch nicht, was ein Puligny-Montrachet war, wo Eton lag oder warum man zu Anzugschuhen unmöglich Sportsocken tragen konnte. Wie ich hatte auch er eine Mutter, der die eigenen Ambitionen aberkannt und verwehrt worden waren und die ihm deshalb ein bestimmtes Studium aufdrängte – in seinem Fall Software Engineering. Er selbst hätte viel lieber Trickfilme gemacht. Die Zeichnungen in der Wohnung, die er sich mit zwei anderen Engineering-Studenten teilte, wären, wie es meinem ungeübten Auge erschien, für jede Kunstausstellung angenommen worden. Er war ein schüchterner, stiller Junge, der samstagnachmittags gern alte Fernsehserien guckte oder in Comicläden stöberte.

Saßen wir aber in einem Lokal, sah er jedem hübschen Mädchen nach, das vorbeiging. Warum konnte ich ihn nicht dazu bringen, sich nur für mich zu interessieren? Wie wild suchte ich nach einer Antwort auf diese Frage. Ich probierte es mit einer neuen Frisur, kaufte mir schicke Kleider, las stundenlang Comics von Frank Miller, Alan Moore und Jim Starlin, um eine kompetente Gesprächspartnerin für Sameer abzugeben. Nach jeder dieser Maßnahmen durfte ich mir seiner Aufmerksamkeit ein paar Tage lang sicher sein; dann gingen wir auf eine Party, und wieder starrte er eine andere an. Zu guter Letzt wurde ich auch von ihm betrogen, mit einem weißen Mädchen aus seinem Algorithmusseminar. Später gründeten die beiden ein Software-Unternehmen.

Und Max, mein aktueller Fehlgriff, war genauso. Nur dass er nicht mich, sondern eine andere mit mir betrogen hatte. So oder so – ich hatte nie genügt, war immer für unzureichend befunden worden. Jahrelang hatte ich mir eingeredet, ich hätte einfach nur Pech oder einen entsetzlichen Männergeschmack. Jetzt fragte ich mich, ob nicht mehr dahintersteckte. Mein Vater hatte betrogen, und ich liebte Betrüger.

Maryam

Die Zeit verging, aber ich ertappte mich noch immer dabei, dass ich zwei Gläser aus dem Schrank holte, wenn ich morgens Pfefferminztee machte, oder beim Wäschefalten nach den Socken meines Mannes suchte oder mir wünschte, er würde mir ein Handtuch reichen, wenn ich aus der Dusche stieg. Diese kleinen Momente taten sehr weh. Sie erinnerten mich daran, dass ich nicht mehr seine Frau war, sondern seine Witwe, und diese Rolle musste ich erst akzeptieren lernen. Aber man muss sich dem Leben auch stellen, wenn man es nicht akzeptiert, und nachdem der Geschäftsführer unseres Lokals zum zweiten Mal angerufen und gefragt hatte, wann er wieder öffnen solle, womit er natürlich etwas ganz anderes sagen wollte – dass die Angestellten ihre Rechnungen bezahlen und ihre Familien ernähren mussten –, wurde mir klar, dass ich das Unvermeidliche nicht länger aufschieben konnte und wieder arbeiten gehen musste.

Als ich am nächsten Morgen um halb sechs auf den Parkplatz des Pantry fuhr, wartete der Koch schon auf mich. Er stand bei den Müllcontainern und rauchte, was ihm von meinem Mann verboten worden war, weil Mr Baker, der Besitzer der Bowlingbahn nebenan, oft auf die große Brandgefahr hingewiesen hatte. Ich sagte José, er solle die Zigarette ausmachen, und nachdem er sie mit dem Schuh zertreten hatte, folgte er mir ins Lokal und schwieg, bis die ersten Gäste kamen. Ein alter Mann setzte sich an die Theke und las in seiner Bibel, während er auf den Kaffee wartete; die Kinder einer vierköpfigen Familie, die in einer Sitznische am Fenster Platz genommen hatten, begannen sich sofort um ein Päckchen Buntstifte zu streiten, und ein Pärchen mit Kappen der Los Angeles Kings saß aneinandergekuschelt in einer Ecke und starrte in die Handys. Doch dann fiel mein Blick auf den Tisch ganz hinten, und statt Driss, der dort seine Kreuzworträtsel löste oder Zeitung las, sah ich nur einen leeren Stuhl.

»Kaffee, Mrs Guerraoui?«, fragte Marty. Obwohl alle denken, ich würde Maryam Guerraoui heißen, lautet mein Name in Wirklichkeit Maryam Bouziane. Aber hier nehmen so viele Frauen den Namen des Mannes an, dass ich es schnell aufgegeben habe, ihnen den Unterschied zu unserem Land zu erklären. Obwohl Marty der erste Angestellte meines Mannes im Donut-Shop gewesen war – dem damaligen frischen Highschoolabsolventen hing mittlerweile eine Bifokalbrille um den Hals –, kannte nicht einmal er meinen richtigen Namen. Oder er hatte ihn einfach vergessen.

»Danke«, sagte ich und nahm die Tasse. Ich blieb noch ein bisschen an der Theke sitzen und versuchte, Kraft zu schöpfen, um die anstehenden Aufgaben zu erfüllen: die alten Glühbirnen entsorgen, die Driss in einem Karton im Gang zurückgelassen hatte, Servietten und Toilettenpapier bestellen, entscheiden, ob wir diesmal zum Memorial Day dekorieren sollten, und gegebenenfalls das nötige Material besorgen. Doch ich schaffte es nicht, auch nur eine dieser Pflichten in Angriff zu nehmen. Ich trug meinen Kaffee zur Kasse und ließ mich auf den Stuhl dahinter fallen. Den Gästen herauszugeben, ihnen Pfefferminzbonbons und den Kindern Buntstifte zu schenken, dazu war ich gerade noch in der Lage.

Draußen auf dem Parkplatz stiegen ein junger Mann und eine junge Frau in Wanderkleidung aus einem verdreckten Auto und suchten die Reifen ab, als wäre da etwas undicht. Schließlich kamen sie herein. Sie sahen mich kaum an und wählten selbst einen Tisch. In ein paar Wochen war die Frühjahrssaison zu Ende, dann gab es keine Touristen mehr, und die Stadt würde wieder in Schlaf versinken. Vielleicht würde man mich dann im Diner nicht mehr brauchen.

Aber hatte man mich dort überhaupt je gebraucht? Mein Mann hatte das Lokal gegen meinen Willen gekauft und mich, vielleicht wegen des häufigen Streits, sehr selten um Hilfe gebeten. Ich kam nur, wenn Personalmangel herrschte, wenn jemand krank war, oder bei Hochbetrieb am Wochenende. Hätte ich öfter mitgearbeitet, wäre ich in der Unfallnacht vielleicht bei ihm gewesen, hätte vielleicht das Auto gesehen oder kommen hören und ihn womöglich sogar warnen können.

Ich hörte Schritte und blickte auf. Vor mir stand ein junger Mann in einem blauen Kittel. Er hatte einen gepflegten Bart und trug einen Pferdeschwanz. Wahrscheinlich ein Mitarbeiter der Arztpraxis ganz in der Nähe. »Ich habe die Meldung in der Zeitung gelesen«, sagte er, während er mir die Rechnung und das Geld reichte. »Mein herzliches Beileid.«

»Danke.« Meine Stimme klang fremd. Mehr brachte ich nicht heraus. Ich konnte mit diesem Mann nicht so reden, wie Driss es getan hätte – ihn fragen, ob es geschmeckt hatte oder wie es in der Arbeit war oder ob er das schöne Wetter auch so genoss. Driss blickte lachend von dem gerahmten Artikel an der Wand herunter, vor sich auf der Theke einen Teller mit einem Berg Blaubeerpfannkuchen und eine Tasse Kaffee. SCHLEMMEN IN DER WÜSTE, stand darüber. Mein Mann war auf diesen Artikel sehr stolz gewesen. Er tröstete ihn über die Frustrationen hinweg, über die Demütigungen, die die Arbeit in einem Restaurant und das Bedienen von Menschen immer wieder mit sich brachten.

»Hat man den Kerl gefasst?«, fragte der Mann.

»Nein«, antwortete ich und gab ihm das Wechselgeld.

»Hoffentlich kriegen sie ihn. Die Leute fahren viel zu schnell auf dem Highway, das ist wahnsinnig gefährlich. Die Kreuzung müsste beleuchtet werden. Oder man bringt eine Ampel an. Könnten Sie das nicht bei der nächsten Stadtratssitzung beantragen?«

Er erwartete, dass ich darauf etwas erwiderte, dass ich den Tod meines Mannes zu einer öffentlichen Angelegenheit machte und Mitstreiter fand. Aber Trauer ist etwas Privates. Es wäre viel zu schwierig für mich gewesen, vor anderen darüber zu reden, ganz zu schweigen vor völlig fremden Menschen im Stadtrat. Das war mir an den Amerikanern von Anfang an aufgefallen – sie wollen immer gleich handeln, können nicht gut stillhalten oder unangenehme Gefühle ertragen. Auch der Mann wirkte enttäuscht, als ich den Kopf schüttelte. Dann ging er, und hinter ihm schloss sich bimmelnd die Tür.

Jeremy

Fierro wartete in Jeans und T-Shirt vor seinem Wohnhaus. Seine USMC-Baseballkappe war so tief in die Stirn gezogen, dass man seine Augen nicht sah. Als wir im Auto saßen, lief Metallica im Radio, und er drehte auf. Ich ließ ihn, obwohl ich von dem pseudorebellischen Gekreische Kopfschmerzen bekam, und auch als Fierro kurz darauf minutenlang wegen der Niederlagenserie der Dodgers vom Leder zog, nickte ich nur schweigend. Der Mann brauchte Hilfe – er sollte sie bekommen. Ich hatte Hec, unserem alten Kumpel aus der Charlie Company, eine Mail geschrieben – mir war eingefallen, dass er in Oregon an solchen Sitzungen teilgenommen hatte –, und er hatte geantwortet, dass es ihm zumindest ein bisschen geholfen habe. Ich hoffte, es würde auch Fierro helfen.

Vor dem Bürgerzentrum stand ein Klappschild mit dem Hinweis, dass sich die Anti-Aggressions-Selbsthilfegruppe im Turnsaal traf. Neben dem Eingang hingen Flyer, auf denen Sommerschwimmkurse für Kinder, Tanznachmittage für Senioren und ein Filmabend für Familien angeboten wurden. Als wir uns in den Kreis rings um den Leiter setzten, waren kaum noch Stühle frei. Der

Leiter hieß Rossi, trug ein hellgelbes Hemd, das über dem Brustkorb spannte, und sprach mit einer dröhnenden Stimme, wie ich sie von einem Mitglied der therapeutischen Zunft nicht erwartet hätte. »Wer möchte was erzählen?«, fragte er in die Runde.

Sofort schoss eine Hand hoch. Sie gehörte einem kahlköpfigen Mann mittleren Alters, dessen Knie sich wie die Nadel einer Nähmaschine ständig auf und ab bewegte. »Hi, ich bin Doug. Eine Scheißwoche war das. Meine Tochter hat ein paar Freundinnen zu einem Spieleabend eingeladen, und die Mädels waren wahnsinnig laut. Irgendwann bin ich runtergegangen, wollte mir was zu trinken holen, und hätte sie gern ermahnt, leiser zu sein, aber ich wollte mich nicht einmischen, weil meine Frau gesagt hat, ich soll die Kids in Ruhe lassen. Sie war sowieso schon sauer auf mich. Ich helfe ja angeblich nie im Haushalt mit, was allerdings gar nicht stimmt – immerhin staubsauge ich und räume ab und zu den Geschirrspüler aus. Jedenfalls habe ich es nicht fertiggebracht, meiner Tochter und ihren Freundinnen etwas zu sagen. Aber gleichzeitig war der Lärm unerträglich. Ich stand in der Küche und dachte, gleich explodierst du.«

Eine Frau in Krankenschwesterntracht, die mit verschränkten Armen auf ihrem Stuhl gesessen hatte, richtete sich ruckartig auf. »So geht es mir auch oft. Ich heiße übrigens Adriana. Wenn meine Kinder mich bitten, mit ihnen in den Park oder ins Kino zu gehen, würde ich manchmal am liebsten schreien. Ich kann doch so nicht rausgehen.« Sie breitete die Arme aus, und alle sahen, dass an ihrer linken Hand der kleine Finger und der Ringfinger fehlten. »Aber ich darf nun mal nichts sagen. Dann würden sie nämlich glauben, mein Ex-Freund hätte recht gehabt. Mit meiner Gereiztheit, meine ich. Sie verstehen eben nicht, dass ich ständig Schmerzen habe.«

Ich konnte Fierros Verachtung für diese Leute förmlich spüren. Vielleicht war die Idee doch nicht so gut, dachte ich. Vielleicht hätte ich darauf bestehen sollen, dass er es über die Veteranenbehörde macht, auch wenn die ihn nur mit einem weiteren Rezept für Paxil, Zoloft oder Wellbutrin nach Hause geschickt hätten, anstatt ihm die Einzeltherapie zu bezahlen, die er wollte. Doch dann passierte etwas, womit ich nicht gerechnet hatte: Fierro hob die Hand.

»Ah, wir haben heute einen Neuzugang. Stell dich bitte kurz vor.«

»Ich heiße Bryan Fierro, und ich bin froh, dass ich hier sein darf, weil man so selten jemanden zum Reden findet. Mein Problem ist, dass ich nicht schlafen kann. Ich meine nicht hin und wieder – jeder schläft mal schlecht –, sondern ich kriege *nie* mehr als drei, vier Stunden Schlaf, egal, was ich mache. Das geht jetzt schon seit Jahren so. Ich hab alles probiert, echt alles. Sogar Kamillentee. Wisst ihr, wie fertig ein Kerl sein muss, wenn er einen Tee trinkt, den er nicht mal buchstabieren kann? Nichts hilft. Ich bin die ganze Nacht wach und grüble. Ständig dreht sich das Gedankenkarussell.«

Ich hatte nur ein Mal kurz zu Fierro hinübergesehen und dann auf meine Schuhe gestarrt, bis er fertig war.

»Wut kann alle möglichen Probleme verursachen, und Schlaflosigkeit zählt auf jeden Fall auch dazu«, sagte Rossi. »Schlafmangel kann zu Erschöpfung führen und damit zu Fehlverhalten, was wiederum die Wut verstärkt. Ein unseliger Teufelskreis. Am besten fragst du deinen Arzt, ob er dir helfen kann. Wer zu wenig schläft, trifft schlechte

Entscheidungen, kann seiner Wut weniger tief auf den Grund gehen und sie weniger gut kontrollieren.«

»Stimmt«, sagte Fierro nickend. »Stimmt.«

Ein älterer Mann mit tätowierten Armen meldete sich. Er arbeite in einem Baumarkt, sei aber verwarnt worden, weil er sich mit einem Kunden wegen einer Jalousie angelegt habe. Ein langhaariger Lkw-Fahrer erzählte, dass er seine Frau vermisse, wenn er nicht zu Hause sei, sich aber daheim pausenlos mit ihr streite, bis er wieder wegmüsse.

Die Wanduhr schlug neun, die Sitzung war zu Ende. Erst als Fierro und ich das Bürgerzentrum verlassen hatten und wieder im Auto saßen, sagte ich zu ihm: »Hältst du die Nummer für witzig, die du da drin abgezogen hast?«

Er knuffte mich in den Arm. »Irgendwie schon, oder? Gibs zu, es war witzig!«

»Du kannst ein solches Arschloch sein.«

»Ich hab dir doch gesagt, dass da nur Weicheier mitmachen, die über ihre Gefühle faseln.«

»Sag ihnen das ins Gesicht. Wäre interessant, was passieren würde.«

»Entspann dich, Alter. Ist doch keine große Sache.«

»Für dich ist alles immer nur ein Witz.«

Er beugte sich zu mir hinüber. »Sorry, was?«

»Tu nicht so, als hättest du mich nicht verstanden.«

»Jetzt mach kein Drama draus! Ich tus nicht noch mal.«

»Es wird kein Noch-Mal geben«, erwiderte ich, ließ den Motor an und fuhr rückwärts aus der Parkbucht. Ich war seine Mätzchen allmählich leid. Wenn er keine Hilfe annahm, würde ich sie ihm nicht aufdrängen. Sollte er machen, was er wollte. Ich suchte nach einem Nachrichtensender, doch dann kam Country-Musik, was mir auch recht war. Mein Vater hatte in einer Folkband gespielt, bevor er meine Mutter kennenlernte. Mit dieser Musik war ich aufgewachsen, sie hatte mich zum Gitarrespielen gebracht.

Fierro nahm seine Kappe ab und fuhr sich durchs Haar. »Ich fand die Leute nett. Echt jetzt.«

Aber genau das war das Problem. Bei ihm konnte man nie sicher sein, wann er etwas ernst meinte und wann nicht. »Wen interessiert das noch?«

»Und der Gruppenleiter, dieser … der war auch nett.«

»Rossi.«

»Der ist voll in Ordnung.«

»Stimmt. Willst du wirklich nächste Woche wieder hin?«

»Ich habs gesagt, und ich machs. Hast du Lust auf Bowlen?«

»Ist schon spät.«

»Es ist erst neun, Alter.«

Ich dachte kurz nach. »Fahren wir in die Desert Arcade.«

»Quatsch, da ist nichts los.«

»Willst du bowlen oder nicht?«

Ich fuhr weiter, bis das helle neue Schild des Pantry auftauchte, so hell, dass man es schon aus großer Entfernung sah. Als wir auf den Parkplatz einbogen, war das Lokal allerdings bereits geschlossen. Nur die Bowlingbahn daneben hatte noch geöffnet. Mir war nicht klar, was mich dorthin geführt hatte, was genau ich mir davon erhoffte, aber seit der Begegnung mit Nora im McLean's hatte mich die Nostalgie gepackt.

»Ziemlich tote Hose«, sagte Fierro, als wir die Desert Arcade betraten.

Und man sah sofort, warum. Abgenutzter Teppichboden, mickrige Beleuchtung, uralte Videospielkonsolen. Andererseits gab es zehn auf Hochglanz gebrachte Bahnen und viel Platz zum Bowlen. Als ich auf die Theke zuging, legte der alte Mr Baker seine Zeitung weg und stand auf. Er erkannte mich nicht, obwohl ich mit seinem Sohn A.J. in die Highschool gegangen war. Ich sah anders aus ohne das viele Gewicht, das ich früher mit mir herumgeschleppt hatte.

Nachdem wir mehrere Spiele bezahlt und Schuhe bekommen hatten, gingen wir durch die Halle zu Bahn 2. Drei Bahnen weiter war eine fünfköpfige Familie etwa bei der Hälfte eines Spiels angekommen. Sie trugen alle einheitliche Hemden – grüne Trikots mit einem weißen Streifen an der Seite und dem ins Rückenteil eingestickten Vereinsnamen *The Pin Pushers.* Sie freuten sich auf den Abend, der noch vor ihnen lag, und lachten ständig über irgendeinen Insiderwitz. Fierro und ich legten los. Es war 80's Night, ich summte die Songs mit, die ich als Grundschüler zum ersten Mal gehört hatte, während Fierro die Hälfte davon nicht kannte. Er war in Havana, Texas, aufgewachsen und lebte erst seit der Trennung seiner Eltern in Desert Hot Springs. »Gabs in Havana keine Musik?«, fragte ich ihn. »Ich dachte, da sind alle verrückt nach Mambo.«

»Wir hatten nicht mal ein Radio«, erwiderte er. »Mein Dad hat alles zu Geld gemacht, um an Heroin ranzukommen, und als er das Radio unter meinem Bett entdeckt hat, hat er's mir abgenommen und mich verprügelt. Da war ich acht. In Kalifornien hat meine Mom dann als Erstes 'ne Stereoanlage gekauft.«

Solche Storys erzählte er ständig. Wenigstens habe ich noch ein paar gute Erinnerungen an meinen Alten, dachte ich. Mein Vater war jetzt zwar Alkoholiker, obendrein ein aggressiver, aber früher hatte er einen ganz ordentlichen Vater und guten Ehemann abgegeben. Er hatte mir bei den Hausaufgaben geholfen, Milch besorgt, wenn sie ausgegangen war, und an den Elternabenden teilgenommen. Samstags stand er immer früh auf und machte Frühstück für die ganze Familie – nicht nur Pancakes, sondern auch Rührei mit Speck, Bratkartoffeln und frisch gepressten Orangensaft. Danach gingen wir alle ins Wohnzimmer und sahen uns, noch im Schlafanzug, einen Film an. Aber an jenem letzten Wochenende begann meine Mutter mitten in der Wiederholungssendung von *Freaky Friday* zu husten und hörte nicht mehr auf. Ich wollte den Arzt rufen, doch mein Vater glaubte, sie hätte sich nur zu viel scharfe Soße über die Eier gekippt, tätschelte ihr Knie und gab ihr Wasser zu trinken. Zwei Tage später war sie tot, und unsere Familie stürzte ein wie ein Kartenhaus.

Inzwischen wohnte meine Schwester nur acht Kilometer von mir entfernt, aber wir fühlten uns nicht wohl miteinander. Deshalb hatte ich Fierro gebeten, am Wochenende zur Grillparty mitzukommen. Wir hatten unter Lichterketten auf ihrer Veranda gesessen, köstliches Hähnchenfleisch und Kartoffelsalat gegessen, und plötzlich fragte sie, wie es mir mit meinen Schlafproblemen gehe. Meine Antwort, dass ich wahrscheinlich wieder Ambien schlucken müsse, nahm sie sofort zum Anlass, mich zu missionieren. Sie lieferte eine gründliche Diagnose meiner Beschwerden und die Therapie gleich mit, nämlich die Teilnahme an einer ihrer Bibelgruppen. Mein Dad saß währenddessen auf dem großen Gartenstuhl, trank und schwadronierte über den Irakkrieg. Er hielt sich für einen Experten, weil er Army-Reservist und während Desert

Storm kurz als Wartungstechniker in Kuwait tätig gewesen war. Aber er hatte nie Gedärme sehen müssen, die wie Girlanden in einem Granatapfelbaum hingen, musste nie morgens um drei ein Haus stürmen und einer Mutter das Gewehr an den Kopf halten, während die Männer der Familie zusammengetrieben wurden, hatte nie am Stumpf von Sangers Arm einen Druckverband anlegen und nie an Leichen auf der Straße vorbeigehen müssen, denen irgendeine Miliz Augen, Nase und Mund wegradiert hatte. Wer nie Gefallene gesehen hatte, tat sich viel leichter, darüber zu reden. Also gerieten wir uns wieder in die Haare. Er behauptete, Saddam habe unsere Freiheit bedroht, wir hätten das Land von einem Tyrannen befreit und den Frauen geholfen. Ich fragte ihn, was Saddam mit unserer Freiheit zu tun habe, wo denn nun diese Massenvernichtungswaffen gewesen seien und inwiefern die Bomben den Frauen geholfen hätten. Diese Wortgefechte hatten sich längst eingeschliffen, drehten sich nur noch im Kreis. Egal, was ich sagte, mein Vater zog sich immer auf dieselben Argumente zurück. *Saddam war der Böse, wir sind die Guten.* Wir stritten nicht über den Krieg, sondern über etwas ganz anderes, das seit vielen Jahren unausgesprochen zwischen uns stand.

»Wumm!«, rief Fierro, der gerade zum ersten Mal alle Pins abgeräumt hatte. »Alter, das wars für dich.« Er saß mit gespreizten Beinen selbstzufrieden auf einem Drehstuhl und trank aus einer Colaflasche.

»Werden wir ja sehen«, erwiderte ich lachend, nahm mir einen Ball, machte vor der Foullinie einen Gleitschritt, warf und traf acht Pins.

»Wir bräuchten auch solche Bowlingshirts«, sagte Fierro mit einem Seitenblick auf die andere Bahn. »Was hältst du von *The Deadly Pins*? Nein, warte, *The Mortal Pins* ist noch besser!«

Ich schnappte mir den nächsten Ball und machte mich bereit. Schon vor dem Wurf wusste ich, dass ich die letzten beiden Pins gleich treffen und einen Spare erzielen würde. Fierro war zwar ein guter Bowler, aber unkonzentriert. Er vermasselte zwei leichte Würfe nur deshalb, weil er ständig laberte. Ich besiegte ihn problemlos.

Dann fuhr ich ihn nach Desert Hot Springs zurück. Der Mond stand am Himmel, und die Straßen waren still und leer, aber in Fierros Gebäudekomplex fand eine Party unter freiem Himmel statt, mit lauter Musik und Kindern im Pool. Nach einem ziemlich scheelen Blick auf die fröhlichen Leute stieg er aus und gab mir durchs offene Fenster hindurch die Hand. »Dann bis nächste Woche, Bro.«

Für die Rückfahrt nahm ich mir Zeit. Unablässig glitt die gelbe Leitlinie des Highways unter den Scheinwerfern dahin. Ich hatte meine letzte Seminararbeit für das Frühlingssemester abgegeben und würde viel Zeit totschlagen müssen, bevor ans Einschlafen auch nur zu denken war. Im Radio sang Dolly Parton »Do I Ever Cross Your Mind«, und ob nun wegen der Atmosphäre, die der Song verbreitete, oder wegen meiner nostalgischen Stimmung – plötzlich dachte ich wieder an das Essen mit Nora und ging jede Einzelheit durch, als wollte ich sie alle in mein Gedächtnis einbrennen.

Efraín

Nachdem mir der alte Mann die Freude am Auftritt meiner Tochter bei der Schulaufführung gründlich verdorben hatte, schlich er sich auch noch in meine Träume. Fast jede Nacht stand ich wieder mit ölbeschmierten Händen an dem kurzen Abschnitt des Highway 62 und sah zu, wie er von der Motorhaube des Wagens fiel. In Gedanken nannte ich ihn jetzt Guerrero, weil er mich so gnadenlos bekämpfte. Wenn ich mich frühmorgens im gelben Licht des Badezimmerspiegels rasierte, rempelte er mich an, und ich schnitt mich. Während Enrique im Sprinter die Karte studierte, trieb Guerrero hinten sein Unwesen, bohrte ein Loch in den Schlauch des Sprühsaugers oder plünderte unseren Proviant. Als ich meine Lunchbox öffnete, war die Inca Kola weg, die ich eigenhändig hineingelegt hatte. »Kannst was von mir haben«, sagte Enrique und gab mir seine Dose. An seinem Arbeitshemd fehlte ein Knopf, und ich fragte mich, ob auch das Guerreros Werk war.

Meine vernünftige Seite – die Seite, die den Preis für einen Anruf bei der Polizei kühl kalkuliert und als zu hoch empfunden hatte – wusste, dass das alles nur Hirngespinste waren. Ich hatte mich nicht zum ersten Mal beim Rasieren geschnitten, und der Schlauch am Sprühsauger war schon sehr alt. Und Marisela hatte meine Limonade durch Wasser ersetzt, als ich gerade nicht hinsah. Aber die andere Seite in mir registrierte alle Pannen und Missgeschicke seit der Unfallnacht ganz genau, und diese Strichliste wuchs, je länger ich die Meldung bei der Polizei verweigerte.

Die Erinnerung an den Unfall wurde immer klarer, anstatt mit der Zeit zu verblassen. Ich war mir mittlerweile sicher, oder fast sicher, dass Guerrero von einem silberfarbenen Wagen mit einer langen Motorhaube angefahren worden war, auch wenn ich nicht wusste, um welches Fabrikat oder Modell es sich handelte. Und am Seitenfenster hatte ein runder roter Sticker geklebt, irgendeine Reklame. Vielleicht besteht eine Erinnerung ja nicht nur aus einem festgehaltenen Zeitpunkt, sondern auch aus der wiederholten Rückkehr zu diesem Punkt, bei der er sorgsam zerlegt und neu zusammengesetzt wird, bis das, woran man sich erinnert, einen Sinn ergibt. Ich kehrte mehrmals täglich zu dem Moment am Highway zurück und sah ihn jedes Mal anders, immer in einem neuen Licht.

Meiner Frau erzählte ich nichts von den Details, die mir eingefallen waren, und sie sprach den Unfall nicht an, als ich am Samstagabend, erschöpft von der Arbeit und vom fehlenden Schlaf, aufs Sofa fiel und meinen Kopf auf ihren Schoß legte. Eigentlich wollte ich nur vergessen, doch mein Gehirn arbeitete stur dagegen an und befahl mich zurück in die Nacht auf dem Highway. Ich fühlte mich gefangen in diesem einen Moment, musste wieder und wieder durchleben, was geschehen war. Marisela hatte sich offenbar mit meinem Schweigen abgefunden, denn sie strich mir übers Haar, während sie

Sábado Gigante mit Don Francisco guckte, und stellte mir keine Fragen.

Auch sonntagmorgens beim Kirchgang mit den Kindern erwähnte sie den Unfall nicht. Auf der Kanzel unter den bunten Glasfenstern predigte der Pfarrer über das Sakrament der Buße und zitierte aus den Psalmen: »Darum bekannte ich dir meine Sünde und verhehlte meine Missetat nicht.« Ich wusste genau, was gemeint war. Bekenne, und deine Schuld wird dir vergeben.

Aber warum sollte ich mich schuldig fühlen? Ich hatte kein Verbrechen begangen.

Trotzdem war die Schuld da. Und weil sie so schwer auf mir lastete, durchlebte ich den Unfall immer wieder. Als wir nach der Kirche nach Hause gingen – Daniel an meiner Hand und Elena über die Pflasterfugen im Gehweg springend –, überlegte ich, ob Vergebung den Preis wert war, den sie mich kosten konnte. An einer Straße, die wir überqueren wollten, blieben wir stehen, und ich bemerkte, wie mir Marisela einen komischen Blick zuwarf. »Was ist?«, fragte ich.

»Deine Socken.«

Ich blickte nach unten und sah, dass ich eine blaue und eine schwarze Socke trug.

»Ich habe es in der Kirche bemerkt, aber da konnte ich es dir nicht sagen.« Sie lachte leise.

Mein Gott, wie ich ihr Lächeln liebte. Dieses Lächeln hatte mich bei unserer ersten Begegnung vor vielen Jahren in einem überfüllten Bus in Torreón auf sie aufmerksam gemacht. Sie lächelte höflich über irgendeine Bemerkung des Fahrers. Trotz der Sommerhitze trug sie ein langärmeliges schwarzes Kleid und geschlossene Schuhe und hatte ihre Haare zu einem strengen Seitenzopf geflochten. Eine Woche später sah ich sie wieder, und erst in der Woche darauf begriff ich, dass sie Witwe war. Doch sie bemerkte mich kaum. Sie lebte noch in der Erinnerung an ihren toten Mann, und ich erkannte, dass ich mit ihm um mein Glück würde wetteifern müssen. Mein Cousin Alonso sah wie immer keinerlei Hoffnung. »Das muss ein ganz besonderer Mensch gewesen sein, wenn sie noch neun Monate später Schwarz trägt.«

»Auf wessen Seite stehst du?«, fragte ich ihn.

Sein Gerede bestärkte meinen Entschluss, sie anzusprechen. Ich fragte herum und erfuhr, dass sie zwei Schwestern hatte, die in der Nähe einen Friseursalon führten. Stiefschwestern, besser gesagt. Weil sie viel älter, dabei aber ledig und kinderlos waren, hatten sich die beiden Drachen zu Beschützerinnen der schönen Marisela aufgeschwungen. Wenn ich mich Marisela förmlich vorstellen wollte, kam ich an ihnen nicht vorbei. Ich war weder reich, noch sah ich gut aus, hatte aber jahrelang gespart, um nach Norden auswandern zu können. Darin entdeckten sie wohl einen gewissen Ehrgeiz, der Mariselas erstem Mann völlig gefehlt haben musste. Sie stellten mich ihr vor, und ich durfte um sie werben. Deshalb beklage ich mich auch nie darüber, dass wir ihnen jeden Monat Geld schicken, obwohl wir selbst so wenig haben. Jetzt aber störte der nächste Tote meinen Seelenfrieden, und diesmal gab es keine Stiefschwestern, die mich auf wundersame Weise retten würden.

Nora

Ein Tag verging, dann noch einer. Ich versuchte, ins Alltagsleben zurückzufinden, doch die Brutalität, mit der es mich begrüßte, traf mich völlig unvorbereitet. In meinen E-Mails fanden sich zwei Absagen, eine vom Pacific Music Festival, die andere von Banff. Das PMF hatte nur ein Standardschreiben geschickt, während mich die Juroren von Banff wissen ließen, dass meine Komposition »zu kopflastig« sei und ihren »ästhetischen Vorstellungen« nicht entspreche. Jeder Versuch, zu verstehen, wie das gemeint war, scheiterte kläglich. Wie sinnvoll war eine Kritik, mit der ich nichts anfangen konnte?

In den Wochen vor dem Tod meines Vaters hatte ich an mehreren Jazzstücken gearbeitet, zu denen ich von meiner ersten Marokkoreise inspiriert worden war, dem Verwandtenbesuch mit meinen Eltern und meiner Schwester. Damals lebte meine Urgroßmutter noch, und wir fuhren mit dem Zug von Casablanca zu ihr nach Marrakesch. Bei unserer Ankunft dämmerte es schon. Auf dem Weg durch das Gewühl der Essensverkäufer, Schlangenbeschwörer und Wahrsager auf dem Djemaa el-Fna blieben wir stehen und sahen uns die Darbietung einer Akrobatentruppe an. Es waren Teenager darunter, etwa in meinem Alter, aber es gab auch viel Jüngere. Alle waren barfuß und bewegten sich mit einer Geschmeidigkeit, die ich noch nie gesehen hatte. Sie sprangen, schlugen Räder, vollführten Rückwärtssaltos und bildeten am Ende eine aus Zweier- und Dreiergruppen bestehende Pyramide. Meine Eltern und meine Schwester waren in der wogenden Menge Richtung Norden weitergegangen, während ich, fasziniert von den Bewegungsmustern, wie angewurzelt dastand. Jeder Junge machte sein eigenes Ding und blieb zugleich stets im Zusammenspiel mit den anderen. Diesen Moment hatte ich nun, Jahre später, in Musik zu fassen versucht.

Obwohl die Absage von Banff nichts Unübliches war und in meinem Fall ein Stück betraf, das bereits bei anderen Festivals in der engeren Wahl stand, machte sie mich in meiner tiefen Trauer völlig fertig. Sofort war die Unsicherheit wieder da. Ich hatte nie an einem Konservatorium studiert, war nie Schülerin eines berühmten Solisten oder einer Solistin gewesen, war nie einem guten Mentor, einer Mentorin ins Auge gestochen, hatte weder im Fillmore noch im Blue Note jemals einen Gig gehabt. Bei meinen bisherigen Auftritten mit Jazzbands und Kammerorchestern war ich oft die einzige Frau gewesen, ein Fremdkörper. Und ich komponierte sowohl aus der Jazz- als auch aus der klassischen Tradition heraus und nahm in der Musikwelt somit keinen festen Platz ein. Vielleicht würde es immer so bleiben.

Als ich an diesem Abend im Häuschen das Notensatzprogramm Sibelius auf meinem Laptop öffnete, erschien mir mein eigenes Stück ganz fremd. Die Worte der Juroren gingen mir nicht aus dem Sinn. Meine Arbeit war zu kopflastig. Zu abgefahren. Zu irgendwas. Ich weiß nicht, wie lange ich auf dem alten Sofa saß, eine Stunde oder zwei oder drei, jedenfalls war die Begeisterung über die Komposition verflogen. Ich verstand sie nicht mehr. Vielleicht gehörte sie aus der Welt geschafft. Weg damit und neu beginnen. Ich hatte den Cursor schon auf *Löschen* gesetzt, als ich ein Auto kommen hörte. Kurz darauf klopfte es an der Tür.

Im orangeroten Licht der untergehenden Sonne wirkten Jeremys Augen eher grau als blau. Er trug eine Trekkinghose und Wanderstiefel und spielte nervös mit seinen Schlüsseln. »Ich bin auf dem Weg ins Hidden Valley und dachte, vielleicht hast du Lust mitzukommen«, sagte er.

»Jetzt? Es ist schon nach sieben.«

»Die Hitze lässt endlich nach, und heute ist Vollmond.«

Der Himmel hatte die Farbe einer reifen Aprikose. Sobald es dunkel war, würde sich eine noch tiefere Stille über das Häuschen legen, und ich wäre wieder allein mit meiner Partitur. Als die Turteltaube auf dem Kühler gurrte, sahen wir beide gleichzeitig hin. »Sie hat Eier im Nest«, sagte ich.

»Oder er.«

»Woher weißt du, dass es ein Männchen ist?«

»Ich weiß es nicht. Aber ich weiß, dass sich Tauben beim Brüten abwechseln.«

Deshalb also war das Nest nie leer. Ich hatte mich schon gewundert, wie sich die arme Taube ernährte, wenn sie ununterbrochen darauf hockte. Der Vogel neigte den Kopf ein wenig zur Seite und starrte uns neugierig an. »Komm rein. Ich muss noch Schuhe anziehen«, sagte ich.

Es gab nur wenige Möbel im Häuschen. Das Sofa, einen Stuhl, den Couchtisch – alles stabil und bequem, aber geschichtslos. Über mich verrieten sie nichts. Keine

Erinnerungsstücke im Regal, keine Familienfotos an der Wand. Ich schloss das Sibelius-Programm, ehe Jeremy nach dem Stück fragen konnte. Als er das lächerliche Strohblumenarrangement über dem Kamin betrachtete, sagte ich: »Das hat meine Mom gemacht.« Dann hatte ich meine Senkel geschnürt und stand auf. »Ich weiß nicht, ob es hier eine Wasserflasche gibt«, sagte ich, ging zur Kochnische und sah in den Schränken nach.

»Ich habe eine im Wagen.«

»Taschenlampe auch?«

»Ja.«

Im Auto ließ ich das Fenster herunter und genoss das Rauschen des Winds, das jedes Gespräch ersetzte. Man sah die Lichter der Stadt in der Wüste funkeln, doch sobald wir den Nationalpark erreichten, wurde es völlig dunkel. In der Ferne ragten riesige Felsen in die Höhe, und die Ebene darunter war voller Josuabäume. Sosehr mir die Eichen, Pinien und Mammutbäume der Bay Area mit ihren langen belaubten Ästen gefielen, so sehr hatte ich die robusten, stacheligen, krumm gewachsenen und doch so ungemein zerbrechlich wirkenden Bäume der Wüste vermisst. Erst nach meinem Wegzug von zu Hause war mir ihre Einzigartigkeit wirklich bewusst geworden.

Das Eisentor am Startpunkt des Wanderwegs Hidden Valley war verschlossen. Auf einem Schild hieß es, der Trail sei nach Einbruch der Dunkelheit gesperrt. Jeremy stellte den Wagen neben der Straße ab, stieg aus und sprang mit Leichtigkeit über das Tor. »Kommst du?«, rief er. Wir gingen los. Obwohl der Mond noch tief stand, war es hell genug, um die Taschenlampe im Rucksack zu lassen. Eine Eule flog so lautlos über uns hinweg, dass wir sie erst sahen, als sie schon drei Meter weiter war.

»Wie ruhig es ist«, sagte ich.

»Deshalb bin ich im Sommer so gern hier. Keine Touristen, nur Einheimische.«

»So einheimisch wie ich?«, fragte ich und musste schmunzeln.

»Wie du.«

Schweigend gingen wir weiter. Nur das Knirschen der Erde unter unseren Schuhen war zu hören. Der stete Rhythmus hatte etwas Beruhigendes, und ich atmete tief durch. In der Luft lag schwacher Salbeigeruch.

Nach ungefähr einem Kilometer deutete Jeremy auf eine Felsformation. »Von da oben hat man einen tollen Ausblick.«

»Na, dann sehen wir uns das mal an.«

Er ging voraus und warnte mich vor rutschigen Stellen. Mein Körper erinnerte sich daran, dass ich als Kind hier Dutzende Male aufgestiegen war, und ich hielt sein Tempo gut mit. Oben setzten wir uns hin, streckten die Beine aus und blickten ins Tal. Der Mond färbte die Landschaft silbern, verwischte an manchen Stellen die Einzelheiten, hob an anderen harte Linien hervor. Es war völlig ruhig, doch unter der Stille pulsierte das Leben in all seiner Schönheit und Grausamkeit weiter. Fledermäuse fraßen, Eulen jagten, Eidechsen krochen aus ihren Löchern. Ich fragte mich, ob ich jemals wieder meinen Seelenfrieden finden und mein Herz irgendwann nicht mehr schwer wie Blei sein würde. Früher war die Musik meine Zuflucht vor Sorgen und Enttäuschungen gewesen; jetzt bezweifelte ich, dass sie mich schützen konnte, denn sie ließ sich von einer Jury auf ein paar abschätzige Sätze reduzieren. »Machst du noch Musik?«, fragte ich.

»Nein, schon seit der Highschool nicht mehr. Ich weiß

nicht mal, wo meine Gitarre ist. Wahrscheinlich irgendwo bei meinem Vater in der Garage.«

»Erinnerst du dich an die Exkursion zum L.A. Phil?«

»Klar. Im Abschlussjahr.«

»Damals habe ich zum ersten Mal ein Gebäude von Frank Gehry gesehen und war sogar zum ersten Mal in einem Konzerthaus. Neben mir saß eine Frau in einem Satinkleid. Sie trug Handschuhe und zeigte ihrem Mann mit dem Finger alle Leute im Zuschauerraum, die sie kannte. Sie freue sich auf das Stück von Massenet, hat sie gesagt, weil das Philharmonic den so selten spiele. Doch dann hat es ihr nicht gefallen, es sei geradezu degoutant gewesen, sagte sie hinterher. Degoutant! Das Wort kannte ich nur aus Büchern, ich hatte es nie jemanden sagen hören. Von da an dachte ich, in der Großstadt würden alle so reden, und konnte es kaum abwarten, aufs College zu kommen.«

»Ich kann mich gut an den Tag erinnern«, sagte er sanft. »Wir haben zusammen zu Mittag gegessen.«

»Wirklich?« Seinem Blick nach zu urteilen, war es irgendwie bedeutsam gewesen, aber ich wusste nicht, warum. Wie merkwürdig das Gedächtnis arbeitet, dachte ich. Wie merkwürdig, woran sich der eine erinnert und was der andere vergisst.

Nach einer kurzen Pause fragte er: »War Stanford so, wie du es dir vorgestellt hast?«

»Ja und nein.« Nur die Gebäude hatten den Fotos in der Informationsbroschüre genau entsprochen, alles andere war anders, vor allem die Studenten. In der Highschool war ich die einzige Araberin gewesen, doch in meinem Wohnheim gab es Leute aus vielen verschiedenen Ländern, und ich fühlte mich nicht mehr so allein. Allerdings outete ich mich mit jedem Wort, das ich sprach, als Landei. Einmal, im ersten Semester, beantwortete ich im Englischseminar eine Architekturfrage mit einem Vortrag über »Box-Arts«. *»Beaux Arts«*, korrigierte mich die Dozentin amüsiert. *»Das x wird wie ein stimmhaftes s ausgesprochen, das t und das s bleiben stumm.«* Ich hatte Angst, die ländliche Herkunft in meiner Sprache, meiner Kleidung, in mir selbst niemals loszuwerden. Doch ich passte mich an und lernte sogar, die Angebote der Großstadt zu schätzen. »Ich hatte so lange davon geträumt – Stanford konnte meine Vorstellungen gar nicht erfüllen.«

In einem Gestrüpp in der Ferne ertönte der schnarrende Ruf eines Kaktuszaunkönigs, und ich sah über Jeremys Schulter hinweg dorthin. Als wieder Stille einkehrte, bemerkte ich, dass Jeremys Augen auf mich gerichtet waren und ein Funken Sehnsucht in ihnen lag. Ohne zu wissen, warum, wollte ich diesen Funken daraus vertreiben, ihn löschen, bevor er aufflackern konnte. »Sagt dir der Name Max Bloemhof was?«

»Nein. Wer soll das sein?«

»Er hat ein wichtiges Buch über die Apartheid in Südafrika geschrieben, *Ehe die Nacht fällt.* Ein moderner Klassiker. Es gibt auch ein Buch über Nordirland von ihm, *Wir selbst.* Ist zwar nicht ganz so gut, war aber ein Riesenbestseller.«

»Ich glaube, ich kenne ihn doch. Ich habe ihn in der *Daily Show* gesehen.«

»Genau der. Wir haben uns in einer Künstlerresidenz außerhalb von New York kennengelernt. Eines Abends saß er neben mir, und wir unterhielten uns sehr angeregt. Er fragte nach meiner Arbeit, und als er mein frisch komponiertes Kammermusikstück hörte, sagte er, ich sei die talentierteste Musikerin, der er in der Künstlerresidenz je begegnet sei. Ich war natürlich geschmeichelt. Ein bisschen später hieß es dann, ich sei die Liebe seines Lebens, und er könne ohne mich nicht leben.« Ich schlang meine Arme um die Knie und stützte mein Kinn darauf ab. Meine Kehle war trocken.

»Aber …«

»Er war verheiratet. Angeblich zwar schon getrennt und kurz vor der Scheidung, doch er meinte, er müsse wegen der Kinder vorsichtig sein. Aber er hat nie einen echten Schlussstrich gezogen. Vor drei Wochen habe ich ihn vor die Wahl gestellt, und offenbar hat er sich tatsächlich entschieden. Jedenfalls habe ich seitdem nichts mehr von ihm gehört.«

Jetzt war es raus. Jetzt würde er die Vergangenheit loslassen und mich nicht mehr als das Mädchen in der Eisdiele oder das Mädchen im Konzertsaal betrachten oder welche Rolle er mir sonst im Laufe der Zeit verpasst hatte. Ich stand auf und rieb mir die Erdkrümel von den Händen. Beim Aufstieg auf den Fels hatte ich nicht geahnt, dass ich Max zur Sprache bringen würde, und plötzlich bereute ich es. Ich hatte mich Jeremy gegenüber öffnen wollen – wenn auch nur, um ihn von mir zu stoßen. Jetzt wollte ich die Situation so schnell wie möglich beenden und machte mich auf den Weg nach unten.

»Warte, Nora!«

Im Umdrehen strauchelte ich, rutschte den Fels entlang, schürfte mir der Länge nach den Unterarm auf und landete auf den Knien. Während er zu mir hinunterstieg, rief er noch einmal meinen Namen. Er hielt meinen Arm ins Mondlicht und betrachtete die Schramme. »Wir müssen zurück«, sagte er.

»Wir haben doch schon mehr als die Hälfte geschafft.«

Er strich mit den Fingern über die Wunde. Sie blieb trocken.

»Siehst du?«, sagte ich und versuchte, nicht zusammenzuzucken. Ich war zum Wandern hergekommen und wollte es zu Ende bringen. »Los, wir gehen weiter.« Zwanzig Minuten später war die letzte Wegbiegung erreicht, an der zwischen Chuparosasträuchern ein verdorrter Baum mit knochenbleichen Ästen stand. Sofort stürmten Erinnerungen auf mich ein. »Als wir klein waren, ist mein Dad immer mit meiner Schwester und mir hierhergegangen, und wir sind um die Wette hinaufgeklettert.« Der Baum war noch genauso groß wie in meiner Kindheit, doch die Wüste hatte seinen Ästen alle Feuchtigkeit und Farbe geraubt. »Aber nachts habe ich ihn nie gesehen, glaube ich. Wie knorrig er ist! Macht einem fast Angst.«

»Wovor hast du Angst?«

»Vor Geistern. Die lassen mich nicht in Ruhe.«

Als ich den Blick hob, sah ich, dass er mich betrachtete. Er legte seine Hand an meine Wange, und gleich darauf berührte sein Mund meine Lippen. Es war so leicht, sich an ihn zu lehnen. Es war so schön, sich begehrt zu fühlen. Er umschlang mich mit den Armen und zog mich so dicht an sich, dass wir fast das Gleichgewicht verloren.

Jeremy

Beim Wagen angekommen, schaute ich mir noch einmal ihren Arm an und sah, dass er vom Ellbogen bis zum Handgelenk aufgeschürft war. Ich holte den Verbandskasten aus dem Kofferraum, setzte mich auf die Stoßstange und durchstöberte ihn nach Desinfektionstüchern. Es war kühler geworden. Auf der anderen Straßenseite hoppelte ein Hase aus dem Gebüsch. Ich tupfte die Wunde mit schnellen Bewegungen ab, damit es nicht zu sehr brannte, trug eine antibiotische Salbe auf und legte einen Verband an. »Fährst du immer mit einem Erste-Hilfe-Kasten durch die Gegend und rettest Frauen?«, stichelte sie.

»Den habe ich von der letzten Campingtour im Wagen«, erwiderte ich. »Tut es noch weh?«

Sie schüttelte den Kopf, und wieder verfingen sich die Ohrringe in ihren Haaren und blitzten silbern auf. Jetzt konnte ich tun, wozu ich mit siebzehn nicht den Mut gehabt hatte – ihr das Haar aus dem Gesicht streichen und die Ohrringe einzeln herausziehen. Sie beobachtete mich. Ihre Augen waren so dunkel, ihr Blick so durchdringend, dass ich glaubte, sie könnte alle meine Geheimnisse sehen. Weil ich es schon mal vermasselt hatte und nicht wusste, ob ich jemals eine zweite Chance bekäme, drehte ich sie zu mir, küsste sie noch einmal und flüsterte ihr etwas ins Ohr. Nach kurzem Zögern nickte sie.

Mit einer Hand am Lenkrad und der anderen auf ihrem Knie fuhr ich aus dem Nationalpark hinaus. Mondlicht auf der Windschutzscheibe, Patsy Cline im Radio. Als wir den kleinen Supermarkt erreichten, schloss ein Angestellter gerade ab. »Nun kommen Sie, es dauert nicht lange«, sagte ich, aber er schüttelte nur den Kopf. Er war ein schmächtiger Mann mit gelben Brillengläsern und einem schmalen, harten Mund. Ich hielt die Schiebetür mit einer Hand offen. Sein Blick wurde aggressiv, und er sagte: »Weg da, Sir, wir schließen.« Dann kam der Wachmann, ein kräftiger Typ mit tätowiertem Hals und narbigen Armen, sah mich kurz an und befahl dem Angestellten, mich reinzulassen.

Als ich mit den Kondomen zum Auto zurückkam, war sie weg. Mir stockte der Atem. Ich dachte wirklich, sie wäre abgehauen, bis ich einen Schritt zurück auf den Bordstein machte und sie auf der anderen Seite des Parkplatzes sah. Ich ging hin und blieb vor ihr stehen. »Schau mal«, sagte sie und deutete auf die offene Wüste hinter dem Highway. Ein Dickhornschaf. So nahe an der Stadt, so weit entfernt von der Herde hatte ich noch nie eines gesehen. Ich nahm ihre Hand. Das Schaf rupfte Halme aus einem Büschel trockenem Gras, hörte aber nach kurzer Zeit auf und sah uns an. Ein Bock mit dunklem Fell und wunderschönen langen, geschwungenen Hörnern. Bei jedem Auto, das auf dem Highway vorbeifuhr, zuckten seine Ohren. Nach einer Weile machte er kehrt und trottete davon. Sein Hinterteil war weiß und sah so weich aus wie das Innere einer aufgeschnittenen Birne.

In der Hütte herrschte eine mörderische Hitze. Nora schaltete den Kühler ein, öffnete ein Fenster und ging in die Küche, um Wasser zu holen. Ich lehnte mich an die Theke, lauschte dem Brummen des Kühlschranks, dem Ticken der Uhr, dem Klirren der Eiswürfel in Noras Glas. Warte, sagte ich mir. Lass ihr Zeit. Als die Luft etwas abgekühlt war und Nora ihre Schuhe ausgezogen und sich Wasser nachgeschenkt hatte, gab ich ihr meine Hand, und sie nahm sie.

Dann standen wir vor ihrem Bett. Nachdem ich mein Hemd ausgezogen hatte, berührte sie nicht als Erstes meine Narben oder das Tattoo, das ich mir vor dem Einsatz im Irak hatte stechen lassen, sondern meine Lider, meine Brauen, meine Wangenknochen, als sähe sie nur mein altes Ich. Ganz leicht strichen ihre Finger darüber. Als sie aus der Bluse schlüpfte, bemerkte ich einen Schönheitsfleck auf ihrer linken Brust, gleich über dem Rüschensaum ihres BHs. Auf der Suche nach dem Verschluss fummelte ich wie ein Teenager herum, bis sie »Er ist hier« sagte und das Ding vorn öffnete.

Sie umarmte mich, und alle Peinlichkeit verflog. Ich strich über ihre Brüste, Hüften, Schenkel. Was waren zehn Jahre? Nichts. Ein Herzschlag. Ein Lidschlag. Wir waren noch immer vor dem Konzerthaus, noch immer strömte Sonnenlicht zwischen den Ästen der Magnolie hindurch, noch immer rührte sie das Eis in ihrer Limonade mit einem roten Strohhalm, lächelte mich an. Sie war noch immer nicht in den Konzertsaal gerufen worden, war noch immer nicht über die Bühne gegangen, um ihr Abschlusszeugnis entgegenzunehmen, noch nicht weitergegangen, hinaus aus der Stadt, hinaus aus meinem Leben. Dass ich jetzt mit ihr im Bett lag, erschien mir wie ein kleines Wunder. Ich küsste ihren Hals, glitt hinunter, nahm erst den einen, dann den anderen Nippel in den

Mund. In ihrem Nabel steckte ein Piercing ohne Ring. Ich küsste den winzigen Punkt und schob mich langsam hinunter. Als ich sie mit der Zunge berührte, packte sie mich mit einer Gier an den Haaren, die mich berauschte. Ich schloss die Augen und überließ mich der Fantasie, das alles wäre schon einmal geschehen und würde immer und immer wieder passieren, und als sie mir in sich hineinhalf, glaubte es sich noch leichter.

Danach lag sie in meinen Armen. Das Gewicht ihres Körpers auf meinem war wie ein Trost, den ich brauchte, ohne es je gewusst zu haben. Ich döste sofort ein, schreckte aber auf, als sie ins Bad ging. Minuten verstrichen. Draußen wimmerte ein Tier vor Schmerz auf, vielleicht ein Kaninchen, das sich im Maschendraht des Gartenzauns verfangen hatte. Als das Wimmern noch einmal ertönte, hörte ich, dass es aus dem Bad kam. Ich klopfte an die Tür, doch sie öffnete nicht, und als ich ihren Namen rief, bekam ich keine Antwort.

Nora

Was hatte mich an ihm gereizt? Ein Freund von früher, der sich in meiner Erinnerung kaum von den anderen in der Jazzband abhob und sich so verändert hatte, dass er mir fast wie ein neuer Mensch erschien. Er war ein guter Zuhörer, hatte mich aufgespürt, versucht, mich zu trösten – mehr war wohl nicht nötig gewesen. Gehörte auch das zu meiner Trauer? Kaum war die Frage gestellt, löste sich etwas in meinem Herz, und die Tränen flossen so heftig, als wäre ein Damm gebrochen. Obwohl ich die Schluchzer mit der Hand zu dämpfen versuchte, hatte er mich gehört, denn er klopfte an die Tür. Dann drehte sich der Knauf, und Jeremy stand im Bad. Ich biss mir auf die Lippe, musste aber nur umso heftiger weinen. »Alles gut«, stieß ich schließlich hervor. »Du kannst jetzt gehen.«

»Ich lasse dich in diesem Zustand nicht allein.«

Er hielt mich lange fest. Als die Tränen endlich versiegten, holte er in der Küche ein Glas Wasser und wartete, bis ich trank. Ich empfand Erleichterung über den Ausbruch, der sich so lange angebahnt hatte; gleichzeitig war es mir peinlich, dass es vor Jeremys Augen passiert war. Ich sah mich im Bad nach einem T-Shirt oder Morgenmantel um, doch an der Stange hing nur ein Handtuch. Als hätte er es gespürt, schloss er mich wieder in die Arme.

»Warum er?«, flüsterte ich. »Warum?«

»Es gibt kein Warum«, erwiderte Jeremy leise, nahm meine Hand und führte mich über das Durcheinander aus hingeworfenen Kleidern und zu Boden gefallener Decke zurück zum Bett. »Leg dich wieder hin.«

Meine Augen waren verquollen, meine Nase verstopft, mein Gesicht gerötet. Was mache ich hier?, fragte ich mich. Was macht *er* hier? Warum war er nicht längst gegangen? Stattdessen lag er neben mir und strich mir mit kreisenden Bewegungen über den Rücken. Es gibt kein Warum, hatte er gesagt. Keinen Grund, keine Erklärung, keinen tieferen Sinn. Einfach nur Pech. Ich hörte sein Herz im Brustkorb schlagen. Wie verletzlich so ein Herz war, wie leicht zu täuschen, zu brechen, an einer dunklen Kreuzung zum Stillstand zu bringen. »Es muss ein Warum geben«, sagte ich.

»Nicht unbedingt.« Er war katholisch erzogen worden, erzählte er. Man hatte ihm beigebracht, jede Sünde würde bestraft und Anstand belohnt. Guten Menschen widerfahre Gutes, bösen Böses. Selbst nach dem Tod seiner Mutter hatte er das noch geglaubt, denn auch dass jedes Unglück eine Prüfung sei, hatte man ihm gesagt. Erst im Krieg war ihm jeder Glaube abhandengekommen. Da hatte ihm dieser Typ, Sanger, eben noch beschrieben, welche Dachziegel ihm für sein Haus in Jackson Hole vorschwebten, und eine Sekunde später fehlten dem Mann die Hände, mit denen er herumgefuchtelt hatte. »Es ging nicht in meinen Schädel hinein. Ich kapierte nicht, warum er verstümmelt war und ich noch beide Hände hatte, obwohl ich direkt neben ihm stand. In diesem Moment ist mir klar geworden, dass man manche Dinge nicht erklären kann. Es war reiner Zufall. Es gab nichts zu diskutieren. Manches hat schlicht keinen Grund und folgt keiner Ordnung.«

Mir genügte das nicht. Um zu glauben, dass der Tod meines Vaters nur das Resultat eines unglücklichen Unfalls war, hätte ich alles andere vergessen müssen, was ich über meinen Heimatort wusste. Ich hätte den Brandanschlag außer Acht lassen, die kleinen Beleidigungen abtun, den Unfall samt Fahrerflucht von der Zeit und vom Ort des Geschehens trennen müssen. Das konnte ich nicht.

Von draußen war der Gesang einer Spottdrossel zu hören. »Es ist spät«, sagte Jeremy. »Versuch, ein bisschen zu schlafen.«

Doch ich konnte nicht schlafen, und er hielt mich, bis das Morgenlicht den Vorhang grau färbte und die Hähne auf dem benachbarten Grundstück um die Wette krähten. Dann stand er auf, zog sich an, kniete sich wie ein Betender vor das Bett und sagte Auf Wiedersehen.

Efraín

Als ich in der Woche darauf mit Lebensmitteln bepackt und in Gedanken bei dem Spiel, das ich mir gleich zu Hause ansehen wollte, den Kasa Market verließ, streckte Guerrero den Fuß aus und stellte mir ein Bein. Ich landete vor dem Anschlagbrett. Zitronen und Limetten rollten über den Boden, und die Chips zerbröselten in der Tüte. Während ich mich hochrappelte, sah ich das Plakat mit seinem Foto. Wir standen voreinander, er und ich, und ich starrte auf sein Bild und auf die Zahl darunter, die so groß gedruckt war, dass ich keine Brille brauchte. Fünfundzwanzigtausend Dollar. Was man mit so viel Geld alles machen konnte! Ich musste nichts weiter tun, als anzurufen. »Ich rufe aber nicht an«, murmelte ich, während ich mich bückte, um zwei Limetten unter dem Süßigkeitenregal hervorzuholen. Wie durch ein Wunder schien der Eierkarton unbeschädigt geblieben zu sein, doch als ich ihn öffnete und nachsah, war ein Ei zerbrochen. »Da siehst du, was du angerichtet hast«, sagte ich.

Was ist das schon!, erwiderte er lachend.

Ich wusste nicht, ob er meinte, dass ein Ei nichts wäre oder dass er noch viel mehr anrichten könnte, als mich in einem Supermarkt zu Fall zu bringen. Am liebsten hätte ich ihn rundheraus gefragt, ob er mir drohte, aber ich hatte Angst vor der Antwort. Auf Streit war ich nicht vorbereitet. Schließlich ignorierte ich ihn und hob die restlichen Sachen auf. Ich musste mich zusammenreißen. Das alles war doch nur in meinem Kopf. Ich musste nach Hause zu meiner Frau und den Kindern, möglichst früh schlafen gehen und mich zur Abwechslung mal ausruhen.

Da steht der Name der Polizeibeamtin. Notier ihn dir!

Die Luft erschien mir gespenstisch reglos. Irgendwo im Laden schrie ein Baby und ließ sich von seiner Mutter nicht trösten. Ich packte alles zusammen, richtete mich auf und rieb mir die schmerzenden Knie. Ich versuchte zu entscheiden, ob ich besser zur Kassiererin zurückgehen und um eine neue Packung Eier bitten oder nach Hause fahren und mir Mariselas Frage anhören sollte, warum ich es nicht fertigbrachte, mit sechs heilen Eiern zurückzukommen, als mir ein Mädchen im Teenageralter auf dem Weg zum Ausgang einen argwöhnischen Blick zuwarf. Ich kannte diesen Blick. Er sagte den Außenseitern, den Irren und Verrückten, dass sie sich bloß fernhalten sollten, als wären sie unheilbare, ansteckende Leprakranke. Fast hätte ich der jungen Frau gesagt: Ich bin nicht verrückt! Doch da hatte sich die Tür schon hinter ihr geschlossen.

Notier dir den Namen. Was du damit machst, überlegst du dir später.

Ich steckte den Eierkarton in eine der Plastiktüten und ging hinaus. Auf dem Parkplatz stand ein Wagen, der eine genauso lange Motorhaube hatte wie das Auto, von dem Guerrero angefahren wurde – ein Ford, allerdings blau, nicht silberfarben. Das kleine Detail machte mich, gerade in dieser Situation, noch wütender und frustrierter. Allmählich wurde mir klar: Je mehr ich die Geschehnisse jener Nacht zu vergessen versuchte, umso mehr erinnerte mich daran.

Zu Hause schwänzte ich das gemeinsame Essen und ignorierte die Bitten der Kinder, mit ihnen zu spielen. Stattdessen lag ich den ganzen Abend auf dem Sofa und ließ ein Fútbol-Match im Fernsehen an mir vorbeiziehen. Ich hatte Angst vor dem, was Marisela sagen würde, wenn ich ihr von meiner Entdeckung berichtete. Gleichzeitig befürchtete ich, es nicht für mich behalten zu können.

Erzähl ihr von der Belohnung. Erzähls ihr einfach!

Ich schüttelte den Kopf. Ich konnte mir vorstellen, was meine Frau sagen würde: »Siehst du? Das ist ein Zeichen! Jetzt musst du anrufen und der Polizei berichten, was du gesehen hast.« Doch in meinem Kopf spukten schon genug Stimmen herum.

Richtig dreist war dieser Guerrero geworden. War in mein Haus gestürmt, hatte es sich auf dem Stuhl in der Ecke bequem gemacht und sich in ein Gespräch zwischen Marisela und mir eingemischt. Das erinnerte mich an die Zeit, als ich sie für mich zu gewinnen versuchte. Damals schwieg sie oft lange und kehrte innerlich zu ihrem ersten Mann zurück, der schon ein Jahr nach der Hochzeit gestorben war. Ein oder zwei Mal hat sie mich sogar mit seinem Namen angesprochen, Ernesto. »Es gibt so viele schöne Mädchen in Torréon«, sagte mein Cousin Alonso, während er mein linkes Ohr betrachtete. »Warum muss es unbedingt die sein?« Aber ich gab nicht auf – und wie richtig diese Entscheidung war. Zwölf Jahre, zwei Kinder.

Nachdem Marisela die Kinder ins Bett gebracht hatte, fragte sie, ob ich jetzt etwas essen wolle. »Ich habe dir eine Portion aufgehoben.«

»Später vielleicht. Ich bin gerade nicht hungrig.«

Sie setzte sich zu mir aufs Sofa. »Wer gewinnt?«

Ich konnte ihr keine Antwort geben, weil ich das Spiel nicht mitverfolgt hatte. Das Bildschirmlicht färbte das Zimmer grün, rot und blau. Vor vielen Jahren hatte ich ihren toten Mann ausgesessen, hatte ihn mürbegemacht, bis er ging. Das würde mir auch mit Guerrero gelingen.

Coleman

In den folgenden Wochen hieß es zu Hause nur noch Brandon hier, Brandon dort. »Brandon sagt, dieses Jahr kacken die Dodgers ab.« »Brandon hat mich für Samstag ins Autokino eingeladen.« »Brandon hat mir das neue *Call of Duty* geliehen.« Als Gespräch konnte man das zwar nicht bezeichnen, aber immerhin redete Miles mit uns, anstatt sich immer nur in seinem Zimmer zu verkriechen. Zum ersten Mal seit dem Umzug nach Kalifornien machte er sogar freiwillig Waffeln mit Erdbeeren und Schlagsahne zum Frühstück. »Na bitte«, sagte Ray, während er hinterher das Geschirr in die Maschine räumte. »Er hat nur ein bisschen Zeit gebraucht, um sich einzugewöhnen. Ich habs dir gesagt, Baby – es geht ihm gut.« Doch weil ich mir noch immer Sorgen wegen seiner Noten machte, erklärte ich Miles am Samstagmorgen nach dem Frühstück, dass er für ein paar Stunden mit mir in die Bibliothek fahren müsse, wenn er mit Brandon ins Autokino wolle. Anstatt endlos am Computer zu spielen, sollte er sich mit dem neuen Mathearbeitsbuch beschäftigen, das wir ihm gekauft hatten. »Meinetwegen«, grummelte er und starrte während der gesamten Fahrt in sein Handy. Als wir ausstiegen, schlug er die Tür so heftig zu, dass ich dachte, sie würde aus den Angeln fallen. »Wie oft muss ich dir noch sagen, dass du das lassen sollst!«, rief ich.

»Du kannst mir gar nichts sagen.«

»Und wie ich das kann. Ich habe es ja gerade gemacht.«

»Du bist nicht meine Mutter.«

Mir blieb die Luft weg, so stark war der Schmerz. Ray und ich hatten uns in Bethesda, Maryland, bei der Fourth-of-July-Party einer Kollegin von mir kennengelernt, die als Rechtsmedizinerin für die Polizei von D. C. arbeitete. Auf dem Weg dorthin verfuhr ich mich, und als ich endlich ankam, waren im Garten nur noch zwei Stühle frei – einer neben Sharon aus der Personalabteilung und einer neben Ray und seinem Baby. Die Wahl fiel nicht schwer. Kaum saß ich, streckte Miles seine pummeligen Ärmchen nach mir aus, und ich nahm ihn auf den Schoß. Er war, wie gesagt, ein Mamajunge. Später erfuhr ich, dass Rays Ex-Frau kurz nach der Geburt beschlossen hatte, sich weder Ehe noch Mutterschaft anzutun, und sich von beidem befreite, indem sie die Scheidung einreichte und nach Florida zog. Meine Ehe mit Ray war nicht immer leicht gewesen – es hatte wahrlich harte Zeiten gegeben, vor allem als wir nach dem Kauf unseres Hauses in D. C. eine Zeit lang knapp bei Kasse waren –, doch an Miles hatte ich nie gezweifelt. Obwohl er nicht mein eigen Fleisch und Blut war, empfand ich ihn als mein leibliches Kind. Sein Grinsen, kurz bevor er mich schachmatt setzte – das war ich. Seine Beharrlichkeit beim Rätsellösen – das war auch ich. Ich erkannte mich jeden Tag selbst in ihm. Jetzt stand er wütend auf dem Gehweg und versuchte, das starke, in dreizehn Jahren liebevoll geknüpfte Band zwischen uns zu zerschneiden. Ich hatte keine Ahnung, weshalb er mich plötzlich verleugnete und weshalb genau in diesem Moment. »Warum sagst du das?«, fragte ich ihn fast flüsternd.

»Weil es stimmt.«

»Nein, es stimmt nicht. Was redest du da? Was ist los mit dir?«

»Gar nichts ist los.«

»Doch, irgendwas stimmt nicht.« Ich legte meine Hand an seine Wange, und als er den Blick zu mir hob, sah ich, dass er gegen die Tränen ankämpfte. Mein armer, lieber Sohn. »Erzähls mir, Baby. Was ist passiert?«

»Brandon will nicht mit mir ins Autokino.«

»Wie bitte? Wann hat er das gesagt?«

»Er hats mir gerade geschrieben.«

»Dann hat er vielleicht schon etwas anderes vor. Warum macht dich das so traurig? Ihr könnt doch nächste Woche gehen.«

»Nein, er fährt mit Sam hin.«

»Wer ist das? Der Rothaarige?«

Miles zuckte mit den Schultern und wurde wieder still. Ich fragte mich, ob es hier um Hautfarbe ging – alle anderen Kinder waren weiß –, doch Miles und Brandon hatten immer so harmonisch gewirkt. Es ist schrecklich, das eigene Kind leiden zu sehen, ganz schrecklich. Ich fühlte mich völlig hilflos. Ich konnte Miles den Schmerz nicht abnehmen, ja den Jungen nicht mal mit einer Umarmung trösten, denn wir standen vor der Bibliothek, und es wäre ihm peinlich gewesen. Damit hätte ich alles nur schlimmer gemacht.

»Weißt du was?«, sagte ich. »Du übst jetzt ein bisschen Mathe, und heute Abend fährt Dad mit dir ins Autokino. Dann kriegst du Popcorn und diese Fruchtgummis, die du so gern isst.«

Er zuckte mit den Achseln.

»Heißt das Ja? Komm, sag Ja – es wird bestimmt lustig.«

»Ja, vielleicht.«

Wir gingen hinein, setzten uns zwischen einen alten Mann mit Baseballkappe, der in einen Band der *Finale*-Reihe vertieft war, und ein Mädchen im Teenageralter, das in Broschüren des Community College blätterte. Miles begann mit seinen Matheaufgaben, und ich holte meinen Laptop heraus. Die fünfundzwanzigtausend Dollar, die Nora Guerraoui als Belohnung ausgesetzt hatte, waren drei Tage zuvor im *Hi-Desert Star* und auf KDGL bekannt gemacht worden. Obendrein hatte ich an allen möglichen Orten Plakate aufgehängt, zum Beispiel an der Bushaltestelle und in Supermärkten. Außer den üblichen Verdächtigen, die von Belohnungen magisch angezogen wurden, hatte sich allerdings niemand gemeldet. Ich schrieb eine Mail an Vasco und bat ihn noch einmal um Erlaubnis, eine zweite Zeugensuche zu starten. Irgendjemand musste etwas gesehen haben, und diesen Irgendjemand musste ich finden.

Als wir die Bibliothek verließen, war es bereits Nachmittag. Es wehte ein starker Wind, und es war um einiges kühler geworden. Um zu verhindern, dass die Arthritis in meinen Ellbogen durch den abrupten Wetterwechsel wiederaufflammte, knöpfte ich mir sofort den Mantel zu. Ich befürchtete, es könnte ein Gewitter geben, das den Plan mit dem Autokino durchkreuzen würde, und blickte besorgt in den grauen Himmel. Da sah ich die Überwachungskameras unterhalb des Bibliothekdachs.

Nora

Der Anruf von Detective Coleman erreichte mich in der Obst- und Gemüseabteilung von Stater Brothers. Ich erinnere mich noch an jedes Detail dieses Moments. Aus den Lautsprechern plärrte eine Stimme etwas von einem Sonderangebot an kernlosen roten Trauben, eine Frau drückte ihr Kleinkind an sich, während sie nach Navelorangen griff, ein Rentnerpaar stritt sich darüber, wie viele Bananen sie kaufen sollten, und ich suchte mir gerade Medjool-Datteln aus. Süße, weiche Datteln aus der Region. Sie stammten von den Palmen, die ein Botaniker des amerikanischen Landwirtschaftsministeriums in den Zwanzigerjahren von der Oase Boudenib in Marokko ins Coachella Valley gebracht hatte. Die Bäume waren in Kalifornien schnell heimisch geworden und hatten eine ganze Industrie entstehen lassen. Inzwischen bekam man in jedem Supermarkt der Vereinigten Staaten Datteln, die früher nur im Schatten des Atlasgebirges gewachsen waren. Ich hatte mir zwei Schachteln genommen und wollte gerade zum Blattgemüse gehen, als mein Handy klingelte.

Den Einkaufswagen ließ ich einfach stehen. Zehn Minuten später bog ich in die Zufahrt meines Elternhauses ein und holte meine Mutter ab. Während der Fahrt zur

Polizeidienststelle verschwamm der Highway vor mir in der Mittagshitze wie eine Collage von Hockney. Über uns flog dröhnend ein Hubschrauber zum Marinestützpunkt. »Du fährst zu schnell«, sagte meine Mutter und packte den Haltegriff über dem Fenster. Erst in diesem Moment bemerkte ich, dass ich das Lenkrad krampfhaft umklammerte, und dass meine Fingerknöchel weiß geworden waren. Ich nahm den Fuß vom Gas. Wir passierten Motels und Fast-Food-Lokale, einen hohen Kran, in dem ein uniformierter Mann saß, und schließlich den Abschnitt mit den schicken Boutiquen und Bio-Restaurants, der den Ort Joshua Tree bildete. Die Dienststelle lag nur ein paar Kilometer hinter dem Park Boulevard – ein in Weiß und Orange gehaltener Bau gleich neben dem Gericht.

Detective Coleman führte uns durch das Hauptbüro, in dem die Deputys, teils in Uniform, teils in Zivil, an ihren mit Stellwänden abgetrennten Schreibtischen saßen. Irgendwo klackerte ein Drucker, dessen Papiereinzug streikte, und mitten ins Stimmengewirr hinein schrillte ein Telefon – normale Bürogeräusche an einem Dienstagvormittag. Trotzdem wurde mir so mulmig zumute, als hätte ich einen fremden, gefährlichen Ort betreten. Eine schief hängende Jalousie warf schräge Lichtstrahlen auf das Mobiliar in dem relativ kleinen Raum. Um einen Tisch, der mit runden Abdrücken von Gläsern und Tassen übersät war, standen vier Stühle. »Möchten Sie einen Kaffee? Oder Wasser?«, fragte uns Coleman.

»Danke, für mich nichts«, sagte ich.

»Wasser«, sagte meine Mutter.

Um Himmels willen, wir waren doch nicht zu Besuch bei Freunden. Aber ich hielt mich zurück, um jede weitere Verzögerung zu vermeiden. Detective Coleman ging hinaus und kehrte kurz darauf mit einem Glas Wasser zurück. »Bitte sagen Sie uns jetzt, wer es ist«, bat ich sie.

Coleman legte einen Schnellhefter auf den Tisch und setzte sich. »Der Fahrer des Unfallfahrzeugs heißt Anderson Baker. Er hat umfassend ausgesagt und die Wagenschlüssel abgegeben. Es handelt sich um einen silberfarbenen Ford Crown Vic, Baujahr 1992.«

»Augenblick – Anderson Baker, der Besitzer der Bowlingbahn?«

»Ja.«

Ich sah meine Mutter an, die mit der Hand vor dem Mund auf ihrem Stuhl zusammengesackt war. Nachdem sie wieder Luft geholt hatte, begann sie, langsam und stammelnd zu sprechen. Man erkannte ihre Frustration an ihrer Aussprache, die umso schlechter wurde, je aufgewühlter sie war. »Dieser Mann hat immer Probleme gemacht. Er hat behauptet, unsere Kunden würden seine Parkplätze wegnehmen. Mein Mann hat extra Schilder mit dem Namen gekauft …«

Ich versuchte, ihr zu helfen. »Eigene Parkplatzschilder.«

»Ja, genau. Aber den Touristen vom Joshua Tree Nationalpark ist das egal. Die parken überall, wo sie können. Das hat Baker wütend gemacht.«

Über den Streit mit Baker war ich nur in groben Zügen informiert. Einer der Vorteile, die mein Auszug als Achtzehnjährige mit sich gebracht hatte, war die Tatsache, dass ich mir das Gerede über den Familienbetrieb nicht mehr anhören musste – keine Gespräche mehr über Schichtpläne, Lebensmittelbestellungen, verspätete Lieferungen, die Müllabfuhr, Reparaturen an der Abwasserleitung. Wenn ich mit meinem Vater telefonierte, fragte ich ihn nie nach dem Lokal, und er erwähnte es normalerweise nur in Zusammenhang mit einer neuen Idee, die er ausprobieren wollte. Die eigenen Parkplatzschilder beispielweise. Es gab dreiundzwanzig Parkplätze auf dem Areal; dreizehn gehörten The Pantry, zehn der Desert Bowling Arcade. Die Schilder hatten für Klarheit sorgen sollen, was aber offensichtlich nicht funktioniert hatte. »Meine Mutter will damit sagen, dass hier Vorsatz im Spiel war«, erklärte ich Coleman.

»Ich weiß, wie Ihre Mutter es meint«, erwiderte sie betont ruhig und schlug den Hefter auf. »In dieser eidesstattlichen Erklärung von Mr Baker steht, es sei damals sehr dunkel gewesen, und an der Kreuzung Highway 62 und Chemehuevi Way gebe es keine Ampel. Dass es sich um Ihren Vater gehandelt hat, will er erst aus der Zeitung erfahren haben.«

»Um wen hatte es sich denn seiner Meinung nach gehandelt?«

»Um einen Kojoten.«

»Er hat meinen Vater einfach sterben lassen?« Jetzt wurde ich lauter. »Wenn es ein normaler Unfall war, warum hat er sich nicht sofort der Polizei gestellt, anstatt zu warten, bis Sie ihn gefunden haben?«

»Seiner Aussage zufolge fürchtete er um seinen Führerschein. Er wohnt draußen in Landers und braucht das Auto, um zu seinem Betrieb zu kommen.«

»So ein Schwachsinn.« Ich wusste nicht, ob Coleman diese Lügen glaubte. Sie deutete ihre Meinung mit keinem Wort an und hatte, ganz die erfahrene Ermittlerin, auch ihre Miene im Griff. Nach einer kurzen Pause fragte ich: »Welches Vergehen legen Sie ihm zur Last?«

»Das entscheidet die Bezirksstaatsanwaltschaft.«

»Gut, aber wie lautet die Anklage?«

»Fahrerflucht mit Todesfolge.«

»Das ist alles? Er hat meinen Vater umgebracht!«, stieß ich hilflos krächzend hervor. Mir war, als würde sich die Vergangenheit, die ich vor Jahren hinter mir gelassen hatte, plötzlich auf mich stürzen und mich ersticken, wenn ich nicht achtgab. »Ich war mit Bakers Sohn auf der Highschool«, sagte ich. »Mit Anderson junior, von allen A.J. genannt. Der war ein ganz mieser Kerl. Einmal schrieb er *Kameltreiber* auf meinen Spind.«

Meine Mutter drehte sich zu mir. »Wann war das?«

»Im zweiten Jahr in der Highschool.«

»Das hast du mir nie erzählt.«

»Was hättest du getan, wenn du es erfahren hättest?«

Coleman verlagerte ihr Gewicht auf dem Stuhl und kratzte sich mit dem Daumennagel an der Narbe über ihrer Augenbraue. Die Narbe war alt, aber an einigen Stellen noch immer gerötet. »Ihre schlimmen Erlebnisse in der Highschool spielen in diesem Fall keine Rolle, so leid es mir tut«, erwiderte sie in plötzlich verändertem Ton.

»Was spielt dann eine Rolle? Dass Baker Streit mit meinem Vater hatte?«

»Wie lange dauerte dieser Konflikt schon an?«

Ich wartete auf die Antwort meiner Mutter. Der Konflikt, oder wie immer Coleman es nennen wollte, hatte nicht von Anfang an existiert. Eine Zeit lang hatten wir uns durchaus verstanden. Unmittelbar nach dem Kauf von The Pantry im Jahr 2002 war mein Vater mit mir in die Bowlingbahn gegangen, um sich Anderson Baker vorzustellen. Obwohl es erst dämmerte, waren die Bahnen schon zur Hälfte besetzt. Es sah nach einem Abend aus, an dem viel los sein würde. Als wir eintraten, unterbrach Baker sein Gespräch mit dem Mann an der Kasse und schüttelte meinem Vater grinsend die Hand. Er war sehr herzlich gewesen damals. Distanziert, aber herzlich. Anfangs wurde auch über Essenslieferungen in die Bowlingbahn gesprochen, doch das erledigte sich irgendwann, und jeder Betrieb blieb für sich. Ein paar Jahre später wurde dann alles anders.

»Seit wir das Lokal vergrößert haben«, murmelte meine Mutter.

»Damals passierte Folgendes«, sagte ich. »Eine Reporterin des *Los Angeles Magazine* kam, um ein Feature über den Joshua Tree Nationalpark zu schreiben, und berichtete in ihrem Artikel auch über The Pantry. Auf einem Foto sah man meinen Vater, der einem Gast Kaffee einschenkte, und schon bald war das Lokal sehr beliebt bei Touristen. Irgendwann kaufte mein Dad auch die kleine Reinigungsfirma nebenan mitsamt den drei Parkplätzen, die dazugehörten. Damals begannen die Probleme mit Baker, stimmts, Mom? Als Dad sich vergrößert hat.«

»Gut, ich gehe der Sache nach«, sagte Coleman. »Ich weise aber darauf hin, dass Mr Baker nicht versucht hat, die Delle in seinem Wagen zu beseitigen, was für seine Behauptung spricht, dass es ein normaler Unfall war.«

»Es war kein Unfall. Sie haben doch gehört, was meine Mutter gesagt hat.«

»Ich gehe der Sache nach«, wiederholte Coleman und klappte den Hefter zu.

»Haben sich Zeugen gemeldet?«

»Leider nein.«

»Darf ich eine Frage zu den Ermittlungen stellen?«

»Selbstverständlich.«

»Wie haben Sie herausgefunden, dass es Baker war?«

Über Colemans Gesicht huschte ein Lächeln. »Ich habe Ihnen doch von meinem Sohn erzählt.«

»Ja. Miles?«

»Genau, Miles. Am Samstag habe ich mit ihm Mathe geübt, in der Bibliothek, und plötzlich sind mir die Überwachungskameras aufgefallen. Der Unfall ereignete sich zwar an der Kreuzung Highway 62 und Chemehuevi Way, aber die Lage der Leiche lässt vermuten, dass der Fahrer links abbog. In diesem Fall hatte er die Möglichkeit, kurz darauf rechts in den Martinez Trail einzubiegen, der parallel zum Highway verläuft und auf dem man manchmal schneller vorankommt. Eine beliebte Abkürzung. In diesem Fall musste er auf den Kameras der Bibliothek zu sehen sein. Zwischen halb zehn und halb elf sind achtundzwanzig Autos daran vorbeigefahren, drei davon waren silberfarbene Fords. Wir mussten sie nur alle überprüfen.«

»Ohne die Abkürzung wäre er nie entdeckt worden?«

»Zum Glück hat er die Abkürzung genommen, und jetzt haben wir ein Geständnis.«

»Vielen Dank, Detective Coleman. Ich danke Ihnen sehr«, sagte ich.

Ich folgte meiner Mutter aus dem Gebäude. Wir schwiegen beide. Ich versuchte, das Gefühl zu benennen, das ich jetzt, nach der Identifizierung des Fahrers, empfand, doch es gelang mir nicht. Es war keine Erleichterung, oder wenn, dann nur zum Teil. Der Schmerz hatte sich verändert. Draußen brannte die Mittagssonne so sengend herunter, dass der Gehweg dampfte. Ich rief meine Schwester an, um ihr zu erzählen, was wir gerade erfahren hatten, doch sie ging nicht ran. In der Nachricht, die ich auf der Mailbox hinterließ, bat ich sie, mich zurückzurufen, es gebe Neuigkeiten.

Während ich meine Mutter nach Hause fuhr, ging ich in Gedanken alles noch einmal durch, was Coleman über den Mord gesagt hatte. Denn das war es für mich: Mord. Diese Befürchtung hatte ich von Anfang an gehabt, und jetzt erkannte ich, dass ich nicht nur wegen meiner tiefen Trauer nach dem Begräbnis geblieben war, sondern auch wegen der dunklen Ahnung, mein Vater könnte kaltblütig ermordet worden sein.

»Langsam, da vorn ist rot!«, rief meine Mutter.

»Entschuldige.« Ich bremste abrupt und sah sie an. »War in letzter Zeit irgendwas mit Baker?«

»Was soll gewesen sein?«

»Irgendwas, das ihn provoziert haben könnte. Den Streit gab es doch schon seit Dads Expansion. Warum ausgerechnet jetzt?«

Meine Mutter dachte nach. »Na ja, die Sache mit dem Land Rover.«

»Mit welchem Land Rover?«

»Grün!«

Die Geschichte kam bröckchenweise ans Licht, und meine Mutter musste sie zwei, drei Mal erzählen, bis sich alle Einzelheiten zu einem Ganzen formten. Danach bog ich in die Zufahrt meines Elternhauses ein, in die Zufahrt jenes Hauses, in dem ich meine Kindheit verbracht hatte. Ein Haus mit einer kleinen Veranda, einem wuchernden Salbeistrauch und einer Fliegengittertür, die nie ganz zwischen die Türpfosten gepasst hatte. Zum ersten Mal, seit ich vom Tod meines Vaters erfahren hatte, konnte ich wieder klar denken. Die blinde Wut, die mich seit meinem Auszug mit achtzehn verfolgt hatte, war endlich am Ziel: Ich würde dafür sorgen, dass man Anderson Baker zur Rechenschaft zog. Ich wusste nur noch nicht, wie.

Driss

Ein von den Nationalpark-Rangern aufgestelltes Schild am Highway teilte den Touristen mit, dass es auf den Campingplätzen im Joshua Tree keine freien Plätze mehr gab. Die Stadt war überfüllt mit Wanderern, Radfahrern und Familien aus Los Angeles und San Diego, die es am President's-Day-Wochenende aus der Stadt hinausgetrieben hatte. Weil das Geschäft in diesem Winter bisher nicht besonders gut gelaufen war, freute ich mich über die Reisegruppen, die vom Eingang bis zum Gehweg für einen freien Platz im Pantry anstanden. Als eine junge Frau in einem Hippie-Hemd hereinkam und fragte, ob sie für die Wartezeit ein Glas Sekt mit Orangensaft haben könnte, sagte ich mir wieder einmal, dass angesichts der Leute, die in letzter Zeit in der Mojave auftauchten, eine Alkohollizenz nicht schlecht wäre. Ich saß gerade an der Kasse, da stürmte Anderson Baker ins Lokal und rief: »Wem gehört der Land Rover Defender? Der steht auf meinem Parkplatz!«

»Augenblick, bitte.« Ich war damit beschäftigt, einem älteren Ehepaar, das regelmäßig nach dem Kirchgang bei uns aß, das Wechselgeld herauszugeben, und konnte nicht gleichzeitig zählen und reden. Bakers Auftritt zwang mich, die Scheine in die Kasse zurückzulegen und von vorn anzufangen.

»Noch dazu steht er in zweiter Reihe und blockiert zwei Parkplätze!« Er spreizte die Finger zu einem V, als wüsste ich nicht, was »in zweiter Reihe« bedeutete.

»Augenblick, bitte«, sagte ich noch einmal, zählte das Wechselgeld ab und gab es dem Paar. Dann schloss ich die Kasse mit einem Hüftschwung. »Vielen Dank.«

Die Leute gingen, und Baker stellte sich vor mir auf. »Wem gehört der Land Rover?«

Ich reckte den Hals, um über seine Schulter hinweg einen Blick auf den Parkplatz zu werfen, sah aber von meiner Position aus nur einen alten, schmutzigen Buick und einen blauen, mit bunten Stickern beklebten Lieferwagen. In der Ecke war noch ein Parkplatz frei; außerdem herrschte in der Bowlingbahn vor dem Mittagessen kaum je Betrieb. Doch bevor ich etwas sagen konnte, fuhr er mich an: »Also? Steh nicht rum! Mach was!«

Keine Ahnung, was ihn so auf die Palme gebracht hatte. Wir waren zwar schon einige Male aneinandergeraten, aber nur wegen ernster Dinge, zum Beispiel, als es um den Baulärm während unserer Renovierungsarbeiten ging oder um den Gestank aus dem Abwasserrohr, das in seiner Bowlingbahn unter den Toiletten gebrochen war. Jetzt regte er sich auf, nur weil jemand zwei Parkplätze blockierte. Mit knallrotem Kopf stierte er mich an und erwartete, dass ich ein nicht von mir verschuldetes Problem löste. »Also gut«, sagte ich, um ihn zu beruhigen, »ich erkundige mich.«

Ich nahm einen Krug Wasser und trat an den ersten Tisch – eine vierköpfige Familie, noch in Wanderkleidung, die nach Lagerfeuer roch. Ich füllte die Gläser auf, fragte, ob das Hähnchenschnitzel schmecke und ob sie zufällig einen Land Rover fuhren. Dann ging ich zum nächsten Tisch. Doch Baker wollte nicht warten. Er drängte sich an mir vorbei weiter ins Lokal hinein, versperrte mit seinem massigen Körper den Mittelgang und plärrte wie ein Radiomoderator: »Land Rover Defender. Mittelgrau. Wenn der nicht sofort wegkommt, wird er abgeschleppt!« Im ganzen Restaurant wurde es still. Alle blickten auf, doch niemand meldete sich als Besitzer des Wagens. Baker stürzte aus dem Lokal, und mir blieb nichts übrig, als mich für ihn zu entschuldigen, Buntstifte an die Kinder zu verteilen und die Brotkörbe aufzufüllen.

Unser Verhältnis war schon seit einiger Zeit nicht mehr das beste gewesen, aber der Vorfall damals machte es endgültig kaputt. Von da an musste ich immer darauf achten, wo meine Gäste parkten, wie lange der Laster mit den Getränkelieferungen vor dem Restaurant stand und ob der Koch zu nahe an den Müllcontainern rauchte. Ich fühlte mich unter ständiger Beobachtung und immer in Gefahr, mit dem kleinsten Fehlverhalten einen neuen Wutanfall herbeizuführen. Was macht man mit so einem Nachbarn? Wie konnte ich verhindern, dass es Probleme gab, wenn er geradezu nach Problemen suchte?

Diese Fragen verunsicherten mich so sehr, dass ich sie beiseiteschob. Vielleicht trübte die Sache mit dem Land Rover schlicht und einfach meine Sicht. Doch immerhin war Baker schon seit Langem unser Nachbar, und als drei Jahre zuvor nach einem ungewöhnlich heftigen Sturm die ganze Straße mit Unrat übersät war, hatten wir gemeinsam aufgeräumt. Ich dachte, es wäre nur eine schwierige Phase. Außerdem wurde er langsam alt und würde sich früher oder später zur Ruhe setzen. Ich durfte das nicht dramatisieren. Hab Geduld, sagte ich mir, hab Geduld. Es wird bestimmt wieder besser.

Nora

Die formelle Erhebung einer Anklage gegen Anderson Baker erfolgte an einem klaren Maivormittag. Die Luft war nach einem kurz zurückliegenden Gewitter noch frisch, und die Berge in der Ferne zeichneten sich holzschnittartig ab. Schon auf der Fahrt zum Gericht in Morongo Basin, wo die Anklage verlesen werden sollte, war ich äußerst angespannt und wurde noch nervöser, als man mich hinter dem Metalldetektor zur Seite zog und abtastete. Schon seit Jahren passierte mir das, ich konnte praktisch darauf wetten. Egal, ob es sich um ein hypermodernes Gerät am San Francisco International Airport handelte oder um ein klappriges altes Ding in einem Sportstadion in Kern County – unweigerlich wurde ich ausgewählt und stichprobenartig abgetastet. So auch wieder in dem Gerichtsgebäude. Meine Mutter, die schon abgefertigt worden war, wartete weiter hinten auf mich. »Wo ist Salma?«, fragte ich, während wir uns zur Begrüßung umarmten.

»In der Praxis.«

»Aber das hier ist wichtig. Hätte sie die Termine nicht verschieben können?«

»Keine Ahnung.«

»Kannst du sie anrufen? Es ist erst halb zehn. Wenn sie jetzt losfährt, schafft sie es noch.«

Meine Mutter zögerte. Der Streit bei der Schulaufführung hatte ihr so schwer zugesetzt, dass sie das Risiko eines weiteren Wortgefechts hier im Gericht offenbar für zu hoch hielt. Anstatt zu antworten, starrte sie auf den Bildschirm an der Wand, auf dem die Verfahren des Tages aufgelistet waren. »Da«, sagte sie. »*Baker.* Saal M-2.«

Als wir eintraten, waren nur noch in der letzten Bankreihe Sitze frei. Komisch, dass sie im Gericht Bänke haben, dachte ich. Sie verliehen dem leicht erhöhten Zuschauerraum etwas Altehrwürdiges, das allerdings durch die weißen Deckenplatten wieder zunichtegemacht wurde, die auch in eine Industriehalle gepasst hätten. Der fensterlose Saal war hell erleuchtet, und trotz der Anwälte, Gerichtsdiener und Zuschauer herrschte gespenstische Stille. Der Richter saß bereits auf seinem Stuhl, schob irgendwelche Unterlagen hin und her und wartete, während der eine Angeklagte hinausgeführt und der nächste hereingebracht wurde.

Als ein Junge in einem grauen T-Shirt wegen eines Drogendelikts aufgerufen wurde und mit hängenden Schultern nach vorn trottete, hob der alte Mann neben mir abrupt den Kopf. Der Knabe mit den dünnen bleichen Ärmchen wirkte irritiert. Die Anklage wurde verlesen und die Kaution auf fünftausend Dollar festgesetzt. Die meisten Fälle an diesem Vormittag ähnelten sich. Haschisch, Crystal Meth, gelegentlich Heroin. Scharmützel im endlosen Krieg gegen die Drogen. Mein Gefühl, dass der Mord an meinem Vater unter einem Berg von Verfahren verschwand, die eigentlich nicht hergehörten, wurde stärker.

Es war schon nach elf, als Anderson Baker endlich in den Gerichtssaal geführt wurde. Wegen seiner Größe – eins neunzig, vielleicht sogar eins dreiundneunzig – hatte ich keine Mühe, ihn von der letzten Reihe aus zu sehen. Mit seinem weißen Leinenhemd und der beigen Hose wirkte er, als hätte er die ganze Nacht auf einer Hochzeitsfete in Palm Springs gefeiert und wäre, kein bisschen angeschlagen, eben erst zurückgekommen. Er drehte sich um, ließ den Blick über die Zuschauer schweifen und richtete ihn auf eine große, dünne, kantig wirkende Frau in der ersten Bankreihe auf der anderen Seite des Mittelgangs. Mrs Baker. In ihren Armen lag ein schlafendes Mädchen, drei oder vier Jahre alt, mit prächtigen blonden Locken. Wahrscheinlich ein Enkelkind. Neben ihr saß A.J., der Sohn. Star der Highschoolringer, populärer Mitschüler, übler Tyrann. Er hatte irgendein College in Orange County besucht – welches, wusste ich nicht mehr – und wohnte in der Gegend. Jetzt war er wohl hier, um seinen Vater moralisch zu unterstützen. Die junge Brünette an seiner anderen Seite war vermutlich seine Frau, und in der Reihe dahinter saßen zwei Männer mittleren Alters, in denen ich Wartungsarbeiter der Bowlingbahn wiedererkannte.

Allmählich dämmerte mir, wie schlecht ich auf diesen Gerichtstag vorbereitet war. Ich hatte nicht einmal daran gedacht, den Leuten im Lokal meines Vaters von der Anklageerhebung zu erzählen oder zu fragen, ob sie mitkommen wollten. Wieder stieg der Ärger über meine Schwester in mir hoch, weil sie ihre Praxistermine für den Vormittag nicht verschoben hatte – als wollte sie mir damit sagen *Das übernimmst jetzt du, ich habe genug gemacht.* Gut, sie war noch immer wütend wegen der Lebensversicherung, aber mit nichts hätte sie mich mehr kränken und der Sache unseres Vaters mehr schaden können, als ihrem Zorn auf diese Art Ausdruck zu verleihen. Wen kümmerte ein toter Mann, wenn nur seine Frau und seine Tochter zur Anhörung erschienen? Und wie sollte es irgendjemand Baker zutrauen, einen anderen Menschen vorsätzlich umzubringen, wenn alle Freunde und Verwandten, darunter auch das kleine Mädchen und die hübsche Dunkelhaarige, seinetwegen gekommen waren?

Als die Verlesung der Anklage begann – unerlaubtes Entfernen vom Unfallort mit Personenschaden –, kehrte Baker den Zuschauern wieder den Rücken zu und fixierte den Richter, der ihn als Erstes fragte: »Sind Sie anwaltlich vertreten, Mr Baker?«

»Ja, durch Caroline Perry, Euer Ehren.«

»Bekennen Sie sich schuldig oder nicht schuldig?«

»Nicht schuldig.«

Weil ich irgendwo gelesen hatte, dass die meisten Angeklagten auf nicht schuldig plädierten, kam die Antwort nicht überraschend. Das Kinn in die Hand gestützt, wartete der Richter, bis die Verteidigerin das Wort ergriff.

»Euer Ehren«, sagte Caroline Perry, »mein Mandant ist nicht vorbestraft.« So ungezwungen, wie sie sprach, kannte sie den Richter offenbar oder hatte zumindest schon mit ihm zu tun gehabt. In groben Zügen zeichnete sie ein schmeichelhaftes Porträt des neben ihr stehenden Mannes. Baker sei ein in der Gemeinde verwurzelter Unternehmer, ein Bewohner der Mojave, dessen gesamte Verwandtschaft im Umkreis von nur wenigen Kilometern lebe. Er sei achtundsiebzig Jahre alt und bewohne seit fünfundvierzig Jahren ein eigenes Haus; außerdem sei er Vietnamveteran. »Euer Ehren, es handelt sich um einen äußerst unglücklichen Unfall. Die Beweiserhebung wird jedoch zeigen, dass mein Mandant festen Glaubens war, ein wildes Tier angefahren zu haben, und nicht wissen konnte, dass es sich um einen Menschen gehandelt hatte. Es war ein tragischer Irrtum, kein Verbrechen.«

War das bereits ein Vorgeschmack auf das Verfahren? Im Prozess würden die Geschworenen zwei Geschichten über die Vorgänge am Abend des 28. April zu hören bekommen – eine vom Staatsanwalt und eine von der Verteidigerin. Welche dieser beiden Geschichten der Wahrheit entsprach, würde kaum eine Rolle spielen; wichtig wäre nur, welche die Jury überzeugender fände. Und ich sah schon jetzt, dass Bakers Anwältin eine gute Geschichtenerzählerin war. Weil sie weder Bakers Geständnis ungeschehen machen noch die erdrückenden physischen Beweise leugnen konnte – den Grad der Verletzungen, die mein Vater erlitten hatte, die von der Spurensicherung entdeckten Lackpartikel, die knapp einen Meter große Delle in Bakers Crown Vic –, richtete sie den Fokus auf die Wahrnehmung ihres Mandanten. Baker habe nicht *gewusst*, dass er einen Menschen getötet hatte.

Ein Kojote wog, sagen wir, fünfzehn bis zwanzig Kilo. Wie konnte Anderson Baker geglaubt haben, sein Wagen sei auf ein kleines Tier und nicht auf einen fünfundsiebzig Kilo schweren Mann geprallt? Die Sache war so eindeutig, dass mir der Widerspruch schon auf der Zunge lag, doch ich schluckte ihn hinunter.

Der Staatsanwalt, ein kleiner, pummeliger Mann namens Thomas J. Frazier (wobei das J. für Jefferson stand), war schätzungsweise Anfang dreißig und entweder neu im Job oder völlig überarbeitet, denn bevor er sich an den Richter wandte, ging er quälend lange seine Unterlagen durch. »Euer Ehren, in Anbetracht des Alters des Angeklagten hat die Staatsanwaltschaft gegen die Erhebung einer Kaution nichts einzuwenden.«

»Gut. Es wird eine Kaution in Höhe von zehntausend Dollar festgesetzt.«

Fassungslos sah ich zu meiner Mutter. »Das wars, Mom. Es ist vorbei.«

»Was soll das heißen, es ist vorbei?«

»Die Sache ist gegessen. Er hinterlegt die Kaution und ist zum Abendessen zu Hause.«

»Er kommt frei?«

Frei, ja. Ich vergrub das Gesicht in meinen Händen. Hätte ich Coleman und dem Bezirksstaatsanwalt besser vermittelt, wie bedrohlich Anderson Baker gegenüber meinem Vater gewesen war, wäre die Anklage vielleicht schwerwiegender ausgefallen. Wäre Salma erschienen, am besten mit den Zwillingen, hätte die Kautionsverhandlung vielleicht ein wenig anders geendet. Das Gefühl, meinen Vater im Stich gelassen zu haben, erdrückte mich fast. Um ihn war es mit keinem Wort gegangen. Weil sich alles um Bakers Herkunft, Bakers militärische Vergangenheit, Bakers Familie gedreht hatte, war zu seinen Gunsten entschieden worden. Doch wäre es am Abend des 28. April umgekehrt gelaufen, hätte damals nicht Anderson Baker, sondern Driss Guerraoui einen Mann getötet, mit dem er seit vielen Jahren im Streit lag, wäre dem Täter dann auch nur Fahrerflucht vorgeworfen worden? Hätte die Staatsanwaltschaft dann auch so umstandslos einer Kaution zugestimmt? Ich hatte in dieser Stadt früh gelernt, dass die Brutalität eines Mannes mit Namen Mohammed nur selten in Zweifel gezogen wurde, seine Menschlichkeit dagegen immer erst bewiesen werden musste.

»Gehen wir«, sagte meine Mutter.

Rings um uns standen Leute auf, und neue kamen. Ich erhob mich wie in Trance und folgte meiner Mutter durch die Schwingtür. Trotz der Klimaanlage kam es mir unglaublich heiß vor. Im Korridor war es laut und voll, und als ich zur Seite trat, um den Durchgang zum Gerichtssaal frei zu machen, stand ich plötzlich A.J. gegenüber. Er sah noch genauso aus wie in der Highschool, groß und blond, nur sein Gesicht war in den letzten zehn Jahren breiter geworden. Mit seinem aufgebügelten schwarzen Anzug und der roten Krawatte wirkte er wie ein Geschäftsmann, der wegen einer Ordnungswidrigkeit gekommen war, wegen einer Geschwindigkeitsüberschreitung oder der Missachtung eines Jagdgesetzes. Diesem Eindruck widersprach allerdings die Anwesenheit seiner Mutter mit dem schlafenden Mädchen im Arm und der jungen Frau, die, in ihrer Handtasche kramend, »A.J., Schatz, ich finde meine Schlüssel nicht« sagte.

Doch A.J. hörte sie nicht, sondern starrte mich an. Schließlich löste er sich aus der Gruppe, ging über den Korridor auf mich zu und rief: »Nora!«

Jeremy

»Und was hast du gesagt?« Ich stand in der Küche und sah ihr beim Umrühren zu. Bei jeder Drehung des Holzlöffels klirrten die drei silbernen Reife an ihrem Handgelenk. Mit dem strengen Dutt und in der weißen Bluse und der grauen Hose, die sie zur Anklageverlesung am Vormittag angezogen hatte, sah sie ganz ungewohnt aus. So förmlich. Ich hatte sie an diesem Abend in ein Restaurant einladen wollen, doch sie war nicht in Ausgehlaune und hatte vorgeschlagen, im Häuschen zu essen.

»Nichts«, antwortete sie. »Ich stand da wie eine Idiotin, völlig versteinert. Du weißt doch, wie A.J. war.« Sie erzählte mir von der Beleidigung, die er mit blauem Marker an ihren Spind geschrieben hatte. Der Direktor hatte ihn gezwungen, das Wort abzuwischen und sich zu entschuldigen, aber von der Schule flog er nicht – am folgenden Wochenende sollte ein Wettkampf des Ringerteams gegen eine andere Schule stattfinden.

Komischerweise konnte ich mich an den Vorfall kaum erinnern. Er ereignete sich in dem Jahr, in dem meine Mutter gestorben war und ich alles in der Schule nur noch verschwommen mitbekam. Die Erinnerungen an Nora stammten aus einer späteren Zeit. Erinnerungen wie kleine

Kostbarkeiten, die man in einer Schachtel aufbewahrt: wie ihr Rock an ihren Beinen hinaufrutschte, wenn sie sich im Musikunterricht ans Klavier setzte, wie sie den Kopf zurückwarf und lachte, wenn sie mit Sonya in die Eisdiele kam, das eine Mal, als sie unter meinem Schirm stand und ihr Haar auf meinen Arm fiel, während wir auf den Schulbus warteten, der uns zum Big Bear Lake bringen sollte.

»Obendrein hat er es mit *h* geschrieben«, sagte sie. »Er wusste nicht mal, wie man *Kameltreiber* buchstabiert.«

Das Wort hatte ich im Irak fast täglich gehört und es sogar selbst benutzt. Beim Essenfassen wurde ständig so geredet. Muselmann. Windelkopf. Scheich. Ali Baba. Ein Typ in meinem Zug bezeichnete Irakis sogar als Affen und Wilde. Damals dachte ich – wenn ich überhaupt darüber nachdachte –, dass es eben zum Krieg gehörte; dass der Feind entmenschlicht werden musste, um ihn bekämpfen zu können. Als Nora von der beleidigenden Spindschmiererei erzählte, schämte ich mich, wehrte die Scham aber sofort ab. Man konnte es nicht vergleichen, und ich war garantiert nicht wie A.J. »Das tut mir leid«, sagte ich, während ich ihren Ellbogen berührte. Auf der Schramme von neulich hatte sich Schorf gebildet.

»Einmal sprach unsere Sexualkundelehrerin über Genitalwarzen, und A.J. sagte: ›Die hat meine Mutter ständig.‹ Ich drehte mich erstaunt zu ihm um. Da deutete er auf seinen Mundwinkel und fügte hinzu: ›Da kriegt sie die Dinger immer.‹ Ich lachte und sagte: ›Genital bedeutet aber was anderes.‹ Von da an hasste er mich noch mehr. Und ein paar Tage nach 9/11 hat er dann meinen Spind beschmiert.«

Plötzlich fiel mir etwas ein. »Mich hat er immer Jabba genannt.«

»Jabba?«

»Wegen Jabba aus *Star Wars*. Weil ich so dick war.« Die Beleidigung schmerzte noch jetzt, Jahre später. Ich hörte förmlich, wie mir A.J. in Mathe *Hohohoho Jabba Jabba* zuzischelte.

»Übel«, sagte Nora, drehte das Gas ab und häufte das Stew – Fleisch, Kartoffeln und Karotten – auf einen Teller.

»Isst du nichts?«

»Ich hab schon. Ich bin nicht mehr hungrig.« Sorgfältig löffelte sie Tomatensoße über das Fleisch und stellte mir den Teller hin.

»Dann setz dich wenigstens zu mir.«

Sie ließ sich auf den Stuhl gegenüber nieder und sah mir beim Essen zu. Die Soße schmeckte vertraut und doch anders. Nach Paprikapulver, das ich natürlich kannte, aber auch nach Kreuzkümmel, Petersilie und Koriander. Das Fleisch war zart und löste sich leicht vom Knochen. »Toll«, sagte ich. »Du kannst super kochen.«

»Das nenne ich Optimismus.«

»Wieso?« Ich nahm ihre Hand und küsste die Innenfläche.

»Die Soße ist nicht von mir«, sagte sie grinsend. »Ich kann überhaupt nicht kochen. Zumindest nicht so was. Meine Mom hat sie gemacht. Ich war nach der Anhörung zum Mittagessen bei ihr, und sie hat mir eine ganze Ladung mitgegeben.«

»Schmeckt jedenfalls köstlich.«

Nora nahm meine Gabel und probierte. »Ja, wirklich lecker. Eigentlich hätte *sie* ein Restaurant eröffnen sollen.« Sie gab mir die Gabel zurück, stützte das Kinn in die Hand und verlor sich wieder in Gedanken an die Gerichtsanhörung. »Ich fasse es nicht, dass ich stumm dagestanden habe, während mir A.J. sein Beileid bekundet und von einem tragischen Unfall faselt. ›Tragisch‹, das hat er wörtlich gesagt. Und dass ich seine ausgestreckte Hand geschüttelt habe, als wäre nichts passiert. Als würde er nicht noch am selben Tag die Kaution für seinen Vater stellen.« Der Blick aus ihren dunklen Augen bohrte sich in mich. »Und sein Vater versucht noch immer, den Eindruck zu erwecken, das Ganze wäre ein Irrtum gewesen. Als könnte es reiner Zufall sein, wenn man den Mann, mit dem man sich gestritten hat, anfährt und tötet.«

»Glaubst du wirklich, dass es Mord war?«

»Ich weiß es sogar. Ich weiß es im tiefsten Inneren. Und jetzt ist er frei. Er könnte es gleich noch mal tun.«

Plötzlich sah ich Fierro im Gefängnis von West Valley vor mir. Er hatte es kaum erwarten können, aus dem Knast rauszukommen, hatte mir sogar erst draußen, hinter der Eingangstür, die Hand gegeben. Mir wurde unbehaglich zumute. Ich nahm die Serviette und wischte mir den Mund ab.

»Aber mit Coleman hattest du recht. Sie ist wirklich eine gute Polizistin.«

Ich nickte kurz und ging zur Spüle, um meinen Teller abzuwaschen. Während ich ihn abtrocknete, sah ich in den Garten hinaus. Es war die dritte Maiwoche, die Tage waren schon lang. Im Yuccagestrüpp unter dem Fenster stürzten sich nektartrunkene Hummeln von einer Blüte in die andere. »Hast du Lust auf einen Spaziergang?«, fragte ich.

»Ja. Aber erst muss ich mich umziehen.«

Sie kam in einem blauen Sommerkleid und flachen Sandalen zurück. Den Schmuck hatte sie abgelegt, trug nur noch das Silberkettchen – ein Geschenk ihres Vaters. Sieht schon mehr nach ihr aus, dachte ich, während ich ihre Hand nahm. In dem Supermarkt an der Hauptstraße, eineinhalb Kilometer vom Häuschen entfernt, kauften wir frische Trauben und aßen sie auf dem Rückweg. Ein alter Mann mit Hund hob den Finger an seinen Hut, als er an uns vorbeiging, und auf der anderen Straßenseite wirbelten zwei Jogger den Sand auf.

Bei unserer Rückkehr ins Häuschen war es dunkel, und die Grillen zirpten. Im bleichen Schein der Verandalampe fütterte eine der Turteltauben ihre Küken. Während sie Samenkörner in den Schnabel des einen Jungen fallen ließ, forderte das andere energisch seinen Anteil. Das Windspiel, das vom Dach herabhing, glänzte im Mondlicht. Ich küsste Noras Nacken und zog die Nadeln aus ihrem Haar, bis es auf ihre Schultern fiel.

Am nächsten Morgen wachte ich so spät auf, dass ich ein paar Sekunden lang nicht wusste, wo ich war. Dann sah ich sie zusammengerollt neben mir liegen und schloss die Augen wieder. Es war Freitag, ich hatte dienstfrei. Normalerweise wäre ich ins Fitnessstudio gegangen, hätte meine Wäsche erledigt und Besorgungen gemacht; stattdessen lag ich mit Nora in zerwühltem Bettzeug, das noch nach Sex roch. Als sie sich regte und kurz vor dem Aufwachen war, ging ich in die Küche, machte Kaffee und suchte eine Tasse aus, auf der in gelber Schrift STADTBIBLIOTHEK YUCCA VALLEY stand. Solche Tassen kannte ich von früher; meine Mutter hatte sie immer auf einem Wohltätigkeitsbasar gekauft.

»Morgen«, sagte Nora, ging zum Kühler und schaltete ihn höher. »Wahnsinn, wie schwül es schon ist.«

Ich goss einen Schuss Milch in den Kaffee, den ich mir

gerade eingeschenkt hatte, gab ihn ihr und nahm eine zweite Tasse aus dem Schrank. »So heiß ist es gar nicht«, sagte ich. »Der Kühler braucht neue Filtermatten.« Ich trank meinen Kaffee und betrachtete sie, während sie sich in ihrem gelben Tanktop und den schwarzen Shorts streckte und leise gähnte. Ich konnte es noch immer nicht glauben, dass wir zusammen waren. Das Ganze erschien mir wie ein Jugendtraum. »Ich wechsle sie gern aus, wenn du willst«, sagte ich nach einer Pause.

»Musst du nicht.«

»Ist ganz einfach. Dauert keine halbe Stunde.«

»Du hast Besseres zu tun.«

»Ich mache es wirklich gern.«

Während sie duschte, fuhr ich zum Laden und kaufte neue Filtermatten. Ich hatte das schon oft gemacht, es war ein Kinderspiel. Die einzige Schwierigkeit bei Noras Kühler bestand darin, dass ich um das Taubennest herumhantieren musste, während mich die Mutter – oder war es der Vater? – besorgt beobachtete. Ich löste die Schrauben an der Abdeckung und zog die mit Staub, Sand und Pollen verschmutzten Filterrahmen heraus. Obwohl die Metallgitter, die sie an ihrem Platz hielten, alt und verrostet waren, schaffte ich es, an die Matten heranzukommen. Inzwischen stand die Sonne hoch am Himmel, und der Schweiß lief mir über den Rücken. Mit einer Bürste säuberte ich die Rahmen, sodass der Dreck auf den Boden rieselte, brachte die neuen Filtermatten an und ließ die Gitter mit einem satten Klickgeräusch einrasten.

Nachdem ich Nora zugerufen hatte, sie solle den Kühler einschalten, startete der Motor zum Glück mit lautem Dröhnen. Ich warf die alten Matten in die Mülltonnen und ging hinein. Sie stand mit geschlossenen Augen und ausgebreiteten Armen vor den Schlitzen und genoss die kühle Luft. »Hier bleibe ich jetzt ewig stehen«, sagte sie. Sie trug das Haar offen, so wie es mir gefiel, und unter dem frischen weißen Top zeichneten sich ihre braunen, harten Brustwarzen ab. Drei Schritte, dann war ich bei ihr und zog sie mit meinen schmutzigen Händen an mich.

A. J.

Als Betreiber einer Bowlingbahn muss man sich um zwei Dinge kümmern: um die technische Seite des Ganzen – Pin-Setter, Bahnpflegemaschinen, Ballrückgabesystem – und um die menschliche. Der Umgang mit den Menschen ist der weitaus heiklere Teil. Damit meine ich nicht das Personal. Wir hatten gute Angestellte in der Desert Arcade, darunter sogar einen, der schon seit der Eröffnung der Bahn in den Siebzigern bei uns war. Nein, ich meine die Gäste. Eltern, die ihre Kinder auf den Bahnen herumlaufen ließen, Idioten, die einen zweiten Ball warfen, wenn der erste nicht zurückkam, Sportbowler, die ausrasteten, wenn ihnen kein perfektes Spiel gelang. Die Herausforderung bestand darin, mit allen Leuten umzugehen, ohne dass einem dabei die Geduld und das Lachen vergingen. Das war manchmal gar nicht so einfach. Aber ich musste nun mal meinem Dad helfen, der schon achtundsiebzig und mit seinem Betrieb überfordert war.

Meine Eltern waren beide alt. Als ich gezeugt wurde, hatten sie die Hoffnung auf ein Kind schon lange aufgegeben. Bei meiner Geburt war meine Mutter vierundvierzig und mein Vater neunundvierzig. Sie nannten es ein Wunder, dass ihre Gebete nach so vielen Jahren doch noch erhört worden waren. Aber ich habe mit der Zeit gelernt, dass jedes Wunder seinen Preis hat, und den zahlen nicht immer die, die ihn schuldig sind. Als ich klein war, hielten die Leute meinen Dad und mich im Stadtpark oder im Supermarkt auf, um das süße Enkelkind zu bewundern. »Diese blonden Löckchen!« Eine Zeit lang korrigierte mein Vater sie mit dem Satz »Das ist mein Sohn!«, doch irgendwann war er es leid und nahm mich draußen nicht mehr an die Hand, damit ihm die Fragen und Kommentare völlig fremder Leute erspart blieben. Für ihn erleichterte das die Sache. Für mich nicht.

Meiner Mutter war die Meinung anderer dagegen immer egal. Obwohl sie wegen ihres Alters aus dem Kreis der übrigen Mütter ausgeschlossen blieb, half sie mittags in der Schulkantine und beteiligte sich jedes Jahr bei der Organisation der Halloweenaktivitäten. Wir verbrachten viel Zeit miteinander, vor allem an den Wochenenden, wenn mein Dad vierzehn Stunden am Stück in der Bowlingbahn war. Von ihr habe ich meine Liebe zu Hunden. Sie hatte immer Hunde gehabt, manchmal vier, fünf gleichzeitig, und immer Langhaarcollies, hellbraun und weiß. Eine wunderbare Rasse – intelligent, gelehrig und extrem anhänglich. Als ich in der Middleschool war, begann sie, welche zu züchten und bei Hundeausstellungen in ganz Kalifornien zu präsentieren. Hunderte von Kilometern sind wir beide dafür oft gefahren, und ich bekam auf dieses Weise viel von unserem Bundesstaat zu sehen.

Man könnte meinen, dass es mir wegen der vielen Zeit mit meiner Mom leichter gefallen wäre, mit Mädchen zu reden, aber so war es nicht. Meine Mom war alt, eine einfache, nette Frau, während die Mädchen in der

Schule jung, hübsch und vorlaut waren. Wenn ich bei ihnen Eindruck schinden wollte, ging der Schuss immer nach hinten los. Dann verdrehten sie die Augen oder lachten. Ist Ihnen klar, was das mit einem Jungen macht, wenn er von einem Mädchen ausgelacht wird? Wenn ich etwas Schlaues sagen wollte, wurde es noch schlimmer. Und dass mich alle A.J. nannten, fand ich furchtbar. Ich hieß ja eigentlich gar nicht so. Den Spitznamen hatte mir eine Lehrerin in der Vorschule verpasst, und irgendwie blieb er mir, sogar in der Familie. Die meiste Zeit verbrachte ich mit meinen Hunden, die waren nicht so kompliziert wie die Menschen.

Im ersten Highschooljahr wurde alles anders. Ich war schon immer dünn, aber ziemlich kräftig und wendig gewesen, und bei den Probekämpfen fiel ich Coach Johnson sozusagen als Naturtalent auf und durfte ins Ringerteam. Wir waren fünfzehn, verteilt auf fünf Gewichtsklassen, und schon vor meinem Eintritt Nummer zwei im County. Am Ringen gefiel mir vor allem, dass es so einfach war – man musste keinen Ball treten, brauchte keinen Schläger und keine aufwendigen Klamotten und war ganz allein dafür verantwortlich, Punkte zu erkämpfen. Ich verliebte mich total in diesen Sport. Wenn ich nicht gerade im Unterricht saß oder mich um die Hunde kümmerte, trainierte ich im Turnsaal.

Coach Johnson hat mir eine Menge beigebracht, wahrscheinlich mehr als jeder andere Mensch davor und danach. »Immer daran denken: Was du auf der Matte trainierst, musst du auch abseits der Matte trainieren. Konzentration. Schnelligkeit. Timing. KST. Du musst wachsam und flink sein und jede Gelegenheit packen, die sich dir bietet. Eine zweite Chance gibt es nur selten im

Leben.« Wir gewannen in dieser ersten Saison alle Wettkämpfe und erreichten zum ersten Mal in der Geschichte unserer Schule die kalifornische Liga. Weil ich so viel trainierte, mich entsprechend ernährte und in dem Jahr dreißig Zentimeter zulegte, sah ich nach einiger Zeit fantastisch aus. Das klingt angeberisch, aber ich wüsste nicht, wie ich es sonst sagen sollte: Ich sah fantastisch aus.

Im zweiten Highschooljahr versuchten die Mädchen plötzlich, *mich* zu beeindrucken, dekorierten meinen Spind oder erstellten Playlists für meine Trainingsläufe. Einmal sagte Mrs Barron in Bio, wir sollten uns für ein neues Projekt – eine illustrierte Broschüre über Zellatmung – in kleine Gruppen aufteilen. Ich hasste diese Gruppenprojekte, weil dann immer der peinliche Moment kam, wenn sich alle mit ihrem Freund oder ihrer Freundin zusammentaten und ich zusehen musste, wie ich mir einen Partner besorgte. Doch damals klopfte mir sofort jemand auf die Schulter, und zwar Neil Gilbert, ein lascher Typ mit einer Wahnsinnsakne, den ich heimlich Kraterfresse nannte. »Machen wir das Heft zusammen, A.J.?«, fragte er.

»Nein, ich mache es mit Stacey«, antwortete ich, drehte mich um und winkte Stacey Briggs zu. Das war ein weiterer Vorteil: Im Ringerteam hatte ich Selbstvertrauen gewonnen.

»Ja, wir machen es zusammen«, sagte Stacey und strahlte mich an. Sie war zwar nicht ganz so hübsch wie Maddie Clarke, in die wirklich alle verknallt waren, aber cool und für jeden Mist zu haben. Ich nannte sie immer Energizer-Stacey. Und sie machte diesem Namen alle Ehre, weil sie den ganzen Text für das Projekt schrieb. Sie erfand Figuren für die Geschichte, zum Beispiel Minerva der Mensch, Petunia die Pflanze, Ginny die Glukose, Maulende Myrte die Mitochondrie. Ich zeichnete die Bilder und malte sie knallbunt aus. Das dauerte zwar eine ganze Woche, aber unser Heft wirkte danach wie eine Graphic Novel.

Ich war oft in Staceys Wohnung, weil sie immer sturmfrei hatte und es ihren Bruder Lee nicht störte, wenn sie mich mit nach Hause brachte. Er fand es toll, dass ich im Ringerteam war, und meinte, Ringen wäre Teil der griechischen und römischen Kultur. »Das ist ein zivilisierter Sport«, sagte er, während er seine Füße auf den Couchtisch legte. »Nicht so wie diese brutalen Sachen, die sie einem heutzutage präsentieren.« Er sah sich gerade *Falling Down* im Fernsehen an, die Szene ziemlich am Anfang, in der Michael Douglas in einen Mini-Markt geht, weil er Kleingeld braucht, um seine Tochter anzurufen, und der Koreaner sagt, erst müsse er etwas kaufen.

»Warum wechselt der Typ ihm nicht einfach den Schein?«, fragte Stacey und setzte sich zu ihrem Bruder auf die Couch.

»Weil's denen nur ums Geld geht«, antwortete Lee. »Wollt ihr Popcorn?«

»Ich nicht«, sagte ich.

»Ach so, klar. Du darfst kein Junkfood essen.« Er ging zum Kühlschrank und brachte mir ein paar Karotten, die ich knabbern konnte, während wir den Film guckten.

Es war schön, zur Abwechslung mal mit einem Erwachsenen zu reden, der kein Rentner war, sondern coole Sachen mit einem unternahm. Lee fuhr mit uns hin und wieder zu einem Konzert nach Palm Springs oder Riverside oder noch weiter weg, ins Orange County. Und obwohl wir uns im letzten Highschooljahr trennten, Stacey und ich, blieb ich mit Lee Briggs freundschaftlich verbunden. Er brachte mir viel über die westliche Kultur bei, Sachen, die ich in der Schule nie gelernt hatte. Das war richtig klasse. Auf dem College in Fullerton wollte ich zuerst sogar Alte Sprachen studieren, aber dann wurde der Fachbereich aufgelöst. Bundesstaatliche Budgetkürzungen, hieß es. Eine ziemlich faule Ausrede, denn die Afroamerikanischen Studien lösten sie nicht auf, nicht mal die Chicano-Studien. Ich habe dann stattdessen Betriebswirtschaft studiert.

Das war ganz gut so, weil ich dann ein eigenes Unternehmen gründete, in Irvine. Da wäre ich auch für immer geblieben, wenn meine Mutter nicht Parkinson bekommen hätte. Ich besuchte sie zwar fast jeden Sonntag, aber mir war klar, irgendwann würde ich nach Hause zurückziehen müssen. Sie zitterte immer stärker und brauchte Hilfe bei Alltagstätigkeiten wie Kochen und Putzen. Und mein Dad brauchte Hilfe im Betrieb, weil er nicht mehr so viele Angestellte hatte wie früher. Damals war ich schon verheiratet, und es war alles andere als einfach, Annette zu einem Leben mitten in der Wüste zu überreden. Aber was tut man nicht alles für die Familie.

Nach dem Umzug mussten wir uns radikal umgewöhnen. Wenn man sich für Wandern oder Bergsteigen interessierte oder eine Vorliebe für schräge Kunstinstallationen mitten im Nirgendwo hatte, ließ es sich dort gut aushalten. Aber das, was mir wichtig war – Golfplätze, Kaufhäuser oder wenigstens ein anständiges Multiplex-Kino –, gab es nicht. Die überschüssige Energie, die ich sogar nach einem langen Arbeitstag in der Bowlingbahn noch hatte, wurde ich nicht los, denn in der Stadt existierte kein einziger Ringerverein. Es gab da praktisch nichts zu tun. Umso mehr überraschte es mich, als Nora Guerraoui zurückkam. Jeder, der in dieser Stadt aufgewachsen war, hatte die Flucht ergriffen, und plötzlich waren wir beide wieder da. Hätte ich nie gedacht.

Nora

Es war nun an mir zu zeigen, dass es sich bei dem Geschehen vom 28. April nicht um einen Unfall gehandelt hatte. Die Suche nach dem Motiv führte mich weiter zurück in die Vergangenheit; nicht nur zu den Ereignissen unmittelbar vor jener Nacht, sondern ganz an den Anfang, als mein Vater The Pantry kaufte. Bill und Prudence Swenson, ein Siedlerpaar aus Corona, hatten das Lokal 1951 auf dem Land der Chemehuevi-Indianer errichtet. Zunächst war es kaum mehr als eine Hamburgerbude gewesen, eine Versorgungsstation für alle, die zum kurz zuvor eröffneten Marinestützpunkt in Twentynine Palms fuhren oder von dort kamen. Doch je mehr die Stadt wuchs, umso größer wurde der Bedarf an Restaurants. Die Swensons erweiterten ihre Speisekarte, bauten eine richtige Küche sowie einen Gastraum ein und fällten die Josuabäume an der Nordseite des Gebäudes, um einen Parkplatz anlegen zu können. Im Laufe der Jahre entstanden ringsum weitere Betriebe: gleich nebenan Bakers Bowlingbahn und Oglesbys Reinigung, auf der anderen Seite des Highways Kinneys Reifenwerkstatt und Lindens Damensalon. Nachdem mein Vater den Swensons, die sich zur Ruhe setzen wollten, das Lokal abgekauft hatte, ragte er in dieser Umgebung hervor wie in die Höhe geschossenes Unkraut aus einer gestutzten Hecke – ich übertreibe nicht. Und wahrscheinlich war ihm das selbst bewusst, denn er machte sich klein und tat alles, um das Restaurant genau so zu erhalten, wie es jahrzehntelang gewesen war.

Doch irgendwann musste er den Gastraum vergrößern und die Küchengeräte erneuern, was zwar seinem Betrieb zugutekam, aber zu Spannungen mit Anderson Baker führte. Und als ich an diesem Morgen auf den Parkplatz des Restaurants fuhr, bemerkte ich eine weitere Veränderung, die mein Vater kurz vor seinem Tod durchgeführt hatte: ein riesiges neues Schild auf dem Dach, schon von Weitem zu erkennen. Hatte dieses Schild Bakers Wutanfall hervorgerufen? Die plötzliche Sichtbarkeit des Lokals? Allerdings hatte meine Mutter es nicht erwähnt, als ich sie nach kurz zurückliegenden Meinungsverschiedenheiten fragte, sondern nur von dem Parkplatzstreit am President's-Day-Wochenende gesprochen.

Als ich das Pantry betrat, saß Marty an der Kasse und legte eine neue Papierrolle ein. Beim Klang der Türglöckchen hob er den Blick und sagte: »Morgen, Miss.« Obwohl ich ihn schon oft gebeten hatte, mich beim Vornamen zu nennen, blieb er stur bei Miss. Solche Formalitäten waren ihm wichtig.

»Morgen. Läuft alles gut?« Trotz meines bemüht selbstsicheren Tons klang ich erschreckend unerfahren.

»Ja, läuft gut, Miss.«

»Prima.« Ich setzte mich an die Theke. Auf dem Hocker neben mir hatte jemand eine Ausgabe der *Los Angeles Times* liegengelassen. Die Hauptmeldungen betrafen einen Brand im Angeles National Forest und einen mir unbekannten Baseballstar, der mit fünfundsiebzig gestorben war. Unterhalb des Mittelfalzes wurde über einen fehlgeschlagenen Renaturierungsversuch in der Mojave und einen Bombenanschlag in Syrien mit dreiundzwanzig Todesopfern berichtet. Ich nahm mir vor, später den *Hi-Desert Star* zu kaufen und nachzusehen, ob darin etwas über Bakers Anklageanhörung zu lesen war.

»Was kann ich dir bringen?«, fragte Veronica, während sie auf das andere Ende der Theke zuging. Sie war groß und dünn, hatte braune Augen und einen leichten, sehr apart wirkenden Überbiss. Sie arbeitete schon fast so lange im Diner wie Marty und war die Art von Kellnerin, die auch zehnköpfige Gästegruppen mit drei brüllenden Kindern zu nehmen wusste, ohne die Geduld zu verlieren. Immer in Redelaune, immer fröhlich, ohne es wie eine Jobanforderung wirken zu lassen.

»Das Käseomelett, bitte«, sagte ich, faltete die Zeitung zusammen und legte sie auf den Hocker zurück. »Und Eistee.«

Veronica drehte sich zum Küchenfenster und gab die Bestellung weiter. Dann brachte sie mir ein Glas Eistee und stellte es auf eine Serviette.

»Hast du am President's Day gearbeitet?«, fragte ich.

»Wir kriegen an Feiertagswochenenden nicht frei.« Sie steckte die Hände in ihre Schürze. »Ich muss mir dann immer etwas für die Kinder überlegen, vor allem in den Frühjahrsferien und im Sommer. Jetzt wird es noch schlimmer, weil ich mich scheiden lasse. Das Gemeindezentrum bietet eine Tagesbetreuung an, aber die kostet. Deshalb muss ich sie bei meiner Schwester lassen. Die ist zwar Frührentnerin und tut sich schwer, drei Kinder zu hüten, aber wenigstens sind sie dann bei der Verwandtschaft.«

»Stimmt.« Erst nach einer kurzen Pause kam ich wieder auf mein Thema zu sprechen. »Ich frage, weil wahrscheinlich eine Polizistin kommen und mit dir sprechen wird. Detective Coleman.«

»Worum solls gehen?«

»Um das, was Anderson Baker damals getan hat«, sagte ich. Ich wählte meine Worte mit Bedacht. »Als er reingestürmt ist und meinen Dad wegen der Parkplätze angebrüllt hat. Die hässliche Szene wegen des Land Rovers. Du erinnerst dich doch?«

In der Küche versenkte der Koch einen Korb Pommes im heißen Öl. Ein paar Meter von uns entfernt kassierte Marty einen Gast ab. »Ja, ich erinnere mich«, sagte Veronica nach kurzem Zögern. »Als Baker reinkam, wollte ich gerade Zigarettenpause machen.« Sie ergriff den Krug mit dem Eistee und schenkte mir nach, obwohl ich kaum etwas getrunken hatte. »Und wann kommt diese Polizistin?«

»Bald, hoffentlich. Sie kann jeden Moment hier sein.«

»Dieses Flittchen arbeitet beim Sheriff.«

»Von wem redest du?«

»Von der Frau, für die mein Mann mich verlassen hat. Die arbeitet im Büro des Sheriffs, als Telefonistin. Ich weiß nicht mal, wie er sie kennengelernt hat, er hats mir nie gesagt.«

»Das tut mir leid.«

»Fünfzehn Jahre waren wir verheiratet. Wahnsinn, oder? Fünfzehn Jahre. Drei Kinder, eins kam mit Kaiserschnitt auf die Welt. Er hat mich davor schon zwei Mal betrogen, und ich habe ihm jedes Mal verziehen, weil er meinte, es hätte nichts bedeutet. Ich dachte mir, geheiratet hat er mich, nicht die andere, vielleicht stimmts ja.

Aber dann hat er diese Nutte kennengelernt und praktisch den Verstand verloren. Sie wäre seine Seelenverwandte, hat er gesagt. Dabei dachte ich immer, ich wäre das – seine Seelenverwandte.«

»Das tut mir wirklich sehr leid.«

»Du kannst nichts dafür«, erwiderte Veronica achselzuckend.

Die Betrugsgeschichten verfolgten mich förmlich. Doch meinen eigenen Fehltritt sah ich inzwischen mit anderen Augen. Ich erinnerte mich an das Gefühl von damals, als ich im Haupthaus der Künstlerresidenz nördlich von New York wohnte, umgeben von Malern, Bildhauern und Schriftstellern, die wesentlich mehr als ich geleistet hatten, und mich wunderte, dass man mich überhaupt aufgenommen hatte. Ich kam mir wie eine Hochstaplerin vor und war mir sicher, demnächst aufzufliegen und rausgeworfen zu werden. Dann traf eines Abends der berühmte Max Bloemhof ein, kam zu mir und stellte sich vor, als ich gerade mit dem Buch *Erinnerung an das Feuer* in einem Sessel fläzte. Ich dachte daran zurück, wie alles begann. Wie er nach meinen Kompositionen fragte. Wie ich am Flügel saß und ein Stück spielte, das kurz zuvor fertig geworden war. Wie er mich ansah. »Weißt du«, sagte er, »ich habe mal Bred Mehldau an diesem Klavier erlebt. Er saß genau da, wo du jetzt sitzt.« Er bat mich, in seinem Cottage vorbeizuschauen, er wolle mir ein Exemplar seines neuen Buchs geben. Rings um die Künstlerresidenz lagen siebzehn Hektar Land mit weidenden Pferden und äsenden Hirschen. In den ersten Tagen war ich brav auf den gepflasterten Wegen geblieben und hatte aus Angst vor Zeckenbissen keinen einzigen Schritt ins Gras gewagt. Doch an diesem Abend nahm ich die Abkürzung zu Max'

Atelier und ging, nein, lief über die grünen Wiesen. Ich dachte daran zurück, wie er die Tür öffnete, wie ich die Schwelle überschritt und genau wusste, was gleich passieren würde. Monatelang verbot ich es mir, über die Affäre zu sprechen oder an seine Frau zu denken. Stattdessen wartete ich, denn ich war überzeugt, unsere Geschichte würde erst richtig beginnen, wenn er sie verlassen hätte und die unschönen Einzelheiten vergessen wären.

Doch sie wurden nicht vergessen. Im März kam er mit einer Flasche Champagner und einer Reisetasche zu mir in die Wohnung. Es war nach zehn, ich trug schon meinen Schlafanzug und hatte einen Bleistift und ein Notenblatt in der Hand. »Was ist los?«, fragte ich, erschrocken wegen der Uhrzeit, aber auch gespannt. Hatte er endlich den lange versprochenen Schritt getan? »Ich bekomme ein Lannan-Stipendium«, sagte er. Sein erstes großes Stipendium, nachdem er von den wichtigen Stiftungen jahrelang kaum beachtet worden war. Einmal hatte er die Kritiker in den Auswahlgremien verbittert als »Schafe« und »Schreiberlinge ohne jeden literarischen Geschmack« bezeichnet, doch jetzt glänzten seine Augen vor Glück, und die Falten um seinen Mund waren plötzlich weniger tief. »Das wird gefeiert!«, sagte er, während wir in meine Wohnung gingen. Margo, die auf dem Sofa gesessen und eine Zeitschrift gelesen hatte, verschwand sofort in ihrem Zimmer. Ich holte die Champagnerflöten und sah zu, wie sich Max mit der Flasche abmühte. Seine Arme waren schwarz behaart, und er trug eine alte Uhr zum Aufziehen, die auf die Sekunde genau ging, obwohl das Glas gesprungen war. »Evelyn begleitet Isabellas Klasse über Nacht auf einem Schulausflug, und Ian schläft bei einem Freund«, sagte er.

»Du kannst hierbleiben?«

»Ich kann hierbleiben.«

Der Korken knallte, und Margo schlug ihre Zimmertür zu. Ich schob meine Arbeit zur Seite, trank Champagner und hörte mir an, wie Max das Stipendium zu verwenden plante. Er wollte durch die USA reisen, noch lebende Freedom Riders interviewen und ausgewählte Zitate zu einer Oral History des damaligen Kampfes gegen die Rassentrennung verweben. »So ähnlich wie Swetlana Alexijewitsch, nur drastischer«, erklärte er. Das machte mich wütend. Er mokierte sich oft über andere Autoren, vorzugsweise über weibliche. Nachdem er in meine Wohnung gekommen war, hatte er mich mit keinem Wort gefragt, woran ich gerade arbeitete. Überhaupt hatte er eigentlich nie großes Interesse an meinen Kompositionen gezeigt, außer an jenem Abend, an dem wir uns kennenlernten. Am nächsten Morgen stand er auf und packte seine Tasche, während ich mit den Kopfschmerzen eines beginnenden Katers im Bett lag. Er war dabei, zu seiner Frau zurückzukehren, zu seinen Kindern und seinen Verpflichtungen, und ich blieb allein. Welche Rolle spielte ich in dem ganzen Szenario? Die Antwort war mir so klar, als hätte er sie vor mir ausgesprochen: Ich war die Flasche Champagner, die Privatfete. Ich stützte mich auf einen Ellbogen und sagte, er müsse sich entscheiden.

Wochenlang hatte ich auf ein Lebenszeichen von ihm gewartet und war bereit gewesen, weiter zu warten. Deshalb hatte mich das, was in der Nacht im Nationalpark und in den wenigen Nächten seither zwischen Jeremy und mir passiert war, kalt erwischt. Die Gier, mit der er mich in die Arme schloss, die Zärtlichkeit, mit der er auf mich einsprach, hatten mich überrumpelt. Es verblüffte mich, dass mein Körper einfach weitergemacht, sich ans

Leben geklammert und sich alle Geborgenheit geholt hatte, die er kriegen konnte, obwohl mein Herz zugleich die alte Welt herbeisehnte – die Welt, in der mein Vater da gewesen war. Die Zeit mit Jeremy empfand ich als heimlichen Trost. Ein paar Stunden ohne Zank mit meiner Schwester, ohne Kritik von meiner Mutter, ohne Frustration über mich selbst. Mit Jeremy konnte ich einfach *sein*, wenn auch immer nur kurz. Sosehr er als Erwachsener dem Jungen von früher glich – freundlich, lustig, warmherzig –, so groß war meine Angst, hinter der behaglichen Vertrautheit könnten sich verstörende Geheimnisse verbergen.

Bei jedem Besuch im Häuschen reparierte er irgendeine Kleinigkeit. Einmal wechselte er den Filter des Kühlers aus, ein andermal brachte er eine neue Glühbirne für die Lampe über dem Herd. An diesem Morgen musterte er die wackeligen Stühle. »Darum brauchst du dich nicht zu kümmern, ich bleibe ja nicht ewig hier«, sagte ich. Doch er ließ sich nicht abhalten. »Das haben wir gleich.« Ich bekam das Gefühl, dass er etwas wiedergutmachen wollte, hatte aber keine Ahnung, was. Ich wollte es auch nicht wissen. Eine Beziehung konnte ich mir in dieser angespannten Situation einfach nicht leisten. Meine ganze Aufmerksamkeit galt der Sache mit der Fahrerflucht.

»Möchtest du einen Toast dazu?«, fragte Veronica, servierte mir das Käseomelett und schenkte noch einmal nach.

»Nein danke.«

»Oder frische Biskuits?«

»Nein, das Omelett reicht völlig.« Plötzlich fiel mir noch etwas ein. »Das große Schild auf dem Dach wurde doch an dem Tag montiert, an dem mein Dad starb.«

»Genau.«

»Das muss Lärm gemacht haben. Da war sicherlich einiges los.«

»Ja, schon.«

»Hat sich Baker darüber aufgeregt?«

Veronica neigte den Kopf, ohne mir eine Antwort zu geben, und ich hielt es für besser, nicht zu sehr in sie zu dringen. Sie ging ans andere Ende der Theke, wo die Zuckerstreuer standen, die aufgefüllt werden mussten. Ich stocherte in meinem Essen herum und beobachtete die Gäste im Spiegel über der Küchendurchreiche. Früher hatte ich immer einige gekannt oder zumindest erkannt; jetzt sah ich nur einen Raum voller Fremder. Zwei Bauarbeiter in orangen Westen hatten gerade fertig gegessen, legten den Arm über die Kopflehne und sahen aus dem Fenster. Ein junges Pärchen zog kleine Marmeladenpackungen aus dem Spender und baute damit eine Pyramide, um sein Kind zu bespaßen. Ein Mann mittleren Alters mit Baseballkappe las mit einem Zahnstocher im Mundwinkel die Zeitung. Marty hatte nicht bemerkt, dass das Glas des Mannes leer war. Ich nahm den Krug, ging hin und schenkte frisches Wasser ein.

Noch den Krug in der Hand, betrachtete ich das ganze Lokal mit kritischem Blick. Die vor wenigen Jahren nagelneue Theke war vom vielen Abwischen glanzlos geworden. Im Vinylboden vor dem Eingang entdeckte ich ein Loch, und über der Sockelleiste zogen sich Risse durch die Wand. Die Farbe an der hinteren Wand, früher ein hübsches Pistaziengrün, war im Laufe der Zeit vergilbt und blätterte an manchen Stellen ab. Die Beschreibungen auf der Speisekarte – »farmfrische« Eier, Speck »aus dem Apfelrauch«, »strauchgereifte« Tomaten, Brot

»wie von Muttern gebacken« – klangen altmodisch. In der letzten Fensternische zog sich ein tiefer Schnitt durch die Rückenlehne der Sitzbank. Graue Teller, zerkratzte Gläser. Der Kaugummiautomat war leer.

Trotzdem war der Laden gut besucht.

Vielleicht hatte das Bakers Neid erregt.

Ich stellte den Wasserkrug auf die Theke und ging ums Eck ins Büro, ein winziger Raum mit einem Fenster unterhalb der Decke, in den mein Vater einen Schreibtisch, einen Stuhl und einen Aktenschrank gezwängt hatte. Die Geruchsmischung aus heimlich gerauchten Zigaretten und alten Büchern beschwor sofort die Erinnerung an lange Nachmittage herauf, die ich lesend auf der Veranda verbracht hatte, neben mir mein Vater, der trotz der Warnungen seines Arztes rauchte. Am Schreibtisch saß meine Mutter, noch immer in Witwenweiß, und beugte sich über ein Kassenbuch. »Morgen, Mom«, sagte ich. »Hast du den Zettel gefunden?«

»Nein, noch nicht.« Sie nahm ihre Lesebrille ab. »Aber schau dir das an, *benti*!«

Auf dem Schreibtisch türmte sich Papierkram. Aktenordner neben gestapelten Unterlagen und von Büroklammern zusammengehaltene Quittungen bildeten eine Landschaft aus zerklüfteten Gipfeln und tiefen Tälern, die die Glasplatte vollständig unter sich begrub.

»Was ist da los?«

»Ich weiß nicht, was dein Vater gemacht hat. Alles ist durcheinander.«

»Das passt nicht zu ihm.«

Sie schüttelte schweigend den Kopf. Wusste sie, warum er in letzter Zeit so zerfahren gewesen war? Nichts in ihrer Miene wies darauf hin, und ich empfand Mitleid mit ihr. »Das hast du in null Komma nichts aufgeräumt, Mom.«

»Vielleicht hat er ihn weggeworfen.«

»Hoffentlich nicht.« Bei dem Zettel, den sie suchte, handelte es sich um ein handbeschriebenes Blatt Papier, das am Tag nach dem Land-Rover-Vorfall an der Eingangstür des Lokals geklebt hatte. Als mir meine Mutter davon erzählte, war mir sofort klar geworden, dass wir ihn finden und Detective Coleman geben mussten. Möglicherweise stellte er ein Beweisstück dar. »Lass mich suchen«, sagte ich.

»Na gut.«

Sie vertiefte sich wieder in das Kassenbuch, während ich die Unterlagen auf dem Schreibtisch durchzusehen begann. Ich fand Quittungen für Papierservietten und Strohhalme, Bestellscheine für Styroporbehälter zum Mitnehmen, zwei Rezepte für ein Antihistamin, eine Ausgabe der Zeitschrift des Rentnerverbands, aber keinen Zettel. Ich durchstöberte die Schubladen, durchblätterte die Kreuzworträtselbücher und sah in den Taschen der Anzugjacke nach, die über dem Schreibtischstuhl hing. Schließlich fand ich das klein zusammengefaltete Ding auf dem Fensterbrett unter einer halb leeren Streichholzschachtel. Auf das linierte Papier hatte Baker in arthritischer Krakelschrift PARK AUF DEINEN EIGENEN PLÄTZEN UND SONST NIRGENDS! geschrieben. Am oberen Rand hing ein Klebestreifen, und das *nirgends* war doppelt unterstrichen. Obwohl der Zettel keine Unterschrift trug, war er in meinen Augen ein belastendes Fundstück. Immerhin ein Fortschritt. »Ich habe ihn«, rief ich.

Meine Mutter kam und blickte mir über die Schulter. »Gut. Sehr gut.«

»Fällt dir noch etwas ein, das wir Detective Coleman zeigen könnten?«

»Nein«, antwortete sie nach kurzem Nachdenken. Dann setzte sie sich wieder. »Aber ich muss dir etwas sagen.«

»Was denn?«

»Mach die Tür zu.«

Ich schloss die Tür und lehnte mich dagegen. Die Heimlichtuerei irritierte mich.

»Also?«

»Wir wollen das Restaurant verkaufen.«

»Was soll das heißen? Wer ist *wir*?«

»Deine Schwester und ich. Wir wollen verkaufen.«

Die Bestimmtheit in ihrer Stimme erstaunte mich. Ich ging näher an den Schreibtisch heran und betrachtete die Stapel, die ich noch vor ein paar Minuten durchstöbert hatte. »Wann habt ihr das beschlossen? Ihr könnt das doch nicht untereinander ausmachen und mich vor vollendete Tatsachen stellen. Das muss doch auch mit mir besprochen werden!«

»Der Markt boomt zwar im Moment nicht gerade, aber wir werden einen Käufer finden«, entgegnete meine Mutter, klappte ihre Lesebrille zusammen und lehnte sich zurück.

»Hast du mich nicht gehört? Wir können das Lokal nicht verkaufen!«

»Warum nicht?«

»Weil Dad das nicht gewollt hätte, das weißt du ganz genau. Und Salma weiß es auch.«

»*Ich* wollte nie ein Restaurant. Das war ganz allein die Idee deines Vaters. Ich wollte eine Münzwäscherei. Keine Angestellten, keine hohen Kosten, kein Aufstehen um fünf Uhr früh.« Während sie sprach, zählte sie die Dinge an den Fingern ihrer linken Hand ab. Sie wirkte fast erleichtert, weil sie endlich einen alten Streit wiederaufgreifen konnte, den diesmal sie gewinnen würde. »Aber dein Vater hat ja nie auf mich gehört. Ich will das Restaurant nicht, und vor allem will ich Baker nicht mehr sehen. Jeden Tag geht er in seine Bowlingbahn, als wäre nichts passiert. Ich will verkaufen, und deine Schwester will das auch. Sie sagt, sie braucht das Geld.«

»Wenn wir verkaufen, kriegt Baker genau das, was er immer wollte, nämlich dass Dad hier abhaut. Und wozu braucht Salma das Geld? Ihre Praxis läuft doch super.«

Ich hatte offenbar ins Schwarze getroffen, denn meine Mutter sagte eine ganze Weile nichts mehr. Sie legte ihre Lesebrille in ein Schildpattetui und steckte es in ihre Handtasche. »Du willst das Restaurant also behalten?«

»Ja.«

»Und wer soll es führen?«

»Marty. Tut er sowieso schon mehr oder weniger.«

»Er gehört nicht zur Familie.«

»Na und? Er macht seinen Job richtig gut. Und dann eben endlich offiziell.«

»Nein, alleine schafft er das nicht. Willst du es machen?«

»Ich habe meine eigene Arbeit, Mom.«

»Warum willst du das Restaurant dann behalten? Komponier du weiter deine Musik. Salma und ich haben am Mittwoch mit dem Makler gesprochen, und er –«

»Ihr habt schon mit einem Makler gesprochen? Könnt ihr bitte wenigstens warten und mich darüber nachdenken lassen? Ich habe ein Mitspracherecht. Außerdem muss erst der Nachlass abgewickelt werden. Das kann Monate dauern.«

»Wir könnten das Restaurant schließen, bis es so weit ist.« Als sie meine vor Empörung aufgerissenen Augen sah, fügte sie hinzu: »Gut, dann denk darüber nach, und dann reden wir mit dem Makler.«

Ich musste mich schwer zusammenreißen, um nicht die Tür zuzuknallen, als ich das Büro verließ. Mit der Entscheidung, das Lokal zu verkaufen, hatten mich meine Mutter und meine Schwester völlig überrumpelt. Am niederschmetterndsten aber war, dass sie sich hinter meinem Rücken miteinander verbündet hatten. Auf dem Weg zum Ausgang fragte ich mich unwillkürlich, wie das Lokal unter neuer Führung aussehen würde. Würde der fleckige Spiegel über der Theke bleiben? Oder das Blechschild neben der Hintertür, auf dem TRINK COCA COLA stand? Würden Rafi, Marty und Veronica dann noch hier arbeiten? Gäbe es weiterhin Zoff mit Baker wegen der Parkplätze? Mir graute vor den Konsequenzen. Mehr als alles in der Welt wollte ich – und die Dringlichkeit dieses Wunsches überraschte mich selbst –, dass in diesem Lokal alles so blieb wie zu Lebzeiten meines Vaters.

Coleman

Als ich mir im Pausenraum Kaffee holte, kam Gorecki rein. Es war kurz nach sechs, und ich glaube, wir waren beide innerlich noch nicht bereit für die Lagebesprechung mit dem Sheriff. Wahrscheinlich waren wir noch nicht mal ganz wach. Gorecki nahm sich einen Pappbecher von dem hohen Stapel neben dem Spülbecken und hielt ihn mir wie ein Bettler hin, während er sich den Schlaf aus den Augen rieb. Er ging nebenbei ins College, Amerikanische Geschichte, wenn ich mich recht erinnere. Das unterschied ihn von den Vollblut-Deputys und sorgte gelegentlich sogar für Zündstoff, aber gerade dass er ein Außenseiter war wie ich selbst, gefiel mir. Ich füllte seinen Becher und fragte, wie es ihm gehe.

»Ganz gut. Und Ihnen?«

»Ich beiße mich durch«, antwortete ich und nippte an meinem Kaffee. Er schmeckte bitter und verbesserte meine Laune nicht. Am Abend zuvor hatte ich, während Miles duschte, den Instagram-Account meines Sohnes durchgesehen und zwischen den Selfies, den Wüstenlandschaften und pseudokünstlerischen Fotos ein Bild entdeckt, auf dem Brandon mit nacktem Oberkörper zu sehen war. Der Junge grinste nach einem Baseballspiel an der Schule direkt in die Kamera und streckte den Arm aus, als wollte er den berühren, der das Foto gerade knipste: Miles. Ich spürte, was da geschah, aber ich wusste nicht, wie ich mit meinem Sohn darüber reden sollte, geschweige denn mit seinem Vater. »Ich mache mir Sorgen um Miles«, sagte ich.

»Wegen der Schule? Ich dachte, Sie helfen ihm beim Lernen.«

»Mache ich auch«, erwiderte ich und fasste mich wieder. Gorecki wartete auf weitere Erklärungen, doch ich wich auf ein anderes Thema aus und fragte nach dem Sergeant. »Wie läuft es mit Vasco?«

»Neulich hat er mich im Dienst beim Lesen erwischt und zusammengestaucht.« Er schüttelte langsam den Kopf. »So, wie er reagiert hat, könnte man meinen, Bücherlesen wäre illegal.«

»Er sorgt sich um unser Image. Die Presse hat schon wieder einen Artikel über Bowden gebracht.« Ich deutete mit dem Kopf auf die Zeitung, die am anderen Ende der Theke lag. Bowden war ein arbeitsloser Klempner mit langem Vorstrafenregister, darunter Gelegenheitsdiebstähle, Drogenbesitz und Körperverletzung. Als ein weiterer Haftbefehl wegen eines Drogendelikts gegen ihn vollstreckt werden sollte, hatte er sich durch die Hintertür davongemacht und sich mit den Deputys eine Verfolgungsfahrt durch Twentynine Palms und über den Highway 62 bis zu einer Reifenwerkstatt in Yucca Valley geliefert, wo sie ihn schließlich stellten. Die *Los Angeles Times* war an ein Handyvideo herangekommen, das ihn auf dem Bauch liegend zeigte, das Gesicht auf den Asphalt gepresst, während ein Deputy auf seinen Kopf einschlug.

»Immerhin ist Vasco hocherfreut über die Verhaftung in der Fahrerfluchtsache«, sagte Gorecki.

»Das war reines Glück«, erwiderte ich und ärgerte mich sofort über meine Bescheidenheit. Die hatte man mir, wie den meisten Frauen, die ich kannte, von Anfang an eingeimpft, und man bekam sie schwer wieder los, obwohl sie oft mit Inkompetenz verwechselt wurde.

»Vasco hat es anders geschildert«, widersprach Gorecki. »Er nannte es gute traditionelle Polizeiarbeit. Er hat Sie als Vorbild hingestellt, als Beispiel dafür, wie man so was erledigt.«

»Es war ja auch kein Schwerkrimineller, sondern der alte Mann von der Bowlingbahn.«

»Ein ganz normaler Unfall?«

»Auf dem Highway kracht es oft«, erwiderte ich. Die Tochter des Opfers behauptete zwar beharrlich, hinter der Sache stecke mehr, und die einen Meter lange Delle im Crown Vic trug nicht zur Glaubwürdigkeit von Bakers Version bei, aber zwischen Fahrerflucht und Mord bestand ein Riesenunterschied. Obwohl Vasco alles andere als begeistert darüber war, weil der Fall wegen der Anschuldigungen der Tochter nicht geschlossen werden konnte, sah ich es als meine dienstliche Pflicht an, ihren Behauptungen nachzugehen, und beschäftigte mich in jeder freien Minute damit.

Zunächst war ich zum Pantry gefahren, wo die Angestellten die Aussagen der Guerraouis im Großen und Ganzen bestätigten. Spannungen, die Jahre zuvor entstanden waren, als bei einer Renovierung besonders viel Staub aufgewirbelt wurde, hatten sich in letzter Zeit zu ausgewachsenen Streitereien entwickelt. Doch weder der Geschäftsführer noch die Kellnerinnen des Lokals erinnerten sich an konkrete, strafrechtlich relevante Drohungen, die Anderson Baker dem Opfer gegenüber ausgesprochen hätte. Kein *Ich bring dich um* oder *Pass bloß auf*, nicht mal ein mickriges *Das wirst du noch bereuen* – Äußerungen, die für Vorsatz gesprochen hätten. »Es gab einfach ständig Stunk«, erklärte Marty Holtz, der Geschäftsführer, während er an der Theke kunststoffbeschichtete Speisekarten mit Glasreiniger besprühte und sauber wischte. »Ständig Stunk wegen allem und nichts.«

Betty Sanders, die Kassiererin der Bowlingbahn, hatte wiederum behauptet, die Probleme seien nicht erst durch die Renovierung entstanden, sondern bereits Monate zuvor. »Also, es war so«, sagte sie und tupfte sich mit einem Papiertaschentuch überschüssigen Lippenstift vom Mund. »Mr Baker hatte schon mit der Reinigung nebenan besprochen, dass er den Laden kaufen wollte, sobald sich der Besitzer zur Ruhe setzen würde. Da kommt dieser Muslim in letzter Minute daher, bietet ein bisschen mehr und schnappt ihm den Laden vor der Nase weg. Na danke.«

»Und Mr Baker war wütend?«

Als ihr klar wurde, was ihre Aussage bedeuten konnte, ruderte sie zurück. »Wütend würde ich nicht sagen. Eher enttäuscht.«

Das Gefühl, im Guerraoui-Fall etwas zu übersehen, weil ich die Stadt und ihre Bewohner so wenig kannte, ließ mir keine Ruhe. Nach meinen Besuchen im Pantry und in der Bowlingbahn wusste ich nicht, welcher Version ich glauben sollte, welche Geschichte auf Fakten beruhte und welche – ob aus Trauer oder aus Böswilligkeit – umgeschrieben worden war, um zu den Fakten zu passen.

Gorecki schenkte sich Kaffee nach und nahm einen

großen Schluck. »Finden Sie es nicht komisch, dass sich Mr Baker nicht früher gemeldet hat?«

»Nein, eigentlich nicht.« Vor die Wahl gestellt, die Verantwortung für das eigene Handeln zu übernehmen oder dies so lange wie möglich hinauszuzögern, entschieden sich die meisten Menschen – zumindest meiner Erfahrung nach – für die zweite Möglichkeit. Das Problem war, dass es für die Tat keine Zeugen gab und ein Vorsatz nicht bewiesen werden konnte. Außerdem hatte sich Baker von Anfang an kooperativ gezeigt. Nur seine Frau war etwas seltsam gewesen. Als ich bei dem Ehepaar klingelte, um Baker zu Hause zu vernehmen, hatte sie die Tür geöffnet und mich mit offenem Mund angestarrt. Einen Ermittler auf der Matte stehen zu haben, ist immer verstörend, für manche Leute vielleicht sogar Furcht einflößend, aber aus ihrer Miene sprach eine geradezu existenzielle Angst. Sie ließ mich draußen in der Hitze warten, während sie ihren Mann holen ging.

Irgendwo klingelte ein Telefon, und eine Tür schlug zu. »Ich war ja zusammen mit der Tochter des Opfers in der Schule«, sagte Gorecki.

»Mit welcher? Mit der Zahnärztin?«

»Nein, mit der Komponistin.«

»Das haben Sie bisher nie erwähnt«, sagte ich. Mein Gott, wie ich Kleinstädte hasste und Washington, D.C. vermisste. »Kennt hier eigentlich jeder jeden?«

»So ziemlich.«

Bei der Polizei von D.C. hatte sich mein täglicher Dienstbeginn völlig anders abgespielt. Als Erstes hatte ich mich in einem kleinen Café in der Nähe meiner Haltestelle ans Fenster gesetzt, eine Tasse Kaffee getrunken und die Leute beobachtet, die kamen und gingen – alles Fremde für mich, so wie ich für sie. Das war ganz selbstverständlich gewesen, und ich hätte nie gedacht, dass es mir einmal fehlen würde, doch jetzt war es so weit. Jetzt musste ich mir jeden Tag vor Dienstantritt den Dorfklatsch anhören.

Gorecki räusperte sich. »Wir sind zusammen, Nora und ich.«

»Sie sind *was*?« Der Streit mit Baker, die Behauptung der Tochter, es handle sich um Mord – und jetzt auch das noch. Je mehr ich mich bemühte, den Fall ordentlich zu lösen, umso chaotischer wurde er. »Seit wann?«, fragte ich.

»Seit ein paar Tagen.«

»Das müssen Sie dem Sergeant melden.«

»Ich weiß.« Er leerte seinen Becher. »Wird sicher lustig.«

»Und Sie stellen mir ab sofort keine Fragen mehr zu dem Fall. Hat sie darum gebeten, dass Sie Fragen stellen?«

»Nein.« Genau eine Sekunde zu spät.

»Warum fragen Sie dann?«

»Aus Neugier.«

»Sie wissen, dass ich nichts sagen kann, bevor der Fall abgeschlossen ist.«

»Und Sie haben auch gar nichts gesagt. Es ist überhaupt nichts passiert.« Er klopfte auf die zusammengefaltete Zeitung mit den Fotos von der Bowden-Sache auf der ersten Seite. »Ich muss los. Muss mich um unser Image kümmern, stimmts?«

Nora

Einige Tage nach unserem Streit im Lokal bat mich meine Mutter, mit ihr zum Einkaufen nach Palm Desert zu fahren. Die üblichen Mutter-Tochter-Rituale – gemeinsame Wellness-Wochenenden, Treffen zum Tee, Rom-Coms im Kino, Bastel- oder Backnachmittage – hatten wir nie zelebriert. Zum Teil hatte das an mir gelegen, weil ich als Jugendliche einfach zu viel Zeit in meinem Zimmer verbrachte und Musik hörte, zum Teil aber auch an meiner Schwester, da sie solche Unternehmungen mit meiner Mutter zutiefst genoss und ich nicht das dritte Rad am Wagen sein wollte. Deshalb kam die Einladung meiner Mutter sehr überraschend, und ich begriff sie als ein Angebot zum Waffenstillstand nach dem Zoff um den Verkauf des Pantry.

Weil es zum Glück ein Wochentag war, herrschte wenig Betrieb im Macy's. Meine Mutter hatte sich bei mir untergehakt und schlenderte gutgelaunt durch das Kaufhaus. Nachdem sie eine Auflaufform und Messbecher aus Edelstahl erstanden hatte, nahm sie sich Zeit, um mir beim Aussuchen von ein paar neuen Kleidungsstücken zu helfen. Ich hatte nur wenig aus Oakland mitgebracht und brauchte eine Hose, ein paar T-Shirts und zwei, drei

Kleider. Mitten in der Schuhabteilung kam mir der Gedanke, dass wir etwas ganz Normales taten, endlich wieder die banalen Pflichten erfüllten, die den Großteil unseres Lebens ausmachen. An einem Tisch mit Sommerschuhen, auf die es zwanzig Prozent Rabatt gab, suchte ich mir eine hellbraune Sandale mit Fesselriemchen aus und fragte meine Mutter: »Was meinst du?«

»Die passt nicht zur neuen Hose.«

»Nein?« Ich stellte die Sandale zurück und nahm einen klassischen schwarzen Pump mit hohen Absätzen. »Und der hier?«

»Viel besser.«

Ein Verkäufer, der uns aus einiger Entfernung beobachtet hatte, kam zu uns. Ich gab ihm beide Schuhe und setzte mich meiner Mutter gegenüber. Ihr Haar war grauer geworden, und unter ihren Augen lagen dunkle Ringe. Sie trauerte noch immer und würde es noch lange tun. Doch wie viel wusste sie wirklich über den Mann, den sie beweinte? Seit dem Anruf des Juweliers trieb mich diese Frage um.

»Warum hat Dad das Häuschen eigentlich gekauft?«, fragte ich meine Mutter.

»Das weißt du doch. Er wollte es vermieten.«

»Aber er hat es nicht oft an Touristen vermietet.«

»Anfangs schon. Doch dann hat es immer Ärger gegeben. Entweder war die Toilette verstopft, oder jemand hat etwas im Mini-Backofen verbrannt, oder es wurde Geschirr zerbrochen und nicht ersetzt. Ich habe deinen Vater gewarnt, aber er wollte nicht auf mich hören.«

Ein Stück entfernt schlenderte eine große blonde Frau an den Regalen entlang und musterte systematisch jedes Paar Schuhe in ihrer Größe, während sie an einem eisgekühlten Kaffee nippte. Wie sah die Geliebte meines Vaters aus? War sie so jung und hübsch, wie ich sie mir anfangs vorgestellt hatte, oder eher eine Frau mit starken inneren Werten? Eine mit Witz, mit Persönlichkeit? Auf jeden Fall musste sie etwas Besonderes sein, wenn er bereit gewesen war, seine Ehe für sie aufzugeben. Wieso hatte meine Mutter nie etwas bemerkt? »Warum hat er das Häuschen behalten, wenn es nur selten vermietet wurde?«

Meine Mutter dachte eine Weile nach und antwortete schließlich mit rauer Stimme: »Ich glaube, es hat deinem Vater gefallen, Vermieter zu sein. Keiner in unserer Familie hatte jemals ein Haus besessen. Für ihn bedeutete das Häuschen Erfolg.« Sie fuhr sich mit dem Handrücken über die Augen.

Sie war völlig ahnungslos, und mit meinen Nachforschungen hatte ich nur ihre Trauer wieder aufgewühlt. Ich hätte sie das nicht fragen dürfen, dachte ich. Noch während ich mich auf der verzweifelten Suche nach einem anderen Gesprächsthema umsah, kam der Verkäufer mit den Schuhschachteln zurück. Als Erstes probierte ich die schwarzen Pumps an.

»Die stehen dir sehr gut«, sagte meine Mutter.

»Gefallen sie dir?«

»Ja. Passen sie? Geh ein paar Schritte, damit du siehst, ob sie bequem sind.«

Ich machte drei zaghafte Schritte. Hohe Absätze war ich nicht gewohnt. »Sie sehen so … nach Geschäftsfrau aus.«

»Ja, eben«, sagte meine Mutter und faltete die Hände. Weil ich aus ihrer Miene nicht schlau wurde, blickte ich wieder auf die Schuhe hinunter und überlegte, ob ich irgendetwas nicht kapiert hatte. »Du könntest noch immer Jura studieren, weißt du.«

»Was?«

»Du bist noch jung, Nora. Drei Jahre sind schnell vorbei. Und mit dem Geld aus der Lebensversicherung könntest du dir das Studium leisten.«

»Was soll das, Mom? Warum fängst du jetzt wieder damit an?«

»Weil du eine großartige Anwältin wärst, da bin ich ganz sicher. Gestern haben mir unsere Nachbarn erzählt, dass Jessica jetzt ihre Anwaltszulassung hat. Weißt du noch, wie du ihr immer bei den Mathehausaufgaben geholfen hast? Die hat sie ohne dich nicht geschafft – und jetzt schau, wo sie steht. Anwältin! Sie ist von einer großen Kanzlei in San Diego genommen worden.«

Deshalb hatte meine Mutter mit mir shoppen gehen wollen. Nicht um Zeit mit mir zu verbringen, sondern weil sie mich von einem ordentlichen Berufsweg überzeugen wollte, weil ich mehr wie Salma sein sollte oder wie Jessica oder sonst irgendwer. Die Kontroverse war alles andere als neu. Wir hatten sie in der einen oder anderen Form ausgetragen, seit ich die Medizin aufgegeben und mich für das Musikstudium entschieden hatte. Die Vorstellung, das Gespräch darüber nun in der Schuhabteilung von Macy's fortzusetzen, war unerträglich. *Sie* war unerträglich.

Nur Sekunden zuvor hatte ich Mitleid mit ihr empfunden und mich von meinem Vater betrogen gefühlt, doch jetzt verschob sich das alles. Was immer er sonst getan hatte – er hatte mich nie anders gewollt, als ich war. Niemals hätte er mich derart überrumpelt oder zu überreden versucht, das Einzige aufzugeben, das mein Leben mit

Sinn erfüllte. Seine Liebe war von Freiheit geprägt gewesen, während die meiner Mutter einem Krieg glich, den sie tagtäglich führte, um mich zu etwas anderem, Besserem zu machen. Und selbst wenn ich Medizin, Jura oder Betriebswirtschaft studiert hätte, hätte sie noch Verbesserungsfähiges in mir gefunden und es mir vorgehalten. Dass sie sich meiner Schwester gegenüber nie so verhielt, regte mich besonders auf. Salma konnte schlicht nichts falsch machen.

Ich schleuderte die schwarzen Pumps von den Füßen und probierte die braunen Sandalen an. Sie waren bequem und bestens für den Sommer geeignet. »Die nehme ich«, sagte ich.

Schweigend fuhren wir von Palm Desert nach Hause zurück. Die Leichtigkeit, die der Tag verheißen hatte, war durch unseren Streit getrübt worden. Ich konnte es kaum erwarten, wieder allein zu sein. Nachdem ich meine Mutter abgesetzt und mich mit einer knappen Handbewegung von ihr verabschiedet hatte, fuhr ich zurück auf den Highway. Es war Nachmittag geworden, und auf den Gehwegen war kein Mensch zu sehen. Als ich den Partyzubehörladen passierte, in dem mir mein Vater zum achten Geburtstag eine Piñata gekauft hatte, spürte ich wieder, wie sehr ich ihn vermisste. Im Star Brothers, wo ich Milch kaufen wollte, brach ich fast in Tränen aus, als ich an einem Kunden vorbeiging, der nach Dads Rasierwasser roch. Und als ich das Häuschen betrat, fiel mir plötzlich eine gemeinsame Wanderung zum Willow Hole ein. Er fehlte mir.

Salma

Beim Aufwachen siehst du als Erstes die Pan-Am-Tasche an der Schulter deiner Mutter. Sie ist blau und weiß und hat in einer Ecke ein Loch. Du liegst schlaftrunken in den Armen deines Vaters, und während er dich aus dem Flugzeug trägt, fragst du: »Gehe ich hier zur Schule?« Seit Wochen sprichst du von nichts anderem als von der Schule; sie ist die Karotte, die dir die Eltern vor die Nase gehalten haben, damit du dein Zuhause verlässt. Du musst nur ins Flugzeug steigen, hat es geheißen, und am Ende der Reise wartet die Schule. »Ja, hier«, sagt dein Vater hastig. Am Gate steht dein Onkel. Er hebt dich hoch, küsst dich, reibt sein unrasiertes Kinn an deiner Wange. Er riecht nach Zigaretten und lacht viel, so wie dein Vater. Und zugleich ist er ganz anders als er.

Dein Onkel lebt mit seiner Frau in Culver City. Sie haben eine Ausziehcouch, einen Garten mit einem Zitronenbaum und einer Schaukel und zwei Söhne, die dich zwicken, wenn keiner hinsieht. An ihren freien Tagen kochen die Erwachsenen ein üppiges Mahl, trinken Pfefferminztee und unterhalten sich stundenlang über den König und Ronald Reagan. So, wie sie reden, könnte man meinen, der König wäre im Nebenzimmer und

Ronald Reagan im Nachbarhaus. Die Kinder müssen draußen spielen. Und weil du kaum verstehst, was deine Cousins sagen, ahmst du ihre Gangart, ihr Lachen und schließlich auch ihre Sprache nach. Sie verkleiden dich und marschieren mit dir durch den Garten. Du wirst zum perfekten Äffchen.

Im Frühling ziehst du mit deinen Eltern in eine Kleinstadt in der Mojave, wo sie einen Donut-Shop eröffnen. Es gibt kein Entkommen vor Sonne und Wind. Schon nach wenigen Tagen ist deine Haut verbrannt, deine Lippen werden rissig und dein Haar zwei Farbtöne heller. Wieder fragst du nach der Schule. »Nächstes Jahr vielleicht«, sagt dein Vater leichthin. »Jetzt bist du dafür noch zu klein.«

Betrug ist dir noch unvertraut und schwer zu verkraften. Du blätterst in den Maklerzeitschriften aus dem Ständer vor dem Laden und tust so, als könntest du lesen. Nach und nach erkennst du die Buchstaben unter den Fotos: H-a-u-s. Du bittest um weitere Zeitschriften. Deine Mutter besorgt sich einen Bibliotheksausweis, leiht fünf Bücher auf einmal aus und setzt dich mit ihnen in die Ecke. Sie muss einen Laden führen, Tabletts säubern, Böden wischen; sie hat keine Zeit zum Spielen. Doch wenn abends alles ruhig ist, singt sie dir arabische Wiegenlieder und lässt dich mit dem Kopf auf ihrem Schoß einschlafen. Du drückst dein Gesicht an ihren Bauch und staunst darüber, wie warm es da drin gewesen sein muss. Wenn du dort nur wieder hineinkriechen könntest! Am Wochenende kommt der Onkel mit seiner Familie zu Besuch. Wenn deine Cousins dich zwicken, beißt du sie.

Endlich ist der Tag da – du wirst in die Yucca Mesa Elementary eingeschult. Das Alphabet kennst du bereits, und du meldest dich und gibst immer die richtige Antwort, wenn dich Mrs Hamilton aufruft. Jetzt bist du kein Äffchen mehr, sondern eine Zirkusrobbe, die viele Tricks auf Lager hat: Du singst »I'm a Little Teacup«, weißt, wie man *Mädchen, Haus* und *wollen* schreibt, und bekommst für die erste Klassenarbeit eine Eins. Ab jetzt nimmt dich deine Mutter überallhin mit. Du benutzt Wörter wie *Avocado* und *Feinkostladen*, ohne zu stottern, und fragst, ohne kichern zu müssen, wo die Zucchini ist. Du kommst nach der Berber-Seite der Familie; jedes Frühjahr wird dein Haar heller. Supermarktverkäuferinnen fragen, ob du einen Aufkleber möchtest, junge Dame. Bankangestellte fragen, ob du dich aufs Ostereiersuchen freust. Erst nach Jahren begegnet dir das Wort *vorübergehend*.

Eines Tages steht plötzlich ein Kinderbett im Zimmer deiner Eltern, im Hausflur ist ein Kinderwagen abgestellt, und auf dem Boden liegt eine gelbe Spielmatte, die du nicht berühren darfst. Dein Vater beugt sich über das neue Baby und stößt seltsame Laute aus, als wäre das kleine Mädchen etwas Besonderes, obwohl es weder zwei und zwei zusammenzählen noch die Uhrzeit lesen oder beim Halloween-Fest der Erstklässler den Preis für den gruseligsten Kürbis gewinnen kann. Es hat dunkle Haut, pummelige Beinchen und große Augen, die dich auf Schritt und Tritt verfolgen. Wenn niemand hinsieht, zwickst du es. Dann schreit es und lässt sich kaum mehr beruhigen, und deine Mutter fragt sich, was mit dem Kind los sein könnte.

Du sprichst noch Arabisch, aber du träumst auf Englisch.

Du wirst sehr groß, bist in der neunten Klasse fast eins achtzig. Spielst Volleyball, nimmst an Wissenschaftswettkämpfen teil, engagierst dich beim Wohltätigkeitsbasar deiner Schule, errätst die korrekte Anzahl der Jelly Beans im Glas. Du bist immer pünktlich, nie krank, nie unhöflich, sehr beliebt bei den Eltern deiner Freundinnen. »So ein vernünftiges Mädchen!« Bei der Poolparty der Nachbarn, zu der die ganze Familie eingeladen ist, haust du mit den anderen Mädchen ab, weil ihr euch heimlich schminken wollt, und lässt deine Schwester allein. Sie fällt ins Becken – da, wo man nicht stehen kann – und ertrinkt um ein Haar. In diesem Moment wird dir bewusst, dass du kein vernünftiges Mädchen bist, und sofort verbirgst du die Erkenntnis vor allen anderen.

Als du zwanzig bist, stirbt im Sommer, während der Collegeferien, der König. CNN überträgt das Begräbnis live, und deine Eltern sehen fassungslos zu, so als bräuchten sie diesen Beweis, um es glauben zu können. Zwei Millionen Menschen säumen die Straßen der Hauptstadt, um einen Blick auf den mit Samt umhüllten Sarg zu erhaschen, der vom königlichen Palast zum Mausoleum gebracht wird. Dein Vater brüllt den Fernseher an: »Habt ihr vergessen, was er getan hat?« Deine Mutter sagt, er soll still sein, und dreht den Ton lauter. Bill Clinton und Jacques Chirac sind extra angereist, Husni Mubarak und Rifaat al-Assad. Einer nach dem anderen preisen sie den verstorbenen Monarchen, bezeichnen ihn als einen Mann des Friedens, als einen Verfechter der Toleranz. »Jetzt«, sagt dein Vater sehr leise, »kann ich wohl meine Mutter besuchen.«

Als du im Jahr darauf mit deinen Eltern und deiner Schwester nach Casablanca reist, erkennst du deine Großmutter nicht wieder und sie dich auch nicht. Wie kann man jemanden vermissen, an den man keine Erinnerung hat? Und doch ergeht es dir so. Während des ganzen

Besuchs sitzt ihr freundschaftlich schweigend nebeneinander. Wagst du dich endlich hinaus, fragen dich Fremdenführer auf Englisch, ob du die Medina besichtigen willst, und wenn du sie ignorierst, probieren sie es auf Deutsch. Die Händler im Basar sagen Miss zu dir, reichen Pfefferminztee und fordern für jedes Schmuckstück den vierfachen Preis. Die Jungs an den Straßenecken pfeifen dir hinterher, wenn du an ihnen vorbeigehst, und greifen sich ungeniert in den Schritt.

Nach dem College studierst du an der Loma Linda University Zahnmedizin und lernst dort einen Mann mit klarem Blick kennen, der immer pünktlich, nie krank, nie unhöflich ist. Wenn er Arabisch spricht, meint man, aus seinem Mund strömte Musik. *Zaytun* – es klingt wie von einer dreizehnsaitigen Laute begleitet. Du heiratest ihn, eröffnest eine Gemeinschaftspraxis, machst deine Eltern stolz. »Warum bist du nicht wie Salma?«, sagt deine Mutter zu deiner Schwester, und jedes Mal geht es dir runter wie Öl.

Tag für Tag blickst du in aufgerissene Münder, riechst stinkenden Atem, kratzt Fäule von löchrigen Zähnen. Nachmittags streitest du dich zunehmend mit Krankenversicherungen wegen der Abrechnungen. Gegen die Kopfschmerzen, die du davon bekommst, nimmst du Vicodin. Dann bist du keine dressierte Robbe mehr. Du bist jetzt ein Vogel. Fliegst davon, bist frei. Wenn dein Mann schimpft, weil die Musterpackungen mit den Schmerzmitteln so schnell verschwinden, sagst du, dafür könntest du nichts, du hättest allein in dieser Woche drei Wurzelbehandlungen durchgeführt. Noch hast du keine Extraschachteln Diazepam bestellt, noch hat er keinen Verdacht geschöpft.

Doch irgendwann wird er argwöhnisch werden. Dann wirst du ihm beim Abendessen über den Tisch hinweg in die Augen sehen, seine Fragen beantworten und ihm recht geben müssen, wenn er sagt, dass von nun an nur noch er operiert. Er wird dich bitten, in die Suchtberatung zu gehen, doch du wirst sagen, es sei alles in Ordnung. Sprich zumindest mit irgendwem, wird er sagen. Sprich mit deiner Mutter. Die Vorstellung, die eigene Mutter könnte etwas über deine Gewohnheit erfahren, ist unerträglich. Ihre Anerkennung ist ein Gefängnis, aus dem du nicht fliehen willst. Ich gehe zu einem Suchtberater, sagst du und vereinbarst nie einen Termin. Wenn sich dein Mann abends schlafen gelegt hat, sitzt du in einem Liegestuhl auf der Terrasse und bewunderst den Ausblick, den es dem Makler zufolge im ganzen Tal kein zweites Mal gibt. Dann schluckst du noch eine Tablette.

Dahin hat dich das Flugzeug gebracht.

Nora

Heute sehe ich ein, dass es reine Sturheit war. Doch damals hatte ich das Gefühl, im Lokal mithelfen zu *müssen*, weil meine Mutter von einem Tag auf den anderen nicht mehr zur Arbeit erschien. Vielleicht wollte sie mich so dazu bringen, in den Verkauf einzuwilligen. Allerdings erreichte sie damit das genaue Gegenteil: Ich sprang für sie ein. Erstaunlich, wie schnell alles wieder da war, was ich Jahre zuvor gelernt hatte. Ich trug auch bei größter Hitze geschlossene Schuhe, bequeme, waschbare Hosen und ein Polohemd mit dem auf der Brusttasche eingestickten Namen des Diners. Ich wickelte Besteck in Servietten, füllte Salz- und Pfefferstreuer auf, übernahm Veronicas Tische, wenn sie eine rauchen wollte, sorgte dafür, dass die Servicestation mit Tellern, Tassen und Schüsseln bestückt war, unterhielt mich mit den Gästen und versuchte, Fröhlichkeit zu verbreiten. Na, wie gehts Ihnen heute? Soll ich Ketchup oder Senf bringen? Vorsicht, der Teller ist heiß. Ach, so ein süßes Baby.

Nach einigen Tagen stellte ich fest, dass ich es zwar schaffte, alle meine Pflichten im Lokal zu erfüllen und obendrein Ware einzukaufen oder in der Bank Münzen zu holen, aber völlig vergessen hatte, wie strapaziös die

Arbeit im Service war, wie sehr abends die Füße anschwollen und die Arme schmerzten. Ich fragte mich, wie Rafi und Veronica damit fertigwurden. Während ich mich am Ende meiner Schicht nur noch danach sehnte, zum Häuschen zu fahren und mich mit einem Bier auf einen Verandastuhl fallen zu lassen, wirkten die beiden noch immer so frisch wie bei Dienstbeginn.

Doch der Beste von allen war Marty, an ihn kam ich nicht ansatzweise heran. Er hatte seine eigenen kleinen Tricks, trug beispielsweise immer zwei Strohhalme in der Schürzentasche, damit er nicht jedes Mal zur Servicestation zurückgehen musste, sobald ein Gast um einen bat. Er brauchte keine Anweisung, um den Sender zu wechseln, wenn die Musik für ein älteres Ehepaar zu laut wurde, oder um die Jalousie ein Stück herunterzulassen, wenn die Nachmittagssonne ein kleines Kind blendete. Er kannte einige Gäste mit Namen und unterhielt sich mit ihnen wie mit uralten Freunden. Abends schloss er ab, und wenn ich am nächsten Morgen aufschloss, hatte er die Marmeladenschalen oder die Zuckerstreuer bereits nachgefüllt und mir ein bisschen Zeit geschenkt.

Als ich an einem Spätvormittag die kurz zuvor beim Großhändler gekauften Papierservietten in der Servicestation verstaute, verließ Marty die Kasse und kam zu mir. »Miss Guerraoui«, sagte er, während er die Brille abnahm und sie an der Schnur baumeln ließ, »machen Sie jetzt die Arbeit Ihrer Mutter?«

»Nein, ich helfe nur ein bisschen.«

»Verstehe.«

»Wenn ich irgendetwas übersehen haben sollte, sagen Sie es mir!«

»Da wäre tatsächlich etwas.«

»Und was?«

»Ihr Vater hat mir letztes Jahr eine Gehaltserhöhung versprochen, aber dann musste die Gefriertruhe ersetzt werden, und er hat mich gebeten zu warten. Ein paar Monate später hat er dann das schicke Schild für das Dach bestellt. Da habe ich ihn noch einmal darauf angesprochen, und er meinte, ich würde die Gehaltserhöhung bekommen. Aber dann ist er gestorben, und wer weiß, wie es jetzt weitergeht?« Er machte eine ausholende Armbewegung, die das ganze Lokal umfasste. »Ich weiß nicht mal mehr, wer hier jetzt eigentlich das Sagen hat.«

Ich schluckte. »Ich habe das Sagen.«

»Dann kriege ich die Gehaltserhöhung von Ihnen? Auf einundzwanzig Dollar in der Stunde haben wir uns geeinigt. Einundzwanzig.«

»Klingt vernünftig«, sagte ich vorsichtig. »Ich bespreche es mit meiner Mutter.«

Marty lächelte so wehmütig, als hätte er keine andere Antwort erwartet, und ging zur Kasse zurück. Ich verzog mich ins Büro und überlegte, wie ich das Thema meiner Mutter gegenüber ansprechen sollte. Es war nicht schwer, sich vorzustellen, was sie erwidern würde – dass das jetzt mein Problem sei, dass sie von Anfang an gegen ein Restaurant gewesen sei und wir das Lokal so schnell wie möglich verkaufen sollten. Und wieder wäre ein Streit über die Zukunft entflammt. Andererseits endete jedes Gespräch mit meiner Mutter in einem Streit über die Zukunft.

Seit Tagen dachte ich darüber nach, wie ich das Geld aus der Lebensversicherung verwenden sollte. Mein Vater hatte mir zwar eine enorme Summe vererbt, die aber teilweise bereits für die Rückzahlung meines Studienkredits verplant war und für den sofortigen Kauf des gesamten Lokals auch gar nicht ausreichte. Wenn ich das Restaurant behalten wollte, musste ich meine Schwester auszahlen und meine Mutter irgendwie überreden, mir ihren Anteil zu überschreiben. Und es waren weitere Ausgaben zu bedenken: In die Hintertür des Diners musste ein neues Schloss eingebaut werden, der Gastraum hatte einen neuen Anstrich nötig, und auch den Speisekarten konnte eine neue Aufmachung nicht schaden. Als Besitzerin des Diners musste ich Angestellte entlohnen, die Arbeitszeiten im Auge behalten und über Gehaltserhöhungen und tausend andere Dinge entscheiden.

Willigte ich dagegen in den Verkauf ein, würde ich mir mit meinem Anteil am Erlös und dem restlichen Versicherungsgeld leicht vier weitere Jahre in der Bay Area leisten können und acht Jahre, wenn ich in der Mojave blieb. Dann hätte ich endlich die Zeit und die Mittel, um mich ausschließlich dem Komponieren zu widmen. Ich würde zu Musikfestivals fahren, Meisterklassen absolvieren oder auch nur zu Hause bleiben und arbeiten. Mein Vater hatte mir ein unglaubliches Geschenk gemacht. Das einzige Problem war, dass es Anderson Baker in diesem Fall geschafft hätte, meinen Vater aus der Stadt zu vertreiben. Das konnte ich nicht akzeptieren. Obwohl es nur vernünftig gewesen wäre, das Lokal zu verkaufen und wegzugehen, blieb ich stur und wollte es behalten.

Jeremy

Wenn ich Nora fragte, ob sie nicht mal Lust hätte, das Häuschen zu verlassen und mit mir essen oder ins Kino zu gehen, sagte sie immer Nein. Nur zu einem Spaziergang ließ sie sich gelegentlich überreden. Ich setzte sie nie unter Druck. Die Jahre beim Militär hatten mir gezeigt, wie wichtig Geduld ist. Ich hatte gelernt zu warten – auf einen Befehl, ein Signal, einen Einsatzsprung, einen Fahrdienst. Ich hatte gewartet, um aufs Klo zu gehen oder telefonieren zu können, und auf das Ende meines Einsatzes. Deshalb war es für mich schon ein Fortschritt, als sie sich eines Tages bereit erklärte, zum Abendessen zu mir nach Hause zu kommen, sodass ich nach der Arbeit zu Stater Brothers fuhr, um ein paar Sachen einzukaufen. Als es klingelte, reduzierte ich gerade die Soße für das Hähnchen. Nora trug ein rotes Sommerkleid mit schmalen Trägern, bei deren Anblick ich mir sofort vorstellte, wie sie später am Abend von ihren Schultern gleiten würden. Ich trat zur Seite, ließ sie rein und schloss die Tür. Nora blieb stehen und sah sich mein Wohnzimmer an: die blaue Couch, ein Geschenk von Ashley und Tommy, nachdem sie sich neu eingerichtet hatten, die große, von meinem Sold gekaufte Stereoanlage, die längst nicht mehr so beeindruckend wirkte wie gleich nach meiner Rückkehr, die Spielekonsole auf dem Boden. Den irakischen Geldschein an der Pinnwand neben der Schiebetür betrachtete sie besonders lang. Ich holte den Pfingstrosenstrauch, den ich für sie gekauft hatte. »Aus welchem Anlass?«, fragte sie ehrlich überrascht.

»Es ist Pfingstrosenzeit«, antwortete ich, weil es mir plötzlich peinlich war zuzugeben, dass ich einen Abend mit selbst gekochtem Essen in ein richtiges Date zu verwandeln versuchte. Als ich sie küsste, geriet der Strauß zwischen uns, und die Lavendelzweige und grünen Beeren kratzten am Hals. »Willst du sie mit nach Hause nehmen, oder soll ich sie ins Wasser stellen?«

»Lass sie da. Sie duften so schön.«

Ich leerte ein hohes Glas, in dem ich sonst die Spaghetti aufbewahrte, füllte es mit Wasser, stellte die Pfingstrosen hinein und trug es in die Küche, wo wir die Blumen vom Esszimmer aus sehen konnten. »Hast du Hunger?«

»Und wie!«

»Gut. Ich habe Unmengen gekocht.«

Sie stellte sich an die Arbeitsfläche und sah mir zu. »Wo hast du kochen gelernt?«

»Habe ich mir nach dem Tod meiner Mutter selbst beigebracht.« Ich hielt ihr einen Löffel Hähnchensoße hin. »Probier mal.«

Ihre Augen wurden größer.

»Versalzen?«

»Nein, schmeckt köstlich.«

Ich trug die Teller zum Tisch. Den Dimmer im Esszimmer hatte ich seit meinem Einzug vor zwei Jahren noch nie benutzt, doch jetzt sorgte ich für schummrige Beleuchtung, bevor ich mich auf den Stuhl gegenüber

Nora setzte. Zum ersten Mal sah ich sie essen – nein, *verschlingen*, was auf dem Teller lag: das Hähnchenfleisch, die Kartoffeln, die zwei Scheiben von dem Baguette, das ich im Supermarkt fast wieder aus dem Einkaufswagen genommen hatte, weil ich nicht dachte, dass sie es essen würde, die grünen Bohnen, einfach alles. Und je mehr sie aß, umso mehr lächelte sie, und je mehr sie lächelte, umso glücklicher wurde ich.

Sie erzählte mir von ihrem Tag. Ein Trupp Motorradfahrerinnen war zum Brunch im Lokal erschienen, und sie musste Klappstühle aus dem Lager holen, weil es so voll geworden war. Während der langen Flaute danach hatte sie ihre E-Mails gelesen, darunter eine persönliche Absage von einem Musikfestival in San Francisco, über die sie sich unglaublich freute. Mir war das ein Rätsel, bis sie mir erklärte, dass sie meistens Formschreiben erhielt und persönliche Briefe mit ein paar aufmunternden Worten sehr wichtig für sie waren, weil sie das Vertrauen in ihre Arbeit wiederherstellten. »Und dein Tag?«, fragte sie.

»Alles ganz normal.« An die Arbeit versuchte ich so wenig wie möglich zu denken. Eine Frau in Twentynine Palms hatte gemeldet, ihr Sohn habe auf ihren Chihuahua eingestochen; nun hatte sie Angst, er könnte es wieder tun. Als ich dort ankam, stand sie im Vorgarten und hielt den Hund wie ein Baby im Arm. Seine Hinterbeine waren mit blauer Binde umwickelt. Ihr Sohn sitze in seinem Zimmer und höre Musik, sagte sie, oder was er eben als Musik bezeichne. Einen Job habe er auch nicht. Sie brachte mich hinein und führte mich über einen olivgrünen, mit Urinflecken übersäten Teppichboden ins Zimmer ihres Sohns. Als er mich sah, sprang er auf und brüllte seine

Mutter an: »Hetzt du mir jetzt die Bullen auf den Hals?« Erst nach einer guten Viertelstunde kannte ich seine Version der Geschichte, der zufolge er dem Scheißköter nichts getan und das Vieh sich wahrscheinlich an einer herumliegenden Rasierklinge geschnitten hatte. »Schauen Sie sich um, Mann! Ist es hier Ihrer Meinung nach sauber?« Die Mutter schnaubte wütend auf. »An einer Rasierklinge? Ich habe keine Rasierklinge – *ich* bin hier nicht diejenige, die sich rasiert!« Ich wartete und sah zu, wie sie stritten. Die dürren Arme, die geweiteten Pupillen und die beim Reden zuckenden Hände des Sohns waren kaum zu übersehen, und prompt stieß ich beim Abtasten auf mehrere Unzen Crystal Meth. Doch kaum hatte ich den Knaben verhaftet, ging die Mutter auf mich los, bettelte, weinte, drohte und folgte mir mit dem wimmernden Chihuahua im Arm zum Wagen. Als ich den Sohn auf die Rückbank verfrachtete, erwachte das Tier plötzlich zum Leben und schnappte mit gefletschten Zähnen nach mir. Obwohl ich der Frau befahl, ihren Hund festzuhalten, ließ sie ihn los, sodass er gegen das Wagenfenster prallte, hinunterglitt und den Lack zerkratzte. Nicht mal dann hörte er auf zu bellen.

»Klingt ziemlich surreal«, meinte Nora.

»Ist es auch.« Das Surreale war das Normale, das Normale war surreal. »Lust auf Nachspeise?«, fragte ich und holte die Schoko-Brownies aus dem Ofen. Ich hatte sie aus einer Backmischung gemacht, sprühte aber noch jeweils eine Portion Sahne auf die Teller, bevor ich sie zum Tisch trug. Gar nicht schlecht, dachte ich. Die Brownies schmeckten sogar leicht nach Vanille. Nora rührte sie allerdings nicht an. »Magst du keine Brownies?«, fragte ich.

»Doch, aber ich bin zu voll.« Sie klopfte sich auf den

Bauch. »Alles, was ich jetzt noch essen würde, landet direkt an den Oberschenkeln.«

Ich lachte, spürte aber, dass sie es ernst meinte. »Komm mal her«, sagte ich und schob meinen Stuhl zurück, damit sie sich auf meinen Schoß setzen konnte. Ich hielt sie fest, strich mit der Hand an ihren Beinen entlang und um ihre Hüften. »Du hast wunderschöne Oberschenkel.« Meine Hand glitt zu ihrer Brust hinauf. »Aber am allerschönsten ist das hier.«

»Meine Brüste?«

»Dein Herz.«

Unsere Blicke trafen sich, doch sie sah gleich wieder weg. »Sag so was nicht, Jeremy.«

»Warum nicht?«

»Weil es die Sache nur kompliziert macht.«

»Die Sache ist doch schon kompliziert.«

Draußen zirpten die Grillen. Ich hatte das nächtliche Konzert bisher kaum je beachtet; erst während ich auf Noras Erwiderung wartete, wurde ich darauf aufmerksam. Als sie mich nach einer Weile anblickte, sah ich, dass sich etwas verändert hatte. In diesem Moment entschied sich etwas zwischen uns. Ich legte den Kopf an ihren Hals, doch dann klingelte es, und ich musste zur Tür.

»Wo bleibst du, Alter? Du bist zu spät.«

Vor mir stand Fierro in T-Shirt und Jeans und mit der Baseballkappe, die er immer auf dem Schießstand trug. Ich ärgerte mich über ihn, weil er in den Abend hineingeplatzt war, über mich, weil ich die Verabredung zum Schießen vergessen hatte, und dann wieder über ihn, weil er mich an mein Versäumnis erinnerte. »Scheiße, das habe ich total verpeilt.« Obwohl ich in der Tür stand, ging er, gelockt vom Essensgeruch, von den Blumen und der

Anwesenheit einer Frau, einfach an mir vorbei. Während ich ihm ins Esszimmer folgte, verknotete sich etwas in meiner Brust. In einer einzigen geschmeidigen Bewegung stand Nora auf und schob sich den Träger hoch, der auf die Schulter gerutscht war.

»Ich wusste nicht, dass du Besuch hast«, sagte Fierro.

Nora lächelte Fierro an und Fierro Nora. Dann sahen sie beide zu mir hinüber.

»Entschuldigt bitte – Nora, das ist Bryan Fierro. Bryan, das ist Nora Guerraoui.«

»Schön, dich kennenzulernen«, sagte Nora.

»Ganz meinerseits.«

»Cooles Shirt.«

»Du magst Kyuss?«, fragte Fierro mit einem Grinsen. »Also ich bin totaler Fan. Vor ein paar Jahren habe ich Josh Homme bei einem Konzert in Palm Springs gesehen. Einfach fantastisch. Im Oktober spielt er in Vegas, da fahre ich hin.«

»Wir könnten ja morgen Abend zum Schießstand fahren«, warf ich ein.

»Hast du Homme noch nie live erlebt?«, fragte Fierro.

»Nein«, antwortete Nora. »Aber er ist bestimmt toll.«

»Alter, der ist mega!«

»Er hat mit John Paul Jones eine neue Band gegründet, habe ich gelesen.«

»Stimmt. Die waren vor zwei Jahren auf dem Coachella.«

»Hör zu, Mann – wir fahren morgen zum Schießstand.«

Fierro warf mir einen bösen Blick zu. »Dienstags kostet es weniger. Außerdem will ich meine neue Glock ausprobieren.«

»Ist schon in Ordnung«, sagte Nora und griff nach ihrer Handtasche. »Ich wollte sowieso gerade gehen.«

Aber ich wollte nicht, dass sie ging. Sie sollte bleiben, mit mir reden und sich die ganze Nacht im Schlaf an mich klammern. Und Fierro sollte abhauen, mich nicht mehr mit seiner Bedürftigkeit nerven und zusehen, dass er sein Leben in den Griff bekam. Als Nora hinausging, folgte ich ihr und zog die Tür hinter uns fest zu. Draußen war es kühler geworden. Nora fröstelte in ihrem Sommerkleid.

»Bitte entschuldige. Ich habe völlig vergessen, dass er kommen wollte«, sagte ich.

»Macht nichts.«

»Wirklich?«

»Ja, klar.«

»Und was war das mit Kyuss?«

Sie lachte. »Ich wollte nur nett sein.«

Ich gab ihr einen Abschiedskuss und sah zu, wie sie in ihren Hybridwagen stieg und lautlos aus der Zufahrt bog. Drinnen stand Fierro am Spülbecken und aß einen Hähnchenschenkel, den er sich direkt aus der Pfanne genommen hatte. Ich deckte den Tisch ab und räumte in meiner engen Küche mit routinierten Griffen die Sachen in die Geschirrspülmaschine.

Fierro drehte sich um. »Alter, die ist scharf. Wo hast du die abgeschleppt? Nicht im Gym jedenfalls, da hab ich die noch nie gesehen.«

»Ich habe sie nicht abgeschleppt. Fahren wir zu Rod & Gun. Auf die Fahrt nach Twentynine Palms habe ich jetzt keine Lust.«

»Sie hat dich abgeschleppt? Wow!«

»Keiner hat wen abgeschleppt. Also, Rod & Gun?«

»Die schließen früh. Ist sie Mexikanerin?«

»Gut, dann eben zu Pistol & Rifle.«

»Die sieht irgendwie mexikanisch aus.«

»Ist sie aber nicht.«

»Was dann?«

»Marokkanerin.«

»Marokkanerin«, wiederholte er, als hätte er das Wort noch nie gehört. »Hast du sie gebumst?«

Normalerweise hätte ich Ja gesagt. Auch ich gab hin und wieder gern an. Tief in meinem Inneren war ich noch immer der dicke Siebzehnjährige, der kein Mädchen abbekam – aber gleichzeitig auch das Gegenteil, der fitte Neunzehnjährige auf Heimaturlaub, der plötzlich allen Mädchen auffiel. Worauf du einen lassen kannst, hätte ich normalerweise gesagt. Hier auf diesem Tisch habe ich sie gevögelt. Zwei Mal. Du hättest die Titten von der und der sehen oder die fantastische Blastechnik von der und der erleben sollen! Doch das mit Nora war anders. Es war alt und neu zugleich. Es war auf so ungewohnte Weise verwirrend, dass ich nicht über sie sprechen wollte, am allerwenigsten mit Fierro. Ich drehte ihm den Rücken zu und machte die Arbeitsfläche sauber. »Gut, ich fahre zum Schießstand, aber erst wäschst du dir die Hände. Ich habe keine Lust auf deine fettigen Fingerabdrücke in meinem Haus.«

Er spritzte sich Spülmittel in die Hand, drehte den Hahn auf und rief über die Schulter hinweg: »Sag jetzt bloß nicht, ihr hättet euch gerade über Bücher oder irgend 'nen anderen Scheiß unterhalten. Sag jetzt bitte, dass du sie gebumst hast!«

Ich ging ins Schlafzimmer, schloss den Safe auf und nahm meine Pistole heraus. Als ich mich umdrehte, hing Fierro an der Türstange und machte Klimmzüge, einfach so, zum Spaß. Als er wieder auf dem Boden stand, sah er mich breit grinsend an. »Du hast sie gebumst, stimmts? Gut für dich, Alter.« Er stieß mich in den Arm. »Und jetzt schießen wir eine Runde!«

Auf den Preisnachlass am Dienstag hatten es eine Menge Leute abgesehen. Der Schießstand war so voll, dass wir warten mussten, bis wir loslegen konnten. Das fluoreszierende Licht verpasste dem Vinylboden einen gelben Schimmer, und es roch nach Männern, Waffen und Synthetikklamotten. Aus dem Lautsprecher kam die Mitteilung, für Casey sei eine Bahn frei. Fierro knackte mit den Fingern, während ich mich auf meinem Stuhl zurücklehnte und über Noras sofortigen Aufbruch nachdachte, als sie hörte, dass ich zum Schießstand fahren sollte. Wenn ich ehrlich war, konnte ich sie mir hier auch nicht vorstellen.

»Hab ich dir schon erzählt, dass sie Johnnie letztes Wochenende in der Handtuchabteilung beim Wichsen erwischt und gefeuert haben?«, sagte Fierro plötzlich. »Jetzt wird Dexter Teamleiter, und ich rücke als Abteilungsleiter nach.«

»Du bist befördert worden?«

»Ja, musste gar nichts dafür tun. Sie hätten auch Frank nehmen können, aber sie haben mich genommen. Ich weiß gar nicht, warum.«

»Das ist egal. Bei solchen Gelegenheiten muss man zuschlagen. Nicht lange nach dem Grund fragen – einfach genießen. Glückwunsch!«

»Danke, Alter. Nett von dir.«

»Siehst du? Die Selbsthilfegruppe tut dir gut.«

Er pfiff leise durch die Zähne, eine komische Angewohnheit, die er sich bei Fletcher abgeschaut hatte. Nach einer Weile wandte er sich wieder mir zu. »Hey, hab ich dir eigentlich erzählt, dass ich mit dem Sarge Kontakt hatte? Er ist jetzt Imker.«

»Imker?«, erwiderte ich mehr überrascht als interessiert.

»Genau. Er hat sich was in der Nähe von Waynesboro gekauft. Scheint ihm gutzugehen.«

Zu Sergeant Fletcher blickte Fierro wirklich auf. Das hatte ich auch getan, anfangs. Als ich ihn zum ersten Mal sah, wartete er im hellen Licht eines Januarmorgens mit den Händen in die Hüften gestemmt, dass wir Aufstellung nahmen. Seine feinen Züge – braune Augen, kleine Nase, perfektes Gebiss – wirkten seltsam fehl am Platz in einer Kaserne voller Männer, die möglichst tough zu sein versuchten. Er blieb immer ruhig, regte sich nie auf, hob in keiner Situation auch nur die Stimme. Er stammte aus Fairfax County, Virginia, wo die Kinder mit Fechtunterricht, Mathenachhilfe und Ausflügen in den Botanischen Garten aufwuchsen. Vater Arzt, Mutter Anwältin. Wie so einer bei den Marines gelandet war, wusste keiner. Es gab das Gerücht über eine Prügelei in einem Country Club kurz vor seinem Highschoolabschluss, aber ich hielt das für ein Märchen. Nachdem er schon in Afghanistan gedient hatte, war er jetzt hier im Irak, mit drei Streifen am rechten Ärmel. Anfangs wirkte er unnahbar, wobei ich nicht wusste, ob das an seiner Erziehung lag oder an seiner Erfahrung. Das verstärkte sich noch, als es bei den Offizieren zu Umbesetzungen kam und man Lieutenant Carter dem Zug zuteilte. Der Lieutenant war das genaue Gegenteil von Fletcher: durchschnittlich attraktiv, witzig, zugänglich, immer bereit für eine Runde *Halo* oder *Call of Duty*, wenn die Männer zum Stützpunkt zurückgekehrt waren. Gegen einen einfachen Soldaten zu verlieren, machte ihm nichts aus.

Eines Tages verkündete der Lieutenant, wir müssten ein Safe House in der Nähe von Ramadi überprüfen. Wir gelangten zu einem Bauernhof, der von fast völlig verdörrtem Land umgeben war. Die einzigen Tiere, drei magere Ziegen, weideten unbeirrt auf einem Fleckchen gelbem Gras. Weil Sergeant Fletcher wesentlich mehr Erfahrung hatte, stimmte der Lieutenant zu, als er vorschlug, in Begleitung des Dolmetschers und zweier anderer reinzugehen und mit dem Besitzer zu reden. Nicht das leiseste Lüftchen regte sich in der schweren Hitze. Die Männer warteten und tranken hin und wieder einen Schluck aus ihren CamelBaks. Nach dreißig Minuten im Leerlauf waren die Humvees so aufgeheizt, dass es wie eine Erlösung erschien, als der Lieutenant den Befehl gab, abzusteigen und die Durchsuchung zu starten. Perez, Sanger und ich gingen um das Bauernhaus herum und auf den Brunnen zu. Zwischen landwirtschaftlichen Geräten lag ein umgekippter alter Traktor, die Reifen in der Luft.

In einem Eukalyptusbaum schlug ein Vogel flatternd seine Flügel, und ich hob instinktiv den Blick. Plötzlich sank mein Fuß ein, und schon stürzte ich in ein dunkles Loch, riss Erde, eine Plane und Äste mit und landete auf einem menschlichen Körper, der vom Stoß meiner Schutzweste in den Boden gedrückt wurde. Doch es war keine Leiche, sondern ein lebender Mann bei vollem Bewusstsein. Als sich unsere Blicke trafen, sah ich meine eigene Angst in seinen Augen. Es stank nach unserem Schweiß. Obwohl Sanger und Perez von oben hinunterbrüllten, hörte ich deutlich die Waffe des Mannes unter mir klicken und eine sekundenlang dauernde Ewigkeit später das barmherzige Geräusch eines leeren Laufs.

Dann ging alles ganz schnell – Sanger sprang in das Loch und half mir, dem Mann Handschellen anzulegen, während Perez Doc Jones herbeirief. Ich dachte nur noch daran, dass ich hätte sterben können, mit nicht mal zwanzig, noch bevor ich das Empire State Building gesehen hatte oder im Grand Canyon gewandert oder in einem der gläsernen Aufzüge gefahren war, die ich schon immer ausprobieren wollte. Es war mein neunzehnter Tag im Irak, und die Erkenntnis, dass dies in nächster Zukunft mein Leben sein würde, traf mich mit der Brutalität einer Offenbarung. Während Doc Jones kurz darauf mein Knie untersuchte, bekam ich mit, wie Sergeant Fletcher den Lieutenant zur Seite zog. »Sir, Sie hätten die Männer da nicht hinschicken müssen. Der Bauer war kooperativ. Er hat uns über das Versteck informiert.«

»Ist ja nichts passiert«, sagte der Lieutenant.

»Diesmal nicht.«

»Beim nächsten Mal warten wir, bis Sie mit Ihrem Palaver fertig sind.«

»Jawohl, Sir«, erwiderte Sergeant Fletcher, aber es klang eher wie eine Drohung. *Mach so einen Fehler nie wieder, du Arschloch*. Der Lieutenant wandte den Blick ab, fummelte an seinem Headset herum und verkündete, wir würden bald wieder aufsteigen und sollten uns bereit machen. Fletcher ging zu Doc Jones und mir, beugte sich hinunter und fragte: »Wie gehts dem Knie, Gorecki?«

»Es schwillt an«, antwortete Doc Jones. »Ich gebe ihm Motrin, aber ein, zwei Tage muss er sich schonen.«

»Sie haben sich eine kleine Pause verdient«, sagte Fletcher lächelnd.

Ich nickte, doch das Gefühl, mein Leben nur dem Zufall zu verdanken – einem leeren Lauf –, wurde ich nicht mehr los. Außerdem konnte ich nicht vergessen, dass mich der Lieutenant in das Loch hineingeschickt hatte. Alles, was mir an ihm sympathisch gewesen war, machte mich jetzt nur noch wütend. Seine Witze, seine Verspieltheit. Sein ständiger Hinweis darauf, dass er einen Abschluss von der Duke University hatte. Seine völlig ironiefreie Angeberei. Und noch etwas nervte mich plötzlich: Der Lieutenant ließ den ganzen Zug gern in voller Ausrüstung in der Sonne stehen, während er über noch so banale Tagesbefehle dozierte. Ich begann, mir zu wünschen, Fletcher hätte das Kommando. Fletcher war klug und vorsichtig und kümmerte sich um seine Männer, als wären sie seine Kinder. Manchmal ertappte ich mich noch immer bei diesem Gedanken.

Wie ein Vater.

Weshalb das, was später geschah, umso schmerzlicher war.

Endlich wurden wir zu Bahn 8 gerufen. Die Pistole in meiner Hand fühlte sich kalt und hart und vertraut an. Ich schaffte mehrere Volltreffer. Ich war ein guter Schütze, immer schon gewesen. Im Boot Camp hatte mir meine Treffsicherheit das Selbstvertrauen zurückgegeben, das mir das mörderische Körpertraining fast vollständig genommen hatte. Nichts war vergleichbar mit dem Adrenalinschub vor dem Schuss, der kühlen Ruhe danach, der Verlässlichkeit der Bewegungsabläufe in einer so unzuverlässigen Welt.

Im Auto sagte Fierro, er finde seine neue Glock so toll, er werde seinem Bruder eine zu Weihnachten schenken. Schweigend hörten wir Radio. Ein paarmal hustete er in die Hand und meinte, Alter, bei mir ist was im Anmarsch. In meiner Zufahrt verabschiedeten wir uns mit Handschlag und einem Knuff in die Schulter und vereinbarten, uns in einigen Tagen wieder zu sprechen. Als ich die Diele betrat, roch es nach Pfingstrosen und Schokolade. Ich legte die Pistole in den Safe und fuhr noch mal los.

Auf der Veranda des Häuschens brannte kein Licht, doch die Tür war nicht abgeschlossen. Nora lag schlafend auf der Couch, eine Hand unter dem Gesicht. Plötzlich wirkte sie so ruhig und zerbrechlich, dass ich mir unschlüssig war, ob ich sie wecken sollte. Ich strich mit dem Daumen über ihr Fußgewölbe, und als sie sich regte und mich verwirrt ansah, kniete ich mich neben sie und sagte: »Du darfst die Tür nicht offen lassen. Das ist gefährlich.«

»Ich bin wohl eingeschlafen«, erwiderte sie und setzte sich erstaunt auf. Der Träger ihres Kleids glitt hinunter und enthüllte ihren Brustansatz. Als ich mich zu ihr beugte, um sie zu küssen, fielen die Notenblätter, die auf ihrem Bauch gelegen hatten, zu Boden. Zwischen den Linien und an den Rändern waren mit schwarzem Stift Notizen eingefügt. Sie sammelte die Blätter ein, legte sie wieder auf ihren Bauch und drückte den Stapel so liebevoll an sich, als wäre er ein Kind. »Sag mal …« Ihr Ton verriet, was sie mich fragen würde. »Gehst du oft schießen?«

»Ich bin Polizist, Nora.«

»Ich weiß. Aber du hättest auch dann eine Waffe, wenn du keiner wärst, stimmts?«

»Ja, wahrscheinlich.«

»Und warum?«

»Zu meinem Schutz.«

»Schutz wovor?«

»Vor Leuten, die, ohne anzuklopfen, in dein Haus kommen«, antwortete ich im Spaß. Sie wartete auf weitere Erklärungen, doch weil ich befürchtete, das Thema Waffen könnte zum Thema Krieg führen – ein Thema, das ich unbedingt vermeiden wollte –, hob ich ein einzelnes Notenblatt auf, das noch am Boden lag, gab es ihr und fragte: »Darf ich etwas von deinen Kompositionen hören?«

»Interessiert dich das wirklich?«

Zwei Stücke von ihr hatte ich im Internet gefunden, eine klassische Komposition und eine eher jazzige. Beide hatten mir gefallen, waren aber schon drei Jahre alt, und ich war gespannt, was sie seitdem komponiert hatte. »Ja, natürlich.«

Sie zögerte. »Es ist noch nicht ganz fertig.«

»Macht nichts.«

Sie streckte sich, gähnte und trottete zum Zähneputzen ins Bad. Ich blieb eine Zeit lang an der Tür und stellte mich schließlich neben sie. Die Dichtungsmasse, mit der ich das Becken tags zuvor ringsum verfugt hatte, hob sich hell von den verschrammten rosa Fliesen ab. Nora hatte die Aktion für überflüssig gehalten und erst nachgegeben, als ich ihr klargemacht hatte, wie schädlich eine schlechte Verfugung für die Wand sein konnte. Ich fuhr mit dem Finger die weißen Linien nach; die Masse war getrocknet, und das Becken sah jetzt viel besser aus. »Können wir unser Gespräch zu Ende bringen?«, fragte ich.

»Welches Gespräch?«

»Unser Gespräch, bevor Fierro aufgetaucht ist.«

Mit dem veränderten Blick, der mir schon früher am Abend in ihren Augen aufgefallen war, betrachtete sie mich im Spiegel. Nachdem sie sich den Mund gespült und die Zahnbürste in den Plastikbecher neben dem Wasserhahn gestellt hatte, blieb sie reglos stehen. Starr. Unbeugsam. Ich schob einen Finger unter ihren Träger und zog das Oberteil des Kleids hinunter. Während ich die Lippen auf ihre Haut drückte, überkam mich eine große Traurigkeit. Mehr als das würde ich von ihr nie bekommen. Ich konnte schon das Ende sehen. Genieß es, solange es dauert, sagte ich mir.

Sie drehte sich um und sah mich an. »Willst du das Stück wirklich hören?« Die Frage klang herausfordernd, und sie beinhaltete noch etwas anderes. Nora wollte wissen, ob ich wirklich bereit war für das, was ich mir so sehr wünschte. Draußen durchbrach das Windspiel mit seinem abrupten Klirren die Stille, und gleich darauf gurrte die Taube.

»Ja«, sagte ich. »Natürlich.«

Sie ging an ihren Laptop und scrollte durch die Dateien, bis sie die richtige gefunden hatte. Ich setzte mich auf die Couch, schloss die Augen und hörte zu. Mich rührte nicht nur die Schönheit des Stücks, sondern auch Noras mühelose Bereitschaft, ihr Herz zu öffnen. Sie hielt nichts zurück, und in mir wuchs die Angst, sie könnte eines Tages das Gleiche von mir erwarten.

Anderson

Es war ein Unfall. Klar, dass die Tochter mehr daraus zu machen versuchte und damit einige Leute aufwiegelte, aber sie lebte eben nicht hier und kannte sich nicht aus. Es war schlicht und einfach ein Unfall, ein unglücklicher, unvermeidlicher Unfall, wie die Anwältin gesagt hatte. Ich hatte mir zunächst nicht einmal einen Anwalt nehmen wollen, doch Helen bestand darauf, weil sie der Polizei nicht traute, womit sie wahrscheinlich recht hatte. Ich war froh, dass Miss Perry an unserer Seite war und sich um uns kümmerte, obwohl wir uns ihr Honorar kaum leisten konnten. Bis heute verstehe ich nicht, warum der Mann im Stockdunkeln die Kreuzung überqueren musste. Das eigentliche Problem ist doch, dass wir an diesem Highway Beleuchtung und Ampeln brauchen. Einen Menschen wegen etwas Unvermeidbarem zu beschuldigen, bringt überhaupt nichts. Ist es so schwer zu begreifen, dass Unfälle nun mal passieren?

Nachdem mir meine Anwältin von den wilden Vorwürfen der Tochter erzählt hatte, spielte ich mit dem Gedanken, dem Restaurant nebenan einen Besuch abzustatten, ein Wörtchen mit der jungen Dame zu reden und ihr klarzumachen, dass sie sich irrte. Doch Miss Perry brachte mich von dem Vorhaben ab. Ihrer Meinung nach wäre der Eindruck entstanden, ich hätte etwas Falsches getan, und so war es ja nicht. Ich hatte versucht, das Richtige zu tun.

Früher waren die Leute nicht so. Ich erinnere mich an einen Unfall 1975 oder 1976, ein paar Jahre nachdem Helen und ich die Bowlingbahn eröffnet hatten, und dieser Unfall war anders ausgegangen. Das Ganze passierte am Familienabend. Die günstigeren Preise für Familien galten zwar donnerstagnachmittags von drei bis sechs, aber wir nannten es weiterhin Familienabend, damit es zu den anderen Specials passte, die Helen draußen anschlug. Eines Tages kam eine Familie mit sechs Kindern. »Da werden Sie zwei Bahnen brauchen«, sagte ich zum Vater, der einen buschigen Schnurrbart trug, wie es damals Mode war, und so jung aussah, dass man ihm die sechs Kinder kaum abnahm. Der Mann hatte allerdings keine Lust, zwei Bahnen zu bezahlen, sondern ging mit seiner ganzen Sippe zu Bahn 8. Sie brauchten ewig – das kleinste Kind war erst ungefähr drei –, und in ihrem Sitzbereich sah es hinterher wie in einem Schweinestall aus. Alles voller Kartoffelchips, obwohl auf dem Schild am Eingang klar und deutlich stand, dass im Bowlingbereich kein Essen erlaubt war.

Weil bereits zwei Gruppen warteten, bat ich meinen Mitarbeiter Greg, so schnell wie möglich aufzuräumen. Beim Fegen stieß er mit dem Besen gegen eine der beiden Stoßstangen rechts und links der Bahn, und sie löste sich. Ohne groß nachzudenken, schob er die Stange mit dem Fuß an ihren Platz zurück, doch das Ding fiel sofort wieder runter und schlitzte ihm den Fuß auf. Greg, ein großer, stämmiger Typ aus Moreno Valley, fiel vor Schmerz in

Ohnmacht. Ich lief hin, half ihm auf die Beine, und Helen holte Eiswasser. Dann fuhren wir ihn ins nächste Krankenhaus – damals noch das High Desert Memorial in Yucca Valley – und warteten. Und weil sie früher noch nicht die Technik von heute hatten, verlor Greg zwei Zehen am linken Fuß. Der Mann war ein echter Champ – schon ein paar Wochen später kam er wieder zur Arbeit. Wir brachten neue Schilder mit dem Hinweis an, dass im Bowlingbereich Essverbot herrschte, und setzten die Sicherheitsvorschriften konsequent durch. Aber wir wussten, wann ein Unfall ein Unfall war, und schoben keinem anderen die Schuld zu.

Die Stadt hat sich seitdem enorm verändert. Hardesty's, den Lebensmittelladen, gibt es nicht mehr, und das Sportgeschäft Steeley's ist auch verschwunden. Dafür haben wir jetzt einen Walmart und eine Filiale der Restaurantkette Applebee's. Und sogar Starbucks. Und alle möglichen Leute kommen hierher, alle möglichen. Wenn ich heute einkaufen gehe, treffe ich niemanden, den ich kenne. Früher bin ich immer Freunden oder Nachbarn oder Bekannten aus der Kirche begegnet. Aus, vorbei. Alles verändert sich viel zu schnell. Vor zehn Jahren hatte man hier seine Ruhe, aber jetzt stehen die Touristen auf dem Weg in den Nationalpark mit laufendem Motor im Stau oder führen sich in ihren Airbnb-Apartments unmöglich auf, nehmen Drogen oder weiß Gott was. Manche sagen, ich sollte dankbar für das Geld sein, das die Neuen bringen, aber meiner Meinung nach verändern sie die Stadt nur und wollen dafür auch noch Dank. Die haben mich nicht gefragt, ob ich sie haben will. Die sind einfach gekommen.

Coleman

Wenn mir ein Beweis fehlt, rolle ich die Sache von den wenigen bekannten Details her auf und ermittle, ob etwas dran ist. Als Miles an einem Sonntagnachmittag wieder einmal auf der Couch lag und sehnsüchtig in seinen Instagram-Account starrte, sagte ich, er dürfe seinen neuen Freund gern zum Abendessen einladen. Kaum hatte Brandon ihm geschrieben, dass er kommen könne, lief Miles los und räumte sein Zimmer auf. Er machte das Bett, sammelte die schmutzigen Klamotten ein und brachte den Müll raus. Dann duschte er eine halbe Stunde lang. Ray bemerkte natürlich nichts, weil er permanent in den Fernseher starrte. An diesem Abend spielten die Lakers, und keine Leidenschaft ist größer als die eines Fans, der die Seiten gewechselt hat. Ich schälte die Kartoffeln, marinierte das Hühnerfleisch und deckte den Tisch für vier Personen. Als Miles ins Wohnzimmer zurückkam, stank er nach Old Spice, und ich ließ absichtlich eine Gabel fallen, damit Ray endlich aufsah, was er aber nicht tat. Lakers 78, Nuggets 75, und es ging ins dritte Viertel.

Punkt sieben Uhr klingelte Brandon. Er trug ein altes T-Shirt und eine ausgefranste Kakihose, hatte aber sein Wuschelhaar mit viel Gel und Mühe zurechtgekämmt.

Auf der Flasche im Halter an seinem Rad, das neben meinem Wagen in der Zufahrt stand, klebte ein Sticker mit dem Slogan ECHTE MÄNNER FAHREN FAHRRAD. »Danke für die Einladung, Mrs Coleman«, sagte er, als er eintrat.

»Es ist mir ein Vergnügen«, erwiderte ich.

Ray stellte den Ton ab, stemmte sich hoch und schüttelte unserem Gast die Hand. »Hallo, junger Mann!«

»Das ist Brandon«, sagte ich. »Ein Schulfreund von Miles.«

»Ah ja«, erwiderte Ray und schielte zum Fernseher hin.

Miles schob sich rempelnd an mir vorbei, fragte: »Willst du *Battlefield* auf der Xbox spielen?«, und bugsierte Brandon sofort in sein Zimmer. Die Tür wurde geschlossen, Ray saß wieder in seinem Sessel, und ich war allein.

Wenn mich etwas sehr beschäftigt, versuche ich, mit den Händen zu arbeiten, um nicht durchzudrehen. An diesem Abend hatte ich das Haus allerdings schon von oben bis unten geputzt, und mir fiel nichts mehr ein, was ich hätte tun können. Deshalb setzte ich mich neben Ray auf die Couch und begann, Nägel zu kauen – eine schlechte Gewohnheit, die ich nicht loswurde, obwohl Ray mich ständig ermahnte. Als das Basketballmatch endlich zu Ende war, machte ich den Salat an und rief die Jungs. Zum Glück hatten die Lakers gewonnen, was bei Ray für beste Laune sorgte. Beschwingt ergriff er den Limonadenkrug und schenkte ringsum ein. »Miles und du, ihr seid also Klassenkameraden?«, fragte er Brandon.

»Nein, Mr Coleman, wir sind nur im selben Jahrgang.«

»Ach so, ja, klar. Genau das habe ich gemeint.«

Die Jungs nahmen sich von den Ofenkartoffeln. Miles griff nach der Ketchupflasche und schob das Senfglas an

Brandons Teller heran, ohne darum gebeten worden zu sein.

»Bist du eigentlich von hier, Brandon?«, fragte ich.

»Ja, aber geboren bin ich in Torrance. Meine Mom ist da aufs College gegangen und erst hierhergezogen, als sie fertig war.«

»Was hat sie denn studiert?«, fragte Ray.

»Dentalhygiene«, antwortete Brandon, und sofort brachen beide Jungs in Gelächter aus. Es war wohl irgendein Insiderwitz. Kaum hatte der eine aufgehört, legte der andere wieder los.

Ich hatte Miles seit Wochen nicht mehr lachen hören und freute mich so sehr darüber, dass ich selbst zu kichern begann. »Worüber lacht ihr?«, fragte ich.

»Ach, über nichts, Mom«, erwiderte Miles.

Immerhin war ich jetzt wieder seine Mom, auch wenn er distanziert blieb und mir den Witz nicht erklären wollte. Dass es mir nach dreizehn Jahren extremer Nähe nicht gelang, den Panzer zu durchstoßen, mit dem er sich umgeben hatte, tat weh. Ich schob das Hähnchenfleisch auf meinem Teller herum und wartete auf eine Bemerkung von Ray, doch der schüttelte nur gemächlich und verständnisvoll den Kopf.

Abends im Bett fragte ich ihn nach seiner Meinung über Brandon. »Na ja, es muss auch solche geben«, lautete die Antwort. Mein Mann hatte nämlich die nervige Angewohnheit, sich in leere Phrasen zu flüchten, wenn er nicht weiterwusste.

Was, wenn ich ihm erzählen würde, dass Brandon für Miles nicht einfach nur ein Freund war? Mehrere Jahre zuvor hatte Ray den Kontakt zu seiner New Yorker Cousine abgebrochen, nachdem sie mit ihrer Freundin zusammengezogen war – auch wenn er stets betonte, das sei nicht der Grund gewesen. »Seit sie auf die Uni geht, hat sie sich verändert, das ist alles.« Jetzt tat er so, als sähe er nicht, was klar auf der Hand lag, und das war merkwürdig für einen sonst so aufmerksamen Vater. Ich begann, an meiner Wahrnehmung zu zweifeln. War da vielleicht doch nichts? Machte ich aus einer Mücke einen Elefanten? Miles wirkte glücklich, und war das nicht das Einzige, was zählte?

Am nächsten Morgen ging ich völlig übermüdet zur Arbeit. Im Besprechungsraum trank ich eine große Tasse Kaffee und versuchte, mich auf die Tagesberichte zu konzentrieren. Vasco war gutgelaunt – er hatte nach der Rettung eines ausgesetzten Babys gute Presse bekommen, und die Bowden-Sache verschwand allmählich aus den Nachrichten. Als wir den Raum verließen, fragte er mich nach dem Fahrerfluchtfall, und ich erklärte wahrheitsgemäß, dass ich keine stichhaltigen Beweise für einen Vorsatz gefunden hatte und die Ermittlungen wegen Mordes so gut wie abgehakt waren. »Großartig«, meinte er. »Dann können Sie sich endlich um anderes kümmern.«

Ich setzte mich an meinen Schreibtisch, beantwortete Mails und versuchte, den Papierkram abzuarbeiten. Im Nebenraum kreischte Murphys Kaffeemaschine. War ihm an seinem und meinem Sohn etwas aufgefallen? Falls ja, merkte man es ihm nicht an. Frühmorgens hatte er mir im Pausenraum freundlich zugelächelt, aber kein Wort gesagt. Kurz bevor ich zum Mittagessen ins Subway fahren wollte, rief ein Kollege vom Empfangstresen an und teilte mir mit, bei ihm sei jemand, der etwas zum Fall Guerraoui aussagen wolle. Ein Zeuge.

Die Zeitungsanzeige und die fast einen Monat zuvor in der Stadt angebrachten Plakate hatten nur zu wenigen, allesamt unbrauchbaren Anrufen geführt. Außerdem war der Fall im Grunde geschlossen. Deshalb ging ich eher gereizt als gespannt in den Eingangsbereich; ich hielt das Ganze für reine Zeitverschwendung. Mr Aceves sprang so hastig auf, dass ihm der Hut vom Schoß fiel. Während er ihn mit der linken Hand aufhob, streckte er mir die rechte entgegen. Die zierliche Frau neben ihm stellte sich als die Ehefrau vor. »Ich kann für ihn übersetzen«, sagte sie.

»Das ist nicht nötig«, erwiderte ich. »Wir haben hier Leute, die Spanisch sprechen.«

Sie wirkten beide enttäuscht. Ich glaube, sie wollten einfach nicht getrennt werden. Nachdem ich Mr Aceves in den Vernehmungsraum gebeten hatte, trottete er hinter mir her wie ein Lamm, das zur Schlachtbank geführt wird.

Efraín

Wir setzten uns in einen kleinen grauen Raum mit heruntergezogenen Jalousien. Die Kamera machte mich nervös, aber der Deputy, der dann kam, um zu dolmetschen, ein *feo* mit lockigen Haaren und einer Zahnspange, meinte, das wäre normal. *»El protocolo«*, erklärte er und fragte, ob ich Wasser oder einen Kaffee wollte. Ich sagte Nein. Ich wollte es hinter mich bringen, beschreiben, was ich damals in der Nacht gesehen hatte, und wieder verschwinden. Dann erzählte ich die Geschichte genau so, wie ich sie in Erinnerung hatte. »Ich bin nach der Arbeit mit dem Fahrrad auf dem Highway 62 nach Hause gefahren, da ist mir plötzlich die Kette rausgesprungen.« Ich sprach zu Detective Coleman, die mir gegenübersaß, aber ich musste immer warten, bis es vom Deputy übersetzt war.

So hatte ich noch nie etwas erzählt, mit einer Pause nach jedem Satz, der dann in einer anderen Sprache wiederholt wurde, aber komischerweise machte mir das die Einzelheiten umso stärker bewusst. Nach einer Weile fand ich es sogar ganz gut, dass alles aufgenommen wurde. Ich glaubte, sobald meine Geschichte erst mal aufgezeichnet war, könnte ich sie endlich vergessen. Und sie zu vergessen, war das Einzige, was ich wollte. All das hinter mir zu lassen. Ich ertrug es nicht länger, dass Guerrero sich in mein Leben einmischte und Marisela seit Wochen so still war. Obwohl sie nicht mehr nach dem Unfall fragte, spürte ich, dass ich ihrer Meinung nach zur Polizei gehen sollte, und ihr enttäuschter Blick, wenn ich Tag für Tag Nein sagte, war fürchterlich. Ich wollte, dass alles wieder so war wie früher.

Als ich mit meiner Geschichte zu Ende war, musste ich noch mal von vorn beginnen, nur dass mir Detective Coleman diesmal zwischendurch Fragen stellte, die mich in Widersprüche verwickeln sollten – zumindest kam es mir so vor, weil sie so aggressiv klang. »Augenblick – sind Sie in östlicher oder in westlicher Richtung auf dem Highway gefahren?«

»In östlicher«, antwortete ich.

»Wie weit von der Kreuzung entfernt haben Sie angehalten?«

»Dreißig bis fünfzig Meter.«

»Und was geschah, nachdem der Wagen Mr Guerraoui angefahren hatte?«

»Dann ist er nach links auf den Chemehuevi abgebogen, und dabei ist der Mann von der Motorhaube gerollt und auf die Straße gefallen.«

»Und Sie haben ihm nicht geholfen?«

»Er hat sich nicht mehr bewegt«, sagte ich mit einem Hilfe suchenden Blick zum Dolmetscher. »Er ist ganz still dagelegen. Ich war mir sicher, dass er tot war.«

»Sie haben vorhin gesagt, der Unfall hätte sich um halb zehn ereignet. Woher wussten Sie, wie spät es war? Sie tragen keine Uhr.«

»Nein, aber ich fahre immer gegen neun von der Arbeit los und bin um zehn zu Hause. Die Kreuzung liegt ungefähr in der Mitte, deshalb glaube ich, dass es halb zehn war. Aber ich kann mich auch irren.«

»Welche Farbe hatte der Wagen?«

»Silber, glaube ich.«

»Marke und Modell?«

»Ich bin mir nicht sicher. Ich habe ihn nur von der Seite gesehen, als er in den Chemehuevi Way einbog. Auf jeden Fall war es eine Limousine mit langer Schnauze. Ein Ford vielleicht.«

»Haben Sie in der Zeitung etwas über den Unfall gelesen, Mr Aceves?«

»In welcher Zeitung? Ich habe gar nichts gelesen, sondern nur auf dem Parkplatz vor dem Kasa Market ein Auto entdeckt, das genauso ausgesehen hat.«

»Und wie sah der Sticker am Seitenfenster aus?«

»Rund und rot wie ein Apfel.«

»Saßen noch andere Leute außer dem Fahrer im Wagen?«

»Ich habe keine anderen gesehen.«

»Und der Fahrer?«

»Den konnte ich nicht richtig erkennen.«

»Aber es war ein Mann?«

»Ich glaube schon. Er hatte eine Baseballkappe auf.«

»Er hat nicht abgebremst?«

Nein, und das hatte ich ihr schon beim ersten Mal gesagt. Aber sie fragte trotzdem. Sie sagte, ich sollte die Augen schließen, mich zurückversetzen und überlegen, ob der Fahrer irgendwann vor oder nach dem Unfall gestoppt hatte. Ich erklärte noch einmal, dass der Fahrer weder abgebremst noch gestoppt hatte. Wenn überhaupt, war er sogar noch schneller gefahren. Genau das hatte mich ja dazu gebracht, den Blick zu heben – das Geräusch eines Autos, das beschleunigte.

»Wann hat er beschleunigt?«

»Wann?«

»Bevor er das Opfer angefahren hat oder danach?«

»Davor.«

»Sind Sie sicher?«

Ich hatte zuerst gehört, wie das Auto beschleunigte, dann kam der Aufprall. »Ja, er hat davor beschleunigt«, sagte ich. »Dann hat er den Mann angefahren, ist abgebogen und den Chemehuevi hinuntergerast.«

Sie bat mich, alles von vorn zu erzählen, die ganze Geschichte von Anfang bis Ende. Erst lange nach Mittag ließ sie mich gehen. Ich war erschöpft. Dabei wusste ich nicht einmal, ob meine Aussage hilfreich war, weil Detective Coleman es mir nicht sagte, sondern nur, dass sich jemand von der Staatsanwaltschaft melden würde, wenn der Fall vor Gericht kam.

Als ich in die Eingangshalle trat, stand Marisela auf und fragte: »Wie war es?«

»Ich habs hinter mir«, sagte ich. »Komm, wir gehen.«

Ich nahm sie an der Hand und lief die Stufen zur Glastür hinunter. Marisela hatte sich den Vormittag freigenommen, um mich zu begleiten, doch draußen in der Sonne bekam ich plötzlich Bedenken, weil ich sie hineingezogen hatte in den ganzen Mist. Wochenlang war ich voller Schuld und Angst gewesen und noch immer nicht frei davon. Wenn der Fall vor Gericht kam, würde ich mich wieder mit dem Unfall beschäftigen und vor anderen darüber reden müssen – und selbst wenn es keinen Prozess gab: Von nun an war mein Name in den Akten, mit einem einzigen Klick zu finden. Marisela tätschelte mich am Arm. »Und die Belohnung?«

»Sie müssen erst überprüfen, ob meine Aussage stimmt.«

Sie verzog das Gesicht. Wahrscheinlich hatte sie erwartet, dass ich wie ein Lotteriegewinner mit einem riesengroßen Scheck herauskam. Jetzt dämmerte ihr, dass es Tage, womöglich Wochen dauern könnte, bis wir das Geld erhielten. Und in der Zwischenzeit wussten sie, wo sie uns finden konnten. Wir gingen am Parkplatz entlang bis zum Gerichtsgebäude von Morongo Basin und von dort bis zur Bushaltestelle.

Trotz der Wolken am Himmel war es unglaublich heiß. Wir setzten uns unters Sonnendach, schwitzten und warteten. Marisela drückte meine Hand und sagte: »Alles wird gut.« Sie wollte mir Hoffnung machen, und ausnahmsweise glaubte ich ihr. Fünfundzwanzigtausend Dollar, das war eine Menge Geld, mehr, als wir jemals gehabt hatten, und genug für einen Neuanfang an einem Ort, an dem uns die Polizei nicht finden konnte. Vor uns verlief der Highway kilometerlang von der Wüste zum Meer. Wir mussten ihm nur folgen.

Nora

Ich half Marty, ein Spruchband zum Memorial Day an die Scheibe neben dem Eingang des Diners zu hängen, als Detective Coleman anrief und mitteilte, sie habe einen Zeugen, einen Motelangestellten, der am Abend des 28. April mit dem Fahrrad auf dem Highway unterwegs war. Er hatte einen roten Sticker am hinteren Seitenfenster von Bakers Wagen erwähnt, ein Detail, das nicht öffentlich geworden war, und ihr erzählt, dass der Fahrer sowohl vor der Kreuzung als auch nach dem Unfall beschleunigt, den Aufprall also wahrscheinlich bemerkt und Fahrerflucht begangen hatte. Das sei der erste handfeste Hinweis auf Vorsatz.

Das Wort »handfest« raubte mir fast den Atem. Die Leiche meines Vaters, die Vorwürfe, die meine Mutter gegen Baker erhoben hatte, der handgeschriebene Zettel wegen der Parkplätze – das alles war nicht handfest genug gewesen. Ohne den Zeugen hätte sich der Fall in Luft aufgelöst. Mir schossen die Tränen in die Augen. Erst als ich von der Leiter gestiegen war und auf dem Bordstein saß, bekam ich wieder Luft. Seit ich zum ersten Mal um meinen Vater geweint hatte, kamen mir ständig die Tränen, auch wenn ich sie zu unterdrücken versuchte. Während ich meine Wangen mit den Händen trocknete, fragte ich: »Ist das der Beweis, dass Baker meinen Vater ermordet hat?«

»Wir haben den Beweis, dass ihm bewusst war, das Opfer angefahren zu haben.«

»Aber nicht den Beweis, dass es Mord war?«

»Für eine Mordanklage gelten wesentlich höhere Beweisanforderungen. Der Staatsanwalt wird wohl fahrlässige Tötung in Erwägung ziehen.«

»Weil er dem Zeugen nicht glaubt?«

»Keine Ahnung, was er glaubt. Aber man muss bedenken, dass die Kreuzung unbeleuchtet war und Mr Baker bereits achtundsiebzig Jahre alt ist. Manche Leute sollten in diesem Alter einfach nicht mehr hinters Lenkrad.«

Schweigend versuchte ich zu verarbeiten, was ich gerade erfahren hatte. Ein blauer Lieferwagen, der eine dicke Abgaswolke hinter sich herzog, bog auf den Parkplatz ein. Dann fummelte der Fahrer bei laufendem Motor an irgendetwas auf der Rückbank herum. Gleich darauf ertönte hinter mir die Türglocke des Diners, und eine Frau mit einem Styroporbehälter für Essensreste kam heraus.

»Ich verstehe ja, dass Sie frustriert sind«, sagte Detective Coleman. »Aber fahrlässige Tötung im Straßenverkehr ist ein schwerer Tatvorwurf. Ohne Ihre Belohnung wären wir wahrscheinlich nie so weit gekommen. Sie haben getan, was Sie konnten.«

Die Sonne stand über dem Palo-Verde-Baum an der Querseite des Lokals und schien mir ins Gesicht. In den letzten fünf Wochen war mir jeden Morgen nach dem Aufwachen quälend bewusst geworden, dass mein Vater tot und sein Mörder frei war. Jetzt durfte ich mir zum ersten Mal den Tag ausmalen, an dem sich Baker zumindest teilweise für seine Tat würde verantworten müssen. »Kommt er ins Gefängnis?«

»Wahrscheinlich. Aber das hängt von den Geschworenen ab.«

Und davon, welche Geschichten die Verteidigerin und die Staatsanwaltschaft erzählen würden, dachte ich. »Darf ich wenigstens mit dem Zeugen sprechen? Ich möchte ihm dafür danken, dass er sich gemeldet hat«, sagte ich.

»Davon würde ich Ihnen abraten. Warten Sie besser, bis der Prozess zu Ende ist.«

»Was ist mit der Belohnung?«

»Sobald Sie den Scheck unterschreiben, bekommt er das Geld.«

»Gut. Danke für alles, Detective.«

Ich stand auf und wischte mir den Staub ab. Marty ging mit der Leiter vorbei und warf einen letzten Blick auf das Spruchband, das die Aufschrift HAPPY MEMORIAL DAY in roten, weißen und blauen Buchstaben trug. Unter der Begrüßung stand in Blockschrift die Bitte – vielleicht eher Mahnung –, derer zu gedenken, die ihr Leben geopfert hatten. Bald würden die Zeitungen ihre alljährlichen Lobeshymnen auf die amerikanischen Soldaten bringen und die Politiker sich wieder bei ihnen anbiedern. Über die zivilen Opfer amerikanischer Kriege würde man schweigen. Das Gedächtnis der Nation beruhte auf Vergessen.

Das persönliche Gedächtnis aber befand sich in einem einzigen Kampf gegen das Vergessen. Ich wollte dafür sorgen, dass man meinen Vater nicht vergaß. Im Pantry hatte ich alles genau so gelassen, wie es vor seinem Tod gewesen war, und mich bereits an einen bestimmten Tagesablauf gewöhnt. Morgens öffnete ich das Lokal und erledigte, was gerade anfiel – saß an der Kasse, füllte die Handtuchbehälter in den Toiletten auf, bestellte im Elektroladen neue Glühbirnen für die Küchenlampen. Das Mittagessen nahm ich meist im Stehen an der Theke ein. Dann fuhr ich ins Häuschen und hielt Mittagsschlaf, oft von der Turteltaube gestört, die ihren Küken gerade das Fliegen beibrachte. Danach machte ich mir Kaffee und setzte mich ans Klavier. Mit anderen Worten: Ich klammerte mich mit aller Macht an die Vergangenheit. Meine Mutter war klüger; sie kämpfte nicht gegen ihre Trauer und ihre Angst an, sondern nahm sie hin wie unliebsame Gäste, die, wenn auch erst in ferner Zukunft, eines Tages gehen würden. Um diese Kraft, die sie aus ihrem tiefen Glauben schöpfte, beneidete ich sie. Mir blieb nur Ungewissheit.

Jeremy

Hinterher ging Nora ins Bad. Unwillkürlich lauschte ich, weil ich mich fragte, ob sie sich zurückgezogen hatte, um zu weinen. Doch gleich darauf hörte ich die Spülung, dann rauschte das Wasser aus dem Hahn, und schon kehrte sie in einem T-Shirt von mir ins Schlafzimmer zurück. Sie sah sich die Bücher in meinem Regal an, den Kopf zur Seite geneigt, um die Titel lesen zu können. Asimov. Bradbury. Butler. Clarke. Dick. Einige Monate zuvor hatte ich an übler Schlaflosigkeit gelitten und nächtelang meine Bücher, CDs und DVDs nach Genres geordnet und alphabetisch eingeräumt. In den schlimmsten Phasen der Schlaflosigkeit verschlang ich drei Romane pro Woche. Nora strich mit dem Finger über die Terry-Gilliam-DVDs, betrachtete den Pappmaschee-Leuchtturm, den ich in der Grundschule gebastelt und bei jedem Umzug mitgenommen hatte. Dann griff sie nach einer Schachtel mit Fotos aus dem Regal neben dem Bett. »Nein, bitte nicht«, sagte ich und stützte mich auf den Ellbogen. »Es ist schon spät.«

Sie schwenkte die Schachtel neckisch von mir weg.

Die Fotos waren ungeordnet. Ich hatte die Abzüge filmweise gebündelt einfach hineingeworfen. Als Nora das erste herausnahm, ein Foto von mir in Camp Taqaddum, sah ich mich plötzlich mit ihren Augen. Als Invasor. Als Besatzer. Als Imperialist. Begriffe, mit denen ich mich bereitwillig selbst bezeichnet hätte in Diskussionen mit meinem Vater oder anderen Veteranen, sei es im persönlichen Gespräch oder in einem der Internetforen, in die ich mich spätnachts einloggte, wenn ich nicht schlafen konnte. Kamen diese Bezeichnungen jedoch von Zivilisten, von Leuten, die noch nie im Krieg gewesen waren, konnte ich sie nur schwer akzeptieren. Während Nora ein Foto nach dem anderen in die Hand nahm, sah ich mich wieder mit vierzig Kilo Ausrüstung in der Mittagshitze warten oder in einem Humvee fahren, den Kinnriemen so fest angezogen, dass ich einen Ausschlag bekam. Ich sah mich an der Kasernenwand lehnen; nie waren meine Augen blauer gewesen als in diesem sonnenverbrannten Gesicht. Sah mich mit dem Gewehr in der Hand an einem Checkpoint. »Was steht da?«, fragte sie und deutete auf das große Schild, das hinter mir an einem Lichtmast hing.

»Keine Ahnung. Das war ein irakisches Schild, keins von uns«, erwiderte ich. »Kannst du die arabische Schrift nicht lesen?«

»Habe ich nie gelernt. Aber Sprechen geht ziemlich gut.«

Ich hielt ihr meine offene Hand hin. *»Idik, min fadlik.«*

»Hey, hey, hey! Hast du das in der Ausbildung gelernt?«

Sie gab mir ihre Hand, die ich gespielt unterwürfig küsste. Dann flüsterte ich ihr *»Kifik, ya sukkar?«* ins Ohr.

»Das haben sie dir garantiert nicht in der Ausbildung beigebracht«, sagte sie kichernd.

»Unser Sprachmittler war ein richtiger Frauenheld.

Ständig hat er eine Sudanesin angebaggert, die in der Wäscherei gearbeitet hat.«

»Sprachmittler?«

»Dolmetscher.«

»Gab es Frauen in deinem Zug?«

»Nein, aber in anderen Teileinheiten.«

»Und Araber?«

»Ja, Heydar, ein Typ aus Florida. Er ist immer noch im Irak. Ist inzwischen Unteroffizier.« Ich schlang meinen Arm um ihre Taille, und sie lehnte sich so schwer an mich, dass mir ihr Gewicht beinahe wie eine Rüstung erschien.

»Wie alt warst du da?« Das Foto stammte von unserem ersten Einsatz und war beim Essen aufgenommen worden. Fierro und ich zeigten angestrengt grinsend unsere mit Blaubeermarmelade verschmierten Zähne. Gekünstelt. Wir sahen aus wie Idioten.

»Neunzehn.«

»Neunzehn! Mein Gott!« Sie betrachtete das Foto lange. Dann nahm sie das nächste, auf dem ich und mehrere andere aus unserer Einheit mit unseren M4-Karabinern über der Schulter zu sehen waren. »Wie ist das, wenn man das ständig mit sich herumschleppen muss?«

»Man gewöhnt sich dran. Wahrscheinlich gewöhnt man sich an alles. Immer wenn ich es nach einem Einsatz abgeben musste, hatte ich das Gefühl, man hätte mir einen Arm amputiert. Ich musste erst mühsam lernen, ohne das Ding durch die Gegend zu laufen.«

Im Garten nebenan bellte der Schäferhund der Nachbarn, ein freundliches Tier, mit dem ich schon gespielt hatte. Doch laute Geräusche machten ihn immer nervös, sogar Vogelgezwitscher oder ein aufheulender Automotor.

Nora griff nach dem nächsten Foto, auf dem wir, Sergeant Fletcher in unserer Mitte, in die Sonne blinzelten.

Es reicht, dachte ich, schloss die Schachtel, warf sie auf den Nachttisch und löschte das Licht. Dann drehte ich mich zur Wand. Im Dunkeln strich Nora über die Narbe an meinem Rücken, die sich wie ein im Sturm gebeugter Baum meine Körperseite entlang Richtung Schulter hinaufschlängelte. Sie strich über die Linie aus schwarzen Punkten, die immer noch hin und wieder aufbrach und Granatsplitter ausspuckte. Ich hatte diesen Moment kommen sehen. Ich hatte gewusst, dass sie mir Fragen über den Krieg stellen würde; alle Frauen, mit denen ich zusammen gewesen war, hatten solche Fragen gestellt. Eine grobe Schilderung meiner Zeit im Irak genügte, schon rissen sie vor Schreck die Augen auf und küssten mich, um mich zu trösten. Es war ganz simpel, und es funktionierte immer. Aber es war nicht richtig. Selbst wenn ich es schaffte, mehr als ein paar Monate mit ihnen zusammenzubleiben – irgendwann vertrieb mich ihr Blick, der mir sagte, dass ich in ihren Augen ein Held war. Nora sah mich nie so staunend an. Lange bevor ich in den Krieg gezogen war, war der Krieg zu ihr gekommen – ein Ziegel, der durchs Fenster ihres Vaters flog, ein beschmierter Spind. Sie würde sich nicht mit den Antworten begnügen, die ich den anderen gegeben hatte, und selbst wenn, wäre es mir wahrscheinlich nicht recht gewesen. Bei ihr passte keine der zwei Stimmen, mit denen ich normalerweise über den Krieg sprach; die wehmütige für meine Kumpel und die matte für meine Dates. Bei ihr war alles anders.

Wieder bellte der Hund, obwohl kein ungewöhnliches Geräusch die Stille durchbrochen hatte. Das Gekläffe ließ die Grillen verstummen. Kurz darauf begannen sie wieder zu zirpen, und nach einer Weile stimmte eine Eule in den Gesang ein. Ich stand auf, schloss das Fenster und zog den schweren Vorhang zurecht, bis er richtig hing. Die ganze Zeit über mied ich Noras Blick. »Ich nehme ein Bad«, sagte ich. »Bei dem verdammten Gebell kann ich nicht schlafen.«

Ich legte mich in die Wanne, ließ Wasser ein und schob den Hebel mit dem Fuß bis zum Anschlag auf heiß. Über den Krieg befragt zu werden, hieß, sich an ihn zu erinnern, und sich an ihn zu erinnern, hieß, ihn noch einmal zu durchleben. Spontane Erinnerungen – so wie damals, als mich in einer Tankstelle in Riverside das Parfüm der Angestellten so unvermittelt zum Marktplatz von Anbar zurückführte, dass es mich fast in die Knie zwang – waren etwas völlig anderes als bewusst herbeigeführte. Die Tür ging knarzend auf, und Nora kam herein und kniete sich vor der Wanne auf den Boden. Sie strich über mein Tattoo, über die Narbe an meiner Seite, über die Kratzer, die sie mir beim Sex zugefügt hatte. Sie versuchte, die Zeichen auf meinem Körper zu entziffern und zu einer Geschichte zusammenzufassen, die aber immer unvollständig bleiben würde. Hätte ich ihr alles erzählt, hätte ich ihr Urteil herausgefordert, und ich verurteilte mich schon selbst jeden Tag. »Kommst du bald ins Bett?«, fragte sie.

»Ja, gleich«, antwortete ich, ohne ihr in die Augen zu sehen.

Als sie aus dem Bad gegangen war, blieb ich in der Wanne liegen. Vielleicht sollte ich meine Zeit im Krieg nicht mehr als Geschichte verpacken, sondern sie Nora so erzählen, wie sie mich in den schlaflosen Nächten wach hielt, in manchmal geordneten, manchmal ungeordneten Fragmenten. Und damit aufhören, sobald die Erinnerung einem erneuten Durchleben zu nahe kam. Das Wasser war ungemütlich kalt geworden; beim Abtrocknen fröstelte ich. Nora saß im halbdunklen Schlafzimmer auf dem Bett, bereits wieder in dem blauen T-Shirt und dem Leinenrock vom Abend zuvor, als wir ein italienisches Lokal in Palm Springs besucht hatten. »Du gehst?«, fragte ich.

»Du willst jetzt bestimmt allein sein«, sagte sie, während sie in ihre Schuhe schlüpfte. Sie nahm ihre Armbanduhr vom Nachttisch und stand auf. Der Verschluss klickte laut in der Stille. »Außerdem ist es schon spät.«

»Bleib«, sagte ich und ging durch das dämmrige Licht zu ihr. »Bitte bleib!«

Sie sah mich an, wie ich nackt und frierend vor ihr stand. Dann zog sie die Schuhe wieder aus und legte sich aufs Bett. Ich schmiegte mich an sie, schlang meine Arme um ihre Hüften, schmiegte meine Knie an ihre und sog ihre Wärme ein. Fast flüsternd erzählte ich weiter. Einen Monat nach Beginn unseres zweiten Einsatzes erhielt Sergeant Fletcher Informationen über den Aufenthaltsort eines Heckenschützen, der einen unserer Jungs getötet und vier verwundet hatte, ein so brillanter Schütze, dass er unserer Vermutung nach im irakischen Militär ausgebildet worden sein musste. Angeblich befand sich die Zielperson in einem Mietshaus im Osten von Ramadi. Um vier Uhr morgens, es war noch dunkel und kühl, rückten wir aus. Als Erster stieg Perez ab, dem wir wegen seiner roten Haare und seines roten Schnauzers den Spitznamen »Chewie« gegeben hatten, dann folgten die anderen. Nachdem wir ungefähr zehn Meter zurückgelegt hatten, flog Perez in die Luft. Wir fanden später nur noch ein Bein von ihm, das auf unserem Humvee gelandet war, und seine von einem Baum herabhängenden Eingeweide. Der Sergeant befahl uns, alles, was wir zu fassen bekamen, in eine Tüte zu packen, die nach Texas geschickt werden sollte, damit Perez' Familie die sterblichen Überreste bestatten konnte.

Ein paar Tage danach fuhr Sergeant Fletcher mit uns zu dem Informanten, der ihm von dem Versteck des Heckenschützen berichtet hatte, einem gewissen Badawi, ehemaliger Beamter im Innenministerium. Er besaß ein schönes Haus mit blau umrandeten Fenstern und einem Anbau über der Küche, der noch im Entstehen war. Im Flur roch es nach verbranntem Brot – ein Geruch, der mich noch immer im Traum verfolgte. Außer Badawis Frau und den Kindern war niemand da. Bei unseren Besuchen zuvor hatte die Frau immer Tee gemacht, ansonsten aber nie ein Wort mit uns gewechselt. Auf Fletchers Frage, wo ihr Mann sei, behauptete sie, sie wisse es nicht; allerdings sei er am vergangenen Abend nicht nach Hause gekommen. Sie trug eine grüne Kittelschürze mit geometrischem Muster und ein im Nacken gebundenes Kopftuch. Die Kinder saßen auf dem Boden und spielten Karten. Sie waren Marines im Haus gewohnt. Trotzdem konnte die Frau ihre Verachtung für uns nur mit Mühe verbergen. Ihr Blick war vorwurfsvoll, und sie beantwortete jede von Fletchers Fragen mit einem knappen Ja oder Nein.

»Vielleicht kann sie vor den Kindern nicht reden«, meinte Fletcher und führte sie ins Hinterzimmer, während Fierro und ich die Kleinen im Auge behielten. Das Spiel, das sie spielten, kannten wir nicht. Ich sah zu und versuchte, die Regeln herauszufinden. Keine zehn Minuten später kam der Dolmetscher raus und ging an uns vorbei zur Eingangstür. »Sind wir hier fertig?«, fragte Fierro.

»Nein, aber mich braucht der Sergeant nicht mehr. Die Frau spricht Englisch.«

Fierro und ich waren baff. Im zurückliegenden halben Jahr hatten wir ihren Ehemann mehrmals aufgesucht, und sie hatte sich nie anmerken lassen, dass sie uns verstand. Ich überlegte, was wir in ihrem Beisein gesagt haben könnten, ob Geheimhaltungssachen darunter waren, ob man es womöglich gegen uns verwendet hatte. Dazu die anderen Bemerkungen, Kommentare über die Frau, obszönes Zeug, das wir durch unser Englisch verborgen geglaubt hatten. Im Hinterzimmer wurde ein Stuhl zurückgeschoben. »Sergeant?«, fragte ich, erhielt aber keine Antwort. Fletcher hatte sein Headset ausgeschaltet.

Ich ging ein Stück in den Gang hinein, ohne die Kinder aus dem Blick zu lassen. Obwohl im Fernseher bei voller Lautstärke eine Tierdoku lief, war der Knall deutlich zu hören. In dem Moment, als ich die Tür öffnen wollte, riss sie jemand von innen auf, und Fletcher stand vor mir. »Was ist los?«, fragte ich.

»Sie hat nach meiner Pistole gegriffen.«

Die Frau lag mit einem Einschussloch in der Wange hinter Fletcher auf dem Boden und erstickte an ihrem eigenen Blut. Ich ging hinein, doch ihre Augen folgten mir nicht, sondern fixierten eine Stelle an der Decke. Eine Minute später bewegte sie sich nicht mehr. Wir stiegen auf und fuhren weg. Während der Fahrt zum Camp ging ich noch einmal alle Ereignisse durch, die mit der Tötung von Perez begonnen und mit der Tötung von Badawis Frau geendet hatten. An der Geschichte oder dem, was ich mir zusammenreimen konnte, stimmte etwas nicht. Ich versuchte, mit Fierro darüber zu sprechen.

»Scheiße, wen juckt das jetzt noch?«, sagte er.

»Es juckt dich nicht, dass sie mit der Sache überhaupt nichts zu tun hatte?«

»Das weißt du nicht.«

»Und du weißt nicht, ob sie wirklich mit drinhing.«

»Einer von unseren Leuten ist tot, und ich soll mir wegen der Frau Gedanken machen? Schlaf endlich, verdammte Scheiße!«

Am nächsten Morgen saß ich beim Frühstück neben Fletcher und schaffte es, das Gespräch auf die vergangene Nacht zu lenken. Er zuckte nur mit den Schultern und erklärte, die Frau sei durchgedreht, als er ihr sagte, er würde Badawi finden, egal, wie lange er dafür brauchte. In dem Moment habe sie nach seiner Waffe gegriffen. »Konnten Sie sie nicht daran hindern?«, fragte ich. »Eine so zierliche Frau!«

»Ich *habe* sie daran gehindert«, erwiderte er verärgert. »Was ist los mit Ihnen, Gorecki? Was unterstellen Sie mir? Denken Sie mal gründlich nach, dann sehen Sie die Sache vielleicht aus einer anderen Perspektive!«

Meine Perspektive hatte sich nur verändert, weil ich nicht geblieben war, wohin man mich beordert hatte, nämlich mit Fierro im Wohnzimmer von Badawis Haus. Wäre ich dort geblieben, hätte ich weder etwas gesehen noch etwas gehört. Vier Schritte in den Gang hinein hatten den Zweifel in mir geweckt. Fletcher wollte nicht den Krieg gewinnen – darum sollten sich gefälligst die hohen Tiere kümmern. Ihm ging es nur darum, seine Männer zu schützen. Und zu rächen. Wie sehr ihn meine Fragen in Rage versetzt hatten, wurde klar, als er mich zu drei

Tagen Putzdienst in der Latrine verdonnerte. Drei ganze Tage. Ich erinnere mich, wie ich den ersten Eimer heraushob, Brennstoff hineingoss und loskotzte, noch bevor ich das Streichholz angerissen hatte.

»Wie hieß die Frau, die von Fletcher erschossen wurde?«, fragte Nora.

»Weiß ich nicht. Seinen Bericht habe ich nie gesehen.«

Während ich die Geschichte erzählte, hatte sich Nora zu mir umgedreht. Bei ihr musste ich nicht mehr heucheln. Als hätte sie den Schlüssel gefunden, mit dem man einen alten, verrosteten Safe öffnen konnte, sodass der Inhalt herausquoll. Doch vielleicht war ich zu weit gegangen, hatte vielleicht zu viel gesagt. Eine Zeit lang schwiegen wir. Dann schloss sie die Augen, und ich hielt sie bis zum Morgen im Arm, bis sie aufstand und zur Arbeit fuhr.

Nora

Ich mühte mich gerade mit dem Schloss am Medizinschränkchen im Lagerraum ab, als Veronica mit einer halb leeren Tüte Plastikbecher hereinkam, sie verknotete und schwungvoll auf das oberste Regalbrett beförderte, wo das Ding mit enervierendem Knistern landete. Das Geräusch fuhr mir durch Mark und Bein. Ich hatte Kopfschmerzen, und das Schloss wollte nicht aufgehen. Veronica sah mir eine Weile zu, ruckelte mit geübter Hand am Schlüssel und öffnete den Schrank. »Hier, bitte«, sagte sie. »Manchmal bleibt er stecken.«

»Danke.« In dem Arzneischrank befanden sich Fläschchen mit Desinfektionsmittel, Wundsalben und alle möglichen Bandagen, aber keine Schmerztabletten. »Haben wir kein Ibuprofen?«

»Ist wohl ausgegangen.«

Neben dem Schränkchen hing ein gerahmtes Foto des Personals, aufgenommen am Tag der Eröffnung vor zwölf Jahren. Marty, noch mit vollem Haar, hielt eine Speisekarte in der Hand, und Veronica, um einiges jünger als jetzt und in ihrer neuen Montur ziemlich förmlich wirkend, lächelte schüchtern in die Kamera. In der Küche wurden Gläser eingeräumt; das Klirren drang bis zu uns herein.

»Frag Rafi«, sagte Veronica plötzlich mit einem bissigen Unterton. »Der bedient sich ständig hier drin. Vielleicht hat er es genommen.« Sie zog ein Päckchen Zigaretten und ein Feuerzeug aus der Schürzentasche und ging ins Freie.

Ich knallte die Schranktür zu. Die Arbeit im Lokal hatte mir in den letzten Wochen die vielen kleinen Unstimmigkeiten der Angestellten untereinander vor Augen geführt. Veronica konnte Rafi nicht leiden, der in Renata verknallt war, die mit José schlief, der wiederum glaubte, Marty hätte es auf ihn abgesehen. Ich kam da nicht mehr mit.

Bei meiner Rückkehr in den Gastraum wurde einem Ehepaar mit drei kleinen Kindern gerade ein Tisch zugewiesen. Das kleinste weigerte sich brüllend, im Hochstuhl zu sitzen. Mir dröhnte der Kopf, und ich setzte mich mit einer Tasse Kaffee an die Theke. In der Nacht zuvor hatte ich lange mit Jeremy geredet und wenig geschlafen. Ich wusste nicht, warum ich so viel Zeit mit ihm verbrachte. Er war nicht mehr der nette Junge aus der Highschool, sondern hatte in einem grausamen Krieg gekämpft, in einem Krieg, den ich hasste. Die Geschichten über seine schrecklichen Erlebnisse und Taten im Irak gaben mir das Gefühl, mit hineingezogen worden zu sein. Doch das hatte ich erst bemerkt, als es zu spät war. Den Weg zurück in den Zustand der Unwissenheit sah ich nicht, und es gab keine Karte, der ich hätte folgen können.

Als ich einige Zeit später den Müll hinausbrachte, näherte sich ein blauer Kombi und blieb vor der Desert Arcade stehen. Das Rücklicht des Wagens war zersplittert. An der Heckscheibe klebte ein Sticker in Form einer gelben Schleife, dem Symbol für die Verbundenheit mit den Soldaten im Auslandseinsatz, und auf einem weiteren Sticker an der Stoßstange stand STOLZE ELTERN EINER EINSER-SCHÜLERIN. Eine vierköpfige Familie stieg aus, Vater, Mutter und zwei Mädchen. »Mommy, darf ich einen Kaugummi aus dem Automaten?«, fragte die ältere Tochter, die mit ihrem Zopfkranz wie ein Milchmädchen aussah. Die jüngere, dunkelhaarige zockelte blind hinterher, ohne auch nur kurz von dem Comicheft in ihrer Hand aufzublicken.

Eine glückliche Familie.

Diese vier Menschen zogen mich so an, dass ich ihnen in die Bowlingbahn folgte. Im Eingangsbereich der Desert Arcade mussten sich meine Augen zunächst an das düstere Licht gewöhnen. An der Hinterwand klebte ein raumhohes, mit den Jahren vergilbtes und an einer Ecke eingerolltes Werbebild für Budweiser Beer. Aus einer Anlage dröhnte in voller Lautstärke der Refrain einer mir unbekannten Pop-Ballade, und über der Kassentheke, vor der die Familie nun stand und die Bowlingschuhe in Empfang nahm, hing eine riesige Flagge. Nachdem die vier zu ihrer Bahn abmarschiert waren, wandte sich der Mitarbeiter mir zu: »Bitte schön?«

In diesem Moment lenkte das Geklapper umfallender Pins meinen Blick in den Bowlingbereich. Zwei ältere Männer, die ihre Sonnenbrillen auf die Schilder ihrer Baseballkappen gesetzt hatten, schauten zum Bildschirm, um ihre Scores zu überprüfen. Die Familie bereitete sich an Bahn 5 auf ihr Spiel vor. Der Vater gab die Namen in den Bahncomputer ein, während die Mutter den Mädchen bei der Auswahl der Bälle half.

»Bitte schön?«, wiederholte der Mitarbeiter.

Ich drehte mich zu ihm um, wollte ihm gerade erklären,

dass ich gleich wieder gehen würde, doch in diesem Moment sah ich ganz hinten in der Halle, neben dem Imbissstand, A.J. stehen. Den Blick auf mich gerichtet, sprach er in sein Handy. Arbeitete er jetzt hier? Es sah ganz danach aus, denn er trug ein schwarzes Polohemd mit Namensschild. Vielleicht übernahm er den Betrieb von seinem Vater, so wie ich das Lokal von meinem Vater übernehmen wollte. Ich bekam eine Gänsehaut. Das ist nur die Klimaanlage, sagte ich mir. Ich war schließlich nicht mehr sechzehn. A.J. machte mir keine Angst.

»Was kann ich für Sie tun?«, fragte der Mann an der Kasse.

»Ich möchte spielen«, antwortete ich.

»Welche Schuhgröße?«

»Achtunddreißig.«

»Bitte sehr. Bahn 3.«

Ich bezahlte und ging mit den rot-blauen Bowlingschuhen zu meiner Bahn. Weil ich keine Socken trug, fühlten sich die Schuhe rau und kratzig an. Egal. Ich band die Schnürsenkel und stand auf. Fast alle Bälle im Gestell waren zu schwer für mich; schließlich wählte ich einen wegen seiner dunkelroten Farbe aus. Dann schritt ich zur Foullinie und warf den Ball, der nach dem dumpf dröhnenden Aufprall sofort in der Rinne landete. Auch der nächste und der übernächste Wurf gingen daneben, aber ich machte weiter und traf schließlich einen Pin.

»Nora!«

Als ich mich umdrehte, stand A.J. keine eineinhalb Meter von mir entfernt und fixierte mich mit einem Blick, unter dem ich erstarrte. Die Zeit blieb stehen. Ich sah uns wieder im Schulkorridor – ich vor meinem Spind mit der in blauer Schrift daraufgeschmierten Beleidigung, er mit Stacey Briggs im Arm, während die anderen Schülerinnen und Schüler unterwegs zu ihren Klassenräumen an uns vorbeieilten. Keiner kam mir zu Hilfe, keiner verteidigte mich.

»Du machst es völlig falsch«, sagte A.J. in ruhigem Ton. »Das Handgelenk muss gerade sein. Pass auf, ich zeigs dir.«

Er legte mir einen Ball in die Hände und steckte meine Fingerspitzen in die Löcher, erst den Daumen, dann Ring- und Mittelfinger. Es tat weh, weil das Material rissig war und die Haut aufschürfte. Angst und Ekel überkamen mich. »Der Trick besteht darin, die Hand gestreckt zu halten«, sagte er, während er meine Hand packte und nach hinten schwang. »Sonst wird das nie was mit dem Bogenwurf.« Ich spürte seinen warmen Atem im Nacken, so dicht stand er bei mir. Mein Puls wurde schneller. Endlich löste ich mich aus seinem Griff, warf den Ball mit aller Kraft die Bahn hinunter und brachte vier Pins zu Fall.

»Siehst du? Schon viel besser!«, sagte er.

Der Schieber entfernte die umgefallenen Pins, dann wurden die restlichen neu aufgestellt. A.J. schritt mit einem anderen, schwereren Ball zur Foullinie, hob ihn kurz an die Brust und warf ihn mit einer fließenden, aber kraftvollen Drehung aus dem Handgelenk auf die Bahn. Die restlichen Pins fielen klappernd um. Er sah mich an. »So, verstehst du?« Grinsend fügte er hinzu: »Viel Spaß noch!«

Ich wartete, bis er weg war, ging zur Kasse, gab die Schuhe zurück und flüchtete mich ins Pantry. Mein Herz schlug so schnell, dass ich mich auf die Holzbank am Eingang setzen musste, wo mich wenig später Veronica entdeckte. »Ich hab was für dich«, sagte sie und schwenkte ein Fläschchen mit Ibuprofen-Tabletten.

»Du bist meine Rettung.« Ich ging zur Theke, um mir ein großes Glas Wasser zu holen.

»Rafi hatte es in seinem Schrank versteckt.«

»Er wollte es bestimmt zurückstellen und hat es vergessen.«

Ihr Blick besagte, dass ich naiv war, aber vielleicht irgendwann dahintersteigen würde.

A.J.

Weil man den Ringsport in dieser Stadt nicht betreiben konnte, zumindest nicht ernsthaft, verbrachte ich irgendwann meine ganze Freizeit mit meinen Collies Gordon und Annie. Ich führte sie Gassi, spielte mit ihnen und dressierte sie darauf, Klapperschlangen und Skorpionen aus dem Weg zu gehen. Und hin und wieder trainierte ich mit ihnen nach der Arbeit im Garten meiner Eltern den ordentlichen Gang. Ich spielte ernsthaft mit dem Gedanken, sie bei Hundeausstellungen zu präsentieren, so wie meine Mom früher, als ich noch klein war. Es war so toll, mit ihr durch ganz Kalifornien zu fahren, sich um die Hunde zu kümmern und sie bei Wettbewerben zu beobachten. Wir waren das perfekte Team: Meine Mom erledigte den Papierkram und sprach mit den Hundeführern, Züchtern und Richtern, während ich die Collies vorbereitete und sie bis zu ihrem Auftritt beschäftigte.

Einmal fuhren wir nach Fresno zu einer Hundeausstellung des größten amerikanischen Züchterverbands. Wir waren noch nie so weit von zu Hause weg gewesen, dachten aber, es würde sich bestimmt lohnen, weil unser Hund Royal damals so gut war, dass durchaus Chancen auf einen ersten Platz bestanden. Die vielen Leute, die sich Zuchtschauen im Fernsehen ansehen, denken, es würde dabei ums Aussehen gehen, aber in Wirklichkeit steckt sehr viel mehr dahinter. Ein Hund kann toll aussehen und trotzdem nie gewinnen, weil die Richter nicht nur Erscheinungsbild und Verhalten bewerten, sondern vor allem die Rassereinheit; die Merkmale, die an die Nachzucht vererbt werden. Was nicht heißen soll, dass das Aussehen unwichtig ist. Natürlich ist es wichtig. Ich musste dafür sorgen, dass Royal perfekt daherkam, dass sein Fell glatt war und glänzte, dass er saubere Ohren hatte, schön weiße Zähne und so weiter. Als er in der Hundeausstellung in Fresno gewann, fühlte ich mich, als hätte ich selbst gewonnen – so viel Arbeit hatte ich hineingesteckt.

Doch als wir dann am Sonntagabend spät nach Hause kamen, war mein Dad noch wach und wartete auf uns. Ich erinnere mich, dass David Letterman im Fernsehen lief und der Ton ganz laut gestellt war, weil mein Dad allmählich schwerhörig wurde.

»Wir haben gewonnen!«, brüllte ich, damit er mich trotz der dröhnenden Top-10-List verstehen konnte, und hielt Royals Siegerband wie zum Beweis in die Höhe.

Mein Dad schaltete den Fernseher aus und erhob sich mühsam aus dem Sessel. Weil er so groß war, musste er nach unten blicken, um meiner Mom in die Augen sehen zu können. »Weißt du, wie spät es ist?«, fragte er sie.

»Wir konnten nicht sofort losfahren«, erwiderte sie, stellte ihre Handtasche auf dem Couchtisch ab und öffnete den Reißverschluss an ihrer Fleecejacke, behielt sie aber an, denn obwohl es eine kalte Februarnacht war, hatte mein Vater aus Geiz die Heizung nicht eingeschaltet.

»Du hast gesagt, ihr würdet spätestens um vier losfahren.«

»Ja, stimmt, aber wir mussten nach dem Wettkampf noch mit so vielen Leuten reden. Eine Richterin meinte, wir sollten Royal zur Zuchtschau bei ihr in Ashland anmelden.«

»Ashland, Oregon?«

»Ja.«

Ich ging auf ihn zu, um ihm das blau-gelbe Siegerband mit dem Hundezüchterlogo zu zeigen. »Wir sind Erster geworden!«, sagte ich.

Ich weiß nicht, was ihn so in Rage brachte. Meine Stimme vielleicht oder dass Royal ihn anstupste, als er auf Dads Sessel springen wollte. »Erster, ja?«, sagte er. »Und was hat das Ganze gekostet?«

Ich hatte keine Ahnung und warf meiner Mom einen Hilfe suchenden Blick zu. Mein Dad legte seinen schweren Arm auf meine Schulter, stieß Royal grob zur Seite und drückte mich in den Sessel. Auf dem Couchtisch lag ein Schreibblock mit gelbem Papier, auf den irgendetwas notiert war. Er riss ein Blatt ab und befahl mir aufzulisten, was wir am Wochenende ausgegeben hatten: das Geld fürs Benzin, für die Unterkunft im Hundehotel, fürs Essen, die Veranstaltungsgebühren, einfach alles.

Meine Mom stand da und sagte so Sachen wie *Bitte nicht jetzt, Schatz* und *Das können wir doch morgen machen*, aber mein Dad brachte sie mit einer Handbewegung zum Schweigen und zwang mich, alles aufzuschreiben und zusammenzuzählen. Das dauerte ziemlich lange, weil ich in Mathe nicht gut war.

»Wie willst du das bezahlen?«, fragte mein Dad.

Ich verstand nicht, warum er mich das fragte. Ich war gerade mal dreizehn Jahre alt und hatte mit den Familienfinanzen nicht das Geringste zu tun. »Mom?«, sagte ich.

»Mom?«, äffte er mich nach. Dann drehte er sich zu ihr um. »Na gut, *Mom*. Weißt du, wie viele Schuhe wir ausleihen und wie viele Bowlinggäste wir brauchen, um das schnuckelige Wochenende zu bezahlen, das ihr euch gerade gegönnt habt?«

»Also bitte, Anderson«, erwiderte sie. »Das muss doch nicht jetzt sein. Wir sind müde.«

»Ach, müde seid ihr? Und was ist mit mir? Ich habe den ganzen Tag geackert. Nicht mal Pause konnte ich machen, weil sich Greg krankgemeldet hat! Während ihr in Fresno euren Spaß hattet! Wisst ihr, wie viel ich heute eingenommen habe? Und wie viel ihr ausgegeben habt?«

Wenn er einen Wutanfall bekam, konnte man nicht mit ihm reden. Dann brüllte er stundenlang. Sobald ihm die Argumente ausgingen, kehrte er zum ersten zurück und fing von vorn an. In der Nacht damals war ihm das Geld im Grunde egal. Ob wir fünfzig oder fünftausend Dollar ausgegeben hatten, spielte keine Rolle. Eine Szene hätte er in jedem Fall gemacht, und zwar weil meine Mom und ich gemeinsam weggefahren und deswegen glücklich waren, während er sich ausgeschlossen fühlte. Wir gingen dann schlafen, und am nächsten Morgen war alles wieder normal – bis meine Mom und ich ein paar Wochen später zur nächsten Hundeausstellung nach San Diego fuhren. Als er ein Foto sah, auf dem meine Mom und ich am Meer in einer Achterbahn fuhren, bekam er wieder einen Anfall. Irgendwann hatte meine Mutter dann genug. Sie verkaufte die Hunde, die sie gezüchtet hatte, und wir fuhren nie wieder zu einer Schau. Nur zwei behielt sie, Royal und Loyal.

Als ich nach Hause zurückzog, waren die beiden schon alt. Royal hatte ein blindes Auge und Loyal Arthritis. Ich sagte meiner Mom, dass ihre Hunde früher oder später eingeschläfert werden müssten. Gordon und Annie waren auch Collies, aber Annie stammte von einem Champion ab. Schon mit dreizehn Monaten wies sie bessere Rassemerkmale auf als Royal in seiner Blütezeit. Deshalb hätte ich Annie auch so gern auf Zuchtschauen präsentiert. Doch das, was dann in diesem Sommer passierte, machte alles zunichte.

Jeremy

Nora hatte ernsthaft vor, das Pantry von ihrer Mutter zu übernehmen, und obwohl ich sie mir nicht als Restaurantbesitzerin oder überhaupt als Unternehmerin vorstellen konnte, bestärkte ich sie in ihrem Vorhaben. Ich fuhr mit ihr zum Costco in Palm Springs, wenn sie Vorräte für den Diner brauchte, half ihr, im Häuschen einen Leuchter aus Holz anzubringen, ein antikes Stück aus einem Spendenshop, und bot ihr an, die Küche zu streichen. Ich tat, was ich konnte, um sie an die Stadt und an mich zu binden. In der Nacht bei mir zu Hause hatte sich etwas verändert. Alles, was mir an der Liebe Angst gemacht hatte – die Risiken, die man eingehen musste, der Schmerz, den sie verursachen konnte –, erschien mir plötzlich unwichtig. Seit dem Moment, als ich sie – verloren wie zehn verschluderte Jahre – auf der Terrasse ihrer Eltern hatte stehen sehen, war ich bereit, das Risiko auf mich zu nehmen. Und auch der Schmerz, der wahrscheinlich nicht ausbleiben würde, ließ sich mühelos vergessen, wenn ich Nora in die Arme schloss.

Ich erinnerte sie oft an Dinge, die sie nicht mehr wusste: dass sie einmal ein Referat über Vererbung am Beispiel von Gregor Mendels Erbsen gehalten hatte, bei dem eine

Erdbebenübung dazwischenkam, dass sie es war, die auf der Exkursion in den Whitewater-Nationalpark abends das Lagerfeuer gebaut hatte, dass sie an dem Abend, an dem wir mit ein paar Leuten zu einem Konzert nach Anaheim fuhren, ihren Eltern die Lüge aufgetischt hatte, sie würde bei einer Freundin übernachten. Doch ich entdeckte auch neue Seiten an ihr: wie sie frühmorgens aussah, kurz bevor das erste Licht durch das Fenster über uns hereinschien, wie weich ihre Stimme wurde, wenn sie mit ihrer Mutter telefonierte, und wie hart, wenn sie mit ihrer Schwester sprach. Sie lächelte jetzt eher und öfter, und zum ersten Mal seit Jahren dachte ich über die Zukunft nach.

Das Einzige, was mir noch fehlte, war ein weniger schwieriger Chef, doch auch dieser Wunsch ging Ende Mai von einem auf den anderen Tag in Erfüllung. Ich hatte meinen Wecker überhört und kam eine Viertelstunde zu spät in die Morgenbesprechung, was mir nicht nur Vascos sarkastischen Kommentar »Danke, dass Sie auch mal erscheinen« einbrachte, sondern zusätzlich den Auftrag, drei Haftbefehle durchzuführen. Die ersten beiden hatten mit Drogenhandel zu tun und gingen problemlos über die Bühne, doch beim dritten sah mich der Täter nur ein Mal kurz an und haute durch die Hintertür ab. Ich verfolgte ihn, sprang über den Maschendrahtzaun und musste dreihundert Meter in die Wüste laufen, bis ich ihn erwischte, zu Boden riss und mich auf ihn warf. Mit den Knien auf seinem Rücken legte ich ihm die Handschellen an. Mein Herz raste, und meine Ausrüstung erschien mir plötzlich doppelt so schwer. Es war Mittag, neununddreißig Grad und mitten im Nirgendwo. Hatte der Typ allen Ernstes erwartet, er würde weit kommen? »Ich habe nicht mit der Polizei gerechnet, Officer«, sagte er. »Ich bin total erschrocken.«

Und das alles wegen eines Gelegenheitsdiebstahls. Ich suchte ihn gründlich ab, weil ich dachte, der Trottel hätte Marihuana, Meth oder sogar eine Waffe bei sich, aber ich fand nichts. Meine Uniform war völlig verdreckt, und das rechte Hosenbein hatte ein großes Loch. Ich wollte ihn festnehmen und sofort in die Dienststelle fahren, um mich umzuziehen. Doch dann wurde ich zu einem Notfall gerufen, zu einer Lärmbelästigung im Joshua Tree Nationalpark, und zwar in der staubigen Ecke, wo die alten Siedlerhäuser neben Wohnwagen standen, umgeben von Hühnerdrahtzäunen und bewacht von fies blickenden Kötern. Als ich bei der Adresse ankam, saß ein alter Mann mit nacktem Oberkörper und einer Dose Mountain Dew in der Hand auf der Veranda. »Guten Tag, Officer.« Er trat ans Fenster des Streifenwagens und stellte sich so dicht davor, dass ich seine weißen Brusthaare sehen konnte. »Ich bin der, der angerufen hat. Jim heiße ich. Jim Novacek.«

»Was gibts, Mr Novacek?«

»Gorecki, aha«, sagte er, den Blick auf das Namensschild an meiner Uniform gerichtet. »Pole?«

Für einen Maitag war es viel zu heiß im Valley und die Luft voller Staub und Sand. So ein Wetter machte den Leuten schlechte Laune, vor allem den alten, die nichts Besseres zu tun hatten, als wegen jeder Kleinigkeit die Polizei zu rufen – im Grunde nur, um zu reden. »Was gibts, Mr Novacek?«, fragte ich noch mal.

»Habs schon der Dame am Telefon gesagt – hier in der Gegend ist es nicht mehr so wie früher. Zu viele Mexikaner.«

Der Tatverdächtige auf der Rückbank schnalzte zustimmend mit der Zunge.

Dass mir Leute etwas Falsches zuschrieben, kam öfter vor. Zum Teil lag das an meinem Nachnamen, zum Teil an meiner hellen Haut. In der Highschool wurde ich mal von Victor Alcala verspottet, einem hübschen Kerl, sehr beliebt bei den Mädchen. Hey, Fettsack, rief er durch den Gang, wann startet heute das Konzert? Ich blickte stur in meinen Spind, suchte die Hefte heraus, die ich brauchte, und versuchte, das Gelächter ringsum zu ignorieren. Plötzlich kam von ganz unerwarteter Seite Hilfe: Stacey Briggs begann, Victor so böse rassistisch zu beschimpfen, dass dem Knaben die Spucke wegblieb und er mich nie wieder anging. Ich klärte Stacey nie auf, sagte ihr nie, dass ich mehr mit Victor gemein hatte, als sie sich vorstellen konnte.

»Mr Novacek.« Ich hatte Mühe, nicht laut zu werden. »Sie haben wegen einer Lärmbelästigung angerufen, aber ich höre nichts.«

»Der Lärm kommt aus der Klitsche da drüben.« Der Alte deutete auf das Nachbarhaus, ein Gebäude mit Flachdach, zugenagelten Fenstern und einer Menge Müll im Garten. An der Wäscheleine hing keine einzige Klammer, und die Hundehütte war leer. »Ständig dieses Miauen.«

»Eine Katze? Dann hätten Sie das Tierheim anrufen müssen.«

»Aber da gehen den ganzen Tag junge Mexikaner rein und raus. Die saufen, nehmen Drogen und machen Gott weiß was alles. Wahrscheinlich haben die da drin die arme Katze gequält. Deshalb habe ich die Polizei gerufen.«

Ich stieg aus und blieb mit den Händen am Gürtel stehen. Unter meiner Uniform lief mir der Schweiß das Rückgrat hinunter und landete an der Stelle unterhalb der kugelsicheren Weste. Wann würde dieser Tag endlich enden?

Plötzlich ertönte ein leises Miauen.

»Hören Sie's?«, fragte der alte Mann.

»Ja.«

Ich verständigte die Dienststelle und ging mit einer Hand an der Pistole auf das Haus zu. Die Vordertür war nicht mit einem Schloss gesichert, sondern nur mit einem Stück Draht, das man durch die Knauföffnung geschoben und mit dem Türrahmen verbunden hatte. Ich löste den Draht, aber die Tür war schwer. Erst als ich mich mit aller Kraft dagegenstemmte, öffnete sie sich laut knarzend. Der Gestank nach Staub, Vogelscheiße und alten Zeitungen brachte mich fast zum Würgen. Drinnen war es so dunkel, als wäre ich in einen Abgrund gefallen. Ich schaltete die Taschenlampe ein und richtete sie geradeaus. Vor mir lag ein kleines Wohnzimmer mit niedriger Decke und einem gemauerten Kamin. An die hintere Wand hatte jemand in roten Buchstaben GEH NACH HAUSE gesprüht. Auf dem Boden lagen zerdrückte Bierdosen, Spritzen, Zigarettenkippen, Spielkarten. Das einzige Möbelstück war eine alte Couch mit großen Löchern statt Sitzkissen.

Plötzlich nahm ich eine Bewegung wahr und hörte ein leises Rascheln. Ich schwenkte die Taschenlampe zur Couch. Mein Puls begann, vor Anspannung zu rasen. Tief in dem Loch lag ein Haufen blauer Decken, und daraus ragte eine winzig kleine Faust hervor. Das Kind verströmte einen so starken Milchgeruch, dass ich mich fragte, warum ich ihn nicht früher bemerkt hatte. Ich legte die Taschenlampe auf den schmutzigen Dielenboden und kniete mich hin. Die Augen des Babys waren weit geöffnet, und kaum sah es mich, begann es, seine ganze Hoffnung hinauszubrüllen. Ich schob die Hände in das Loch und hob das blaue Bündel heraus. Als das Kind in meinem Arm lag, schlug ich die Decke zurück und konnte zu meiner Erleichterung keine offene Wunde entdecken. Allerdings war die Windel voll. Das Gebrüll wurde lauter. »Sch, Kleines«, flüsterte ich, »sch, ist ja gut.« Als ich ihm den Zeigefinger hinhielt, packte es ihn sofort. Ich presste das Baby an mich, stieß mit dem Fuß die Tür auf und ging hinaus. Der Nachbar, der im Garten gewartet hatte, blinzelte gegen das grelle Licht und sagte: »Das darf nicht wahr sein.«

Mit dem Rücken zur Sonne, damit das Baby Schatten bekam, funkte ich nochmals die Dienststelle an, denn ich wusste nicht, was in solchen Fällen zu tun war. Ich musste eine ganze Weile auf die Anweisungen des Sergeants warten, doch Vasco war ausnahmsweise mal nett. »Bleiben Sie, wo Sie sind, Gorecki«, sagte er. »Hilfe ist unterwegs.«

Kaum hatte der Rettungssanitäter dem Baby das Stethoskop an die Brust gesetzt, schrie und strampelte das Kind wieder los. »Die Herztöne sind in Ordnung«, sagte der Sanitäter mit einem Lächeln. Es war ein älterer Mann, der mit gefärbten Haaren und dick aufgetragener Lippenpomade den letzten Rest seines früheren Surfer-Looks zu bewahren versuchte. Nachdem er das Kind durchgecheckt hatte, holte er eine Flasche Wasser aus dem Wagen. »Ich habe Kristalle in der Windel gesehen. Völlig dehydriert, der Kleine.«

»Wie lange hat er wohl da drin gelegen?«, fragte ich.

»Schwer zu sagen. Vierundzwanzig Stunden, vielleicht sogar sechsunddreißig.«

»Oh Mann.«

Hinter uns machte der Nachbar seine Aussage und buchstabierte dem Detective seinen Namen. »N-o-v-a-c-e-k.« Der Verdächtige, den ich fast vergessen hatte, saß noch immer hinten im Streifenwagen. Zwei Deputys durchsuchten das Haus ein zweites Mal nach Spuren. Und die ganze Zeit über gab Vasco einer Reporterin des *Hi-Desert Star* ein Interview. Am nächsten Tag brachte die Zeitung sein Foto mit dem Kind im Arm auf der Titelseite. »Polizei rettet ausgesetztes Baby«, lautete die Schlagzeile.

Danach hatte er mich nicht mehr ganz so sehr auf dem Kieker.

Maryam

Die Erinnerung ist ein unzuverlässiger Besucher. Lange fiel mir der Name des jungen Mannes nicht mehr ein, der Nora zum Häuschen gefahren hatte, als ihr Autoschlüssel nicht mehr funktionierte, obwohl er mir bekannt vorkam und obwohl ich wusste, dass ich ihn schon einmal gesehen hatte. Doch als ich eines Tages den Müll in die Garage brachte, war schlagartig nicht nur sein Name wieder da, sondern auch der seines Vaters. In dem Sommer, bevor Nora aufs College ging, hatte ich einen Elektriker gebraucht. Mit dem Kabel am Garagentor stimmte etwas nicht, und eine Mutter aus der Schule sagte mir, dieser Mark Gorecki hätte schon mal für sie gearbeitet. Er reparierte aber nicht nur das Garagentor, sondern entdeckte auch einige andere Sachen, die erledigt werden mussten, zum Beispiel einen Drei-Weg-Schalter, der nicht funktionierte, und eine kaputte Leuchte auf der Terrasse. Er reparierte zwar alles perfekt, aber er roch schon mittags nach Bier. Und dass am Ende eine Rechnung über dreihundert Dollar zusammenkam, passte mir überhaupt nicht. Deshalb rief ich ihn nie wieder an, nicht mal, als der Ventilator im Schlafzimmer kaputtging und wir bei offenem Fenster schlafen mussten.

Auf dem Rückweg von der Garage blieb ich in der Diele stehen und betrachtete die gerahmten Fotos an der Wand, Bilder von wichtigen Augenblicken im Leben meiner Familie und besonders meiner Töchter – Geburtstage, Abschlussfeiern und andere Erfolgsmomente. Es dauerte eine Weile, doch dann hatte ich den jungen Mann gefunden. In einem Anzug, der ihm zu klein war, stand er in der Mitte von Noras Jazzband. Als ich mit dem Finger die Liste unter dem Foto entlangfuhr, entdeckte ich seinen Namen: Jeremy Gorecki. Ich fand es nett, dass er sie damals zurückgefahren hat. Sonst hätte sie in der Hitze auf die Pannenhilfe warten müssen, noch dazu ganz allein.

Ich hatte nicht geglaubt, dass ich ihn jemals wiedersehen würde, doch als ich ein paar Wochen danach in Stater Brothers an der Expresskasse anstand, war er zufällig hinter mir. Zuerst sah er mich nicht, weil er etwas in sein Handy tippte und dabei die ganze Zeit lächelte. Erst als er damit fertig war, begann er, seine Sachen aufs Band zu legen: eine Dose Kaffee, eine Packung Zucker, eine Schachtel Kondome und eine große blau-weiße Tasche mit einem Reißverschlussfach an der Seite. Das war meine Tasche; in der hatte ich die Tupperwares mit dem Essen zum Häuschen gebracht und sie in der Küche an einem Nagel aufgehängt, falls Nora sie für Einkäufe brauchte. Jetzt lag sie da und wurde von Jeremy Gorecki benutzt. Ich griff nach dem Trennstab und legte ihn zwischen unsere Sachen aufs Band.

Er sagte automatisch »Danke«, doch als er mich ansah, spürte ich, dass er mich wiedererkannte. Ich drehte mich zu den Zeitschriften hin, die auf den Titelseiten verkündeten, welcher Prominente drogensüchtig und welcher mit dem Kindermädchen fremdgegangen war, zog ein *People*-Heft heraus, um etwas zu tun zu haben, und blätterte betont konzentriert darin herum. »Mrs Guerraoui?«, sagte er plötzlich.

Es war so seltsam, den Namen meines Mannes aus dem Mund dieses Fremden zu hören! Was wusste er über uns, und warum sprach er mich mitten im Supermarkt an – und das alles mit dieser Schachtel neben uns auf dem Band? Zum Glück ging es in der Schlange dann endlich weiter. Ich stopfte die Zeitschrift zurück ins Gestell und zog schon mal die Scheine aus dem Portemonnaie. Ich wollte für meinen Schwiegersohn Lamm und gefüllte Paprika machen – Salma und er hatten sich zum Abendessen angekündigt, und das war seine Leibspeise. Aber ans Kochen dachte ich da schon gar nicht mehr. Ich wollte nur weg.

»Und elf achtzig zurück«, sagte die Kassiererin, nahm zwei Scheine aus der Schublade und hielt inne. »Der Geldwechsler ist kaputt, und ich habe kaum noch Fünfundzwanzig- und Zehn-Cent-Münzen.«

»Ist schon in Ordnung.«

»Macht es Ihnen wirklich nichts aus, wenn ich Ihnen so viele Pennys gebe?«

»Nein.« Sie zählte die Pennys langsam und gewissenhaft ab und murmelte dabei vor sich hin, um nicht durcheinanderzukommen.

Jeremy versuchte es noch mal und sagte mit seiner tiefen, klaren Stimme: »Hallo, Mrs Guerraoui.« Jetzt konnte ich nicht mehr so tun, als hätte ich nichts gehört.

»Oh, hallo!«, rief ich und gab mich erstaunt. Er war so groß, dass ich zu ihm aufblicken musste, um seine Augen sehen zu können, sehr blaue Augen in einem gebräunten

Gesicht. Kein unangenehmes Gesicht, obwohl seine Lippen leicht lila waren. Das kam vom Rauchen – eine schreckliche Angewohnheit. Am Oberarm hatte er eine Tätowierung. Tätowierungen sieht man hier ständig, vor allem bei Leuten aus der Unterschicht und bei Kriminellen, seit einiger Zeit allerdings auch bei Künstlern. Meine Tochter hat eine ganz kleine, die unter ihren Armreifen normalerweise unsichtbar ist, aber eine am Oberarm ist etwas ganz anderes. Eine solche Tätowierung soll etwas ausdrücken, sie soll gesehen werden.

Als der Einpacker, ein Teenager mit Zahnspange, meine letzten Sachen in der Tüte verstaute, zählte die Kassiererin noch immer mein Wechselgeld ab.

»Kann ich Ihnen tragen helfen?«, fragte Jeremy und rückte ziemlich dicht an mich heran.

»Nein, nein«, sagte ich, griff nach der Stofftasche und hob sie hoch. Sie war viel schwerer, als ich erwartet hatte, und ich schaffte es nur mit Mühe, sie mir über die Schulter zu hängen.

»Warten Sie, ich helfe Ihnen«, sagte er und nahm sie mir einfach so aus der Hand.

»Ihr Rückgeld, Ma'am«, rief die Kassiererin.

Ich nahm die beiden Scheine und den Haufen Pennys, und während ich alles in mein Portemonnaie steckte, begann sie, Jeremys Sachen zu scannen, sodass ich warten musste, bis er bezahlt hatte.

Wir verließen den Laden gemeinsam. Es war ein sonniger Junivormittag, und die Hitze wurde bereits drückend. Auf dem Gehweg aßen zwei Kinder Eis, das ihnen auf die T-Shirts tropfte, doch den beiden waren die Flecken egal. Seite an Seite liefen wir über den Parkplatz zu meinem Auto. Irgendwann wurde das Schweigen zu lang, und ich sah mich gezwungen, Small Talk zu machen. »Wie geht es Ihrem Vater?«, fragte ich. »Mark heißt er, nicht wahr?«

»Meinem Vater?« Er sah mich verwundert an. »Gut, glaube ich. Wir haben uns schon eine Weile nicht gesehen.«

»Er hat mein Garagentor repariert. Ist ewig her.«

»Ach so. Er arbeitet nicht mehr viel. Ist nicht mehr der Jüngste.«

Das machte mich merkwürdig traurig, vielleicht, weil es mir so bekannt vorkam. Wer wüsste besser als ich, dass sich die Familie auseinanderleben kann und dass es schwierig ist, sie wieder zusammenzubringen. Nachdem mir Jeremy beim Auto die Tasche gegeben hatte, blieb ich in der Sonne stehen und sah zu, wie er wegging, und plötzlich dachte ich, dass wir nun keine Fremden mehr waren, er und ich.

Nora

Einige Wochen später lud mich Salma zum Vatertag ein. Ich sehnte mich zwar nicht gerade nach ihrer Gesellschaft, aber auf den Brunch sollte ein Besuch am Grab unseres Vaters in Rose Hills folgen, und ich konnte nicht das eine schwänzen und das andere nicht. Mit einer Mischung aus Angst und Resignation fuhr ich auf der Old Woman Springs Road nach Landers, wo meine Schwester und mein Schwager seit einigen Jahren lebten. Das Haus war zweihundertfünfzig Quadratmeter groß, hatte eine hochherrschaftlich wirkende Tür und Panoramafenster nach Osten. Alles auf dem Anwesen stank nach Geld – die Gartengestaltung, der eigens angefertigte Briefkasten, das Schild mit der Warnung SIMPSON SECURITY: VON DER SCHUSSWAFFE WIRD GEBRAUCH GEMACHT. Ich war durch die nur angelehnte Haustür hineingegangen und bereits auf dem Weg ins Wohnzimmer, als mir mein Schwager entgegenkam. »Es war offen«, sagte ich.

»Du brauchst dich nicht zu rechtfertigen«, erwiderte Tareq sanft. »Du bist hier zu Hause und jederzeit willkommen.«

»Alles Gute zum Vatertag!«, sagte ich und gab ihm die Karte, die ich zuvor in der mit Kindern vollgestopften

Schreibwarenabteilung von Walgreens gekauft hatte. Ich war einigermaßen gefasst geblieben, bis ich ein acht- oder neunjähriges Mädchen seinen älteren Bruder fragen hörte, ob ihrem Dad die ausgesuchte Karte gefallen würde. Danach musste ich mich im Wagen eine Zeit lang sammeln. »Wo sind alle?«

»Danke für die Karte«, sagte Tareq. Er schien sich ehrlich zu freuen und behielt sie in der Hand, während wir miteinander sprachen. »Deine Mutter ist noch nicht da, die Kinder spielen, und Salma sitzt auf der Terrasse. Geh schon mal zu ihr, ich bringe den Damen gleich Limonade.«

Aus dem Wohnzimmer war ein lauter Krach zu hören, wahrscheinlich ein zusammengefallener Jenga-Turm. Gleich darauf lachte Aida hämisch los. Ich schob die Glastür auf und trat hinaus. Salma lag im Schatten eines Schirms so reglos auf einem Liegestuhl, dass ich im ersten Augenblick glaubte, sie würde schlafen. Ihr mintgrünes Top und die weiße Leinenhose entsprachen wahrscheinlich genau dem, was das Magazin *Orange Coast* derzeit als lässiges Wochenendoutfit propagierte, und ihre komplizierte Hochsteckfrisur hatte bestimmt stundenlanges Üben erfordert. Doch als sie den Blick hob, sah ich tiefe Ringe unter ihren Augen, die auch das sorgsam aufgetragene Make-up nicht kaschieren konnte. »Ah, du hast es geschafft.«

»Ja, natürlich«, erwiderte ich, beugte mich hinunter und küsste sie auf die Wangen. »Aber ich muss wieder in die Arbeit und kann nicht allzu lange bleiben.« Ich setzte mich auf die Liege neben ihr und streckte seufzend die Beine aus. Mir schmerzte noch immer der Rücken vom Kistenschleppen am Morgen. Eine leichte Brise fuhr in die Salbeisträucher rings um die Terrasse und brachte die Blätter zum Rascheln. Dahinter fiel das Grundstück sanft ab. Man blickte auf einige Josuabäume, und in der Ferne sah man riesige rötliche Felsformationen. »Einen sagenhaften Blick habt ihr, Salma.«

»Ja, und heute ist es ganz besonders schön und klar«, erwiderte sie lächelnd.

Vielleicht weil meine Schwester so zufrieden klang, vielleicht auch, weil sie so entspannt in ihrem Liegestuhl fläzte, hallte mir ihre Bemerkung in den Ohren, und ich dachte wieder an die Verlesung der Anklage gegen Baker. Salma hatte es damals nicht für nötig befunden, ins Gericht zu kommen, hatte ihre Praxistermine nicht verschoben, hatte mich nicht einmal hinterher angerufen und gefragt, wie es gelaufen sei. Gerade als ich mir die Worte zurechtlegte, um das alles anzusprechen, wurde die Tür aufgeschoben, und Tareq trat mit einem Krug auf die Terrasse.

»Ich habe Migräne«, teilte ihm meine Schwester reichlich unvermittelt mit.

Schweigend rührte Tareq mit einem Metalllöffel in der Limonade, drückte kurz die Minzblätter aus und schenkte zwei Gläser ein.

»Das grelle Licht tut dir bestimmt nicht gut«, sagte ich. »Gehen wir rein.«

»Nein, es gefällt mir hier draußen.« Wieder an ihren Mann gewandt, sagte sie: »Bringst du mir eine Tablette?«

Ganz in unserer Nähe ließ sich ein Rabe nieder und suchte den Boden nach Krümeln ab. Tareq verscheuchte ihn. »Trink Limonade, das hilft«, sagte er.

»Bitte gib mir was!« Sie sah ihn flehentlich an.

»Ich lasse euch jetzt allein, dann könnt ihr quatschen.«

Ich konnte mir den Wortwechsel der beiden und die hinter den Höflichkeitsfloskeln spürbaren Spannungen nicht erklären. Warum gab er ihr keine Kopfschmerztablette? »Ist alles in Ordnung?«, fragte ich, als Tareq gegangen war.

»Ja.«

Zum ersten Mal kam mir der Gedanke, die Perfektion, die meine Schwester wie eine Rüstung trug, könnte Risse bekommen haben. Das musste die Trauer sein, dachte ich; das hatte ihr die Trauer angetan. Mein Ärger auf sie war plötzlich wie fortgeblasen. Als ich über den Tisch hinweg ihren Arm berührte, schlug sie die Hand vor den Mund, um einen Schluchzer zu unterdrücken. »Ach, Salma«, sagte ich.

»Es geht mir gut«, versicherte sie und trank einen großen Schluck Limonade. Im Nachbargarten wurde ratternd ein Maschendrahttor geöffnet, und sofort begann ein Hund, freudig zu bellen. »Warum musst du denn schon so bald wieder weg?«, fragte sie.

»Habe ich dir doch gesagt. Ich muss in die Arbeit.«

»Ins Restaurant, meinst du?«

»Ja.«

»Warum machst du das?«, fragte sie resigniert. »Mama will das Lokal nicht mehr und soll es auch nicht behalten müssen. Sie wird ja nicht jünger. Sie will sich endlich zur Ruhe setzen.«

»Kann sie doch. Ich kaufe ihr ihren Anteil ab, wenn du deinen behältst.« Sofort steigerte ich mich in die Idee hinein. »Wir beide, du und ich, könnten Partner werden. Die Guerraoui-Schwestern. Was meinst du?«

»Klingt gut, aber wie soll es dann weitergehen? Wer soll den Laden führen?«

»Traust du mir das nicht zu?«

»Darum geht es nicht. Ich dachte, du willst komponieren.«

»Natürlich will ich komponieren. Aber genauso viel liegt mir daran, Baker nicht mit einem Mord davonkommen zu lassen und Dads Traum nicht zu begraben.«

»Das war *sein* Traum, Nora, nicht deiner. Du kannst nicht den Traum eines anderen leben.« Ihre Stimme zitterte vor Wut. Sie hob die Beine von der Liege, drehte sich zu mir und sah mich so eindringlich an, dass ich glaubte, sie würde mich gleich an der Schulter packen und schütteln. »Wenn es schon etwas so Durchgeknalltes wie Komponieren sein muss, dann bleib auch dabei. Verkauf den Diner und schreib deine verdammte Musik!«

Ihre plötzliche Heftigkeit erschreckte mich. Woher kam das? Hing es mit den Spannungen zusammen, die ich kurz zuvor zwischen ihr und Tareq bemerkt hatte? Die beiden waren das perfekte Paar – zumindest hatte ich das immer gedacht. »Was ist los mit dir?«, fragte ich. Die Wendung in unserem Gespräch hatte mich überrumpelt.

Meine Schwester sah mich an, als kämpfte sie mit der Frage, ob sie mir ihre Sorgen offenbaren sollte. Eine Krötenechse huschte über die Terrasse und fand unter den Fahrrädern der Zwillinge ein wenig Schatten. Der Rabe kam zurück und stakste zögerlich auf den Tisch zu. Ich wartete. Gerade als Salma dazu ansetzte, mir ihr Herz auszuschütten, ging die Glastür auf, und meine Mutter erschien. Sie hatte das Witwenweiß abgelegt und trug ein kobaltblaues Kleid, in dem sie viel jünger wirkte. Auf dem Tablett in ihren Händen türmten sich Sommergerichte – Gemüsekebabs, Tintenfischsalat, gegrillte Auberginen und Wassermelonenstücke. Dicht hinter ihr folgten die Zwillinge, die sich darum stritten, wer das Spiel gewonnen hatte, und Tareq, eine Kanne Kaffee in der Hand. Mit der Innigkeit zwischen meiner Schwester und mir war es schlagartig vorbei.

Wir setzten uns an den Tisch, wo Tareq seine Geschenke auspackte und jedes nett kommentierte. Von Aida bekam er eine untragbare Seidenkrawatte mit blauen Streifen auf grellgelbem Grund (»Danke, *habibti*. Gelb ist meine Lieblingsfarbe.«), von Zaid einen schicken Kugelschreiber (»Mit dem schreibe ich meine Rezepte!«), Salma schenkte ihm ein erstklassiges Audiosystem (»Das probiere ich nachher gleich aus!«) und ich die Karte, die er bereits bekommen hatte (»Du bist immer so aufmerksam, Nora«).

Den ganzen restlichen Tag hindurch hing der Schatten tiefer Melancholie über mir. Meine Schwester und ich sprachen so selten miteinander und noch seltener über etwas Intimes. Wir hatten die Gelegenheit verpasst.

Jeremy

Ende Juni musste ich auf eine zweitägige Schulung zum Thema Deeskalationstechniken in San Bernardino, die Vasco einige Wochen zuvor angeordnet hatte, als die Bowden-Sache noch auf der Titelseite der *Los Angeles Times* stand. Anstatt die achtzig Kilometer am selben Tag wieder zurückzufahren, hatte ich beschlossen, mit einem anderen Teilnehmer, einem Deputy, in der Stadt zu bleiben. Zwei Tage lang saßen wir in einem Unterrichtsraum und erfuhren etwas völlig anderes als das, was man uns in der Polizeiakademie beigebracht hatte: angespannte Situationen mit Reden, nicht mit Waffen zu entschärfen versuchen, aufgebrachten Tatverdächtigen Empathie entgegenbringen, indem man ihre Aussage mit eigenen Worten wiederholt, sich niemals in eine Situation emotional hineinziehen lassen, vor jeder Gewaltanwendung die Auswirkungen bedenken. Allerdings sollten wir die eigene Sicherheit immer an erste Stelle setzen, betonte der Ausbilder nach jeder Einheit.

Am dritten Tag fuhr ich frühmorgens zurück und direkt in die Dienststelle, wo ich meine reguläre Schicht antrat. Danach begleitete ich Fierro zu seiner Selbsthilfegruppe im Bürgerzentrum. Weil ich todmüde war, schenkte ich mir aus der Thermoskanne auf dem Tisch unter der Wanduhr einen riesigen Becher Kaffee ein und hoffte, das würde mich während der Sitzung wach halten. Fierro war mies drauf. Die von Walmart in Aussicht gestellte Beförderung hatte sich zerschlagen, erzählte er mir; nun würde er bis auf Weiteres einfacher Verkaufsmitarbeiter bleiben. »Bestimmt ergibt sich bald was anderes«, sagte ich, war mir aber nicht sicher, wie überzeugend das klang.

Fierro lehnte sich grummelnd auf seinem Stuhl zurück und wartete auf das Erscheinen des Gruppenleiters. Kurz vor acht erfuhren wir, dass Rossi an diesem Abend nicht kommen würde. Sein Vertreter war ein zerbrechlich wirkender Therapeut namens Dexter, der ständig mit seinem Kugelschreiber klickte. »Wer möchte anfangen?«

Doug, der Typ mit der Glatze, hob als Erster die Hand und berichtete, dass er ständig aufgewühlt sei, nichts essen könne und einen fürchterlichen Tag hinter sich habe. Nachdem er zwanzig Minuten lang konfus vor sich hingelabert hatte, reichte es Adriana, der Krankenschwester. Rüde unterbrach sie ihn mit den Worten: »Hier sitzen auch noch andere!«

Dexter hob beide Hände. »Bitte, bitte, ganz ruhig, ja?«

»Ich *bin* ruhig!«, fuhr sie ihn an.

Fierro saß mit verschränkten Armen da und hielt sein gutes Ohr in Adrianas Richtung. »Sie hat doch gar nichts gesagt«, warf er ein. »Sie ist total ruhig.«

Doug beschwerte sich über die Unterbrechung, Adriana sagte, dass er was erleben könne, wenn er nicht endlich Ruhe gäbe, und Fierro stimmte ihr erneut zu. Es dauerte eine Weile, bis Dexter die Gruppe wieder unter Kontrolle hatte. Als er schließlich einen anderen Teilnehmer aufrief, erboste das gleich alle drei – Doug, Adriana und Fierro. Ich sah verstohlen auf meine Uhr. Es gab noch einiges zu tun an diesem Abend – tanken, der Autoversicherung einen Scheck ausschreiben, Wäsche waschen, denn ich hatte keine sauberen Socken mehr. Plötzlich spürte ich zehn Augenpaare auf mich gerichtet und bemerkte, dass mir etwas entgangen war. »Äh – was ist?«

»Möchtest du uns etwas über deine Wut erzählen?«, fragte Dexter.

Ich – wütend? Gut, wenn er schon fragte: Ich war wütend, weil Vasco das ausgesetzte Baby für PR-Zwecke benutzte. Ich war wütend, weil er uns auf eine Schulung nach San Bernardino geschickt hatte, um selbst gut dazustehen. Ich war wütend, weil die Leute Angst vor meiner Uniform hatten. Unter der Uniform war ich genau wie sie, wurde aber entweder als Werkzeug der Politik oder als Filmfigur angesehen – dazwischen gab es nichts. Ich war wütend auf den Krieg. Mann, war ich wütend auf den Krieg! Da wurden Menschen getötet, während Bush Stillleben malte und Rumsfeld Bücher schrieb und Cheney einfach sein verdammtes Maul nicht halten konnte. Ich war wütend, weil ich meinen Abend damit verbringen musste, anderen wütenden Leuten zuzuhören. »Ich bin nur zur Unterstützung mitgekommen«, sagte ich.

»Er begleitet mich«, erklärte Fierro und hob die Hand, sichtlich erfreut, endlich selbst etwas sagen zu können. Dann legte er mit dem Üblichen los: seiner Frau. Dass es für sie weitergegangen sei, dass sie jetzt ihr eigenes Leben mit einem anderen habe, dass er auf der Strecke geblieben sei. Adriana nickte ihm nachdenklich zu, verständnisvoll, fast zustimmend. Ich war froh, dass Fierro es durchgezogen hatte; die Selbsthilfegruppe unterstützte ihn darin, über sich zu reden. Gleichzeitig fragte ich mich, wie es Mary ging, und nahm mir vor, sie anzurufen oder in ihrem Salon vorbeizuschauen. Ich hatte sowieso einen Haarschnitt nötig.

Während wir nach dem Ende der Sitzung die Klappstühle im Abstellraum verstauten, fragte Fierro, wann Rossi wiederkomme. »Das weiß ich nicht«, sagte Dexter. »Er zieht vielleicht in einen anderen Bundesstaat. Aber ich bin ja da.«

Es war schon dunkel, als wir in die schwüle Luft hinaustraten.

»Ich mag den Neuen nicht«, sagte Fierro, während er die Wagenschlüssel aus der Tasche zog.

»Sobald er mal alle richtig kennt, wird das schon«, erwiderte ich.

»Kann sein.« Wir gingen über den Parkplatz. »Bowlingbahn?«

»Nein, heute nicht.«

»Hey, Alter, nur ein paar Spiele.«

»Nein, ich bin zu müde.«

»Letzte Woche wolltest du auch nicht.«

»Ich habe viel zu tun.«

»Und wie wärs mit Poker? Meine Nachbarn spielen heute Abend.«

»Nein. Ich fühle mich, als wäre ich drei Tage durchgefahren. Ich bin erschöpft.«

»Na gut.« Nachdem wir uns die Hand gegeben hatten, stieg ich in meinen Jeep und fuhr vom Parkplatz auf den Highway 62. Meine Windschutzscheibe war so verdreckt, dass die Fahrbahn im gelben Scheinwerferlicht verschwamm. Scheiß aufs Tanken, dachte ich, scheiß auf den Scheck an die Versicherung und auf die Wäsche. Das hatte Zeit. Was ich jetzt wirklich brauchte, war ein bisschen Zuwendung und Schlaf. Ich schaltete das Radio ein, suchte einen Classic-Rock-Sender und fuhr zum Häuschen.

Im Häuschen brannten sämtliche Lichter. Alles im Inneren sah man so deutlich, als säße man im Kino: das Blumenarrangement auf dem Kaminsims, die Regalböden, die sich unter der Bücherlast bogen, den antiken Holzleuchter, die Baseballkappe am Huthaken. Mit der frischen Farbe wirkte die Küche wie neu, und ich stutzte kurz, weil auch Nora am Fenster neu wirkte. Seit sie mir von ihrer Begegnung mit A.J. in der Bowlingbahn erzählt hatte, bestand ich auf einem zweiten Riegel für die Haustür. Außerdem wollte ich die schiefe Jalousie am Küchenfenster reparieren. Als ich mit knirschenden Reifen über die Kieszufahrt fuhr, hob sie den Blick von der Spüle, trocknete sich die Hände und kam zur Tür. »Wie war die Schulung?«, fragte sie.

»Hat sich gezogen.« Ich ging rein, nahm sie in die Arme und trat die Tür zu. Wenn ich bei Nora war, wurden alle Sorgen ganz klein. Die Einsamkeit, längst eine Selbstverständlichkeit für mich, war verschwunden und hatte etwas bisher völlig Unbekanntem Platz gemacht: dem Gefühl, ihr Alleinsein und mein Alleinsein hätten sich verbunden. Alles verschwand aus meinem Bewusstsein – das Brummen des Kühlers, das Gurren der Turteltaube, die Musik aus der Stereoanlage. Nur Nora zählte noch. Wir stolperten sofort zum Bett und begannen, an Knöpfen, Häkchen und Reißverschlüssen zu zerren. Als ich ihr den BH auszog, erstarrte sie plötzlich, stieß mich zur Seite und rief: »Da ist einer am Fenster!«

Sie griff nach der Bettdecke, um sich zu schützen, doch ich packte sie am Handgelenk, zog sie neben mich zu Boden und legte ihr die Hand auf den Mund. Hinter dem Haus kippte ein Stuhl um, ein Schlüssel fiel zu Boden, und man hörte Schritte im Garten. »Du bleibst hier«, flüsterte ich, während ich in meine Hose stieg. »Beweg dich nicht.«

Ich schaltete das Licht aus, nahm einen Wanderstock aus der Ecke und schlich mich zur Vordertür. Vom Neumond kam so wenig Licht, dass ich nur ein, zwei Meter weit sah. Ich duckte mich an der Wand entlang, vorbei am Kühler mit dem Vogelnest, und bog um die Ecke in den Garten. Als ich hörte, dass jemand den Maschendrahtzaun hinaufstieg, rannte ich blindlings darauf zu. Erst eineinhalb Meter davor sah ich den Spanner. Ich schwang den Wanderstock und schlug dem Mann mit solcher Kraft an die Hüfte, dass er brüllend runterfiel. Dann holte ich noch mal aus, doch eine vertraute Stimme hielt mich vom zweiten Schlag ab. »Krieg dich wieder ein, Alter, ich bins!«

»Verdammte Scheiße!«

Im Halbdunkel wirkte Fierros Haut bleich und sein Gesicht hart wie auf einer Kreidezeichnung. Er stemmte sich hoch und rieb sich die schmerzende Hüfte. »Du schwingst das Ding wie ’nen Baseballschläger. Das tut weh!«

»Was machst du hier, verfluchte Scheiße?«

»Du hast schon wieder unseren Bowlingabend sausenlassen.«

»Du bist mir nachgefahren?«

»Ich wollte wissen, wo du dich in letzter Zeit immer rumtreibst. Du gehst abends überhaupt nicht mehr mit mir weg.« Er klopfte den Schmutz von seinen Klamotten und zog sich die Hoodie-Kapuze über den Kopf. Dann stieß er den Pfiff aus, den er sich bei Fletcher abgehört hatte, und schüttelte den Kopf, als dämmerte ihm erst jetzt, was er die ganze Zeit hätte wissen können. »Konnte ja nicht ahnen, dass dir die Kopftuch-Pussy so gut gefällt.«

Ich schlug so unvermittelt zu, dass sein Kopf nach hinten schnellte. »Du lässt sie in Ruhe!«, sagte ich.

Er taumelte, schnappte nach Luft und legte die Hand an den Unterkiefer. Nach und nach fing er sich wieder. »Ich mach, was ich will!«

Mit dem nächsten Schlag hatte er schon gerechnet und wich ihm aus. Dann versuchte er es seinerseits. Wir stürzten zu Boden und rangen miteinander, schlugen und traten uns. Meine Brust schleifte über die Erde, und zwischen meinen Schultern sammelte sich Sand. Dann stieß ich mit dem Kopf gegen einen Stein unter dem Zaun und kam nicht weiter. Ich rammte Fierro das Knie in die Leiste, stemmte mich hoch, setzte mich rittlings auf ihn und prügelte drauflos. Nicht mal, als ich Blut an den Knöcheln spürte, hörte ich auf.

»Genug, Jeremy«, rief Nora. »Es reicht!«

Ich rappelte mich hoch und versuchte, zu Atem zu kommen. Erst als die Benommenheit verflog, spürte ich die Platzwunde über der Braue und den Schmerz in den Händen. Doch davon abgesehen, ging es mir gut. Toll sogar. Wie nach der Rückkehr an einen vertrauten Ort.

»Was ist passiert?«, fragte sie im Näherkommen.

Sie hatte alte Shorts und ein weißes Hemdchen angezogen. Unter dem dünnen Stoff zeichneten sich ihre Brüste ab. Ich machte einen Schritt auf sie zu und stellte mich zwischen Fierro und sie.

»Ist alles in Ordnung mit dir?«

»Alles gut. Geh wieder rein, Baby.«

Hinter mir versuchte Fierro, auf die Beine zu kommen.

»Was soll das?« Nora reckte den Hals, um Fierro sehen zu können. »Was macht der hier?«

»Geh wieder rein.«

»Erst wenn du mir sagst, was los ist!«

»*Rein* jetzt. Bitte!« Ihr Blick schoss zwischen Fierro und mir hin und her. Sie setzte zum Sprechen an, entschied sich jedoch anders und ging zurück. Ich sah ihr nach, bis sie um die Ecke gebogen war. Dann drehte ich mich um. Fierro lag noch immer am Boden. Sein Hoodie war bis zur Brust hochgerutscht, und seine Hose war voller Erde. Mühsam stand er auf und klopfte sich den Staub ab. Wir sahen uns an, während wir zu verstehen versuchten, was da im leeren, dunklen Garten eines alten Häuschens geschah. Was er dann tat, verblüffte mich: Er begann zu heulen.

»Reiß dich zusammen, Mann«, sagte ich. »Du musst jetzt gehen.«

Er schluchzte weiter. So hatte ich ihn noch nie erlebt. Nach einer Weile wischte er sich mit dem Ärmel das Blut und die Tränen ab und schmierte sich dabei Dreck quer über die Augen. Es sah aus, als hätte er Tarnschminke aufgetragen. »Wohin denn?«, sagte er. »Ich hab doch niemanden.«

Nach und nach versiegte meine Wut, und an ihre Stelle trat Schuld. Schuld, weil ich noch lebte und andere in meinem Zug gefallen waren, Schuld, weil ich gesund war und andere verwundet, Schuld, weil ich jemanden gefunden hatte, den ich lieben konnte, und andere waren allein. »Gib mir deine Schlüssel«, sagte ich.

»Warum?«

»Gib sie mir einfach. Und dann wartest du hier.«

Als ich das Häuschen betrat, stand Nora hinter der Tür. Sie trug jetzt eine Strickjacke und hatte die Arme um sich geschlungen. »Du blutest«, sagte sie. »Jetzt reichts, ich rufe die Polizei.«

»Ich *bin* die Polizei. Mir gehts gut, ist nur ein kleiner Riss.« Ich zog mein Hemd an und sah mich nach den Hausschlüsseln um.

»Sag mir endlich, was los ist!«

»Später. Schließ hinter mir ab.«

Ich wartete, bis ich hörte, dass sie den Riegel vorschob. Dann setzte ich Fierro in seinen alten Chevy und fuhr mit ihm los. Die Windschutzscheibe war völlig verstaubt, und die Auspuffgase, die ins Wageninnere drangen, vermischten sich mit dem Gestank von Schweiß und Blut. Wie oft waren wir nachts gemeinsam durch die Wüste gefahren, verwundet von Kämpfen, die wir selbst angezettelt hatten? Und immer in der Hoffnung, alles würde besser sein, wenn wir erst aus dem Krieg zurück und wieder zu Hause wären.

Als Fierro das Licht in seiner Wohnung einschaltete, huschte eine Kakerlake über die weiße Wand und verschwand hinter dem Fernseher. Sein gepackter Rucksack stand da, und in einer Ecke erhob sich inmitten zerdrückter Bierdosen ein Turm aus leeren Pizzaschachteln wie ein Altar. Ein Futon und ein Couchtisch waren die einzigen Möbel. In der Wohnung stank es nach Müll. »So«, sagte er und drehte sich zu mir um. »Das hätten wir geschafft. Du kannst jetzt gehen.«

»Ich habs nicht eilig.«

»Gib mir die Schlüssel zurück.«

»Wir sollten uns was zu essen bestellen. Ich könnte etwas vertragen.«

»Ich habe keinen Hunger.« Er nahm ein Bud Light aus dem Kühlschrank. An der Tür fixierte ein Magnet mit der Aufschrift WALLACE VERSICHERUNG einen Zettel, auf dem eine Telefonnummer stand und daneben in Schnörkelschrift ein Name. Samantha. Ein Mädchen, das er bei der Grillparty meiner Schwester kennengelernt und ausgeführt hatte, ohne nach dem Date je wieder etwas von ihr zu hören. Ich warf einen Blick in die Küchenschränke. Weder Gläser noch Messer.

»Pizza oder chinesisch?«, fragte ich.

»Ist mir egal.«

»Dann Pizza.«

Während ich die Bestellung aufgab, hielt er eine Handvoll Küchenpapier in den Wasserstrahl und wischte sich den Dreck und das Blut vom Gesicht. Sein rechtes Auge schwoll rasant an, und das linke war bereits blau. »Im Kühlschrank müsste noch eine Cola sein, bedien dich«, sagte er.

Im Gefrierschrank fand ich hinter zwei leeren Wodkaflaschen eine Tüte Kartoffelpuffer und gab sie ihm. Er hielt sie sich abwechselnd an die Augen. Bei mir kündigten sich rasende Kopfschmerzen an, und die Wunde über der Braue pochte. Für eine Dusche hätte ich in diesem Moment alles gegeben und noch mehr dafür, wieder im Bett zu liegen, weit weg von hier. Während wir auf den Pizzaboten warteten, öffnete Fierro das nächste Bier. »Erinnerst du dich an Rodriguez?«

»Rodriguez aus Texas?«, fragte ich.

»Nein, Rodriguez aus New Jersey. Ich kenne keinen, der so viel Cola getrunken hat. Alter, der hat drei Dosen pro Stunde gesoffen.«

»Ich erzähle dir was über Rodriguez aus New Jersey. Als er uns einmal zu einem Aufklärungseinsatz fuhr, hatte er so viel Cola intus, dass er pissen musste und es nicht mehr aushielt. ›Gleich muss ich‹, sagte er immer wieder, ›gleich muss ich!‹ Wir gaben ihm eine Plastikflasche, und er pinkelte rein, aber als er den Deckel festschrauben wollte, ließ er sie fallen. Drei Stunden lang mussten wir in einem Humvee sitzen, der nach seiner Pisse stank.«

»Dummes Arschloch.«

»Was wohl aus ihm geworden ist?«

»Soweit ich weiß, wohnt er wieder in New Jersey und fährt Softdrinks aus.«

»Nicht wahr!«

»Doch, Alter. Ich schwörs.«

Als die Pizza da war, legten wir die Stücke wie Hamburgerbrötchen aufeinander und schlangen sie runter. Fierro wischte sich mit einer Serviette über den Mund und sagte: »Richtig gut.«

»Ja, gar nicht mal so übel für Domino's.«

»Nein, uns zwei meine ich. Wir hier, zusammen.«

»Ich kann nicht ständig bei dir sein, Mann. Ich habe noch ein eigenes Leben.«

Er sah mich an. »Okay, tut mir leid, dass ich bei deinem Mädchen aufgekreuzt bin. Ich wollte sie nicht erschrecken, echt nicht. Ich wollte nur rauskriegen, wo du immer hingefahren bist, das war alles. Ich bin doch kein Perverser. Außerdem hast du nie was von ihr erzählt. Hab nicht mal gewusst, dass du sie noch triffst. Du bist mir ständig aus dem Weg gegangen, als würdest du dich für mich schämen oder so.«

Ich schämte mich nicht für Fierro, sondern wollte Nora schützen. Deshalb hatte ich die beiden von Anfang an auf

Distanz zueinander gehalten und damit vielleicht sogar alles schlimmer gemacht. »Du brauchst Hilfe, ärztliche Hilfe. Ich dachte, ich könnte dir helfen, aber ich kann es nicht.«

»Mach dir um mich keine Sorgen.«

»Das hast du schon mal gesagt, und jetzt sitzen wir hier.«

Er schüttelte langsam den Kopf, als hätte ich es nicht kapiert. »Ich kann eine Zeit lang beim Sarge wohnen und ihm mit den Bienen helfen.«

»Fletcher hat dich angerufen?«

»Nein, ich habe ihn angerufen.«

Das fühlte sich an wie ein Schlag in die Magengrube. Obwohl er wusste, was ich von Fletcher hielt, hatte er ihn kontaktiert und erzählte mir ausgerechnet jetzt davon. Ich war wütend, vor allem aber müde, unendlich müde. Mir wurde bewusst, dass Fierro nach wie vor nicht bereit war, sich dem zu stellen, was ihn quälte, sondern immer nur weglief. Er hat seine Entscheidung getroffen, dachte ich. Und ich würde *meine* treffen.

Das war unsere letzte Begegnung, auch wenn ich danach noch ein paarmal von ihm hörte. Das erste Mal ungefähr zwei Monate später, als ich an Labour Day Dienst hatte und allein an meinem Schreibtisch saß. Da erzählte er mir, er würde viel über Bienen lernen, weil Fletcher vierzigtausend Bienen besaß. Die Königinnen könnten täglich bis zu eintausendfünfhundert Eier legen, die Drohnen würden im Herbst aus dem Stock geworfen werden, und wenn eine Königin unerwartet starb, entwickelten die Arbeiterinnen Fortpflanzungsorgane und erschufen eine Ersatzkönigin. Die Gegend um Waynesboro gefiel ihm allerdings nicht besonders, und die Leute im

Süden fand er weniger nett als erwartet. Ein andermal, ungefähr acht Monate später, weckte er mich mit seinem Anruf mitten in der Nacht und fragte, ob ich mit ihm was trinken gehen würde, er sei nur vier Stunden entfernt, in Nevada. Die Telefonzelle, aus der er anrief, befand sich unter einer viel befahrenen Überführung, sodass ich ihn wegen des Lärms kaum verstand. Zwei Mal musste ich ihm sagen, dass ich nicht wegkönne, weil ich am nächsten Tag Frühschicht hätte. Was er in Nevada machte, fragte ich nicht.

Die Marines hatten uns zusammengebracht, zwei dumme kleine Kinder aus der Wüste, und obwohl wir jahrelang Seite an Seite gekämpft hatten, trennten wir uns am Ende genau so, wie wir uns getroffen hatten: als zwei völlig verschiedene Menschen. Es war an der Zeit, getrennte Wege zu gehen.

Nora

Irgendwo auf dem Grapevine Highway hatte ein Lastwagen nach einem Unfall eine Ladung Spielzeug verloren und die Fahrbahn in einen Hindernisparcours aus Nerf-Guns, Actionfiguren und allen möglichen Puppen verwandelt. Weil der Verkehr kilometerlang blockiert war, erreichte ich erst kurz vor Mitternacht die Interstate 5 und sah erleichtert den orange und grün leuchtenden Tribute Tower. Ich hatte dort einmal einen Sommer lang ein Praktikum gemacht, als das Gebäude noch die Redaktionsräume der *Oakland Tribune* beherbergte. Es war einer meiner Lieblingsorte in der Stadt. Meine Wohnung, die ich mir bis vor Kurzem nur mit einer Mitbewohnerin hatte leisten können, lag im zweiten Stock eines pinkfarbenen viktorianischen Hauses ohne Garage, Lift und Waschküche. Als ich an diesem Abend zurückkehrte, stand Margo in der Diele. Sie war gerade von einem Essen bei ihrem Bruder nach Hause gekommen und trug noch ihre Jacke. »Wie gehts?«, fragte sie, während wir uns umarmten. »Komm, ich helfe dir mit dem Gepäck.«

»Das ist schon alles«, erwiderte ich und ließ meine Reisetasche auf den Boden plumpsen.

Sie hängte ihre Jacke in den Garderobenschrank und

sagte: »Ich wäre wirklich gern zum Begräbnis gekommen, aber ich konnte nicht weg.«

»Ja, verstehe ich.« Ich legte meine Schlüssel in die Schale auf dem Tischchen und streifte die Schuhe von den Füßen. Margo musterte mein Gesicht, als müsste sie entscheiden, ob sie mir etwas sagen sollte oder nicht, und ein unangenehmes Schweigen trat ein. »So, ich gehe dann mal ins Bett«, verkündete ich schließlich.

Ohne das Licht in meinem Zimmer anzuknipsen, zog ich mich aus, legte mich hin und kuschelte mich in die dünne Decke, die ich gekauft hatte, weil Max meine Wohnung zu schwül gewesen war. Das Neonschild des nahe gelegenen Kinos warf in unregelmäßigen Abständen rotes Licht an die Zimmerdecke. Nachdem ich mich zur Wand gedreht hatte, fiel ich rasch in einen schweren, traumlosen Schlaf und wachte erst auf, als die Sonne mittags an die Jalousien knallte. In den wenigen Monaten in der Wüste hatte ich mich so sehr an die weite Landschaft und die vollkommen ungestörte Stille gewöhnt, dass mir mit einem Mal mein Zimmer überladen, mein Bett zu schmal und die Straße zu laut erschienen.

Margo saß mit ihrem Laptop am Esstisch. Sie arbeitete als Mathematiknachhilfelehrerin für ein Unternehmen, das Prüfungsvorbereitungen anbot, und verbrachte viele Vormittage mit dem Beantworten von Terminanfragen schwieriger Eltern. Sie tat es mit der Geduld eines Menschen aus dem Mittleren Westen in Kombination mit der für Freiberufler typischen Sorge ums Geld. Aus der Stereoanlage kam Dvořák, ein Stück für Klavier und Violine, das den Verkehrslärm gnädig übertönte. Ich holte mir eine Tasse Kaffee und setzte mich Margo gegenüber auf einen Stuhl.

»Und, wie war es?«, fragte sie. »Du musst mir alles erzählen.«

In unseren Textnachrichten und Telefonaten hatte ich nur oberflächlich berichtet. Jetzt fügte ich dem Bild viele Details hinzu, erzählte Margo nicht nur von der Weigerung meiner Mutter, das Lokal weiterzuführen, und meinem Versuch, es trotz der Bakers nebenan zu leiten, sondern auch meine Geschichte mit Jeremy und wie sie zu Ende gegangen war. Während ich sprach, veränderte sich etwas in mir, als bräche jetzt endlich ein Bann, unter dem ich wochenlang gestanden hatte. Die Lücke, die durch den Tod meines Vaters in meinem Leben entstanden war, hatte ich zu füllen versucht, indem ich an seinen Sachen festhielt – an seinem Häuschen, seinem Diner, seinen Geheimnissen. Nun erkannte ich, dass nichts davon als Bollwerk gegen den Tod taugte. Trauern hieß aufgeben. Ich musste loslassen. Ich musste lernen, nur mit den Erinnerungen zu leben und mit nichts anderem.

Doch entweder war ich zu ausführlich gewesen, oder Margos Fähigkeit, zu trösten, hatte sich nie durch die Erfahrung eines Todesfalls vertieft, denn sie wandte immer wieder den Blick von mir ab. »Das tut mir so leid«, sagte sie und fügte nach einer Anstandspause hinzu: »Dann bleibst du jetzt also hier?«

»So ist es geplant«, erwiderte ich und begann, die Post durchzusehen, die sie für mich aufbewahrt hatte. In nur neun Wochen war eine Menge zusammengekommen: Rechnungen, Kreditkartenangebote, Zeitschriften, Anschreiben von Kunst- und Musikorganisationen.

»Ich wollte dir nämlich etwas sagen.«

Ich hob den Blick von den Werbebriefen. »Was denn?«

»Ich ziehe aus.«

»Was? Wohin?«

»Nach Fremont. Claire hat schon die Kaution hinterlegt.«

»Ihr zieht zusammen?«

»Ja«, sagte sie grinsend.

»Herzlichen Glückwunsch!« Margo und Claire waren seit fast drei Jahren ein Paar. Ich hätte mich für sie freuen sollen, doch das einzige Gefühl, das ich nun in mir fand, war das Gefühl des Entwurzeltseins. Des Alleinseins. Ich war nach Oakland zurückgekehrt, um mein altes Leben fortzusetzen, aber das ging nicht mehr. »Wann ziehst du aus?«, fragte ich mit einem leicht verzweifelten Unterton.

»In zehn Tagen.«

»So bald? Ziemlich kurzfristig.«

»Du warst lange weg, Nora. Claire und ich dachten, wir müssten länger suchen, aber dann hatten wir Glück. Du solltest die Wohnung sehen! Eingebaute Regale, Stuckleisten, Blick auf den Garten. Uns war klar, dass so eine Gelegenheit nicht wiederkommt.«

»Großartig!« Energisch zerriss ich die Kreditkartenangebote, die Maklerpostkarten und die Erinnerung an einen bereits verpassten Arzttermin, die Verlängerung meines *New Yorker*-Abos, ein Beileidsschreiben des Direktors meiner alten Schule und die Einladung zur Wohnungseinweihungsparty meiner Freundin Anissa. Und dann, unter den Trümmern des Lebens, das ich mir zurückgewünscht hatte, fand ich einen Brief vom Silverwood Music Center mit der Einladung zum Sommerfestival. Die Kuratoren wollten ein Stück von mir in ein Abendprogramm mit jungen Komponistinnen und Komponisten aufnehmen. »Ich mache beim Silverwood Festival mit!«, rief ich völlig aus dem Häuschen.

»Masel tov!«, sagte Margo. »Dann können wir uns ja gegenseitig gratulieren. Auf zu Größerem und Besserem!«

Von Chancen wie dieser las man in der Branche jeden Herbst – hymnische Artikel über die Entdeckung eines frischen neuen Talents in der amerikanischen Musikszene. Eine Story, aber nichts, das tatsächlich geschah, zumindest nicht Leuten wie mir. Ich hätte so gern meinen Vater angerufen und ihm die Neuigkeit erzählt. Ist das nicht irre?, hätte ich gesagt. Dabei wollte ich mich eigentlich gar nicht bewerben! Stattdessen quälte mich nun der Gedanke, dass er es nicht mehr miterleben konnte. Natürlich hätte ich meine Mutter anrufen können, aber sie war mir noch immer böse. Jahrelang hatten wir uns in Bezug auf mein Sexleben an die Devise *Du fragst nicht, und ich erzähle nichts* gehalten, und die beidseitige Verletzung dieser Übereinkunft – sie hatte gefragt, und ich hatte erzählt – war für sie ein weiterer Grund, von mir enttäuscht zu sein. Warum bist du nicht ein bisschen mehr wie Salma, hatte sie gejammert. Warum findest du nicht einen netten muslimischen Arzt oder Ingenieur und heiratest den? Als ich vor zwei Tagen meine Abreise angekündigt hatte, wirkte sie erleichtert.

Und auch ich war erleichtert. Ich war es leid, mit meiner Mutter zu streiten, und hatte Angst, was meine Zukunft mit Jeremy anbetraf. Er hatte mir Trost gegeben, sogar Momente ungekannter Freude, aber wir waren zu unterschiedlich, als dass es hätte gutgehen können. Der Vorfall mit Fierro hatte mir endgültig klargemacht, wie viel uns voneinander trennte. Ich bekam den starrenden Blick durchs Fenster nicht aus dem Kopf. Wenn ich den Ausdruck in Fierros Augen zu deuten versuchte, konnte ich mich nicht zwischen Ekel und Begehren entscheiden, und beides gab mir das Gefühl, nur ein Körper oder gar nur eine Ware zu sein. Und die Erinnerung an Fierros Blick zog immer eine andere nach sich: Jeremy, wie er schwer atmend, mit blutverschmierten Knöcheln und dem Anflug eines Lächelns über seinem zusammengeschlagenen Freund stand. Ich hatte diese Seite an ihm damals zum ersten Mal gesehen. Am nächsten Tag war er ins Lokal gekommen und hatte »Es tut mir leid« gesagt. »Ich entschuldige mich für das, was gestern passiert ist.«

Er beugte sich vor, um mich zu küssen, aber ich wich zurück. »Wie dein Freund mich angestarrt hat«, sagte ich mit zitternder Stimme.

»Du brauchst keine Angst zu haben. Ich sorge dafür, dass dir nichts geschieht.«

Reine Angeberei, dachte ich. Ein Versprechen, das niemand geben, geschweige denn halten konnte. Während wir unter der Markise des Pantry standen, kam der Küchenjunge mit einer Mülltüte aus der Seitentür und warf sie in hohem Bogen in den Container. Erst als er wieder drinnen war, sprach ich weiter. »Es war so übergriffig.«

»Es tut mir leid«, sagte er noch einmal.

»Warum ist er dir zum Häuschen gefolgt?«

»Ich weiß es nicht.« Er lehnte sich an die verputzte Hauswand und dachte über die Frage nach. Auf der Wunde über seiner rechten Braue klebte ein zu kurzes Pflaster, und der Bluterguss am Unterkiefer war rosa und wirkte noch frisch. »Wahrscheinlich spürt er, dass ich im Leben weitergekommen bin und ihn überholt habe.«

»Das ist Quatsch. Verschweigst du mir etwas?«

Plötzlich sprudelte die Geschichte aus ihm heraus. Fierro hatte eine üble Scheidung hinter sich, hatte seine Frau bedroht, ihr Auto demoliert und war in Haft gekommen. Jeremy hatte die Kaution hinterlegt, ihn aus dem West Valley Detention Center herausgeholt und in eine Anti-Aggressions-Gruppe gesteckt, was anfangs auch geholfen hatte – anfangs.

»Mein Gott, und mit dem gehst du Schießen? Schießen! Was macht der Kerl als Nächstes?«

Eine weißhaarige Frau verließ das Pantry am Stock, und wir traten zur Seite, um ihr Platz zu machen. Offenbar hatte sie das Wort *Schießen* gehört, denn auf dem Weg über den Parkplatz sah sie immer wieder zu uns hinüber. Wahrscheinlich gaben wir ein seltsames Bild ab. Ich in dem Kleid, das ich beim Begräbnis meines Vaters getragen hatte, Jeremy in Polizeiuniform und mit zerschlagenem Gesicht. Als ich mir eine Strähne aus der Stirn strich, sah er den Bluterguss an meinem Handgelenk.

»Habe ich dich so fest gepackt?« Er legte seine Hand an meine Taille, um mich an sich zu ziehen, aber ich machte nicht mit. »Tut mir leid, Baby, ich wollte dich nur beschützen.«

»Darum habe ich dich nie gebeten. Ich habe dich um gar nichts gebeten.«

Die Sonne stand hoch am Himmel, und trotz des Schattens unter der Markise erreichte uns die Hitze und setzte uns zu. Das Funkgerät an Jeremys Uniform knackte. Nachdem er der Disponentin zugehört hatte, drehte er die Lautstärke hinunter und sah mich wieder an. »Ich weiß, du hast Angst und bist aufgewühlt, Nora, aber gib mir nicht die Schuld für etwas, für das ich nichts kann. Ich kann ihn nicht kontrollieren. Wie hätte ich wissen sollen, dass er bei dir auftaucht?«

»Du hältst Unwissenheit und Unschuld für ein und

dasselbe? Du sagst, du hättest es nicht wissen können, aber wer hat ihm die Kaution gestellt? Du. Ohne dich wäre er nie bei mir aufgetaucht. Wer einen so brutalen Menschen vor meine Tür bringt, muss damit rechnen, dass ich angewidert reagiere.«

Das Wort »angewidert« ließ ihn zusammenzucken. Er schwieg, und sein Blick wurde hart. »Ausgerechnet du sprichst von Unschuld«, sagte er schließlich, »dabei hast du es monatelang mit einem verheirateten Kerl getrieben!«

Ich konnte es nicht fassen, dass er die Sache gegen mich verwendete. Hätte ich ihm nur nie etwas erzählt, dachte ich. Wie dumm, sich so verletzbar zu machen. Die Wut schoss in mir hoch und ließ sich nur mit Mühe bändigen. »Es funktioniert einfach nicht«, sagte ich mit möglichst fester Stimme.

»Bitte sag das nicht!« Plötzlich klang er völlig anders. »Wir sind ein tolles Paar. Lass uns heute Abend darüber reden. Ich muss jetzt zurück in die Arbeit.«

Doch ich wollte nicht mehr reden. Die Beziehung mit Jeremy war aus dem Drang heraus entstanden, in meiner großen Trauer um jeden Preis an der Vergangenheit festzuhalten. Eine Woche nach dem Tod meines Vaters hatte ein wohlmeinender Freund auf meiner Facebookseite einen Artikel mit Tipps für Trauernde gepostet: nicht zu viel trinken, keine wichtigen finanziellen Entscheidungen treffen, sich nicht in eine Beziehung stürzen. Als wäre Trauer ein Geschäft, das erfolgreich zum Abschluss gebracht werden konnte, wenn man nur ein paar simple Regeln beachtete. Mir war das eindeutig nicht gelungen.

Jetzt, an meinem Esstisch und mit der Zusage des Silverwood Music Festival in der Hand, war ich dankbar, wieder in Oakland zu sein. Wenigstens meine Musik würde mir immer bleiben. Sie war mein Trost, meine einzige Hoffnung, die Antwort auf alles, was ich nicht verstand und nicht ändern konnte.

Ich half Margo bei ihrem Umzug nach Fremont und blieb allein in der Wohnung, weil mir noch mehr Veränderung unerträglich gewesen wäre. Jeden Morgen wachte ich in einem grauenhaft leeren Zuhause auf, und jeden Morgen versuchte ich, mir einzureden, dass die Rückkehr in die Stadt die richtige Entscheidung gewesen war. Ich ertappte mich oft bei der Erinnerung an Jeremys Zärtlichkeit, an das Gefühl, nicht mehr so allein zu sein, zwang mich aber jedes Mal, das alles beiseitezuwischen. Es war besser, einen klaren Schnitt zu machen und mir mein altes Leben wieder zusammenzubasteln.

Mein Klavierstück baute mich in diesen ersten Tagen richtig auf. Die Akrobaten in Marrakesch hatten mich so berührt, dass ich noch Jahre später und auf einem anderen Kontinent an sie dachte. Obwohl jeder von ihnen für sich allein agiert hatte, war die Wirkung erst in der Betrachtung des Ganzen zustande gekommen. Ich hatte nie einer bestimmten sozialen Gruppierung angehört und würde wahrscheinlich nie einer angehören, doch zumindest das Gefühl eines solchen Miteinanders wollte ich in meine Musik legen. Ich arbeitete oft stundenlang ohne Pause. Wenn ich danach ins Esszimmer ging, war es manchmal schon dunkel, und das Frühstücksgeschirr stand noch immer auf dem Tisch. Dann schob ich eine Tiefkühlpizza in den Ofen, aß sie im Stehen vor der Spüle und ging zurück ans Klavier.

An einem Vormittag im August, kurz bevor ich nach Silverwood abreisen wollte, machte ich mich auf den Weg zur Post, damit man dort meine Sendungen sammelte. Obwohl die Strecke keine eineinhalb Kilometer betrug, fiel mir unterwegs auf, dass der kleine Laden, der äthiopischen Kaffee verkaufte, zu einem Café ausgebaut worden war, das koreanische Restaurant, in dem meine Freundin Anissa und ich ihren Geburtstag gefeiert hatten, sich in eine Sushi-Bar verwandelt hatte und das Yogastudio nicht mehr existierte. Während ich an einer Ampel wartete, dachte ich an alles, was sich den Sommer über sonst noch verändert hatte: Ich musste mich im Herbst nicht mehr für Lehrerjobs bewerben, durfte an einem großen Musikfestival teilnehmen und lebte allein.

Die Ampel sprang auf Grün, aber ich überlegte es mir anders und ging, anstatt die Kreuzung zu überqueren, drei Straßenblocks weiter zum La Coccinelle. Nur mal vorbeischauen, sagte ich mir. Ein etwas längerer Spaziergang, ein bisschen Bewegung vor dem Flug nach Boston am nächsten Tag würde mir guttun. Doch je näher ich dem Café kam, umso mehr geriet ich ins Zweifeln. Wenn Max Bloemhof dort ist, sagte ich mir verstohlen, gehe ich rein und rede mit ihm.

Als ich ankam, saß mein Nachbar Andrew mit seinem Laptop im Fenster des Cafés. Er arbeitete an seiner Dissertation über die Konstruktion von Männlichkeit mittels Mode im Umfeld großbürgerlicher Gentlemen des viktorianischen Zeitalters. Als er mir davon erzählt hatte, war mir das Thema plausibel, wenn nicht sogar interessant erschienen. Die Leute zu Hause in der Mojave hätten es jedoch als völlig absurd betrachtet. Im gemütlichen Sessel war Lena mit ihrem Foodblog beschäftigt, vor sich einen unberührten Blaubeer-Scone. Neben ihr saß ein junger Mann, dessen Namen ich nie erfahren hatte, weil er stets

Kopfhörer trug und nie von seinem Zeichenblock aufsah. Auf der Suche nach Max wanderte mein Blick durchs Fenster von Tisch zu Tisch, und plötzlich entdeckte ich seine Jacke an einem leeren Tisch unter der vergoldeten Wanduhr. Diesen Platz hatte er immer gemocht, weil er am weitesten von der unruhigen Gebäcktheke entfernt war. Ich trat ein und war nach wenigen raschen Schritten bei seinem Tisch. Als hinter mir eine Tasse klirrte, drehte ich mich um. Doch es war nicht Max, der auf den Tisch zuging, sondern Evelyn, seine Frau.

Seit siebzehn Jahren waren sie verheiratet – das Alter ihres ältesten Sohns plus acht Monate. Die Ehe sei ein Fehler gewesen, hatte Max oft gesagt, er habe sie wegen Evelyns Schwangerschaft eingehen müssen. Sie waren Niederländer, Gastprofessoren an einem kleinen College in Texas und beide unglücklich darüber, in einem der konservativsten Bundesstaaten gelandet zu sein. Ein knappes Jahr später war sein Buch *Bevor die Nacht hereinbricht* erschienen, das den National Book Critics Circle Award erhielt und ein Bestseller wurde. Dann ergatterte Evelyn eine Stelle mit Aussicht auf eine Professur auf Lebenszeit am San Francisco Art Institute. Sie kauften ein Haus. Bekamen eine Tochter. Immer wenn Max mir davon erzählte, klang es so, als hätte eines zum anderen geführt, ohne dass er an dieser Entwicklung irgendwie beteiligt gewesen wäre.

Evelyn hatte sich die Haare wachsen lassen und trug eine klobige, fast schon protzige Kette mit Türkisen, wirkte aber noch genauso professorinnenhaft wie bei unserer bisher einzigen Begegnung anlässlich einer Lesung in San Francisco etwa ein Jahr zuvor. Weil die Buchhandlung damals rappelvoll gewesen war, hatte ich sie erst gesehen, nachdem ich Max schon die Hand auf den Arm gelegt und mich zu ihm gebeugt hatte, um ihn zu begrüßen. Als sie ihre braunen Augen auf mich richtete, zog ich meine Hand sofort zurück. Max stellte uns vor und machte ein bisschen Konversation, bugsierte Evelyn dann jedoch auffällig schnell durch die Menge nach vorn und ließ mich allein zurück. Jetzt stand Evelyn mit einer Tasse Earl Grey und einem Gebäckteller vor dem Tisch.

»Sie«, sagte sie.

»Ich …«

Mir fehlten die Worte. Ich hatte Max sehen und herausfinden wollen, ob er noch Gefühle in mir hervorrief, und nun war Evelyn erschienen. Sie stellte die Tasse auf den Tisch, taxierte mich mit einem schiefen Lächeln, holte aus und schlug mich mit solcher Wucht, dass es in meinen Ohren klingelte. Alle drehten sich zu uns um.

»Lassen Sie uns in Frieden!«, sagte sie.

Ich machte schweigend kehrt. Auf dem Weg zur Wohnung ballte ich immer wieder die Fäuste in den Taschen meines Hoodies. Zu Hause holte ich sofort den Koffer aus der Abstellkammer. Während ich mit der durch jahrelange Übung erarbeiteten Effizienz meine Sachen packte, vermied ich bewusst den Blick in den Kommodenspiegel. Nie im Leben hatte ich mich so allein gefühlt.

Maryam

In jenem Jahr war der Ramadan schwer – nicht wegen der vielen Entbehrungen oder weil er mitten in den Sommer fiel und die Tage lang waren, sondern weil ich meinen Mann so sehr vermisste. Andererseits hatte das Fasten etwas Heilsames. Jeder Aufgang und Untergang der Sonne gab mir ein bisschen mehr inneren Frieden, und an Eid fand ich endlich den Mut, all das anzugehen, wovor ich mich so gefürchtet hatte. Ich begann mit der Garage, weil ich dachte, dass es nicht schwer sein würde, das Transistorradio, dem die Drehknöpfe fehlten, oder die Kartons mit den alten Zeitschriften wegzuwerfen. Doch die Sachen weckten sofort Erinnerungen an den Donut-Shop, denn dort hatte das Radio immer gespielt, während wir auf der Suche nach Meldungen aus der Heimat die *Newsweek* und die *Time* durchblätterten.

Von der Garage ging es ins Bad. Im Medizinschränkchen fanden sich nicht nur die Augentropfen, die man meinem Mann nach seiner Operation am grauen Star verschrieben hatte, sondern auch mehrere Tuben Wärmecreme für seine schmerzenden Knie und ein Röhrchen Calcibronat, das Einzige, was seiner Ansicht nach gegen Kopfschmerzen half. In der unteren Schublade lagen ein leeres Glas Wick VapoRub mit fettdurchweichtem Etikett, und die Wärmflasche, die er immer mit ins Bett genommen hatte, sobald die Temperatur unter zehn Grad fiel. So viele Tabletten und Heilmittel und Salben, untauglicher Schutz gegen das Unvermeidbare: Schon die Sure al-Imran lehrt uns, dass jede Seele den Tod schmecken muss und dass das Leben in dieser Welt nur tröstliche Täuschung ist.

Im Schrank in der Diele fand ich die Arbeitsschuhe meines Mannes, die Sohlen noch mit Schmutz verkrustet, seine grauen Hausschuhe und seine Wanderstiefel mit den zerfransten Senkeln. Dann öffnete ich die Falttür des Schlafzimmerschranks, strich mit der Hand über die Kleidungsstücke an der Stange und betrachtete jedes Jackett, jedes Hemd, jede Hose, als könnte ich mir die Teile für immer einprägen, wenn ich sie mir nur gründlich genug ansah.

Alles, was meine Töchter möglicherweise interessierte, legte ich beiseite und packte die zum Spenden geeigneten Sachen in Müllsäcke. Dann setzte ich mich aufs Sofa, legte die Hände in den Schoß und sah der Katze zu, die auf einem sonnenbeschienenen Flecken saß und sich putzte. Noch nie war es im Haus so still gewesen. Mir kamen Erinnerungen an vergangene Zeiten; Erinnerungen, in denen sich Schmerz und Freude mischten, und erst nach einer Weile stand ich auf, wusch mich und rollte den Gebetsteppich aus. Ich weiß nicht, wie ich diesen schlimmen Tag überstand, aber ich überstand ihn – was bedeutete, dass ich das Ganze ein paar Wochen später würde wiederholen müssen, und zwar an einem Ort, den ich hasste, der mir fast unerträglich war.

Ich hatte Nora den Umzug ins Häuschen im Joshua Tree auszureden versucht, weil Driss die andere Frau dorthin gebracht hatte, aber meiner lieben, naiven Tochter entgingen alle Anspielungen, die ich machte. Was hätte sie wohl dazu gesagt, dass ihr Vater mein Vertrauen in ihn verraten hatte? Vielleicht hätte sie es mir nicht geglaubt. Für sie war er ein Held, kein Mann aus Fleisch und Blut mit den gleichen Schwächen und Fehlbarkeiten wie alle anderen Männer.

Als ich vor dem Häuschen bremste, flog im Vorgarten eine Wachtelfamilie auf und flüchtete sich unter den Kreosotbusch. Bevor ich hineinging, zog ich die Mülleimer, die neben dem Briefkasten standen, vor die Küchentür. Zu meinem Erstaunen sah alles so aus, als wäre meine Tochter gerade erst weggefahren und würde demnächst wiedererscheinen: Auf der Arbeitsfläche stand ein halb volles Glas Wasser, unter dem Couchtisch lagen zwei Socken, und auf dem Klavier hatte sie Noten zurückgelassen. Das Klavier! Ich hatte ganz vergessen, dass es da war. Nun würde ich das Umzugsunternehmen in Riverside anrufen müssen, damit sie es ins Haus schafften. Und was sollte mit dem Holzleuchter geschehen? Und mit dem neuen Teppich? Ich rief Nora auf dem Handy an, um sie zu fragen, aber sie wimmelte mich ab. »Mach damit, was du willst«, sagte sie. Sie war in Boston, hatte keine Zeit, mit mir zu reden.

Ich nahm eine Mülltüte aus der Küchenschublade und räumte wütend den Kühlschrank aus – Milch, abgelaufene Eier, mit grünem Schimmel überzogenes Brot. Ich stellte mir vor, wie die beiden am Küchentisch oder auf dem Sofa gesessen und sich Schallplatten angehört hatten. Meiner Frage nach dem jungen Mann, den Nora hergebracht hatte, in dieses Häuschen, das ich so verzweifelt vergessen wollte, war sie nicht einmal ausgewichen.

Warum er?, hatte ich sie gefragt. Schau Salma an – sie ist verheiratet, hat zwei Kinder und führt ein anständiges Leben. Doch meine jüngere Tochter hatte sich verrannt. Während ich die letzten Sachen aus dem Häuschen räumte, betete ich wie schon so oft für sie. Nur betete ich diesmal für mehr als ihre Gesundheit, ihre Sicherheit und ihr Glück. Fast gierig betete ich darum, sie möge finden, was ich vor vielen Jahren aufgegeben und nie wiedergefunden hatte.

Ein Zuhause.

Nora

Man freue sich darauf, mich beim Cocktailempfang zu Ehren der teilnehmenden Komponistinnen und Komponisten begrüßen zu dürfen, hatte es auf der Einladung im Willkommenspaket geheißen. Die Party wurde von reichen Sponsoren finanziert, und allem Anschein nach waren es vorwiegend reiche Sponsoren, die an diesem Abend in Designersmokings und Satinroben durch den Ballsaal schlenderten. Mein Flugzeug war mit zweistündiger Verspätung gelandet, ich hatte nichts zu essen bekommen, und als ich endlich am Büfett stand, schwammen dort nur noch ein paar Shrimps in einer undefinierbaren Soße, und der Spargel war unter dem grellen Licht der Kronleuchter matschig geworden. Enttäuscht nahm ich ein Glas Champagner vom Tablett eines Kellners, ging auf die Terrasse, wo sich der Andrang in Grenzen hielt und ich mich neben einem älteren Ehepaar wiederfand. »Hier draußen ist es viel kühler, finden Sie nicht?«, sagte die Frau.

»Ja, zum Glück«, erwiderte ich. Allerdings war es auch viel feuchter als erwartet – ein Gewitter lag in der Luft –, und ich ärgerte mich, weil ich keinen Schirm eingepackt hatte und mich in den Läden rings um mein Hotel nach einem würde umsehen müssen. Wieder hielt ich Ausschau nach einem der anderen fünf Komponisten oder zumindest einem Mitarbeiter der Festivalorganisation, sah aber nur unbekannte Gesichter.

»Sind Sie zum ersten Mal in Silverwood?«, fragte die Frau.

»Ja.« Ich freute mich, mit jemandem reden zu können. »Und Sie?«

»Ach, wir sind hier schon Stammgäste«, antwortete sie mit warmem Lächeln. Sie hatte sich eine weiße Schleife an den Ausschnitt ihres Abendkleids gesteckt, wahrscheinlich das Logo einer von ihr unterstützten Wohltätigkeitsinstitution. »Mein Mann und ich kommen seit 1989. Es gefällt uns so gut, dass wir uns das ganze Jahr darauf freuen. Wir haben hier viele Freunde gefunden.«

»Das ist schön.«

»Und mit wem sind Sie hier?«, fragte der Mann.

»Wie bitte?«

»Sie sind doch sicherlich die Begleitung eines der Komponisten.«

»Ich *bin* eine von den Komponisten.«

»Ach so.« Er warf seiner Frau einen Blick zu, als suchte er ihre Hilfe in dieser peinlichen Situation, zog ein gefaltetes Programm aus der Tasche und blätterte darin. »Dann sind Sie … Sagen Sie, wie spricht man Ihren Namen aus?«

»Guerraoui.«

»Und was bedeutet das N.?«

»Nora.«

»Ich bin David Ford«, sagte er, während er mir kräftig die Hand schüttelte. »Und das ist meine Frau Liz.«

Wir machten ein bisschen Smalltalk, bevor die Fords weiterzogen. Die Begegnung hinterließ einen schalen Nachgeschmack. Deshalb war ich etwas nervös, als ich mich am nächsten Morgen mit Geri Turner und Roy Gilmore traf, der Bassistin und dem Schlagzeuger, mit denen ich am Ende der Woche meine Komposition aufführen sollte. Doch trotz unserer unterschiedlichen musikalischen Stile verlief die Arbeit so angenehm, dass es mir nach der ersten Probe erschien, als hätte ich schon oft mit ihnen musiziert. Ich weiß noch, wie ich einmal kurz vor Geris Solo vom Klavier aufsah und sich unsere Blicke trafen und wie mir Roy kurz zunickte, als ich mit meinem begann.

Leider wurde die Freude am Musizieren mit diesen Leuten mehrmals von Erlebnissen außerhalb der Proben getrübt. Am ersten Vormittag trat mir vor dem Veranstaltungsort ein Securitymann in den Weg, bat um meinen Ausweis und fragte, was ich in dem Gebäude zu suchen hätte. Und als ich mir mittags einmal in der Cafeteria mein Essen auswählte, drückte mir ein Festivalteilnehmer ein Tablett mit benutztem Geschirr in die Hand, weil er mich für eine Angestellte hielt. Ein andermal redete ein Musikkritiker eine gute Viertelstunde auf mich ein, bis mir klar wurde, dass er mich mit der Journalistin Tahira Khan verwechselte, obwohl das einzige Merkmal, das wir teilten, unsere Hautfarbe war. Ansonsten war sie größer, kräftiger und hübscher als ich und hatte sogar einen britischen Akzent. Jahrelang war die Teilnahme an einer so prestigeträchtigen Veranstaltung mein größter Wunsch gewesen. Jetzt, nachdem er sich erfüllt hatte, kam ich mir deplatziert vor.

Ich fühlte mich hin- und hergerissen zwischen dem Bedürfnis, von dort abzuhauen, und dem Wunsch, es allen anwesenden David Fords so richtig zu zeigen. Im Verlauf der Probenwoche entwickelte ich eine bis dahin nie gekannte Angst, und am Tag des Konzerts überlegte ich ernsthaft, mich krankzumelden. Eine Grippe hätte ich mir zwar nicht andichten können, weil ich jeden Tag unterwegs gewesen war, doch eine Lebensmittelvergiftung wäre glaubwürdig gewesen. Weil ich beispielsweise schlechte Meeresfrüchte gegessen hatte oder schlechte Mayonnaise. Während ich im Hotelzimmer wie eine Wahnsinnige die Telefonnummer der Festivalleiterin suchte, rief meine Mutter an. Sie war gerade im Häuschen; sie wollte es bis zur Beendigung des Nachlassverfahrens im Oktober ausräumen und dann zusammen mit dem Lokal verkaufen. Mein altes Klavier werde nach Hause transportiert, aber wolle ich auch den antiken Holzleuchter behalten, oder dürfe sie ihn dem Käufer überlassen?

»Ich kann jetzt nicht reden, Mom, ich bin in Boston.«

»Was machst du in Boston?«

»Ich nehme am Silverwood Festival teil.«

»Silver-was?«

»Silverwood. Ein ganz wichtiges Festival.«

»Also, bleibt der Leuchter nun oder nicht?«

»Ist mir egal.«

Sie seufzte empört auf.

»Was gibts denn noch?«, fragte ich und sah aus dem Fenster, vor dem sich die Wolken im dunkler werdenden Licht zu einem Nachmittagsgewitter ballten. Unten auf der Straße versuchte ein Auto, die grüne Ampel zu schaffen, und ein anderes, auf der Abbiegespur, hupte. Mir wurde bewusst, wie sehr ich den Verkehrslärm der Großstadt hasste, wie schlecht ich damit umgehen konnte. Im Herzen war ich ein Wüstenmensch.

»Du hast einfach alles dagelassen«, sagte sie vorwurfsvoll.

»Wie bitte? Genau das wolltest du doch! Du wolltest das Lokal verkaufen, und ich war einverstanden. Jetzt willst du das Häuschen räumen, und auch dazu gebe ich mein Okay. Ich stimme dir ständig zu!«

»Ich habe nie gesagt, dass du weggehen sollst.«

Fassungslos machte ich mir bewusst, dass meine Mutter darauf aus war, mich in einen neuen Streit zu verwickeln, nachdem ich bereits kapituliert und mich aus den Kämpfen zurückgezogen hatte. Verzweifelt suchte ich nach einer scharfen Entgegnung, um den Konflikt ein für alle Mal zu beenden, doch mir fiel nichts ein. Diese Schwachstelle spürte sie offenbar, denn sie trat nach. »Immer läufst du davon, Nora. Sobald es schwierig wird, läufst du weg. Genau wie ich, als ich so alt war wie du.«

In meinem Alter war sie in ein neues Haus, ein neues Land, auf einen neuen Kontinent gezogen. Aber mit der Wendung, die sie ihrem Leben geben wollte, hatte sie auch meines und das meiner Schwester verändert. Wie wäre es uns ergangen, wenn sie geblieben wäre? Vielleicht hätte ich das ersehnte normale Leben gehabt, hätte mich zugehörig gefühlt, hätte nicht aus Schulbüchern, Zeitungen und Filmen lernen müssen, mich einmal mit eigenen Augen und dann wieder mit denen der anderen zu sehen. Vielleicht hätte ich nicht so verzweifelt versucht, mich anzupassen und gleichzeitig aufzufallen.

Ich hätte mir diese andere Welt stundenlang ausmalen können. Doch dann kam mir der Gedanke, dass sich auch meine Mutter eine andere Welt vorgestellt hatte: ein schönes Haus im Westen Casablancas, einen Philosophiedozenten als Ehemann, die eine Tochter Zahnärztin, die andere Ärztin, beide mit vorbildlichen Ehemännern, weit weg von fettigen Kassenbüchern und Notenblättern mit

Eselsohren. Über Jahre hatte sie versucht, mich so zu formen, dass sie auf mich stolz sein konnte. Doch ich war viel zu sehr darauf bedacht gewesen, diese Schablone zu sprengen, als dass ich mitbekommen hätte, wie sehr ich meiner Mutter bereits ähnelte mit meiner Blindheit gegenüber Betrügern und meiner Angewohnheit, vor Schwierigkeiten davonzulaufen.

Dort, vor dem Fenster des Hotelzimmers, im Gespräch mit meiner Mutter, beschloss ich, am Abend aufzutreten. Nicht dass ich nicht eingeschüchtert gewesen wäre. Der Veranstaltungsort, das Publikum, die Akustik – das beeindruckte mich viel mehr als alles, was ich aus Kalifornien gewohnt war. Während ich zum Flügel ging, musste ich auf den Trick aus der Middleschool zurückgreifen und so tun, als würde ich nur für einen einzigen Zuschauer spielen.

Jeremy

Die Wochen danach kann ich kaum beschreiben. Mein Herz war gebrochen. Was soll ich sonst noch sagen? Ich hatte nicht gewusst, dass dich die Liebe zerreißen kann, dass sie dein tiefstes Inneres bloßlegt und dann verschwindet und dich wehrlos zurücklässt. Obwohl es jetzt Jahre her ist, habe ich dieses Gefühl bis heute nicht vergessen. Damals versuchte ich, es im Alkohol zu ersäufen. Plötzlich war meine Schlaflosigkeit wieder da, schlimmer als zuvor. In manchen Nächten suchte ich stundenlang im Internet nach Spuren von Nora, sowohl auf Facebook als auch auf den Musikseiten, die sie besuchte. Ansonsten scrollte ich durch mein Handy und sah mir die wenigen Fotos von uns beiden an. Mein Lieblingsbild war ein Selfie, aufgenommen am Willow Hole. Nach der langen Wanderung blinzelten wir eng umschlungen mit roten Gesichtern in die Sonne. Ich hatte dabei immer das Gefühl, mir etwas längst Vergessenes anzusehen, als müsste ich mich ein ums andere Mal davon überzeugen, dass alles so gewesen war, wie es mir nun wieder in Erinnerung kam. Was wir gemeinsam aufgebaut hatten, war so zerbrechlich gewesen, dass es beim ersten Anzeichen von Schwierigkeiten in sich zusammenfiel. Ich redete mir ein, es wäre in Wahrheit stabiler gewesen, und Nora bräuchte nur ein bisschen Zeit, doch dieser Glaube geriet täglich stärker ins Wanken – sie hatte alle meine Kontaktversuche mit beharrlichem Schweigen quittiert.

Nur die Arbeit half mir durch diese harten Tage. Vasco waren ganz unerwartet zwei Deputys abhandengekommen – der eine wegen einer Versetzung nach San Diego, der andere wegen vorzeitigem Ruhestand –, und als er mich bat, im August ein paar Extraschichten zu übernehmen, war ich heilfroh und willigte ein. Eines Vormittags – ich hatte einen Wahnsinnskater – beschloss ich, ins Starbucks in Yucca Valley zu fahren und mir einen Eiskaffee zu holen. Es hatte fünfunddreißig Grad im Schatten, und im Laufe des Tages sollte die Temperatur auf neununddreißig Grad steigen. Als ich am Pantry vorbeikam, zwang ich mich, die Augen stur auf dem Highway zu halten. Seit einigen Wochen stand vor dem Restaurant ein Maklerschild mit der Aufschrift ZU VERKAUFEN. Während ich mich bemühte, nicht über die Konsequenzen dieses Schilds nachzudenken, übersah ich den roten GMC-Truck, der gerade den Parkplatz verließ, und musste scharf bremsen. Am Steuer saß A.J.

Der Kleinlaster war ein ziemlich neues Modell mit Türgriffen aus Chrom, Glanzlackierung und Hochleistungsreifen, wie ich sie schon lange für meinen Jeep haben wollte. Auf der einen Seite der Heckscheibe klebte ein gelber Sticker, auf dem UNTERSTÜTZT UNSERE SOLDATEN stand, auf der anderen ein runder roter mit dem Logo der Bowlingbahn. Trotz des Schnickschnacks an seinem Wagen ging A.J. mit dem Auto nicht gerade pfleglich um, denn aus dem Auspuffrohr kam schwarzer Rauch, was auf eine zu fette Verbrennung hinwies.

Offenbar hatte er meinen Streifenwagen im Spiegel entdeckt; seine Hände hielten das Lenkrad auf zehn und zwei Uhr, und er blieb knapp unterhalb des Tempolimits. Nach fünfhundert Metern blinkte er und wechselte auf die rechte Spur, doch anstatt ihn zu überholen, fuhr ich ebenfalls nach rechts und folgte ihm in einiger Distanz. Zugegeben, es machte Spaß, ihn ein bisschen ins Schwitzen zu bringen.

Eine erhöhte Abgasemission stellte natürlich nur eine Ordnungswidrigkeit dar, und außerdem war das ein Thema für die Highway Patrol und nicht für das Sheriff's Department. Aber warum nicht ein bisschen behördenübergreifende Zusammenarbeit praktizieren? Ich schaltete Sirene und Lichtorgel ein und veranlasste den GMC, am Straßenrand anzuhalten. Die Kennzeichenüberprüfung erbrachte nur die erwartbaren Informationen. Der Truck, Baujahr 2012, war auf eine Helen D. Baker zugelassen, wahrscheinlich A.J.s Ehefrau. Die Adresse lautete Sunnyslope Drive – eine Gegend, in der die Häuser an einer kreisförmigen, baumbestandenen Zufahrt lagen und jeweils ein gepflasterter Weg nach hinten zur Terrasse mit Whirlpool führte. Der Typ war wirklich in jeder Hinsicht ein Glückspilz. Schon in der Highschool hatte er wegen seiner Leistungen im Ringerteam regelmäßig bessere Noten bekommen und war von den Strafen verschont geblieben, die er für sein Mobbing verdient hätte. Ich stieg aus, trat vor die Beifahrerseite des Trucks und klopfte an die Scheibe, die sich mit einem aggressiven Zischen senkte.

»Gibt es ein Problem, Officer?«

»Morgen. Aus Ihrem Auspuff kommen erhöhte Abgasmengen. Ich brauche den Führerschein, den Fahrzeugschein und die Versicherungskarte.«

»Wirklich?« A.J. warf einen Blick in den Seitenspiegel und löste den Sicherheitsgurt.

Meine Hand schloss sich fester um die Pistole im Halfter. »Bleiben Sie sitzen.«

»Tut mir leid, Officer. Ich lasse den Auspuff reparieren. Ist mir gar nicht aufgefallen.«

»Führerschein, Fahrzeugschein, Versicherungskarte.«

A.J. sah mir in die Augen, und plötzlich wurde mir bewusst, dass ich einen Friseurbesuch nötig hatte, eine billig kopierte Sonnenbrille trug und mein Hemd voller Schweißflecken war. Es war wie ein Blick in den Spiegel einer Tankstellentoilette, der jeden Mangel, jeden Makel sichtbar machte. A.J. richtete die Augen auf mein Namensschild und wirkte schlagartig erleichtert. »Gorecki. Jeremy Gorecki? Mann, wir waren doch zusammen auf der Highschool! Erinnerst du dich nicht an mich? Ich bin A.J. Baker.«

»Sir, Führerschein, Fahrzeugschein, Versicherungskarte.«

»Du warst im Baseballteam. Ihr habt sogar mal die Bezirksmeisterschaft gewonnen!«

»Zum letzten Mal: Führerschein, Fahrzeugschein, Versicherungskarte.«

Er beugte sich über den Beifahrersitz, um ans Handschuhfach heranzukommen. Sein Arm war mit ineinander verschlungenen Rosen tätowiert, und am Ringfinger trug er einen Goldring mit Struktur. »Ich bin mir ziemlich sicher, dass wir mehrere Fächer gemeinsam hatten«, sagte er, während er den Fahrzeugschein und die Versicherungskarte hervorzog. »Biologie, glaube ich. Oder Algebra.«

Ich nahm die Dokumente entgegen. »Und den Führerschein.«

»Wie gesagt, Mann, der Auspuff wird sofort repariert.«

»Den Führerschein.«

»Den habe ich gerade nicht dabei.«

»Wann sind Sie geboren?«

A.J. lehnte sich zurück, starrte auf die Fahrbahn und stieß etwas Unverständliches zwischen den Zähnen hervor. Einen Protest oder einen Fluch. Die Befriedigung darüber, ihn angehalten zu haben, war verflogen, und allein der pochende Schmerz in den Schläfen war geblieben. Ich wollte nur noch so schnell wie möglich den Strafzettel ausstellen und mir meinen Kaffee besorgen. »Also?«, sagte ich.

»8. März 1985.«

»Gut. Sie warten hier.« Ich ging zum Streifenwagen, drehte die Klimaanlage auf, nahm meine Flasche aus dem Halter und trank einen Schluck lauwarmes Wasser. A.J. hatte sich eine Zigarette angezündet, was mir auch Lust auf eine machte, aber das Päckchen lag im Spind in der Arbeit. Ich lehnte den Fahrzeugschein und die Versicherungskarte an den Laptopmonitor und gab das Geburtsdatum ein. Keine Einträge. Weil ich vom Kater benommen war, bemerkte ich erst etwas verzögert, dass ich seinen Spitznamen eingetippt hatte. A.J.s offizieller Name lautete Anderson. Kaum hatte ich dem System den korrekten Namen genannt, tauchte sein Führerschein auf: GESPERRT. Seit neun Monaten, wegen Alkohol- oder Drogenmissbrauchs am Steuer. Eine so lange Sperre musste die Folge eines schweren Unfalls oder einer Wiederholungstat sein. Ein Drogenproblem hatte ich ihm gar nicht zugetraut. Meinem Eindruck nach hatte er sich immer im Griff gehabt. Aber vielleicht war er auch einfach nie erwischt worden. Tja, diesmal schon. Ich griff noch mal zur Wasserflasche, doch sie war leer. Meine Zunge war trocken und schwer wie ein Ziegelstein. Ich stieg wieder aus und trat in die sengende Hitze. Der Horizont in der Ferne wirkte wie flüssiger Dunst. Obwohl ich streng nach Protokoll vorging – ich erinnerte ihn daran, warum er angehalten worden war, und teilte ihm das Ergebnis der Überprüfung als Grund für seine Verhaftung mit –, machte A.J. von Anfang an Schwierigkeiten. »Ich bitte dich, Mann, ist doch nur ein Auspuff«, sagte er.

»Steigen Sie langsam aus, und halten Sie Ihre Hände so, dass ich sie sehen kann!«

»Die Reparatur erledige ich noch heute. Jetzt sei doch nicht so!«

»Drehen Sie sich um, und legen Sie die Hände an den Rücken!«

»In zwei Wochen kriege ich meinen Führerschein wieder. In zwei Wochen, Gorecki!«

Ich las ihm seine Rechte vor und legte ihm Handschellen an. »Beine spreizen! Ich taste Sie jetzt ab.«

»Wie soll ich das meiner Frau erklären? Sie wartet schon darauf, dass ich den Führerschein zurückkriege, und jetzt das! Das ist nicht fair, Gorecki!«

»Haben Sie irgendetwas in Ihrem Wagen, von dem ich wissen sollte? Drogen? Waffen?«

»Nein. Warum tust du mir das an?«

»Ich mache nur meinen Job.«

»Verpiss dich, Jabba –«

Ich riss so heftig an den Handschellen, dass sich das Wort in einen Schmerzensschrei auflöste, zerrte ihn zum Streifenwagen und stieß ihn auf die Rückbank. Ein vorbeifahrendes Auto bremste ab. Der Fahrer reckte den Hals, um möglichst viel zu sehen. Vor der Reifenwerkstatt ein Stück den Highway hinunter fuchtelte ein aufblasbarer Skydancer wie verrückt mit seinen orangen Armen herum. Ich atmete tief durch. Lass dich von dem Kerl nicht provozieren, sagte ich mir. Bleib ruhig. Ich ließ mich auf den Fahrersitz fallen, meldete mich bei meiner Disponentin und forderte einen Abschlepplaster an. Der Streifenwagen, der schon geraume Zeit im Leerlauf vor sich hin gebrummt hatte, stank nach Schweiß und dem Zeug, das der Officer vom Vortag darin gegessen hatte. Ich rutschte hin und her, um eine bequeme Position zu finden, was jedoch wegen der schweren kugelsicheren Weste und dem schief sitzenden Gürtel unmöglich war. Mir dröhnte der Kopf.

Als wir das Gefängnis erreichten, hatte sich A.J. zwar beruhigt, verhielt sich aber noch immer nicht kooperativ. Drei Mal bat er um den ihm zustehenden Anruf, obwohl Sergeant Lomeli erklärte, den dürfe er erst tätigen, wenn alles erledigt sei. »Damit die Kaution gestellt werden kann, müssen Sie eingebuchtet sein, und eingebuchtet werden können Sie erst, wenn wir hier fertig sind, verstanden?«

A.J. schniefte leise.

»Nehmen Sie irgendwelche Medikamente?«, fragte ich ihn.

»Ich brauche meinen Inhalator. Im Handschuhfach liegt einer, aber meinen Truck haben Sie ja abschleppen lassen.«

»Wir besorgen Ihnen einen Inhalator«, erwiderte ich. »Sonst noch Tattoos, außer dem auf dem Arm?«

»Ja, am Rücken und an der rechten Schulter.«

»Ziehen Sie Ihr Hemd aus.«

»Warum?«

»Warum wohl? Weil ich Sie untersuchen muss, Mann.«

A.J. zog sein Hemd aus. In der Highschool war er ein schlaksiger Junge gewesen; jetzt hatte er breite Schultern mit definierten Oberarmmuskeln und eine schmale, an einen Schwimmer erinnernde Taille. Eine Figur, die ich mir mit noch so viel Training nicht hätte erarbeiten können. Nicht, dass ich an Training damals auch nur gedacht hätte. Über A.J.s Rücken zog sich eine detailreich ausgeführte Schlingpflanze, ein Farbtattoo, das in mehreren Sitzungen gestochen worden sein musste. Doch nicht die Pflanze ließ mich stutzen, sondern die schlichtere Tätowierung an seiner Schulter. »Was ist das?«

»Ein Kreuz.«

»Das ist ein Keltenkreuz. Warum haben Sie sich das machen lassen?«

»Weil ich Christ bin, Arschloch. Oder ist das inzwischen verboten?«

»Na so was«, sagte Lomeli hinter der Theke. »Gerade sind die Telefonleitungen zusammengebrochen.«

Leg dich nie mit Lomeli an – ein Leitspruch, den Meth-Junkies, Prostituierte, kleine Diebe und andere Knaststammgäste auswendig kannten und den nun auch A.J. lernen musste. Seinen Anruf würde er erst am Abend kriegen.

Ich unterschrieb den Papierkram, verließ das Gefängnis, überquerte den Parkplatz und betrat die Dienststelle, um mir ein Aspirin aus dem Schreibtisch zu holen. Im Gemeinschaftsraum ging es recht fröhlich zu. Fran, meine Lieblingsdisponentin, stand kurz vor der Pensionierung, und irgendwer hatte eine Party organisiert. Als ich alle begrüßte, klang meine Stimme so schwach, als käme sie von weit her. Ich trank zwei Gläser Limonade und lud mir am Büfett den Teller mit Lasagne, gegrillten Zucchini und Mozzarella-Sticks voll. Die erste Portion aß ich im Stehen, ohne das Geplapper ringsum richtig wahrzunehmen. Dann füllte ich den Teller noch einmal und sah, während ich den Blick über den Raum schweifen ließ, Murphy auf Coleman einreden. Er beugte sich so weit zu ihr vor, als ginge es um pikanten Bürotratsch oder um ein Geheimnis. Als Coleman mich bemerkte, setzte sie sich aufrechter hin und winkte mich zu sich.

Coleman

Wie groß war die Wahrscheinlichkeit, dass es in ein und derselben Familie gleich zwei Verkehrssünder gab? Ziemlich groß, hätte mein Mann gesagt. Alle aus demselben Holz geschnitzt. Der Apfel fällt nicht weit vom Stamm. Wie der Vater, so der Sohn. Doch von Rays Phrasen hielt ich nicht viel, und dass A.J. ausgerechnet von Gorecki verhaftet worden war, gefiel mir überhaupt nicht. Seine Beteiligung konnte den Eindruck erwecken, die Polizei wollte sich an den Bakers rächen, was der Staatsanwaltschaft in der Fahrerfluchtsache möglicherweise sogar Schwierigkeiten bereiten würde. Deshalb machte ich einen kleinen Spaziergang von der Dienststelle zum Gefängnis und bat Lomeli um das Festnahmeprotokoll. Er legte den Liebesroman, den er gerade gelesen hatte, aus der Hand und schob die Papiere über die Theke. Gorecki, der die ganze Zeit nervös hinter mir stand, fragte: »Stimmt was nicht?«

»Sie haben ihn wegen erhöhter Abgasemissionen festgenommen? Das wird mit einem Bußgeld und der Aufforderung zur unverzüglichen Mängelbeseitigung geahndet.«

»Genau so einen Bußgeldbescheid wollte ich ihm ausstellen – bis ich herausfand, dass sein Führerschein gesperrt ist.«

»Das Ganze hat also nichts mit Ihrer Freundin zu tun?«

»Nein. Die Geschichte ist sowieso zu Ende.«

»Aha.« Ich wollte Lomeli die Unterlagen gerade zurückgeben, als ich A.J.s Adresse bemerkte: 8500 Sunnyslope Drive – dieselbe Adresse wie die seiner Eltern. Plötzlich fiel mir ein, dass die Schwiegertochter bei meinem Besuch im Wohnzimmer gesessen und mit hochgelegten Beinen *Zeit der Sehnsucht* geguckt hatte. Aus diesen Details ließ sich auch eine ganz andere Geschichte zusammensetzen. Vielleicht war A.J. bei seinen Eltern eingezogen, um sie im Alter zu unterstützen, sie zum Arzt zu begleiten oder die Medikamenteneinnahme zu überwachen. Oder aber A.J. selbst war in Not geraten und vorübergehend bei ihnen untergekommen. Wie sich das wohl anfühlte? Es musste schwer sein, als verheirateter, fast dreißigjähriger Mann wieder zu Hause zu wohnen. Hatte er deshalb zu trinken begonnen und war irgendwann auch betrunken gefahren? Oder war die Trunkenheit am Steuer der Grund für die Rückkehr zu den Eltern? »Wo ist er jetzt?«, fragte ich.

»B-8«, antwortete Lomeli und drückte den Türöffner.

Gorecki folgte mir durch den Korridor. Das Licht aus den Zellenfenstern fiel scharfkantig auf den Betonfußboden, und es roch leicht nach Bleiche. Beim Klang unserer Schritte setzte sich A.J. auf seiner Pritsche auf. Als er mich ohne Uniform, aber mit der Detective-Marke am Gürtel sah, reagierte er sichtlich erstaunt. Sein Blick schoss zu Gorecki, als gäbe er ihm die Schuld an dieser neuen Wendung der Ereignisse. Dann legte er sich wieder hin und starrte an die Decke. »Hallo, A.J.«, sagte ich. »Ich darf Sie doch A.J. nennen?«

Er erwiderte nichts. Im Gang fiel scheppernd eine Metalltür ins Schloss.

»Brauchen Sie irgendetwas? Ein Sandwich oder Kaffee?« Als er mich weiterhin ignorierte, wurde mir klar, dass sich Goreckis Anwesenheit wenig hilfreich auswirkte. »Könnten Sie ihm oben am Büfett einen Teller zusammenstellen?«

»Ich bin nicht sein Dienstmädchen. Am Abend werden sie ihm schon was zu essen geben.«

Ich musste nicht erst fragen, ob Gorecki den Mann kannte – sein Benehmen sagte alles. Die Hände in die Hüften gestützt, stand er neben mir und wartete ab, was ich als Nächstes tun würde. Die Sommersonne hatte seine Haut gebräunt, aber unter seinen Augen lagen tiefe graue Schatten. »Bis dahin sind es noch ein paar Stunden«, sagte ich. »Er braucht jetzt eine Kleinigkeit.«

»Sie verschwenden Ihre Zeit, ich rede mit keinem«, warf A.J. ein.

»Wir reden nicht – wir begrüßen uns nur.«

»Sie können meinen Anwalt begrüßen. Sobald man mich anrufen lässt.«

Gorecki sah mich an. *Und, hab ich dir nicht gesagt, dass er ein Arschloch ist?,* drückte sein Blick aus. Doch das machte mich nur noch neugieriger auf die Geschichte, die ich mir zusammenzupuzzeln begann.

»Holen Sie ihm etwas zu essen«, sagte ich in einem Ton, der keinen Zweifel daran ließ, dass es sich um einen Befehl handelte. Als Gorecki weg war, wandte ich mich wieder A.J. zu. »So, jetzt sind wir allein. Vielleicht können wir die Sache schnell klären und Sie nach Hause zu Ihren Eltern entlassen. Sie leben doch bei Ihren Eltern?«

A.J. sog die Luft zwischen den Zähnen ein. Vielleicht wollte er damit sagen *Was geht dich das an?* oder *Ja, ich lebe bei meinen Eltern, und es ist scheiße* oder aber etwas ganz anderes.

»Machen Sie sich nicht fertig deswegen«, sagte ich. »So was kommt vor. Mein Onkel ist Baptistenprediger, der anständigste Mensch, den man sich vorstellen kann. Einmal hatte meine Tante an Weihnachten vergessen, die Glasur für den Schinken zu kaufen. Er wollte nur schnell zum Supermarkt fahren, obwohl er sich vor dem Essen einen Drink gegönnt hatte, und wurde prompt erwischt. Kommt eben vor. Und es ist hart, wenn der Führerschein weg ist. Ständig braucht man Mitfahrgelegenheiten und findet sie nicht. Sie hatten einfach Pech, das ist mir klar.«

Er ächzte kurz auf. »Nichts ist Ihnen klar.«

»Was ist mir nicht klar? Man hat Ihnen den Führerschein entzogen, und das ist, wie gesagt, ziemlich hart. Besonders wenn er gleich neun Monate weg ist. Jetzt müssen Sie andere bitten, Sie zu chauffieren, oder sich den Wagen Ihrer Mutter ausleihen.«

»Sie verschwenden Ihre Zeit«, erwiderte er und drehte sich abrupt mit dem Gesicht zur Wand. Weil er, wie sein Vater, sehr groß war, ragten seine Füße über die Pritsche hinaus. »Ich rede nicht mit Niggern.«

Er hatte das Wort nur geflüstert, doch es war deutlich zu hören gewesen. Am Ende des Gangs schloss sich die Metalltür ratternd hinter Gorecki. Ich war allein. Und ich war wieder neun Jahre alt. Oder elf. Oder vierzehn. Egal, wie alt, es tat jedes Mal wieder genauso weh. Nur die, die es aussprachen, unterschieden sich voneinander – und meine Reaktionen. Ich war weinend vom Spielplatz gelaufen. Hatte den Vorfall der Lehrerin gemeldet. Hatte mich im Treppenhaus geprügelt und war über der Braue mit drei Stichen genäht worden. Und immer, immer hatte ich versucht, den Schmerz zu vergessen, den mir die Beleidigung zufügte, obwohl ich spürte, dass es schon zu spät war und ihr Gift mich längst durchdrungen hatte. Ich dachte an meinen Sohn. An diesem Morgen waren Brandon und er mit dem Rad zur Schule gefahren, und meine Warnung, beim Überqueren des Yucca Trail aufzupassen, hatte er leichthin abgetan. »Mach dir keine Sorgen, Mom.« Aber ich machte mir immer Sorgen, denn wozu ist man Mutter?

Ich schloss die Hände um die Gitterstangen. »Was haben Sie gerade gesagt?«

Er schwieg. Wartete, dass ich ging.

»Hey, ich rede mit Ihnen!«

Als er spürte, dass ich noch immer an der Zellentür stand, drehte er sich wieder um, setzte sich auf und sah mich an. Dann sagte er langsam und deutlich, jedes Wort betonend: »Ich habe gesagt, dass ich mit Scheißniggern nicht rede. Haben Sie's jetzt verstanden?«

Meine Finger umklammerten krampfhaft die Gitterstäbe. Mir fiel ein, was Nora Guerraoui erzählt und was ich darauf erwidert hatte: Zwischen dem Vorfall in der Highschool vor vielen Jahren und der Fahrerflucht gebe es keinen Zusammenhang. Ich hatte mich geirrt. Die Gegenwart war nie losgelöst von der Vergangenheit, das eine nicht verständlich ohne das andere. »Ja, ich habe es verstanden«, sagte ich. Dann machte ich kehrt und ging. Am Empfangstresen bat ich Lomeli um etwas Zeit für eine Überprüfung.

Als ich zwanzig Minuten später im Sunnyslope Drive hielt, stand Helen Baker vor ihrem Haus und stellte das rote Fähnchen am Briefkasten auf. Sie war groß, hatte schmale, ungeschminkte Lippen und ergrautes, nach

Sportlehrerinnenart zu einem hoch ansetzenden Pferdeschwanz zusammengebundenes Haar. Während ich aus dem Streifenwagen ausstieg und auf sie zuging, beschattete sie die Augen mit einer Hand und folgte mir mit dem Blick. Ihre Hunde, zwei Collies, standen in der Hitze hechelnd dicht an ihren Beinen. »Guten Tag, Mrs Baker«, sagte ich und streckte die Hand aus, die die beiden Hunde sofort beschnüffelten. »Sehr schöne Hunde! Wie heißen sie?«

»Das hier ist Loyal«, antwortete sie fast widerwillig. Sie zitterte stärker als damals während der Befragung ihres Mannes wegen der Fahrerflucht. »Und der hier Royal.«

»Mein Sohn will unbedingt einen Hund, aber ich weiß nicht, welche Rasse sich am besten eignet.«

»Also, mit Collies kann man nichts falsch machen.«

»Sie können sie also empfehlen?« Ich kraulte Royal – oder Loyal? – am Kinn, und das Tier reckte vor Freude den Hals. Der andere Hund dagegen jaulte klagend auf. »Das Problem ist, dass sich mein Sohn einen braunen Labrador Retriever in den Kopf gesetzt hat. Sie wissen ja, wie Jungs sind. Wenn sie sich einmal auf etwas versteift haben, bringt man sie nicht mehr davon ab.«

»Worum geht es hier?«, fragte sie.

Ich blickte an ihr vorbei auf das in der Nachmittagshitze liegende Haus. Weil das Tor offen stand, sah ich, dass die Garage leer war. »Hat Ihr Sohn einen Wagen, Mrs Baker?«

»Im Augenblick nicht«, erwiderte sie nach kurzem Zögern. »Warum fragen Sie?«

»Ich dachte nur … Ich habe auf dem Weg hierher keine einzige Bushaltestelle gesehen. Wie bewegt sich A. J. ohne Wagen fort? Leiht er sich Ihren aus?«

Sie legte eine Hand auf den Briefkasten, wie um sich zu stützen. Einer der Hunde stieß sie sanft mit der Schnauze an. Er wollte gestreichelt werden, doch sie ignorierte ihn und musterte mich, um zu entscheiden, was sie antworten sollte. »Vielleicht hat er sich ja im April auch den Wagen Ihres Mannes ausgeliehen.«

»Es war ein Unfall, mehr nicht.«

Wir sind doch beide Mütter, schien sie zu sagen. Sie verstehen doch, dass man den eigenen Sohn selbstverständlich in Schutz nimmt. Ich kratzte mit dem Daumennagel an der Narbe über meiner Braue, eine alte Gewohnheit, in die ich hin und wieder zurückfiel. Ich hatte die Einzelteile des Falls auf eine bestimmte Weise zusammengesetzt; jetzt sah ich, dass die Anordnung anders sein musste. Ja, es war nur natürlich, dass Mrs Baker ihren Sohn in Schutz nahm. Doch wer schützte andere vor ihm?

Anderson

Ich bin spät Vater geworden. Ich hatte mir immer einen Sohn gewünscht, und als es nach fünfzehn Jahren endlich passierte, staunte ich, weil es ganz anders war als erwartet. Alle meine Träume wurden übertroffen. Im Sommer, in dem A.J. auf die Welt kam, saß ich oft mit ihm auf der Couch. Dann kuschelte er sich an meine Brust und sabberte mir im Schlaf das Hemd voll. Er war ein glückliches Baby, sehr pflegeleicht. Mit drei Monaten schlief er schon durch und bekam seine Zähnchen problemlos und ohne großes Geschrei. Wenn ich mir die Vergangenheit ansehe und den einen Moment suche, ab dem es für ihn schieflief, scheitere ich jedes Mal. Ich finde diesen Moment einfach nicht. Vielleicht fing es an, als Helen ihn so zu verwöhnen begann und ich nichts dagegen unternahm. Oder als er auf dem Spielplatz immer für sich blieb und nie mit anderen Kindern spielte. Oder ein paar Jahre später in der Highschool, als er sich in einen Rüpel verwandelte. Es ist schwer, einen Rüpel zu lieben, aber ich habe mich immer von ganzem Herzen darum bemüht.

Ich wollte ihm helfen, aber er hat nicht auf mich gehört, zumindest nicht, als es wichtig gewesen wäre. Zum

Beispiel bei dem Plan mit der Hundepension. Ich habe ihm von Anfang an gesagt, dass das wegen der Rezession nicht der richtige Zeitpunkt ist. Aber er hielt mich schlicht für knauserig, weil ich ihm die fünfzigtausend Dollar nicht leihen wollte, um die er mich gebeten hatte. Er redete mit seiner Mom, und die bedrängte mich so lange, bis ich ihm das Geld gab. Natürlich hat er alles verloren. Das muss ihm sehr peinlich gewesen sein, und wütend war er auch, und zwar wegen der Art und Weise, wie er das Geld verloren hatte. Er stritt sich heftig mit seiner Frau und ging in Kneipen, und dann war der Führerschein weg. Wir haben damals nicht miteinander gesprochen; ich habe es erst später von seiner Mutter erfahren. Deshalb bin ich total erschrocken, als er mich eines Nachts anrief. Ich war gerade von der Arbeit zurückgekommen und machte mir ein Bier auf, als es klingelte. »Was ist los?«, fragte ich. Ich hielt es für einen Notfall – so ungewöhnlich war es, direkt von ihm zu hören.

»Nichts ist los, Dad.«

Mehr sagte er nicht, fragte auch nicht, wie es mir ging, und verriet nicht, warum er anrief. Vielleicht wollte er eigentlich Helen sprechen, aber die war an dem Wochenende in Kansas City beim Begräbnis ihrer Nichte. Wenn sie verreiste, klebte sie mir immer Zettel an den Kühlschrank, auf denen in schöner Schreibschrift stand, was ich essen und wie ich es aufwärmen sollte. Ich weiß noch, wie ich an dem Abend auf den Essensplan starrte. *Dienstag: überbackene Ziti. Ofen auf 180 Grad stellen und 15 Minuten backen.* Ich nahm mein Bier, verließ die Küche und ging durchs Wohnzimmer, wo die Collies schliefen, hinaus in den Garten. Es war ein klarer Abend. »Heute sieht man die Sterne«, sagte ich, nur um etwas zu sagen.

»Ich habe mir überlegt …«, begann er. Dann schwieg er wieder.

Ich setzte mich auf einen Gartenstuhl, obwohl er schmutzig und voller Sand war, und trank einen Schluck Budweiser. »Wie geht es Annette?«, fragte ich. »Alles in Ordnung zwischen euch?«

»Passt schon. Das ist nicht das Problem.«

»Sondern?«

»Ich habe heute mein Ladenschild verkauft.«

Ich muss dieses Ladenschild beschreiben, weil es selbstgemacht war. A.J. hatte schon immer eine künstlerische Ader – er kann fast alles zeichnen –, und als er seine Hundepension eröffnete, steckte er viel Mühe in die Beschilderung. Er baute einen eineinhalb Meter hohen Collie aus lackiertem Stahl mit einem Knochen im Maul, der nachts leuchtete, und montierte ihn aufs Dach. Ein richtiger Hingucker, von dem seine Kunden schwärmten, wenn sie die Hundepension betraten. Schon hatte man ein Gesprächsthema. Ich wusste, wie viel ihm an dem Schild lag, und war erstaunt, dass er sich davon getrennt hatte. »Warum hast du es verkauft?«, fragte ich.

»Ich kenne einen, der es einschmelzen will. Hat mir vierzig Dollar gegeben.«

»Guter Preis«, erwiderte ich, um ihn ein bisschen aufzumuntern. Dabei waren vierzig Dollar im Vergleich zu seinen Schulden bei der Bank natürlich nur ein Tropfen auf den heißen Stein.

»Was soll ich denn jetzt tun, Dad?«

Er klang genauso verängstigt wie damals, als er vier war und sich in unserem Hotel in Las Vegas die Aufzugtür hinter ihm schloss und uns trennte. Zwanzig Minuten mussten wir mit dem verdammten Aufzug rauf- und runterfahren, bis wir unseren Sohn fanden. Er weinte und griff sich in den Schritt, um nicht in die Hose zu machen. Danach ging er den ganzen Tag an Helens Hand, ließ sie einfach nicht los.

Ich trank noch einen Schluck und fragte mich, ob ihn das, was ich zu sagen hatte, wirklich interessierte. Er hatte mich noch nie nach meiner Meinung gefragt. Doch während sich das Schweigen hinzog, wurde mir klar, dass die Frage ernst gemeint war. »Komm zurück nach Hause«, sagte ich. »Dann kannst du für mich arbeiten, Geld sparen und wieder auf die Beine kommen.«

»Das würde dir nichts ausmachen?«

»Nein, überhaupt nicht. Du bist doch mein Sohn.«

Noch im Frühling zog er wieder bei uns ein und brachte seine Frau, seine Tochter, den Hamster und die Collies mit. Von einem Tag auf den anderen wurde das Haus kleiner, lebendiger und lauter. Wesentlich lauter. Es war gewöhnungsbedürftig. Annette besorgte sich einen Job in einer Fliesenfabrik in Palm Springs, und A.J. fing bei mir an. Aber sie hatten noch immer Kreditkartenschulden, und unbezahlte Rechnungen gab es auch. Es war also nicht leicht. Wir standen unter enormem Druck, nicht nur zu Hause, auch in der Arbeit. Immerhin verbrachten A.J. und ich zum ersten Mal ganze Tage zusammen. Wir unterhielten uns viel, er fragte mich alles Mögliche übers Geschäft. Endlich hatten wir einen Draht zueinander.

Natürlich hätte er sich damals nicht hinters Steuer setzen sollen. Aber Helen konnte wegen des Zitterns kaum fahren, und unsere Schwiegertochter hatte mit der Bowlingbahn nichts am Hut. Es blieb uns praktisch keine Wahl, wenn wir unseren Betrieb am Laufen halten wollten. Und er hat den Wagen auch wirklich nur ein paarmal genommen, wenn er niemanden fand, der ihn mitnahm. Die Sache mit dem Kerl von nebenan war ein normaler Unfall, für den A.J. nichts konnte, aber dass sie ihn wegen seiner Vorstrafen als den Schuldigen hinstellen würden, war mir klar. Ich kann nur sagen, dass mein Sohn kein schlechter Mensch ist. Eigentlich ist er ein guter Junge. Ich würde die Kluft zwischen dem, wie es früher war, und dem, wie es jetzt ist, wirklich gern schließen. Vielleicht ist es mir deshalb so wichtig, diese Geschichte zu erzählen.

A. J.

Einige Tage nach meiner Verhaftung gab irgendwer einer Reporterin einen Wink, und daraufhin ging sie meine Social Media Accounts durch, riss Kommentare und Zitate aus dem Zusammenhang und machte ein Monster aus mir. Für die Leser der *Desert Sun* war das natürlich ein gefundenes Fressen. Komisch – da werden die unterschiedlichsten Kulturen in den Himmel gelobt, aber sobald du die weiße Kultur ins Spiel bringst, fallen die ach so aufgeklärten Linken über dich her und beschimpfen dich. Einer bezeichnete mich in einem Leserbrief als Rassist, aber so wird ja heutzutage jeder nichtschwule weiße Mann genannt. Warum dürfen alle auf ihre Herkunft stolz sein, nur ich nicht?

Nachdem ich die Kaution hinterlegt hatte und rausgekommen war, behandelten mich einige Leute wie eine Bestie mit Hörnern und Reißzähnen, und das machte mich wütend. Ich war nämlich keine Bestie, sondern ein Mensch genau wie sie. Ich liebte meine Familie, spielte mit meinen Hunden, kaufte Lose, wenn ich an der Tankstellenkasse mein Benzin bezahlte, und malte mir tagelang aus, was ich mit einem Millionengewinn anstellen würde. Wenn mich etwas von den anderen unterschied, dann dass ich Verantwortung für mich übernahm. Als beispielsweise das Land nach meinem Collegeabschluss in der schlimmsten Rezession seit hundert Jahren steckte, lehnte ich mich nicht wie so viele andere zurück und markierte das Opfer, sondern lieh mir Geld von meinem Vater und eröffnete in Irvine ein eigenes Unternehmen, eine Hundepension.

Mein Vater wollte mir das Geld zuerst nicht geben, weil er knauserig war und Hunde für eine schlechte Investition hielt, aber meine Mutter überredete ihn. Und seine Einschätzung erwies sich als falsch – die Hundepension wurde ein voller Erfolg. Pfoten & Krallen hieß sie. Ich bot nicht nur Tagesbetreuung an, sondern auch verschiedene andere Serviceleistungen wie Fellpflege und Urlaubsbetreuung. Nach einem Jahr hatte ich mir einen soliden Kundenstamm aufgebaut, vorwiegend Programmierer der umliegenden Tech-Start-ups, Leute, die viel arbeiteten und keine Zeit hatten, ihre Hunde auszuführen oder täglich mit ihnen zu spielen. Ich heiratete meine Collegefreundin Annette, und wir bekamen eine kleine Tochter. Alles lief gut. Wir waren glücklich. Doch das wurde mir erst knapp drei Jahre später bewusst, als man mir alles wegnahm.

An jenem Tag kam ich gerade mit zwei Golden Retrievern und einem Husky vom Nachmittagsspaziergang zurück, als eine relativ neue Kundin aus ihrem Auto sprang und auf mich zulief. Sie hieß Grace Chin. Der Husky bellte sie an – so eine aggressive Ausstrahlung hatte die Frau –, und ich musste ihn regelrecht bändigen, um überhaupt ein Wort zu hören. Was allerdings gar nicht nötig gewesen wäre, denn sie sprach so schlecht Englisch, dass ich sowieso kaum etwas verstand. Immerhin kapierte ich, dass sie ihren Jack Russell Terrier abholen wollte, der übers Wochenende bei mir untergebracht war. »Augenblick, bitte«, sagte ich, weil ich erst mal die großen Hunde reinbringen musste. Dass der Lexus im Leerlauf und mit eingeschalteten Warnblinkern auf dem Gehweg stand, behagte mir nicht, das weiß ich noch. Ich spürte förmlich, dass gleich etwas passieren würde. Nachdem ich die Golden Retriever und den Husky ins Gebäude gebracht und ihnen in ihrem Zwinger die Leinen abgenommen hatte, holte ich den Jack Russell. Hinter mir klingelte das Türglöckchen, und ich wusste, Grace Chin war reingekommen.

Ich möchte betonen, dass in meinem Betrieb alles den Vorschriften und Bestimmungen entsprach. Peanut muss bereits vorher krank gewesen sein, denn ich hatte nichts getan, wodurch sein Tod verursacht worden sein könnte. Er hatte das gleiche Futter und das gleiche Wasser wie jeden Tag bekommen – warum sollte er also krank geworden sein? Aber als ich seinen Namen rief, regte er sich nicht, und als mir dämmerte, dass etwas nicht stimmte, begann diese Ching-Chong, auf mich einzuhacken. »Was Sie gemacht mit mein Hund? Was Sie gemacht?«, fragte sie immer wieder.

»Gar nichts habe ich gemacht!« Ich streichelte Peanut, und ich schwöre, er bewegte sich. »Da! Sehen Sie?«, sagte ich.

Ohne das Schild mit dem Hinweis NUR GESCHÄFTSFÜHRUNG zu beachten, ging sie um den Tresen herum und säuselte auf ihren Hund ein, aber er rührte sich nicht, und als sie ihn aufhob, hing er schlaff in ihren Armen. Dann begann sie, wie am Spieß zu schreien. Noch bevor der Tierarzt die genaue Todesursache herausgefunden hatte, erzählte sie an ihrer Arbeitsstelle herum, ich hätte Peanut getötet. Und weil sie auch bei einem dieser Start-ups arbeitete und die meisten meiner Klienten kannte, verschlechterte sich meine Auftragslage markant. Als sie mich dann auch noch vor Gericht zerrte, war finanziell der Ofen bei mir aus. Die Vorfälle damals haben mich viele schlaflose Nächte gekostet, aber ich weiß bis heute nicht, warum der Jack Russell Terrier verreckt ist. Am Futter und am Wasser lag es auf jeden Fall nicht. Vielleicht hat er etwas gefressen, als ich mit ihm Gassi ging. Doch obwohl es unmöglich meine Schuld war, lief mir die Kundschaft davon. Ich konnte es nicht fassen – da kommt diese Frau in mein Land, ohne auch nur annähernd unsere Sprache zu beherrschen, und verklagt *mich* wegen Fahrlässigkeit!

Ich konnte die Hundepension nicht weiterführen, zumindest nicht in Irvine und Umgebung, hatte aber kein Geld, um anderswo neu zu beginnen. Und weil sich die Symptome meiner Mutter verschlimmerten, zog ich schließlich wieder bei meinen Eltern ein und gewöhnte mich schon mal daran, die Bowlingbahn zu führen, die ja eines Tages sowieso mir gehören würde. Mein Vater war damals schon achtundsiebzig, längst im Rentenalter, wollte aber noch nicht in den Ruhestand. Deshalb musste ich mich zurückhalten und abwarten, obwohl ich viele Ideen für Veränderungen hatte. Ich fand beispielsweise, dass der Imbissstand in eine richtige Snackbar umgebaut werden müsste, dass wir neue Spielkonsolen brauchten, an unseren Motto-Abenden bessere Musik bieten und die Beschilderung aufpeppen sollten. Immer wenn ich mit einer Idee zu ihm kam, sagte mein Vater, das koste nur Geld, und er hätte mir schon seine ganzen Ersparnisse für die Hundepension gegeben. Für die pleitegegangene Hundepension.

Das mit dem Kerl nebenan war ein Unfall. Ich wollte nicht, dass er stirbt. Es war stockdunkel da draußen – als ich ihn sah, war es zu spät. Warum hätte ich ihn umbringen wollen?

Driss

Ich glaube, ich habe schon einmal erwähnt, dass es in jenem Winter im Restaurant nicht mehr so gut lief. Wenige Kilometer westlich hatten direkt am Highway zwei neue Lokale eröffnet, und obwohl das eine ein simpler Sandwichladen war und das andere ein Café, in dem es nur Gebäck und Kekse gab, machte mir die Konkurrenz Sorgen. Da mein Umsatz zu vierzig Prozent von den Touristen stammt, also von Leuten, die auf dem Weg zum Nationalpark oder zu einem Konzert in der Wüste nur ein Mal kurz hier anhalten, überlegte ich mir ein paar Veränderungen. Das Maisgemüse und die frittierten Mozzarella-Sticks wollte ich von der Speisekarte nehmen und dafür neue Salate und Frucht-Smoothies daraufsetzen. Außerdem sollte der PVC-Boden im Eingangsbereich ersetzt und eventuell die Alkohollizenz beantragt werden. Am dringendsten aber war ein neues Schild, weil die Leute auf dem Highway schnell unterwegs sind und es die einzige Chance ist, um Touristen auf uns aufmerksam zu machen.

Das alte Schild, das ich vom Vorbesitzer übernommen hatte, bestand aus grün lackierten Holzbrettern, auf denen in weißer Schrift der Name THE PANTRY stand. Es sah gut aus, aber die Farbe hatte unter der Sonne gelitten, und die rechte Hälfte wurde zeitweise von dem Palo-Verde-Baum auf dem Gehweg verdeckt. Wenn die gelben Blüten im Frühling vor dem Schild hingen, konnte man meinen, ich würde für ein Lokal namens THE PAN, manchmal sogar nur THE PA werben. Und auch wenn der Frühling gerade nicht dazwischenkam, war es abends auf dem schlecht beleuchteten Highway leicht zu übersehen. Der Besitzer des Baumarkts zwei Querstraßen weiter hatte schon zwei Jahre zuvor die Konsequenzen gezogen und ein Neonschild angebracht.

Eines Abends im Februar setzte ich mich an die Theke, während Rafi den Boden wischte, und skizzierte auf einem Blatt Papier ein neues Schild. Die Holzbretter behielt ich bei, weil meinen Kunden das Schild vertraut erscheinen sollte, aber ich machte es größer – zweieinhalb mal zwei Meter, also viel größer als das alte – und nahm Rot statt Grün als Hintergrundfarbe, um den Kontrast zu verstärken. Außerdem sollte es höher montiert werden, damit die Blüten des Palo-Verde-Baums es nicht verdeckten, und zusätzlich fügte ich über dem Schriftzug einen mit Glühbirnen besetzten geschwungenen Metallpfeil hinzu. Der beleuchtete Pfeil war die Idee von Beatrice gewesen; sie meinte, damit bekäme das Schild einen klassischen Anstrich, der perfekt zu meinem Diner passte.

Gleich am nächsten Morgen ging ich mit dem Entwurf zu einem Schilderladen. Ich hatte das Gefühl, vor einer Veränderung zu stehen, endlich den ersten Schritt in ein Abenteuer gewagt zu haben, von dem ich zwar schon seit Jahren geträumt, an das ich mich aber nie herangetraut hatte. Doch weil ich nicht nur Pläne für das Restaurant, sondern auch mit Beatrice hatte, stand mir ein schreckliches Gespräch mit Maryam bevor. Jeden Morgen wachte ich auf und sagte mir, heute machst du es, und abends kam ich nach Hause und verschob es auf den nächsten Tag. Der ganze Winter war geprägt von Gefahr, aber auch von neuen Möglichkeiten – war voll von widersprüchlichen Gefühlen, wie ich sie seit meiner Jugend nicht so intensiv empfunden hatte.

Das Schild selbst war schon nach vier Tagen fertig, doch bis ich die Genehmigung bekam, vergingen sechs Wochen. Am 28. April sollte es aufgestellt werden, und als mir der Schilderladen mitteilte, sie würden es mit einem Laster bringen, bat ich die Leute, frühmorgens zu kommen, noch bevor die Bowlingbahn öffnete. Allerdings hörten sie nicht richtig hin oder hatten an diesem Tag zu viel zu tun. Jedenfalls kam der Laster erst kurz vor elf, und der Kran blockierte einen Teil des Parkplatzes. Ich musste meinen Wagen an der Südseite des Chemehuevi Way abstellen, um für die Kunden Platz zu schaffen. Es dauerte eine Stunde, das alte Schild zu demontieren und das neue aufs Dach zu heben, und während ich damit beschäftigt war, die Kunden sicher über den Parkplatz zu lotsen und den Leuten von der Schilderfirma auf die Finger zu sehen, stand Bakers Sohn vor der Bowlingbahn und beobachtete alles.

Als der Laster weg war, ging ich ein paar Schritte zurück, um das neue Schild zu bewundern. Und weil es sogar noch besser aussah als erwartet, fühlte ich mich ermutigt, ein weiteres kleines Projekt in Angriff zu nehmen. Die Hängelampen über den mit Leder bezogenen Sitznischen stammten von 1959, dem Eröffnungsjahr des Diners, und waren zwar aus schönem cremefarbenem Glas, machten aber ein so schummriges Licht, dass das

Restaurant nachts etwas Gespenstisches hatte. Ich beschloss, 75-Watt-Birnen einzuschrauben – ausreichend hell, um die Speisekarte lesen zu können, und zugleich anheimelnd genug für ein gemütliches Essen. Deshalb sagte ich Marty damals, er könnte nach Hause fahren, ich würde selbst zumachen.

Ich schloss die Vordertür ab und holte die Glühbirnen aus dem Lagerraum. Dann ging ich, nur vom bleichen Thekenlicht geleitet, von Tisch zu Tisch und tauschte die Birnen aus. Erst als ich den Lichtschalter betätigte, tauchten die hintereinander angeordneten Sitznischen aus dem Halbdunkel auf. Ich ging auf den Parkplatz hinaus, um mir anzusehen, wie der Diner von außen wirkte. Alles war plötzlich so hell und einladend, dass ich in Versuchung kam, das Licht die ganze Nacht brennen zu lassen. Aus den Augenwinkeln sah ich, wie der Sohn von Baker aus der Bowlingbahn herauskam, neben dem Crown Vic seines Vaters stehen blieb und mein Restaurant kurz musterte, als wäre er daran beteiligt. Er war ein schlaksiger, nervöser Junge gewesen; jetzt, als erwachsener Mann, hatte er zugelegt und einen forschen Blick bekommen. Fast ein bisschen zu forsch. Wieder hatte ich das Gefühl, beobachtet zu werden.

Doch ich hatte viel geschafft an diesem Tag, und als ich den Diner verließ und hinter mir abschloss, war ich voller Hoffnung für die Zukunft. Noch heute Nacht mache ich es, dachte ich. Noch in derselben Nacht würde ich Maryam von Beatrice und mir erzählen. Jetzt gab es kein Hinauszögern mehr. Auf dem Weg zum Auto spielte ich mit den Schlüsseln in meiner Hand und ließ sie klirren.

Jeremy

Ich lief durch einen mit frischen Graffiti besprühten Durchgang, lauter blaue und gelbe Schmierereien, unverständliche Formen. Während ich einer hohen Lattenkiste auswich, die im Weg stand, fielen drei von ihnen über mich her. Ich schoss. Tötete den einen und verwundete die beiden anderen. Dann klingelte es an der Tür. Mit dem Druck auf den Pauseknopf erstarrte mein Gewehr in der Mitte des Bildschirms. Ein Blick auf den Score zeigte mir, dass ich nur vier Punkte hinter Damien85 lag, einem kanadischen Gamer, den ich schon seit Wochen besiegen wollte. Ich ging mit meiner Geldbörse zur Tür und versuchte, mich zu erinnern, ob das Lamm-Masala vierzehn oder achtzehn Dollar kostete. Aber es war nicht der Typ vom Lieferservice, es war Nora. Mir blieb das Herz stehen.

Ich stopfte das Geld in die Börse zurück und trat zur Seite. Sie kam rein, ein schwacher Parfümduft folgte ihr. Geschminkt war sie nicht, doch um den Hals trug sie das Silberkettchen. Erst dann bemerkte ich die braune Einkaufstüte in ihrer Hand, aus der meine Wanderstiefel, mehrere Hüte und irgendwelche Klamotten herausragten, lauter Kleinkram, den ich im Häuschen zurückgelassen hatte. Das war es jetzt also, dachte ich. Wir hatten die Gabelung erreicht, an der die Liebe endet. Obwohl ich mich seit Wochen gegen diesen Augenblick gewappnet hatte, traf er mich unvorbereitet. »Stell sie da drüben hin«, sagte ich und reckte das Kinn in Richtung der nächsten Ecke.

Doch ich war noch nicht bereit, das Kleid in meinem Schrank zurückzugeben, das Kleid, in dem ich mein Gesicht vergraben hatte, bis ihr Duft nicht mehr darin zu finden war. Und auch die kleine Emaildose mit ihren Vitamintabletten wollte ich behalten, die sie ins Bad gelegt hatte und die noch immer dort lag. Ich konnte mich nicht von ihrem Buch auf dem Nachttisch trennen, *Nach der Flut das Feuer*, an dessen Ränder sie Kommentare geschrieben hatte, die manchmal so lang geraten waren, dass sie auf die nächste Seite überschwappten. Alles Zeichen dafür, dass sie hier gewesen war. Zeichen dafür, dass sie ihr Leben kurz mit mir geteilt hatte. Sie stellte die Papiertüte ab und betrachtete das Chaos im Wohnzimmer: das Ego-Shooter-Game auf dem Fernsehbildschirm, erstarrt in dem Moment, in dem das Blut spritzte, den Kleiderhaufen auf der Couch, wo ich in fast allen zurückliegenden Nächten geschlafen oder zu schlafen versucht hatte, die Bier- und Whiskyflaschen, die Lehrbücher und Schreibblöcke, die unter dem Couchtisch verstaubten. Dann richtete sie den Blick auf mich und fragte: »Wie gehts dir?«

»Blendend.«

Ich wollte sie provozieren, aber sie ignorierte meinen Sarkasmus. Nach einer kurzen Pause sagte sie: »Detective Coleman hat sich bei mir gemeldet.«

Deshalb war sie also gekommen. Nur deshalb.

»Unglaublich, dass A.J. meinen Vater getötet hat und seinen Vater die Sache ausbaden ließ.« Sie schüttelte fassungslos den Kopf. »Und ohne die Verkehrskontrolle hätten wir es nie erfahren.«

»Ich hatte keine Ahnung, dass er dabei auffliegen würde«, erwiderte ich schulterzuckend. Es wäre mir schon allein deshalb nicht in den Sinn gekommen, weil ich nie einen Vater wie Anderson Baker gehabt hatte, der für seinen Sohn alles zu opfern bereit war.

»Jedenfalls vielen Dank, Jeremy.«

Ich nickte ihr kurz zu. Meinen Namen aus ihrem Mund zu hören, brachte den ganzen Schmerz zurück. Geh, dachte ich, geh, und zwar schnell. Wieder klingelte es, und ich eilte, dankbar für die Unterbrechung, an die Tür. Es war Joe mit dem Essen. Ich hatte in letzter Zeit zwei, drei Mal pro Woche in dem indischen Restaurant bestellt, und an manchen Tagen war Joe der einzige Nicht-Kollege und Nicht-Kriminelle gewesen, mit dem ich gesprochen hatte. »Hey, Mann«, sagte er fröhlich und hielt mir die Papiertüte mit der angetackerten Rechnung entgegen, auf der die Gesamtsumme gelb markiert war. »Genau einundzwanzig Dollar. Die Samosas kosten heute nur die Hälfte.«

Ich zog die Scheine wieder aus der Börse und zählte hastig fünfundzwanzig Dollar ab.

»Ist das deine Freundin?«, fragte er mit einem Blick über meine Schulter.

»Was?«

Joe grinste übers ganze Gesicht. »Deine Freundin? Die ist süß!«

Ich gab ihm das Geld, nahm die Tüte und stieß die Tür mit einem Bein zu. Der Duft von warmem Naan-Brot, Knoblauch und Lammfleisch breitete sich im Raum aus, aber ich war nicht mehr hungrig und stellte das Essen auf die Arbeitsfläche in der Küche. Als ich mich umdrehte, stand Nora in der Tür. Diese Nähe zu ihr war unerträglich. Plötzlich hatte ich einen Kloß im Hals und musste schwer schlucken. Dann stieß ich halb anklagend, halb fragend hervor: »Du bist einfach gegangen.«

Sie lehnte sich an die Arbeitsfläche. »Ich dachte, alles, was zuvor passiert ist, würde wieder passieren. Nur nicht mit meinem Dad, sondern mit mir.«

»Ich würde es niemals zulassen, dass Fierro dir etwas antut, das habe ich dir gesagt.«

»So etwas kann man nicht versprechen.«

»Und dann gehst du einfach? Rufst nicht an, schreibst nicht, haust ab, als hätte ich dir nie etwas bedeutet, als wäre ich eine Krücke, die du von dir wirfst, weil du sie nicht mehr brauchst? Du hast dein Leben weitergelebt, als wäre nichts gewesen!«

»Das stimmt nicht. Genau das versuche ich dir gerade zu sagen. Mir gehts noch genauso schlecht wie zuvor.«

Ich hatte immer nur auf sie aufpassen wollen und irgendwie genau das Gegenteil erreicht. »Ich habs verkackt«, sagte ich.

Als sie mich am Arm berührte, kamen schlagartig die Erinnerungen zurück. Wie sie sich beim ersten Kuss draußen in der Wüste zu mir vorgebeugt hatte. Wie sie ihre Lippen an meine Haut gedrückt hatte, als ich ihr von Fletcher erzählte. Das Gedicht von Neruda, das sie mir eines Morgens in die Jeanstasche gesteckt hatte, als ich unter der Dusche stand, und das ich auf dem Parkplatz von Stater Brothers entdeckte, als ich nach den Schlüsseln kramte. Mit dem eben gekauften, in der Sonne schmelzenden Fünf-Kilo-Sack Eis stand ich da und las es immer und immer wieder. *Ich lieb dich wie die Pflanze, die nicht blüht und die/in ihrem Innern andrer Blumen Licht versteckt.* Deutlicher als damit hatte sie mir ihre Liebe nie gestanden. Die wenigen Wochen mit ihr waren der Maßstab, an dem ich mein restliches Leben messen würde. Noch Sekunden zuvor hätte ich sie vor Wut am liebsten aus der Wohnung geworfen. Jetzt war mir schwindelig vor Sehnsucht. »Du fehlst mir«, flüsterte ich.

»Du fehlst mir auch.«

Aus solchen Echos bestand die Liebe, und nun, als ich diese Echos endlich hörte, wusste ich, wir konnten es schaffen, würden einen gemeinsamen Weg finden. Ich breitete die Arme aus, sie lief hinein, und ihr Körper fügte sich so perfekt an meinen, als wäre sie nie weg gewesen. Alles, was wir jetzt noch machen mussten, war, weiter miteinander zu reden.

Nora

An einem regnerischen Septembermorgen fuhren wir in Oakland los. Während der Fahrt durch die engen Straßen meines Viertels klapperte das Schloss an der Hecktür des Umzugswagens, doch später übertönte der Freeway das Geräusch. Ich hatte die Strecke schon oft zurückgelegt, wenn auch nie am Steuer eines Kleintransporters und nie mit meiner Mutter, die mich wegen ihrer Riesenangst vor einem Unfall ständig bat, vom Gas zu gehen. Im Handschuhfach entdeckte sie eine Straßenkarte von Kalifornien, Bonbonpapier und eine alte Zeitschrift – die Hinterlassenschaft von Fremden. Nachdem sie eine Weile gedankenverloren darin geblättert hatte, steckte sie das Magazin zurück und sah aus dem Fenster. Weinberge, Zitrusplantagen, industrieähnliche Mastbetriebe, die man kilometerweit roch, zogen an uns vorbei, Schilder, auf denen dem Kongress die Schuld an der Dürre gegeben wurde, und Werbetafeln von Restaurants an der nächsten Ausfahrt. Irgendwann am Nachmittag zog meine Mutter die Zeitschrift wieder heraus und las die Fragen in dem Kreuzworträtsel auf der letzten Seite vor: *Geistererscheinung*, vier Buchstaben. *Stärke der Elefanten*, elf Buchstaben.

Spätabends erreichten wir endlich die Wüste. Kaum waren wir auf dem Highway 62, schaltete meine Mutter das Radio ein und suchte den Sender KDGL. »Jetzt beginnt gleich Claudia Corbett«, sagte sie und drehte die Lautstärke höher. Ein älterer Mann rief an und erzählte, er sorge sich um seinen Sohn, der trotz des gut bezahlten Jobs bei einer Pfandbriefbank in Denver ständig Geldprobleme habe. »Er gibt immer mehr aus, als er verdient. Mir ist das völlig unverständlich.« Ich erwartete, dass Claudia dem Sohn des Mannes empfehlen würde, seine Kreditkarten zu zerschneiden und die Schulden systematisch abzubauen; stattdessen stellte sie dem Anrufer Fragen über die Kindheit und Erziehung seines Sohns, weil sie dort die Wurzeln der Finanzprobleme vermutete. Meine Mutter lauschte geradezu andächtig. Vielleicht hatte ihre Vorliebe für solche Sendungen etwas Voyeuristisches. Der Radio-Talk riss die Tür zwischen öffentlich und privat auf – eine Tür, die sie in ihrem eigenen Leben ängstlich verschlossen hielt. Ich wartete das Ende der Sendung ab, schaltete das Radio aus und sagte: »Ich muss dir etwas über Dad erzählen, Mom.«

»Was denn?«

Wie hätte ich es ihr anders beibringen können als mit direkten Worten? Ich hatte lang genug gewartet, ich konnte das Geheimnis meines Vaters nicht länger mit mir herumschleppen. »Er hatte eine Affäre«, sagte ich.

Dann stieß ich die Luft aus, die ich angehalten hatte, und wartete auf die unangenehmen Fragen, die jetzt kommen würden – was das heißen solle und dass das unmöglich sei und woher ich das überhaupt wisse. Dass der Mann, den wir beide liebten, schlimme Dinge getan hatte, war nicht leicht zu akzeptieren, denn lieben bedeutet, unter zahllosen Menschen einen einzigen auszuwählen. Meine Mutter wandte den Blick von mir ab und starrte geradeaus auf die Fahrbahn, während wir eine von Bergen umschlossene dunkle Einöde mit Kreosotgestrüpp, Mesquitebäumen und Santakraut durchquerten. Es dauerte eine Weile, bis ich die Wahrheit erfasste, und als es so weit war, umklammerte ich das Lenkrad fester. »Du hast es gewusst?«, fragte ich. »Du hast nie etwas gesagt.«

»Warum hätte ich etwas sagen sollen? Das ging nur ihn und mich etwas an.«

Sie hatte die hässliche Fratze meines Vaters hinter seiner Maske gesehen und liebte ihn trotzdem noch. Mein Leben lang hatte ich sie als kompromisslos, manchmal sogar als unversöhnlich empfunden; umso mehr erstaunte es mich, hier in einem fahrenden Kleinlaster diese Seite an ihr zu entdecken. Etwas Braunes huschte über die Fahrbahn, und ich nahm den Fuß vom Gaspedal. »Wer ist sie?«, fragte ich.

Ich spürte, wie schwer es ihr fiel, den Namen auszusprechen, doch nach kurzem, bedrücktem Zögern tat sie es. »Beatrice Newland.« Der Name sagte mir nichts. In meiner Mutter aber musste er etwas ausgelöst haben, nachdem er ihr über die Lippen gekommen war, denn ihre Stimme klang dunkel vor Erschütterung, als sie hinzufügte: »Sie ist so jung. Sie sieht nicht älter aus als du.«

Wie geschmacklos, dachte ich, bis mir meine Zeit mit Max einfiel. »Warum bist du bei ihm geblieben?« Ich hatte die Mutter, die ich kannte, noch nicht mit der Frau in Einklang gebracht, die jetzt neben mir saß.

»Ich war mir sicher, dass es vorbeigehen würde, wenn ich einfach abwarte. Wir haben siebenunddreißig Jahre miteinander verbracht. Sollte ich das für diese Frau wegwerfen? Nein, das konnte ich nicht.«

»Und warum hast du nach seinem Tod nichts gesagt?«

»Das hätte nichts ungeschehen gemacht. Dadurch wäre er kein anderer Mensch mehr geworden.«

»Stimmt«, sagte ich, und ich meinte es ehrlich. Mein Kopf war mit ihr einig, doch mein Herz rebellierte. Zu mir war sie nie so sanft, so geduldig und verständnisvoll gewesen. Wenn sie so liebesfähig war, warum dann nicht auch im Umgang mit mir? Warum wollte sie mich unbedingt zu einem anderen Menschen machen? Mein einziger Wunsch war immer gewesen, dass sie mich nahm, wie ich war. Inzwischen hatten wir das Ende des Tals erreicht und fuhren auf der schmaler werdenden Straße den Canyon hinauf. Ich hatte einen unangenehmen Druck im Ohr, ein lästiges Gefühl. »Du hast mich nie nach Silverwood gefragt.«

»Doch. Das ist ein großes Festival, hast du gesagt.«

»Mehr wolltest du nicht wissen? Welches Stück ich gespielt habe, beispielsweise?«

Sie sah mich an. »Davon verstehe ich nichts.«

»Es geht um *Musik*. Die soll man nicht verstehen, die soll man genießen.«

»Ach, Nora.« Sie griff über die Mittellehne und tätschelte meinen Arm. »So habe ich das doch nicht gemeint. Ich mag Musik. Aber mit Festivals und Wettbewerben und Stipendien kenne ich mich nun mal nicht aus.« Nachdem es ein Stück hinuntergegangen war, flachte die Straße ab, und wenig später tauchten die ersten Josuabäume auf. »Also, wie war es beim Silverwood Festival?«, fragte sie.

Vielleicht hatte sich zwischen uns endlich etwas verändert. Das Gespräch über das lang gewahrte Geheimnis hatte ihrem Panzer Risse versetzt. Alles, was sie sich für mich erträumt hatte, musste sie aufgeben und akzeptieren: Ich war nur Musikerin und würde nie etwas anderes sein. Jetzt schien sie bereit zuzuhören, und ich begann, von meinem Aufenthalt in Boston zu erzählen, von dem Schlagzeuger und der Bassistin, die ich dort kennengelernt hatte, von unseren gemeinsamen Plänen, von den guten und schlechten Erlebnissen.

Danach ließ ich das Fenster herunter und streckte den Ellbogen hinaus. Die Luft war warm und trocken. Bald würden die Santa-Ana-Winde durch die Pässe fegen und Feuersbrünste bringen. Wie oft hatte ich nachts im Bett gelegen und davon geträumt, die Wüste eines Tages zu verlassen. Konflikte und Schuldzuweisungen hatten sich dort angesammelt, und beides würde nicht so schnell verschwinden. Der Prozess gegen A.J. stand mir bevor. Drei Tage später, nach der Vorverhandlung, würde ich voller Empörung erleben, wie er gegen Kaution als freier Mann den Gerichtssaal verließ. Doch in den Monaten darauf folgten weitere Termine, und eines Tages konnte ich endlich das Wort ergreifen und dem Richter und der Jury von meinem Vater erzählen, um sein Andenken zumindest auf diese Weise in Ehren zu halten. A.J.s Verteidiger, ein auf Fahrerflucht spezialisierter Anwalt aus Orange County, stellte an jedem Verhandlungstag Anträge und bat wieder und wieder um Aufschub. Erst nach dreieinhalb Jahren, als ich mit meinem ersten Kind schwanger war, wurde A.J. wegen fahrlässiger Tötung zu fünf Jahren Haft verurteilt.

Und ich war geblieben. Ich hatte alles getan, um ihr zu entfliehen, doch die Wüste war meine Heimat. Die Weite, das makellose Licht, die Stille. Heimat aber war vor allem die Familie, die mich liebte. Erst jetzt, nach dem

Tod meines Vaters, begann ich zu verstehen, dass Liebe kein zahmes, passives kleines Wesen war, sondern ein rebellisches, nervöses wildes Tier, unberechenbar, großherzig und versöhnlich, das mir den Schmerz nehmen und mich aus dem Dunkel tragen würde.

Danksagung

Ich bin vielen Menschen und Organisationen für ihre Unterstützung dankbar. Besonders hervorheben möchte ich die City of Santa Monica, die mir ein Autorenstipendium gewährte, die Yaddo Corporation, die mir einen Aufenthalt in ihrer Künstlerresidenz ermöglichte, und die John Simon Guggenheim Foundation für die finanzielle Förderung. Des Weiteren gilt mein Dank Erroll McDonald, der mich klug beriet und geduldig anspornte. Auch meiner Agentin Ellen Levine danke ich – sie gab mir von Anfang an wichtige Hinweise und half mir unermüdlich. Meine Pressebetreuerinnen Josefine Kals, Michiko Clark und Kimberly Burns vollbringen wahre Wunder. Nicholas Thomson von Pantheon Books und Martha Wydysh von Trident Media steckten in jeder Phase viel Arbeit in das Projekt. Miriam Feuerle, Hannah Scott und Andrew Wetzel von der Agentur Lyceum haben sich unermüdlich für meine Arbeit eingesetzt. Mein besonderer Dank gilt Alexis Kirschbaum, Rachel Wilkie und Ros Ellis von Bloomsbury UK, aber auch den Park Rangers im Joshua Tree National Park, die mich an ihrem Wissen über die Fauna und Flora der Mojave teilhaben ließen, und an die Polizeibeamten des San Bernardino County Sheriff's Department, die alle meine Fragen beantworteten. Danke, Dana Boldt und Gavin Huntley-Fenner für die Hilfe bei juristischen und logistischen Fragen. Nicht weniger verpflichtet bin ich meinen frühen Lesern Scott Martelle, Maaza Mengiste, Souad Sedlik und Jane Smiley. Mein größter Dank aber gilt Alexander Yera.